Marina Heib
Parasiten

PIPER

Zu diesem Buch

Ein toter Journalist. Zudem zwei weitere Leichen, die einen grauenvollen Anblick bieten: die Haut aufgeschlitzt und übersät von Parasiten, als wären die Opfer schon seit Wochen tot. Aber wie kommen Regenwürmer und Spinnen auf die Körper? Mit einem normalen Verwesungsprozess haben sie nichts zu tun. Offenbar hat der Mörder sie in die Wunden seiner Opfer gelegt. Kommissar Christian Beyer und seine Soko stehen vor einem Rätsel. Steckt eine Botschaft hinter der abscheulichen Inszenierung? Und was verbindet die Opfer, die aus den unterschiedlichsten gesellschaftlichen Schichten stammen? Gleichzeitig machen der Soko auch noch mehrere verschwundene Zeugen zu schaffen. Christian Beyer glaubt fest daran, dass die scheinbar unzusammenhängenden Ereignisse einen gemeinsamen Hintergrund haben ...

Marina Heib, geboren in St. Ingbert/Saarland, lebt als Schriftstellerin und Drehbuchautorin in Hamburg. Nach ihren Kriminalromanen »Der Bestatter«, »Eisblut«, »Tödliches Ritual« und »Puppenspiele« (alle bei Piper) ist »Parasiten« der fünfte Fall für die Sonderermittler um Christian Beyer.
Weiteres zur Autorin unter: www.marinaheib.de

Marina Heib

PARASITEN

Thriller

Piper München Zürich

Mehr über unsere Autoren und Bücher:
www.piper.de

Von Marina Heib liegt bei Piper vor:
Der Bestatter (ehem. Weißes Licht)
Eisblut
Tödliches Ritual
Puppenspiele
Parasiten

MIX
Papier aus verantwortungsvollen Quellen
FSC® C083411

Originalausgabe
Dezember 2011
© 2011 Piper Verlag GmbH, München
Umschlagkonzept: semper smile, München
Umschlagmotiv: Artwork Cornelia Niere;
Stephen Carroll/Arcangel/plainpicture
Satz: Kösel, Krugzell
Gesetzt aus der Sabon
Papier: Munken Print von Arctic Paper Munkedals AB, Schweden
Druck und Bindung: CPI – Clausen & Bosse, Leck
Printed in Germany   ISBN 978-3-492-27300-8

Für Petra und Birte

PROLOG

29. Juli 2010
Hamburg.

Andres Puri nimmt einen ersten gierigen Schluck aus dem Glas. Zu seiner Überraschung schmeckt der Rotwein widerlich. Seine Mundhöhle brennt, als hätte er Feuer geschluckt. Wütend wirft er das Glas von sich, sodass es an der Wand zerspringt. »Was hast du mir da reingetan?«, schreit er. Speichel sammelt sich in seinem Mund, als wolle der das Feuer löschen. Dann beginnt sein Körper unkontrolliert zu zittern. Er sackt auf die Knie, greift sich mit beiden Händen an den Hals. Er bekommt schwer Luft, ringt nach Atem, fällt um. Seine Augen sind panisch aufgerissen. Gift, denkt er, in dem Glas war Gift. Er will etwas sagen, er will um Hilfe rufen, er will schreien, doch kein Laut kommt mehr aus seiner Kehle. Das Zucken wird besser. Ein heißes Gefühl steigt von seinem Steißbein in der Wirbelsäule nach oben und breitet sich im ganzen Körper aus. Es geht schnell. Er will aufstehen und zum Telefon. Doch er kann sich nicht bewegen. Nicht einmal den kleinen Finger kann er bewegen. Ihm bricht Schweiß aus. Er spürt, wie die Tropfen über seinen Körper rinnen. Er kann alles spüren, aber er kann sich nicht rühren. Keinen Millimeter. Seine Lunge krampft, vor seinen Augen flimmert es.

Puri wird auf das Bett gewuchtet. Das Laken ist angenehm kühl. Er wird ausgezogen. Es dauert eine Weile: Schuhe, Socken, Hose, Hemd, Unterwäsche. Was soll das? Aus dem Augenwinkel sieht er ein Messer aufblitzen. Er hat Angst, schreckliche Angst. Sein Körper fühlt sich jetzt ganz kalt an. Das Messer nähert sich seiner Haut. Schlitzt sie auf. Nur ein kleiner Schnitt am Oberarm, dann noch einer und noch einer. Unterarm, Bein, Lenden, Oberkörper. Überall werden ihm kleine Schnitte zugefügt. Er wundert sich, denn es tut nicht sonderlich weh. Aber er kann kaum noch atmen. Er will den Kopf heben, um zu sehen, was mit ihm passiert, doch er kann nicht. Sein Blick ist auf die Zimmerdecke gerichtet. Da erscheint eine Hand vor seinen Augen. Zwischen den Fingern hält sie einen Wurm. Er kringelt sich um den Zeigefinger. Die Hand verschwindet und kommt wieder. Nun zeigt ihm die Hand einen Käfer. Die Beine des Käfers zappeln in der Luft.

Auf seiner Haut ist ein Kribbeln zu spüren. Es fühlt sich weit weg an. Aber er weiß, dass es der Käfer ist. Die Hand zeigt ihm Maden und noch mehr Würmer und noch mehr Käfer und Tausendfüßler und kleine Spinnen. Es kribbelt immer mehr. Die Schnitte brennen ein wenig. Es ist nicht schlimm, er nimmt alles nur dumpf wahr.

Aber er weiß, dass diese Tiere auf ihm herumkrabbeln und sich in seine Wunden bohren. Er weiß es, und es macht ihn schier wahnsinnig. Ekel steigt in ihm auf.

Puri weiß nicht, wie lange er da liegt. Lange. Sehr lange. Vielleicht auch nur ein paar Minuten. Es fühlt sich an wie die Ewigkeit, so muss sich Ewigkeit anfühlen, denkt er. Die ewige Verdammnis der Hölle. Er kann nichts tun. Kleine Lebewesen knabbern seinen Leib an, sie kriechen in ihn hinein und fressen ihn auf. Das Atmen wird immer schwerer. Er hat das Gefühl, dass seine Augen aus den Augenhöhlen heraustreten, so sehr strengt er sich an, etwas zu sagen. Er will um Gnade winseln. Er will, dass die Tiere weggenommen werden.

Da legt sich ein Metallseil um seinen Hals.

Etwa zehn Kilometer Luftlinie entfernt sucht Marianne Sund ihren Ehering. Sie stellt ihre ganze Wohnung auf den Kopf, denn sie hängt an dem Ring. In zwei Stunden kommt ihr Mann von der Arbeit nach Hause. Wenn er merkt, dass sie den Ehering verloren hat, wird er schimpfen. Marianne kommt ins Schwitzen. Bis es ihr plötzlich einfällt: Gestern, beim Putzen in Doktor Benedikts Haus, da hat sie die Küchenarbeitsplatte aus dänischer Walnuss eingeölt. Dabei war ihr der Ring vom Finger geglitten. Sie hat ihn neben das Waschbecken gelegt, sich die Hände gewaschen und dann vergessen, den Ring wieder anzuziehen, weil Benedikt nach Hause kam und sie nett begrüßte. Ihr Mann unterstellt ihr sowieso immer, ein wenig verschossen in Benedikt zu sein. Es wäre besser, den Ring schnell zu holen, statt ihrem Mann zu gestehen, dass sie ihn bei ihrem Arbeitgeber vergessen hat. Marianne zieht ihre Straßenschuhe und eine leichte Sommerjacke an, nimmt den Schlüssel zu Benedikts Haus aus dem Holzschälchen im Flur und fährt sich noch schnell mit der Bürste durch die Haare. Benedikt ist um die Uhrzeit zwar normalerweise noch nicht zu Hause, aber falls er es ausnahmsweise doch sein sollte, will Marianne nicht aussehen wie eine Putzfrau. Darauf achtet sie immer, auch beim Putzen.

In sieben Minuten ist sie mit dem Bus die paar Stationen gefahren, und nach weiteren zehn Minuten Fußweg betritt sie die Villa. Schnurstracks geht sie durch den Flur und will zur Küche, ihren Ring neben dem Waschbecken aufklauben und noch einen raschen zufriedenen Blick auf den Glanz der frisch eingeölten Arbeitsplatte werfen. Doch dann sieht sie verdutzt die Tür zu Benedikts Büro offenstehen. Dabei legt Benedikt allergrößten Wert auf geschlossene Türen. Er hasst es, wenn es zieht. Benedikt ist ein wenig hypochondrisch.

Marianne geht zur Tür und will sie schließen, als ihr Blick ins Büro fällt. Sie sieht Benedikts Füße in den für ihn typischen handgenähten Budapestern. Die Füße stehen nicht, sondern sie liegen auf dem Boden. Die Fußspitzen zeigen nach oben. Die Socken passen wie immer farblich zu den Hosen. Erschrocken öffnet Marianne die Tür ganz. Dann schreit sie laut auf.

Benedikt, ihr Arbeitgeber, in den sie in der Tat ein wenig verschossen ist, liegt auf dem Perserteppich. Tot. Sein Hemd ist geöffnet, der Brustkorb nackt und von kleinen Schnitten übersät. Auf und in seiner Haut krabbeln ekelhaft viele Insekten. Aus dem weit offenen Mund windet sich zappelnd ein Wurm heraus. Marianne wird schwindlig, sie kämpft gegen Übelkeit und Ohnmacht an. Ohne nochmals einen Blick auf die Leiche zu werfen, rennt sie in den Flur. Sie will nicht das Telefon in Benedikts Büro benutzen, dazu müsste sie direkt an der Leiche vorbei. Im Wohnzimmer ist noch ein Anschluss. Von da ruft sie die Polizei an.

Zuerst kommt die Schutzpolizei und sperrt das Gelände ab. Marianne darf noch nicht nach Hause. Sie spricht ihrem Mann aufs Band. Eine dreiviertel Stunde später trifft ein Hauptkommissar Herbert Meyerhoff von der Mordbereitschaft mit einem Kollegen ein und sieht sich alles an. Dann fragt er Marianne, wie und wann genau sie ihren Chef gefunden hat. Und was sie alles angefasst hat. Marianne wird sehr viel gefragt. Davon wird ihr wieder schwindlig, ihr ist nicht gut. Kommissar Meyerhoff erlaubt ihr schließlich, nach Hause zu gehen. Er lässt sie sogar mit einem Polizeiauto heimbringen. Als Marianne endlich durch den Flur hinausgeht, am Büro von Dr. Benedikt vorbei, hört sie den Kommissar telefonieren. Er sagt: »Hallo, Herr Wieckenberg, hier Meyerhoff. Ich bin im Haus von Dr. Benedikt ... Ja, genau ... Leider ... eine total kranke Schweinerei ...«

Marianne gibt ihm insgeheim recht. Sie ist froh, wenn sie endlich zu Hause bei ihrem Mann ist. Als sie im Streifenwagen sitzt, fällt ihr ein, dass ihr Ehering immer noch in Benedikts Küche neben dem Waschbecken liegt.

LARGHETTO AFFETTUOSO

Klar weiß ich noch, wie es angefangen hat. Es ist ein schleichender Prozess. Mit den Milben hat es angefangen. Zuerst waren es nur Milben. Milben sind harmlos. Sie sind in jeder Matratze. Millionen davon, Abermillionen. Haben Sie mal Makroaufnahmen gesehen? Eklige Viecher. Sie ernähren sich von unseren Hautschuppen. Aber das macht uns nichts. Die meisten Menschen wissen das nicht mal und schlafen jahrzehntelang auf ihrer verseuchten Matratze. So hat es angefangen. Mit Milben in alten Matratzen. Sie kommen irgendwann aus der Matratze heraus, wenn sie Hunger haben, und fressen die Hautschuppen direkt von deinem Körper runter, statt zu warten, bis die Schuppen in die Matratze rieseln. Das ist nicht schlimm, kitzelt nur ein bisschen. Falls man es überhaupt bemerkt. Man kann die Milben wegduschen. Vermute ich zumindest. Wenn man duscht. Natürlich will man regelmäßig duschen, aber manchmal kommt man nicht dazu. Dann vermehren sich die Milben und fressen noch mehr Schuppen, bis es anfängt zu jucken. Ist noch nicht schlimm, weil die sitzen ja auf der Haut, und man kann sie wegkratzen. Wie gesagt, die Milben sind recht harmlos. Aber sie sind ja erst der Anfang.

Weil, wenn man sich die Haut ein bisschen aufgekratzt hat wegen der widerlichen Milben, dann riechen die anderen das. Sie wittern das Blut. Die Feuchtigkeit. Sie kommen herbeigekrochen. Und finden die Löcher und Ritzen, sie finden diese Einfallstore. In der Haut. Die Haut ist eine Schutzschicht, die äußere Begrenzung des menschlichen Körpers. Eine Grenze, verstehen Sie? Die sollte keiner überschreiten! Was unter der Haut liegt, ist Privatsache. Die Haut hält alles zusammen. Wenn sie verletzt wird, gibt es keinen Schutz mehr, dann dringt die Welt mit Gewalt in den Menschen hinein.

Wussten Sie, dass die Haut flächenmäßig unser größtes Organ ist, und auch das schwerste? Das ist aber rein medizinisch betrachtet. Man darf dabei ja nicht vergessen, dass die Haut eine ganz empfindliche Schutzschicht ist. Wenn die löchrig wird, dann ist Polen offen. Verzeihen Sie bitte, wenn ich so direkt formuliere, aber was haben wir denn für Einfallstore? Da sind Mund und Nase und Ohren und, nun ja, dann sind da noch die geschlechtlichen Öffnungen, die aber ein normaler Mensch weitestgehend unter Verschluss hält. Im Amazonasgebiet, da soll es Parasiten geben, die sich über die Harnröhre einschleichen, wenn man in den Fluss pinkelt. Kleine Fische oder so was. Die fressen einen dann von innen auf. Ekelhaft, oder? Wir sind nicht im Amazonasgebiet. Und trotzdem passieren hier auch solche widerlichen Dinge. Glaubt einem keiner. Ist aber so.

2. April 2010
Hamburg.

Der Winter ließ immer noch nicht richtig locker, doch die überraschend warme Sonne gab sich alle Mühe, die immensen Schneemassen wegzutauen. Christian Beyer, Chef der Soko Bund, einer vor wenigen Jahren eingerichteten Sondereinheit mit bundesweiten Kompetenzen und spezialisiert auf die Jagd nach Serienkillern, befand sich auf dem Weg von der Staatsanwaltschaft zurück in die Zentrale seiner kleinen, aber schlagkräftigen Truppe. Wie immer, wenn es nur irgend möglich war, ging er zu Fuß. Er genoss das annähernd frühlingshafte Wetter weitaus intensiver als das Lob, das er und seine Leute gerade vom Leitenden Oberstaatsanwalt bekommen hatten. Ein komplizierter Fall war schnell und gründlich abgeschlossen worden, der Mörder dreier junger Mädchen seit heute Morgen rechtskräftig verurteilt. Wieder einmal hatte der Oberstaatsanwalt Christian angeboten, mit seinen Leuten zurück ins moderne und komfortable Gebäude des Polizeipräsidiums zu ziehen. Und wieder einmal hatte Christian abgelehnt. Als die Soko als einzige ihrer Art in Deutschland auf Betreiben des BKAs gegründet und Christian die Leitung übertragen worden war, hatten einige Neider aus den obersten Hamburger Polizeirängen die Soko in schäbige Büroräume im Schanzenviertel ausgelagert, die früher als Beobachtungsposten von den Drogenfahndern genutzt worden waren. Christian und seine handverlesene Truppe fühlten sich dort sehr wohl, und auch wenn die Neider sich längst zurückhielten und inzwischen kollegialer Respekt vorherrschte, wollten Christian und seine Leute nicht zurück ins Präsidium.

Als Christian in aller Gemütsruhe den Park »Planten un Blomen« durchquert hatte und in der Zentrale ankam, herrschte dort ausgelassene Stimmung. Der abgeschlossene Fall wurde zur Mittagspause mit einer Runde Döner für alle gefeiert. Wie immer hatte Yvonne, Teilzeit-Sekretärin nach eigenem Gutdünken und Psychologiestudentin, das Futter nebst Getränken besorgt. Sie saß mit den anderen im Konferenzraum, dessen Möbel eher an Sperrmüll denken ließen denn an eine bundesweit agierende Kriminalabteilung.

Christian nahm sich eine Cola und setzte sich dazu. Sofort schob ihm Eberhard Koch, der Spuren- und Tatortspezialist der Truppe und wegen seines Nachnamens und seiner dazu passenden Leidenschaft nur Herd genannt, seinen Döner zu. Er aß dieses Zeugs nur aus Gruppenzwang, sein Gaumen wehrte sich jedes Mal. Christian griff zu, wusste er doch, dass er damit nicht nur sich, sondern auch Herds empfindsamen Geschmackspapillen einen Gefallen tat. Neben Herd saß Daniel Meyer-Grüne, der Rechercheur der Soko. Daniel war kein ausgebildeter Polizist und verweigerte jegliche Berührung mit dem real existierenden Verbrechen. Er näherte sich der Welt rein virtuell. Als ehemals berüchtigter Hacker arbeitete er im Dienst der Soko, seit Christian ihn aus einer misslichen juristischen Lage beim BKA befreit und ihm einige Jahre Knast wegen illegaler Aktivitäten im World Wide Web erspart hatte.

Volker Jung, der baumlange, glatzköpfige Verhörspezialist der Soko, privat Buddhist und Teilzeit-Vegetarier, fehlte am Tisch. Er hielt im Präsidium einen Vortrag über verschärfte Verhörtechniken und ethische Verantwortung und würde mit seinen theoretischen Überbauten vermutlich den Großteil seiner praxisorientierten Zuhörer schon in der ersten halben Stunde einschläfern.

»Und?«, fragte Herd, nachdem er sich den Mund mit Mineralwasser ausgespült hatte. »Wollte uns der Herr Oberstaatsanwalt wieder heim ins Reich holen?«

»Mit allem Brimborium«, antwortete Christian.

»Du hast ihm hoffentlich gesagt, dass ich ein Erdgeschossbüro mit Kleingarten will, wo ich ein Kräuterbeet anlegen kann!« Herd lächelte.

»Ich will ein riesiges Chefsekretärinnenzimmer mit einem nackten Nubier als Praktikanten!«, fügte Yvonne hinzu.

»Und ich will einen Tisch mit fünf Computern, um die immer

eine Miniatur-Eisenbahn mit frisch zubereitetem Sushi auf den Containern läuft!«, ergänzte Daniel.

Christian hob abwehrend die Hände. »Ich habe ihm klargemacht, dass für solche Arschlöcher wie euch kein Platz im Präsidium ist. Wir bleiben in der Diaspora. Ein für allemal.«

»Oh, Mann, sag bloß, du hast schon wieder abgelehnt, dass wir schicke, klimatisierte Räume mit Cola-Automaten auf dem Flur und willigen Kolleginnen mit durchtrainierten Körpern im Nebenzimmer beziehen?« Pete Altmann war unbemerkt von draußen dazugekommen. Durch seinen teuren Designer-Anzug hatte er wie immer mehr Ähnlichkeit mit einem italienischen Dressman als mit einem Beamten der deutschen Kripo.

»Für einen sexistischen Macho wie dich ist erst recht kein Platz dort!«, entgegnete Christian ohne hochzublicken.

Pete grinste. Der Halb-Amerikaner, der vor wenigen Jahren als Profiler vom BKA zu der Truppe befohlen worden war, hatte am Anfang erhebliche Schwierigkeiten mit Christian gehabt. Die waren allerdings längst ausgeräumt. Der rüde Tonfall in der Truppe gehörte zum Alltag und stellte nichts als eine seltsame Form der Wertschätzung dar.

Pete setzte sich dazu und nahm sich ebenfalls eine Cola. »Habt ihr das Urteil gegen Andres Puri mitbekommen?«

»Den Baltenboss?«, fragte Herd. »Ich dachte, das ergeht erst nächsten Monat.«

Pete verneinte. »Sie haben ihn eben verknackt. Wegen Zuhälterei und sonst ein paar Kinkerlitzchen. Das Verfahren wegen des Auftragsmordes an dem Zuhälter ist schon auf Ermittlungsebene eingestellt worden. Sie konnten es ihm nicht nachweisen.«

»Weil er sich den Mega-Staranwalt Reile geleistet hat. Seltsam, dass der sich bei Puri reinhängt. Ist gar nicht sein Gebiet. Der vertritt sonst nur Medienfuzzis, die von ihrer Assistentin wegen Vergewaltigung belangt werden.« Christians Miene verfinsterte sich. Jeder Bulle wusste, dass Puri reichlich Dreck am Stecken hatte.

»Und wenn Reile sie ins Kreuzverhör nimmt, steht die Assistentin hinterher als Publicity-geiles Drecksstück da, das den armen unschuldigen Promi erpressen und abzocken wollte!« Yvonne las begeistert die Yellowpress.

»Wer ist dieser Puri?«, fragte Daniel. Seine Unwissenheit war einmal mehr Beweis dafür, wie wenig Polizist er war.

»Gebürtiger Este. Hat sich dort mit Drogenhandel und Rotlicht-Geschäften einen Namen gemacht. Dann die Schwester des führenden litauischen Milieu-Königs geheiratet und damit die beiden kriminellen Klein-Imperien zu einem größeren vereinigt.«

Daniel begann zu lachen: »Das nenne ich wertkonservativ. Die europäischen Königshäuser verwässern sich immer mehr mit Schlammblut. Da ist es doch echt schick, wenn wenigstens die Unterwelt am Erhalt des dynastischen Gedankens arbeitet!«

»Sehr witzig«, kommentierte Yvonne.

»Und was macht dieser Puri in Deutschland?«, fragte Daniel weiter.

Christian erklärte es ihm: »Seine Urgroßmutter war Deutsche. Nachdem er neben Litauen auch noch Lettland in seinen Einflussbereich eingegliedert hatte – deswegen der Name ›Baltenboss‹ –, besann er sich seiner Wurzeln, beantragte die deutsche Staatsbürgerschaft und kam her. Hier ist weitaus mehr zu holen als im Baltikum.«

»Die Kollegen von der Organisierten sind seit Jahren hinter ihm her. Sehr lustig, dass er sich jetzt beinahe selbst ins Bein geschossen hat!« Pete lachte verächtlich. »Liegt im Krankenhaus und baggert eine Schwester an, indem er mit seinen Machenschaften vor ihr angibt wie ein verliebter Trottel auf dem Schulhof ... Was für ein Elend, dass sie ihn nicht drangekriegt haben!«

Christian konnte der allgemeinen Belustigung über die Dummheiten eines alternden Syndikatsbosses nicht länger zuhören, sein Handy klingelte. Er ging ran, bedeutete den anderen per Handzeichen, die Klappe zu halten. Sofort kehrte angespannte Stille ein. Christian sagte nicht viel. Fragte nur: »Wieso wir?« und dann: »Verstehe.« Seine konzentrierte Miene sprach Bände. Die Mittagspause war vorbei.

Eine Stunde später betraten Christian, Pete und Herd ein heruntergekommenes Gebäude in der Friedensallee im Stadtteil Ottensen. Im Treppenaufgang zur zweiten Etage musste Christian wegen seiner knapp ein Meter neunzig Körperlänge den Kopf einziehen. Vor der Wohnung wartete ein uniformierter Polizeibeamter, den Christian kannte. Mit käsiger Miene winkte er die drei durch. Ein zweiter Beamter, dem ebenfalls übel zu sein schien, wies auf ein Zimmer, das direkt rechts vom Flur abging. In der Küche, die sich nur einen Meter weiter geradeaus befand, saß ein völlig aufgelöster junger Mann, laut Aussage des Beamten der WG-Mitbewohner des Opfers, der die Leiche gefunden hatte. Christian schickte die beiden Schutzpolizisten auf Befragungstour zu den Nachbarn und Anwohnern in der Straße. Die Spurensicherung würde bald eintreffen. Bis dahin wollte er mit Herd allein am Fundort der Leiche sein, um möglichst wenig von der Spurenlage zu verändern. Pete fasste den jungen Mann aus der Küche unterm Arm und führte ihn behutsam nach draußen, um ihn dort zu befragen. Die Tür der Wohnung zog er mit einem Taschentuch vorsichtig hinter sich zu, denn aus dem Zimmer, in dem die Leiche lag, waberte ein intensiver Kotgeruch, der durch die Wohnung bis in den Hausflur drang.

Erst als Christian und Herd allein waren, betraten sie das Zimmer. Es war klein und unordentlich. Ein junger Mann, etwa Mitte zwanzig, lag auf dem Dielenboden neben einem verstreuten Haufen schmutziger Wäsche. Das Opfer war ziemlich groß, sein hellblondes Haar stoppelkurz, die Figur sportlich. Er trug Wollsocken, ausgewaschene Jeans und ein buntes Shirt. Vor ein paar Tagen noch würden die Frauen auf der Straße hinter ihm hergesehen haben. Ein Einschuss mitten in die Stirn jedoch hatte allem ein Ende bereitet. Herd und Christian zogen ihre Handschuhe an, den Plastikschutz für die Schuhe hatten sie schon vor der Tür übergestreift. Dann näherten sie sich der Leiche, gingen in die Hocke und betrachteten sich genauer, was sie auf den ersten flüchtigen Blick am Kopf des Opfers irritiert hatte.

»Was für eine fiese Scheiße«, flüsterte Herd.

Dem jungen Mann steckten seine beiden abgetrennten Zeigefinger tief in den Ohrmuscheln. Auf den vermutlich geschlossenen Augenlidern – man konnte sie kaum sehen – lagen dunkelbraune Fleischstücke, an denen Klumpen von geronnenem Blut klebten. Christian öffnete vorsichtig den Mund des Opfers. Er hatte richtig vermutet. Die vordere Hälfte der Zunge fehlte und war, zerlegt in zwei Einzelteile, zum Bedecken der Augen benutzt worden.

»Nichts sehen, nichts hören ...«, sagte Herd.

»... und sprechen kann er auch nicht mehr«, vollendete Christian den Gedanken an die drei Affen.

Der Schuss in die Stirn war mit einem kleinen Kaliber aus nächster Nähe ausgeführt worden. Das Ganze sah nach einer Hinrichtung aus. Die Verteilung der Blutspritzer sprach eindeutig dafür, dass Fundort und Tatort identisch waren.

»Profis«, fand Herd.

Christian blickte sich im Zimmer um. Falls das Opfer nicht ein extrem unaufgeräumter Mensch gewesen war, ließ das Chaos nur auf eine gründliche Durchsuchung schließen. Christian ließ alles ein paar Minuten auf sich wirken, versuchte, sich jedes Detail einzuprägen, und nickte dann Herd zu. Er ging hinaus. Herd würde das Zimmer genauestens untersuchen und alles dokumentieren, bis die Spurensicherung eintraf, sie ihre Arbeit koordinierten und gemeinsam zu Ende brachten.

Pete saß mit dem Zeugen im Hausflur auf der Treppe. Als er Christian aus der Wohnung kommen sah, legte er kurz die Hand auf den von Schluchzen geschüttelten Rücken des jungen Mannes, erhob sich und wandte sich Christian zu.

»Personalien sind aufgenommen. Sebastian Dierhagen, Student. Er ist völlig fertig. Braucht dringend psychologische Betreuung. Im Moment ist nicht viel mehr aus ihm rauszukriegen.«

»Als was?« Christian wollte keine Zeit verlieren.

Pete sprach leise: »Unsere Leiche heißt Henning Petersen, 27 Jahre alt, Volontär bei der Hamburger Morgenpost. Dierhagen war für ein paar Tage bei seinen Eltern in Hohwacht. Als er zurückkam, hat er seinen Kumpel gefunden. Hat angeblich nichts in Petersens Zimmer angerührt. Ins Bad gerannt, gekotzt, Polizei gerufen. Das ist alles.«

»Okay. Du rufst den Polizeipsychologen für den Jungen und koordinierst die ersten Befragungen der Nachbarn. Ich fahre schon mal zurück. Daniel wird uns alle Daten über Petersen zusammenstellen. Wir treffen uns in der Zentrale, wenn ihr hier fertig seid. Dann legen wir los.«

Es war schon nach drei Uhr in der Nacht, als Sofias Handy klingelte. Sie schreckte hoch, brauchte wie so oft ein wenig, um sich zu orientieren, um zu wissen, wo sie sich befand. Hotel. Hamburg. Das Telefon schrillte weiter. Schlaftrunken hob sie ab. Sie hörte Lärm, laute Musik und eine ihr unbekannte Männerstimme, die regelrecht schrie, um den Lärm zu übertönen: »Hey, hier ist das ›Crazy Horst‹! Wir haben in unserer Bude einen jungen Mann, der dreht voll ab! Dani oder so ähnlich. Er hat uns Ihre Nummer gegeben, ich hoffe, das stimmt, denn er kann kaum noch lallen! Entweder Sie holen ihn jetzt sofort ab, oder die Bullen erledigen das!«

Schlagartig war Sofia wach und saß kerzengerade im Bett: »Geben Sie mir die Adresse, ich bin in ein paar Minuten da!«

Hastig sprang sie aus dem Bett, wusste nicht, ob sie eher verärgert oder besorgt sein sollte, und entschied sich, während sie ihre Klamotten überstreifte, definitiv für verärgert. Es war zwar schon länger her, dass Danylo solche Aktionen gebracht hatte, aber noch nicht lange genug. Das letzte Mal war vor zwei Jahren in Kopenhagen gewesen, als er volltrunken vor der Skulptur der »Kleinen Meerjungfrau« in den Hafen urinierte und laut auf Englisch pöbelte, er pisse auf Hans Christian Andersen, die »verlogene, alte Schwucke«. Daraufhin war er von drei dänischen Patrioten verprügelt worden, und sie hatte ihn mit gebrochenem Kiefer ins Krankenhaus gebracht. Glücklicherweise war seinen Händen nichts passiert.

Vor ihrem Hotel befand sich ein Taxistand. Wie versprochen war sie in wenigen Minuten auf dem Kiez in der für ihr Empfinden wenig Vertrauen erweckenden Bar mit dem noch weniger originellen Namen. Eindeutig eine Schwulenbar, Sofia wusste, wo Danylo abstürzte, wenn er denn abstürzte. Keiner achtete auf sie. Sofia war erleichtert, dass es sich um eine frauenfreundliche Schwulenkneipe zu handeln schien und nicht etwa um ein Etablissement für die Hardcore-Szene. Der Laden war gut besucht, die Stimmung aufgeheizt. Als sie am Tresen vorbeikam, warf ihr der Theker einen fragenden Blick zu, den sie erwiderte. Er winkte sie durch in den hinteren Teil der Kneipe, wo Danylo mit dem Kopf auf der Tischplatte in einer Nische halb saß, halb lag. Sie setzte sich zu ihm und rüttelte ihn. Danylo hob in Zeitlupe den Kopf an. Er sah furchtbar aus. Die Augen vom Weinen verquollen, die Pupillen erweitert. Ganz offensichtlich hatte er sich mit einer Mischung aus Alkohol und Drogen abgeschossen.

»Kannst du gehen?«, fragte Sofia kühl.

Er fiel ihr theatralisch in die Arme und begann zu schluchzen. »Sofia, Sofi, meine liebe Sofi, geh weg, lass mich allein!«

»Das kann ich tun. Dann holen dich gleich die Bullen ab und sperren dich in eine Ausnüchterungszelle. Willst du das?«

»Nein! ... Ja! Ist doch egal, ist doch alles egal!« Danylo ließ den Kopf wieder auf die Tischplatte knallen. Morgen würde er eine Beule haben.

Sofia zog ihn an den Schultern wieder hoch. »Jetzt reiß dich mal zusammen! Wir gehen jetzt raus, ich rufe uns ein Taxi und bringe dich nach Hause.«

Danylo nickte schwerfällig, wobei sein Kopf wieder auf die Tischplatte schlug.

Der Theker kam an ihren Tisch: »Kommen Sie klar, oder brauchen Sie Hilfe?«

Sofia bat ihn um zwei Minuten, der Theker sah ostentativ auf die Uhr und ging zurück zum Tresen. Sofia hievte Danylo mühsam hoch, er war knapp zwei Kopf größer als sie, wenn auch sehr hager. Als sie ihn durch die Gäste zum Ausgang bugsierte, hing er an ihr wie ein Ertrinkender: »Nicht nach Hause, bitte nicht nach Hause!«

Sofia schwieg. Sie hatte Glück, ein freies Taxi bog gerade um die Ecke. Sie hielt es auf, schubste Danylo hinein und gab die Adresse seiner Wohnung im Stadtteil Winterhude an. Sofort randalierte Danylo: »Nicht nach Hause, auf keinen Fall!«

Der Taxifahrer, der offensichtlich schon eine harte Nacht hinter sich hatte, griff nach hinten und öffnete die Tür. Er warf Sofia einen müden, aber deutlich auffordernden Blick zu. Sofia schloss die Tür wieder, beruhigte Danylo und nannte die Adresse ihres Hotels.

Der Portier war wenig erfreut, als er sie mit einem volltrunkenen Mann im Schlepptau ankommen sah, doch er schwieg. Schweißgebadet zerrte sie Danylo die Treppe hoch zu ihrem Zimmer in der zweiten Etage, lud ihn auf dem Bett ab und zog ihre Jacke aus. Danylo stöhnte laut vor sich hin. Plötzlich sprang er auf und hielt sich panisch die Hand vor den Mund. Sofia wies auf die Badezimmertür. Eine ganze Viertelstunde lang musste sie mit anhören, wie Danylo sich wieder und wieder übergab. Es ekelte sie.

Als er vom Bad zurückkam, sah er noch elender aus als vorher, doch seine Augen waren etwas klarer. Danylo setzte sich auf den Boden, lehnte sich mit dem Rücken an die Wand und zog die Knie an. Er sah sich um. »Wieso haben sie dich so schäbig untergebracht? Das ist kein Hotel, das ist eine Absteige, das hast du nicht verdient! Du solltest in einem Palast wohnen! In einem Palast mit flauschigen Orientteppichen und einem riesigen weichen Bett und einer riesigen Badewanne mit heißem Wasser und voller Schaum!« Danylo begann plötzlich wieder zu schluchzen. Er dachte an das Hotel, in dem er im März gewesen war. An die Nacht, die alles ausgelöst hatte. Das Zimmer war schön und groß gewesen. Mit einem dicken, nachtblauen, mit goldenen Ornamenten durchwirkten Teppichboden ausgelegt. Und erst das Badezimmer! Weißer und grauer Marmor. Eine übergroße Wanne. Der breite Waschtisch an drei Seiten verspiegelt. Flauschige, vorgewärmte Handtücher.

»Leg dich hin und schlaf«, befahl Sofia. »Du musst morgen fit sein. Wir müssen beide morgen fit sein.«

Er schüttelte den Kopf. »Ich kann nicht schlafen«, sagte er leise. »Ich glaube, ich kann nie wieder schlafen.«

Sofia sah ihn prüfend an. Er war anders heute. Wenn er sich sonst abschoss, begann er zuerst fröhlich die ganze Welt zu umarmen, und wenn die Welt sich schließlich gegen seine allzu aufdringliche Umarmung wehrte, fühlte er sich zurückgestoßen und wurde aggressiv. Heute war er anders. Verzweifelt. Fast ängstlich.

Sofia setzte sich neben ihn auf den Boden und legte einen Arm um ihn. Er stank nach Alkohol und Erbrochenem. »Was ist denn los, mein kleiner Dany? Erzähl's mir!«

Er klammerte sich an sie wie ein Kind. Nun klang er auch so. »Wenn ich es dir erzähle, wirst du mich hassen!«

Sie strich ihm beruhigend über den Kopf. »Nein, werde ich nicht.«

»Doch, wirst du!«

Sofia schwieg und streichelte weiter.

»Zu Recht wirst du mich hassen! Weil ich Dreck bin, der letzte Dreck! Du weißt ja nicht, was ich getan habe!«

»Erzähl's mir.«

»Ich habe einen Menschen umgebracht!« Er schrie es fast.

Sofia wurde bleich. Sie wollte nicht glauben, was sie hörte, Danylo neigte zu theatralischen Übertreibungen.

»Erzähl's mir.«

Er stockte kurz, dann begann er wirr zu reden. Von dem Luxushotel. Von dem heißen Bad, das er dort nahm. Weißer und grauer Marmor. Von seinen nackten Füßen, die sich wohlig in den Teppich gruben, als er Wodka aus der Minibar trank. Von den Männern, die in sein Zimmer kamen. Von dem Preis, den er zahlen musste. Und jetzt war jemand tot.

Sofia hielt ihn ganz fest. Obwohl nur zwei Jahre jünger als sie, war er ihr kleiner Dany. Das war er schon immer gewesen, seit sie ihn zum ersten Mal getroffen hatte, damals, als er fünf war und sie sieben und sie im Schnee »Himmel und Hölle«

gespielt hatten auf dem Schulhof in Moskau. Sie musste ihn beschützen. Vor der Hölle, in der er sich gerade befand. Sie hielt ihn, so fest sie konnte. Sie ahnte nicht, dass die Hölle, die auf sie selbst wartete, eine viel schlimmere sein würde.

3. April 2010
Hamburg.

Gleich am nächsten Morgen trafen sich Christian und Volker mit Martin George, dem Chefredakteur der Hamburger Morgenpost, in seinem Büro. George war erschüttert, als er den Grund des Besuchs erfuhr – der gewaltsame Tod seines Volontärs Henning Petersen.

»Bitte, setzen Sie sich doch. Also, *ich* muss mich zumindest setzen ... Ich fasse es nicht ... Haben Sie die Eltern schon benachrichtigt?«

Volker bejahte: »Ein Kollege aus Itzehoe hat das freundlicherweise übernommen.« Volker und Christian setzten sich George gegenüber.

»Wie furchtbar für sie ...« Über Georges Gesicht huschte ein kleines Lächeln. »Als Henning sein Vorstellungsgespräch hier hatte, saßen beide draußen auf dem Flur und haben ihm die Daumen gedrückt. Es war Henning ungeheuer peinlich.«

»Was für ein Typ war Henning Petersen?«, wollte Christian wissen.

»Fleißig. Aufgeweckt. Ehrgeizig. Mit einem guten Gespür für Themen. Natürlich muss er ... musste er noch viel lernen, aber aus ihm hätte ein guter Journalist werden können. Darf ich fragen, wie er getötet worden ist? Und ob Sie schon etwas über den Täter wissen?«

»Zum gegenwärtigen Zeitpunkt geben wir keine Informationen an die Presse heraus«, antwortete Christian.

»Ich frage nicht als Journalist. Mir geht Hennings Tod sehr nahe. Glauben Sie mir, ich mochte ihn gerne.«

Volker schaltete sich wieder ein. Wie immer fand er Christians Art der Gesprächsführung zu ungeschickt.« Sobald wir Ihnen Genaueres sagen können, was jetzt aus ermittlungstechnischen Gründen keinen Sinn macht, werden wir Sie benachrichtigen. War Henning auch bei seinen Kollegen beliebt? Wissen Sie etwas über Freunde, möglicherweise eine Freundin?«

»Privat hatte ich nichts mit ihm zu tun. Allein schon der Altersunterschied ... Und ich war sein Chef. Aber alle hier mochten ihn. Er hat nie gemeckert, auch wenn er Arbeiten erledigen musste, auf die meine Redakteure keinen Bock haben. Er wollte lernen, hat alles in sich aufgesogen. Am besten hat ihn wohl Walter Ramsauer gekannt, unser Ressortleiter Entertainment. Henning hat ihn zum großen Vorbild erkoren und sich an ihn rangehängt. Ramsauer ist noch einer von der alten Schule, war früher sogar mal beim Spiegel.«

»Können wir Herrn Ramsauer bitte kurz sprechen?«

»Bedaure. Der ist für ein halbes Jahr in Elternzeit. Und soweit ich weiß, im Moment mit Frau und Kind verreist.«

George vergewisserte sich bei seiner Sekretärin, dass er recht hatte. Ramsauer war irgendwo in Österreich, bei seinen Eltern. Auf einer Alm, wo es nicht mal Handyempfang gab, wie Ramsauer vor seiner Abreise fröhlich verkündet hatte. Auch keiner der Kollegen wusste, wo genau Ramsauer herkam. Für sie war Österreich ein schwarzes Loch, das Mozartkugeln und Medienschaffende ausspuckte und ein paar passable Skipisten bot.

»Hatte Henning hier einen eigenen Arbeitsplatz?«, fragte Christian weiter.

»Natürlich. Unsere Volontäre schreiben, die sind nicht zum Kaffeekochen da.«

Volker erhob sich. »Ich würde mir gerne seine Dateien auf einen Stick kopieren, wenn das möglich ist.«

George rief seine Sekretärin, damit sie Volker zu Hennings Computer brachte.

»Gibt es ein Passwort?«, wollte Volker wissen.

George lächelte: »Wir sind eine Tageszeitung, keine Polizeibehörde. Bei uns braucht jeder jederzeit Zugang zu allem. Wir lüften Geheimnisse, wir hüten sie nicht.«

Volker ging mit der Sekretärin hinaus.

»Wissen Sie, an was Henning in letzter Zeit gearbeitet hat?«, fragte Christian.

»Leserbriefe beantworten, Kurzmeldungen aus den Stadtteilen … Warum fragen Sie?«

»Wir haben Grund zu der Annahme, dass er etwas wusste. Oder etwas gehört oder gesehen hat, was er nicht sollte. Sein Zimmer ist durchwühlt worden, der Laptop ist weg.«

Georges Aufmerksamkeit war geweckt, sicher auch aus beruflicher Neugier. Doch er bedauerte: »Ich kann mir nicht vorstellen, dass es etwas mit seiner Arbeit hier bei der Morgenpost zu tun haben kann. An investigativen Themen sind unsere Volos selten beteiligt.«

»Haben Sie denn zurzeit ein heißes Eisen im Feuer?«

»Ein brandheißes!« George grinste. »Eine fünfköpfige Bürger-Ini kämpft um eine alte Eiche, die wegen eines Bauprojekts gefällt werden soll.«

Christian erhob sich und reichte George die Hand. »Dennoch vielen Dank für Ihre Zeit.«

Auch George erhob sich: »Sie halten mich auf dem Laufenden?«

»Soweit das möglich ist.«

Appen.

Anna Maybach, Psychologie-Dozentin an der Hamburger Universität und Lebensgefährtin des Kommissars Christian Beyer, gab ihren Mantel an der Garderobe ab, strich sich die neue Bluse glatt und schaute ins Beiheft. Es standen Stücke für Klavier und Violine von Antonín Dvořák, Edvard Grieg und Anton Webern auf dem Programm. Anna freute sich auf das Konzert, sie bedauerte nur, dass Christian nicht hatte mitkommen können. Er steckte mitten im Fall des jungen, ermordeten Journalisten, und wie sie wusste, waren die ersten achtundvierzig Stunden häufig entscheidend für den Ermittlungserfolg. Aber

Christian benutzte die Arbeit auch gern als willkommene Ausrede: Er war eher der Rolling-Stones-Typ, hörte zwar gelegentlich klassische Musik, verabscheute jedoch das steife Gebaren der Klassik-Konzert-Besucher mit ihren ernsten Mienen und verhaltenem Gehüstel.

Anna sah sich im Saal des Appener Bürgerhauses um. Er war schon fast komplett besetzt, sodass auch sie zügig auf ihren Platz ging. Die in schwarze Spitze gehüllte alte Dame neben ihr war in die Biografien der Künstler vertieft, die im Programm abgedruckt waren. Anna musste sie nicht lesen, sie hatte Sofia Suworow und Danylo Savchenko schon einmal zusammen spielen sehen und wusste einiges über die Musiker: Sofia Suworow war Mitte zwanzig und kam aus Moldawien. Sie und der etwas jüngere Savchenko hatten sich an der staatlichen Musikschule Moskau kennengelernt. Als Wunderkinder gefeiert waren sie früh international erfolgreich als Duo aufgetreten, spielten sogar vor dem Papst und gekrönten Häuptern. Als sie älter wurden und neue Wunderkinder nachwuchsen, war es etwas stiller um sie geworden. Beide gingen schließlich nach Deutschland, Suworow studierte Geige in Bremen, Savchenko Klavier in Hamburg. In die Weltspitze hatten sie es bislang nicht geschafft, aber seit ihren Abschlüssen konzertierten sie auf einem guten Niveau, meist als Solisten, häufig aber auch gemeinsam.

Anna sah auf die Uhr. Sie waren schon fünfzehn Minuten über die Zeit. Im Saal wurde leise mit den Füßen geschartt und verhalten gehüstelt. Anna grinste in sich hinein: Unerhörte fünfzehn Minuten Verspätung bei den Klassikern entsprachen mindestens einer Stunde bei einem Rockkonzert. Bei den Stones jedoch würden nun vermutlich die ersten Bierflaschen auf die Bühne fliegen.

Ein Mann mittleren Alters betrat das Podium, auf dem bislang nur ein einsamer Flügel und ein leerer Klavierstuhl gewartet hatten. »Einen wunderschönen guten Abend, meine Damen und Herren. Mein Name ist Karl Jensen, ich bin der Künstlerische Leiter der ›Norddeutschen Musikabende‹ und heiße Sie herzlich willkommen zum zweiten Konzert in unserer diesjährigen Spielzeit.«

Kurzer Pflichtapplaus.

»Leider muss ich Ihnen eine kurzfristige Programmänderung mitteilen. Zu unserem allergrößten Bedauern kann Danylo Savchenko aus gesundheitlichen Gründen heute nicht auftreten. Statt das Konzert ausfallen zu lassen, hat sich Sofia Suworow freundlicherweise bereiterklärt, uns einen fantastischen Soloabend zu bereiten. Wer seine Karten zurückgeben will, kann dies selbstverständlich tun …« Jensen lächelte jovial. »Ich kann mir jedoch nicht vorstellen, dass Connaisseure wie Sie auf die seltene Gelegenheit verzichten wollen, die Ausnahmegeigerin Sofia Suworow mit einem exzeptionellen Solo-Programm zu bewundern.« Jensen nahm einen Zettel und warf einen kurzen Blick darauf. »Sie spielt für uns die sechs Sonaten und Partiten von Johann Sebastian Bach sowie die Sonate für Violine opus 27 von Eugène Ysaÿe. Vielen Dank.«

Jensen ging unter verhaltenem Applaus ab. Nur ein Pärchen erhob sich und verließ den Raum, um die Karten zurückzugeben. Alle anderen blieben. Anna bedauerte Savchenkos Ausfall, denn er war nicht nur ein hervorragender Pianist, sondern sah auch noch verdammt gut aus mit seinen dunklen Augen und den schwarzen Locken, die ihm beim Allegretto in die Stirn fielen. Doch sie war über eine halbe Stunde aus Hamburg hergefahren, da wollte sie wenigstens die Suworow sehen. Außerdem mochte sie die Sonate von Ysaÿe.

Sofia Suworow betrat unter Applaus die Bühne und verbeugte sich. Die zierliche junge Frau trug ein nachtblaues Abendkleid im Empire-Stil. Ihre aschblonden, langen Haare hatte sie zu einem Knoten hochgesteckt. Sie nahm die Geige hoch, legte sich ihr Läppchen unter die linke Kinnhälfte, atmete tief durch und begann.

Sie spielte schlecht. Sie spielte geradezu erbärmlich. Unkonzentriert, technisch weit unter ihrem Niveau, von Ausdruck keine Spur. Im Saal wurde es unruhig, der Beifall geriet spärlich. Sie kam kein zweites Mal auf die Bühne zurück, um sich zu verbeugen. Der Saal war schnell geleert. An der Garderobe tuschelte und raunte das enttäuschte Publikum. Die meisten gingen nach Hause, einige wenige tranken noch ein Glas Sekt oder Orangensaft und eiferten sich in Spekulationen.

Anna schlängelte sich auf dem Weg zur Garderobe zu dicht an wild gestikulierenden Kritikern vorbei und bekam dabei versehentlich ein Glas Orangensaft auf ihre neue Bluse gekippt. Die verantwortliche Frau entschuldigte sich vielmals und wollte Anna ihre Adresse für die Rechnung der Reinigung geben. Anna wiegelte ab und ging zur Damentoilette, wo sie kurzerhand den Fleck herauswusch und die Bluse unter den Händetrockner hielt. Draußen wurde es allmählich ruhig, auch die Letzten schienen sich nach ausgiebiger Tratscherei auf den Nachhauseweg gemacht zu haben.

Anna streifte ihre halbwegs trockene Bluse über, als sie etwas entfernt laute und aufgeregte Stimmen hörte. Sie öffnete die Tür des Waschraums und ging zurück auf den Flur. Nun waren die Stimmen deutlicher. Sie kamen aus der nur angelehnten Tür, die hinter den Bühnenraum führte. Eine Frau mit osteuropäischem Akzent schrie: »Wo ist er? Was habt ihr mit ihm gemacht?« Sie klang hysterisch.

Eine Männerstimme, die Anna als die Stimme von Karl Jensen identifizierte, antwortete: »Frau Suworow, ich bitte Sie! Was sollen wir mit ihm gemacht haben? Herr Savchenko sagt nicht ab, er taucht nicht auf, er meldet sich nicht ... Die Geschädigten sind eindeutig wir! Und dann spielen Sie auch noch dermaßen unter Niveau, dass ich mich als Künstlerischer Leiter geradezu schämen ...«

Jensens Beschwerde wurde unterbrochen von einem lauten Klatschen. Anscheinend hatte die Suworow ihm eine gescheuert. Jensen verlor nun ebenfalls die Beherrschung und begann zu schreien, doch außer wüsten Schimpfwörtern konnte Anna nichts mehr verstehen, denn ein Mann kam in den Flur, sah Anna abweisend an und schloss die Tür zum Bühnenaufgang mit einer deutlichen Geste.

Anna ging zur Garderobe, wo ihr Mantel einsam und von

keiner Garderobiere mehr beaufsichtigt auf einem Haken hing. Sie nahm ihn und verließ das Gebäude.

Als sie nach Hause kam, schlief Christian schon. Anna kleidete sich aus und legte sich dazu. Was für ein blöder Abend, dachte sie. Es dauerte eine Weile, bis auch sie einschlief.

4. April 2010
Hamburg.

Christian stand um sieben Uhr auf. Anna lag im Tiefschlaf, er weckte sie nicht, duschte, nahm ein karges Frühstück im Stehen zu sich und ging ins Büro. Der Spaziergang vom Generalsviertel, wo er seit einigen Jahren mit Anna ihre kleine Stadtvilla bewohnte, entlang des Kaifu-Ufers bis zum Schanzenviertel tat ihm gut. Die klare frühmorgendliche Luft und die Monotonie des Schritt-vor-Schritt-Setzens halfen ihm, seine Gedanken zu sortieren. Der Mord an Henning Petersen warf bislang nur Rätsel auf. Die Art und Weise der Durchführung ähnelte Racheakten oder Strafaktionen aus dem Milieu krimineller Banden. Das Opfer jedoch passte nach bisherigen Erkenntnissen weder in das Umfeld, noch gab es eine ersichtliche Verbindung dazu. Sie waren noch weit von der Lösung entfernt.

Wie immer bei einem aktuellen Fall trafen sich die Mitglieder der Soko am Morgen zur Konferenz. Christian legte allergrößten Wert auf diese Gesprächsrunden, auch wenn es keine Neuigkeiten gab. Möglicherweise war einer von ihnen über Nacht auf eine Idee gekommen, hatte einen Aspekt gesehen oder eine Version entwickelt, die auf den ersten Blick absurd schien, vielleicht aber in eine neue Denkrichtung führte und irgendeinen Schleier lüftete.

Wie immer eröffnete er die Konferenz mit der Frage: »Was haben wir?« Während Yvonne frischen Kaffee einschenkte und Croissants für alle verteilte – außer für ihren speziellen Liebling Daniel, der bekam zwei frische Brötchen mit Metzgermarmelade, also Mett mit Zwiebeln – sortierten alle ihre Notizen.

»Eine Leiche, männlich, 27 Jahre. Name Henning Petersen. Wohnhaft in einer Zweier-WG in Ottensen. Beruf: Volontär bei der Hamburger Morgenpost«, begann Herd mit den bekannten Fakten.

Volker übernahm: »Todeszeitpunkt vorgestern zwischen 15 und 16 Uhr. Todesursache laut Karens Bericht der Kopfschuss. Kaliber 32, aus einer Entfernung von unter einem Meter abgefeuert. Zwei vor dem Tod abgetrennte Finger, vermutlich mit einer Art Gartenschere oder Bolzenschneider. Post mortem abgetrennte und zerteilte Zunge, gleiches Werkzeug. Das Opfer war zu Lebzeiten kerngesund, seinem Alter entsprechend. Keine Drogen nachweisbar. Keine an der Leiche ersichtlichen Kampfspuren. Das Opfer wurde entweder überrascht, war in Schockstarre, oder kannte den Täter.«

Karen Kretschmer, die den von Volker zitierten Bericht abgeliefert hatte, war eine Hamburger Rechtsmedizinerin, die seit Jahren mit der Soko zusammenarbeitete. Christian verließ sich absolut auf ihre Fachkenntnis und auf ihr Gespür für die physiologischen und psychologischen Besonderheiten von Tötungsarten, soweit sie sich am Körper des Opfers manifestierten. Im Gegensatz zu ihren Kollegen beschränkte sie ihre Arbeit nicht auf den Seziertisch, sondern kam, wenn es ihre Zeit zuließ, auch zum Tat- oder Fundort, um sich ein Bild von der Auffindesituation zu machen. Christian schätzte sowohl ihren anderen Blickwinkel als auch ihre schon fast beängstigende Intelligenz.

»Henning Petersen wurde in Itzehoe als einziger Sohn einer Arbeiterfamilie geboren.« Nun kam Daniels Part. »Grundschule, Gymnasium in Itzehoe, alles ohne Auffälligkeiten, es sei denn, man will ein Mal Autofahren mit 19 unter Drogeneinfluss, wir reden hier von Gras, als Auffälligkeit verbuchen. Wollen wir nicht. Gutes Abi, dann Zivildienst, dann Studium von Germanistik und BWL. Nach dem Studium Volontariat bei der Mopo. War bei Facebook, hat aber auch dort nur die übliche Langeweile verbreitet: Partyfotos, Bemerkungen über das Wetter, die Deutsche Bahn, den letzten Urlaub auf Malle und den letzten Rave in was weiß ich wo. Öder Scheiß. Auffallend ist nur, dass in seinem Freundeskreis fast nur Männer sind. Bekennende Schwule und solche, die es werden wollen. *Meine* Meinung.«

»Womit wir bei der Zeugenaussage von Petersens WG-Mitbewohner Sebastian Dierhagen wären.« Pete schaltete sich ein. »Nachdem er sich ein wenig beruhigt hatte, habe ich noch mal mit ihm geredet. Das war höchst aufschlussreich. Daniels Einschätzung ist richtig. Unser Henning war schwul. Und bei Weitem nicht so brav und sanft und auf Job und Karriere fixiert, wie sein Chefredakteur und auch seine Eltern vermuten. Henning hat ganz schön rumgevögelt. Laut Dierhagens Aussage war er Stammgast bei ›GayRomeo‹, einem Internetportal für schwule Sexkontakte. Er hat sich die Lover ins Haus bestellt oder ist zu ihnen hin, das war ihm egal. Dierhagen war oft ganz schön genervt, weil andauernd fremde, nackte Männer am Morgen durch die Wohnung hüpften. Allerdings erzählt er, dass Petersen der Vielvögelei abschwören wollte, weil er sich verliebt hatte.« Pete machte eine kleine Kunstpause und genoss die Aufmerksamkeit seiner Zuhörer.

»Willst du einen Orden für diese wertvolle Info, oder können wir weitermachen?«, fragte Christian.

»Leider geht es nicht viel weiter«, gestand Pete. »Das Objekt von Petersens obskurer Begierde bleibt weitgehend im Dunkeln. Dierhagen hat ihn nur ein einziges Mal in der WG gesehen. Groß, schlank, dunkelhaarig und mit einem osteuropäischen Akzent sprechend.«

»Wie lange ging das mit den beiden?«, wollte Christian wissen.

»Erst ein paar Wochen. Aber heftig. Dierhagen sagt aus, dass Petersen völlig von der Rolle war. Was immer das heißen mag. Jedenfalls hat er laut Dierhagen die ganze Zeit vom großen Durchbruch gelabert. Dierhagen wollte es so genau nicht wissen. Er hat wohl Angst gehabt, dass Petersen irgendwas Sexuelles meint. Die beiden, also Petersen und sein Lover, haben sich übrigens nicht über ›GayRomeo‹ kennengelernt, sondern in irgendeiner Hamburger Schwulenbar. Mehr wusste Dierhagen nicht.«

»Na toll«, stöhnte Herd. »Das heißt, wir touren die nächsten Tage durch Schwuckencountry!«

»Was dagegen?«, fragte Christian angekratzt. Seit er sich mühsam damit versöhnt hatte, dass sein erwachsener, in Los Angeles lebender Sohn schwul war, zeigte er sich empfindlich bei jeder Form von noch so versteckter Homophobie.

»Kein Problem, Chef«, antwortete Herd. Insgeheim wunderte er sich über Christians Sensibilität diesem Thema gegenüber, war Christian doch wahrlich nicht für Sensibilitäten irgendeiner Art berühmt. Aber Herd legte nicht jedes Wort auf die Goldwaage. Er kannte Christian seit Jahren und zuckte zu vielen Eigenheiten seines Chefs und Freundes nur mit den Schultern.

»Dann ist ja gut.« Christian hob die Sitzung auf.

5. April 2010
Bremen.

Zwei Tage nach dem Konzert fand Sofia immer noch keine Ruhe. Es ging nicht um die eigene erbärmliche Leistung, auch wenn dieses öffentliche Scheitern an ihr nagte. Sie versuchte, ihr Gleichgewicht wiederzufinden, sich im Alltag einzugliedern und ihre Schüler an der Hochschule für Künste zu unterrichten. Sie wollte daran glauben, dass alles in Ordnung war, dass alle Geschehnisse nur bedeutungslose, kleine Kettenglieder in einem Chaos-Collier namens Danylo waren. Wie immer. Sie wollte glauben, dass Danylo irgendwo versackt war, verkatert und schuldbewusst in einer Ecke hing und seine Wunden leckte. Doch es gelang ihr nicht. Ihre Gedanken kreisten ständig um ihn. War er untergetaucht, nach allem, was er ihr erzählt hatte? Sie glaubte nicht daran. Er hätte niemals ein Konzert mit ihr geschmissen, ohne ihr Bescheid zu sagen. Es musste ihm etwas passiert sein. Etwas Schlimmes. Und wenn sie in den nächsten

Tagen nichts von ihm hörte, dann würde sie von allem, was er ihr erzählt hatte in der Nacht, Gebrauch machen müssen. Selbst wenn es zu Danylos Schaden war.

Erschöpft von ihren Sorgen und einer Schülerin, die einfach keinen Zugang zu den Kompositionen Sarasates fand, öffnete Sofia die Tür zu ihrer Wohnung in der Lessingstraße. Sie wollte nur noch in die Badewanne und nicht an Sarasate denken und schon gar nicht an Danylo. Sofia hatte schließlich auch ein Recht auf ein eigenes Leben. Sie war gerade mal fünfundzwanzig, hatte keinen Freund, kein nennenswertes Privatleben, und ihre ehemals fulminante Karriere als Wunderkind war seit Jahren auf dem absteigenden Ast. Wenn Sofia nicht in der Mittelmäßigkeit einer Dozentin verkommen wollte, musste etwas passieren. Sie musste sich auf sich selbst konzentrieren. Fast war sie wütend auf Danylo, weil der sich diese Gedanken nie machte. Danylo dachte nicht nach über die Zukunft, über das tägliche Brot und die Miete und die Krankenversicherung und die Altersvorsorge. Er beschäftigte sich ausschließlich mit Neuinterpretationen, Fingersätzen und Auftritten in möglichst großen Konzerthäusern. Danylo war so besessen von der Musik, dass sich Sofia neben ihm oft wie eine biedere Hausfrau fühlte, deren Erfüllung eher in einer vollkommenen Erbsensuppe lag denn in der virtuosen Darbietung einer großen Komposition. Früher hatte man ihr das gleiche Talent wie Danylo bescheinigt. Doch im Gegensatz zu Danylo konnte und wollte sie nicht nur für die und auf der Bühne existieren. Sie träumte heimlich vom kleinen Glück. Während Danylo sich nach den Sternen sehnte, erschien ihr deren Licht zu kalt. Sie wünschte sich Liebe. Einen Mann. Kinder. Und kam sich dumm und egoistisch dabei vor. Schließlich war sie gesegnet mit einem Ausnahmetalent. Und man hatte ihr schon sehr früh klargemacht, dass sie dieser Gabe nicht nur Dank erweisen, sondern ihr ganzes Leben unterordnen musste.

Müde betrat sie ihre Wohnung. Sie sehnte sich nach dem Bett. Nur noch heiß duschen, die Zähne putzen und Nachtcreme auftragen. Sofia zog ihre Jacke aus, warf sie auf den

Stuhl im Flur und wollte weitergehen, Richtung Bad. Da spürte sie es. Sie war nicht allein. Jemand war hier. In ihrer Wohnung. Atemlos hielt sie inne. Sie stand im Flur. Vor ihr lagen die Küche und das Wohnzimmer. Rechts das Bad. Links das Schlafzimmer. Hinter ihr der Ausgang. Alles in ihr wollte zurück, zum Ausgang. Doch sie hörte nicht auf ihre Instinkte, schalt sich eine dumme, überspannte Kuh. Ging weiter. Als sie die Hand auf den Lichtschalter im Wohnzimmer legte, bekam sie einen heftigen Schlag ins Gesicht. Sofia flog gegen die Wand und sackte zu Boden. Sie war nicht bewusstlos, sie war überrascht. Ihre Knochen taten weh.

»Okay, du Schlampe. Sag mir, wo Danylo ist!« Der Mann klang wie ein Russe, der schon länger in Deutschland lebte. Sein Akzent war recht unauffällig, doch Sofia besaß ein feines Gehör.

»Ich weiß es nicht! Er ist verschwunden!« Sofia konnte den Mann nicht erkennen. Er stand ihr im Dunkeln gegenüber, nur die Straßenbeleuchtung erhellte das Zweizimmer-Apartment ein wenig, sodass sie die Umrisse des Eindringlings sehen konnte. Er war mittelgroß und breitschultrig.

»Dann sag mir, wo die Kassette ist!«

»Welche Kassette?«, stöhnte sie. Sofia versuchte, ihre Einzelgliedmaßen in die richtige, angestammte Ordnung zu bringen.

»Kassette, Band, DVD, mpeg-Datei, mir scheißegal, aber rück die Aufnahme raus!«

»Ich habe keine Ahnung, wovon Sie reden!«

Er trat ihr in die Rippen. Es tat höllisch weh. Sie donnerte mit dem Rücken gegen das Regal. Ein kleiner, gläserner Schwan, den ihr ihre Mutter Ileana geschenkt hatte, fiel aus dem Regal und zersprang. Er fragte sie noch einmal. Sie stöhnte laut auf und schüttelte den Kopf. Danylo hatte ihr offensichtlich nicht alles erzählt. Aber wenn der Mann etwas bei ihr suchte, konnte das nur heißen, dass er nicht wusste, wo Danylo war. Für einen kurzen Moment war Sofia erleichtert. Oder log der Mann? Sofia konnte nicht mehr klar denken. Was war hier los? Worum ging es überhaupt? Er trat sie wieder. Und wieder. Es half ihm nicht. Sie hatte immer noch keine Ahnung. Sie spürte, wie ihr Gesicht anschwoll, Blut schoss aus ihrer Nase, die Oberlippe war aufgeplatzt, ihr ganzer Oberkörper schmerzte, sie zog die Beine an, um ihren Leib zu schützen, doch obwohl er ihr zwischen den Tritten auch immer wieder mit der Faust ins Gesicht schlug, hielt sie nicht die Hände davor, sondern versteckte sie hinter dem Rücken, so gut es ging. Nicht die Hände. Den Händen durfte nichts passieren, niemals, das hatte sie von Kind an gelernt. Ohne ihre Hände war sie ein Nichts.

Sofia fing an zu weinen und zu wimmern und zu betteln, sie gab dem Mann recht, was immer er auch sagte, sie gab ihm in allem recht, nur damit er aufhörte, endlich aufhörte.

Schließlich hörte er auf, sie zu schlagen, und machte das Licht an. Er trug Jeans, grobe Schuhe, eine Skimaske und einen grünen Parka. Sofia sah trotz ihrer geschwollenen, blutunterlaufenen Augen, dass er ihre Wohnung durchwühlt hatte. Sie wusste wirklich nicht, was er suchte. Das sagte sie ihm ein letztes Mal. Mit letzter Kraft. Er schien ihr endlich zu glauben, denn er nahm sein Handy aus dem Parka und telefonierte: »Ich habe nichts gefunden. Angeblich hat sie keine Ahnung, wovon ich rede. Aber sie weiß etwas, da bin ich ganz sicher.« Dann hörte er zu.

Sofia schien es, als sei seine Aufmerksamkeit abgelenkt. Mit ihren zerschundenen Knochen robbte sie über den Boden, wollte zum Telefon kriechen, das auf dem Wohnzimmertisch stand. Sie kam nicht mal einen Meter weit. Er setzte seinen Fuß in ihren Nacken. Sie bewegte sich keinen Millimeter mehr. Ein Tritt von ihm mit seinen schweren Schuhen, und ihr Genick wäre gebrochen.

Er legte auf und steckte sein Handy weg. Langsam beugte er sich zu ihr, strich ihr fast zärtlich über die Wangen und dann in einem einzigen, langsamen Bogen mit seinem Zeigefinger über die Kehle: »Hör zu, Prinzessin, hör genau zu. Du wirst nicht zur Polizei gehen. Du wirst mit niemandem reden. Du wirst brav sein und nachdenken. Über das, was wir haben wollen. Und über deine liebe Familie zu Hause: Mama Ileana und Papa

Radu und Schwester Alina. Unser Arm reicht weit. Sehr weit. In ein paar Tagen komme ich wieder und frage noch einmal. Bis dahin hast du begriffen, wie ernst wir es meinen.«

Sofia zitterte. Dass er die Namen all ihrer Familienmitglieder kannte, schockierte sie. Sie konzentrierte sich darauf, jetzt nicht in ihre Hose zu pinkeln. Sie war fest davon überzeugt, dass es im Moment nichts Wichtigeres geben könnte. Sie durfte sich nicht gehen lassen. An diesem Gedanken hielt sie sich fest, weil es im Moment nichts anderes gab zum Festhalten. Die Schmerzen, die Angst und die fast übermenschliche Anstrengung machten sie plötzlich wütend. »Lass meine Familie in Ruhe, du Arschloch!«

Er trat wieder zu. »Du hast ja plötzlich eine ganz schön große Klappe! Aber die wird dir bald vergehen. Denk an meine Worte!«

Sofia begriff, dass ihre Wut gefährlich war, nicht nur für sie. »Ich weiß nichts. Wirklich. Ich schwöre!«

»Beim Leben deiner kleinen Schwester Alina?« Der Mann grinste gehässig.

Sofia beschwor alles, was er wollte.

Als der Mann weg war, schaffte sie es gerade noch bis zur Toilette.

**6. April 2010
Hamburg.**

Christians Soko war spezialisiert auf Serienkiller. Der Tod des Morgenpost-Volontärs Henning Petersen sah nach allem aus, aber nicht nach Serienkiller. Christian und seine Truppe hatten den Fall dennoch von der Hamburger Mordkommission zugeteilt bekommen. Das lag an dem erfreulichen Umstand, dass in Deutschland Serienkiller immer noch eine Seltenheit waren und weder das BKA noch die vor Ort zuständige Hamburger Behörde die herausragende Kompetenz dieser Truppe brachliegen lassen konnte. Zwar war es seit dem Bestehen der Soko

Bund ein Bestreben gewisser polizeilicher Kreise gewesen, die unliebsame Spezialeinheit scheitern zu sehen. Da man sich inzwischen aber an die Existenz der Soko und an ihre Erfolge gewöhnt hatte, war es zur beliebten Praktik geworden, zusätzliche und gerne auch unbequeme Fälle an sie abzuschieben.

Es war am Nachmittag, vier Tage nach Auffinden der Leiche von Henning Petersen. Christian und Pete kamen gerade aus Itzehoe zurück, wo sie ein langes, aber unergiebiges Gespräch mit den Eltern des Opfers geführt hatten. Weder Hennings Mutter noch der Vater schienen auch nur eine Ahnung von der Homosexualität ihres Sohnes gehabt zu haben. Als Christians Fragen in diese Richtung gingen, sahen sie ihren in Itzehoe noch so unschuldigen Sohn sofort als Verführungsopfer perverser Großstadt-Wüstlinge und fragten sich – die Mutter weinend, der Vater fassungslos –, was sie denn bloß falsch gemacht hätten. Pete versuchte, sie zu beruhigen und ihnen zu erklären, wie verkehrt diese Frage war. Christian hatte geschwiegen. Als sein Sohn ihn vor einigen Jahren damit konfrontierte, schwul zu sein, hatte er sich die gleiche, dumme Frage gestellt. Bis er begriff, dass auch er in seinem Sohn nur sein Ebenbild suchte, gewissermaßen ein verbessertes Modell.

Als Christian und Pete die Zentrale betraten, saßen Herd und Volker bei Daniel im Kabuff und starrten gemeinsam mit ihm auf den Bildschirm seines Computers. Christian und Pete blieben an der Tür stehen, auch wenn sie selbst gerne einen Blick auf den offensichtlich faszinierenden Bildschirm geworfen hätten. Das Zimmer war definitiv zu klein für fünf Personen. Es war im Grunde schon zu klein für drei. Herd saß praktisch auf Volkers Schoß. Die beiden sahen übernächtigt aus.

Volker hob nur kurz den Kopf. »Wir haben ihn.«

Herd ergänzte: »Den ominösen Lover.«

»Hat uns die ganze Nacht in Schwulenbars gekostet. Herd wurde andauernd angebaggert. Wie die Motten das Licht haben sie ihn umschwirrt. Schätze, unser Herd ist latent schwul, und wir erleben demnächst sein Coming-out.«

»Dann ficke ich dich als Ersten.« Herd ließ sich von Volkers trockenem Humor nie aus der Ruhe bringen. Die beiden grinsten sich an.

»Schön, dass ihr Spaß habt.« Christian wusste, dass er Herd und Volker nicht drängen durfte, sonst würden sie die Nummernrevue noch weiter ausdehnen, nur um ihn zu ärgern. »Wenn ihr mit dem Austausch eurer erotischen Phantasien durch seid, kommt bitte in den Konferenzraum und bringt Pete und mich auf Stand.«

Christian drehte sich um und ging vor, Pete folgte ihm. Zehn Sekunden später waren auch die anderen da.

»Wo ist Yvonne?«, fragte Pete.

»In einem Seminar an der Uni. Du wirst dir deinen Kaffee selbst machen müssen«, sagte Daniel. Er sah auf die Uhr. »Oder du wartest noch ein paar Minuten, dann ist sie zurück. Mit Anna übrigens, Yvonne hat das Seminar bei ihr, und die beiden wollen zusammen auf ein Tässchen herkommen.«

»Dann wär's doch nett, wenn wir schon Kaffee hätten«, meinte Herd und erhob sich, um in die Kaffeeküche zu gehen.

»Leute, jetzt reicht es! Sind wir hier beim Affenzirkus, oder was?« Christian schlug mit der flachen Hand auf den Tisch.

»Ich find's auch besser, wenn du dich endlich hinsetzt und anfängst«, wandte sich Volker an Herd. »Dein Kaffee schmeckt nämlich scheiße.«

Herd zuckte mit den Schultern und setzte sich wieder. »Petersens WG-Mitbewohner hat recht. Henning ist in der Schwulen-Szene ziemlich bekannt. Fast in allen einschlägigen Läden hat man ihn auf dem Foto erkannt. Den Namen wussten die meisten nicht, aber Namen sind ja bekanntlich Schall und Rauch. Er kam meistens allein in die Kneipen und Bars und ließ sich dann abschleppen.«

Die tagsüber nicht abgeschlossene Wohnungstür der Soko-Zentrale quietschte. Anna und Yvonne kamen herein. Anna begrüßte Christian mit einem Kuss, die anderen mit einem lässigen Winken. Yvonne warf eine Tüte mit süßen Teilchen auf den Tisch, sagte: »Ich koch mal Kaffee«, und verschwand in der Küche. Anna setzte sich zu den Männern.

»Herd und Volker versuchen schon seit einer geraumen Weile vergeblich zu sagen, wer der Lover unseres Mordopfers war. Irgendwie kommen sie nicht auf den Punkt.« Christian war langsam genervt. Normalerweise freute er sich über Annas seltene Besuche, doch im Moment empfand er die Unterbrechung als zusätzlich störend. Vielleicht ging ihm auch gegen den Strich, dass Petes Blick für seinen Geschmack etwas zu lang auf Anna geruht hatte. Annas kleine Affäre mit Pete hatte zwar stattgefunden, bevor er sie kennengelernt hatte, und war damit Schnee von gestern. Aber der alte Stachel, sein Wissen um Annas Körper und ihr Verhalten im Bett mit einem Kollegen teilen zu müssen, bohrte gelegentlich immer noch. »Henning Petersen und sein neuer Freund sind mehrfach zusammen im ›Crazy Horst‹ und zwei anderen Bars gesichtet worden. Das mit den beiden lief erst seit einigen Wochen, aber sie machten einen sehr verliebten Eindruck«, fuhr Volker fort.

»Auch der Lover ist bekannt. Er taucht zwar nach Aussagen des Personals nicht sehr häufig in den Kneipen auf, aber wenn, dann gewaltig«, ergänzte Herd. »Aufgrund seines guten Aussehens und seiner manchmal Aufsehen erregenden Auftritte kennen ihn die meisten in der Szene. Er ist ein äußerst trinkfreudiger junger Pianist aus Russland. Danylo Savchenko.«

»Wie bitte?« Anna sah Herd perplex an.

Herd sah auf seinen Zettel. »Keine Ahnung, ob ich das richtig ausspreche. Da-ny-lo Sav-chen-ko, 23 Jahre alt.«

Daniel las seine schon gesammelten Informationen von seinem Bildschirm ab: »Geboren 1987 in Belgorod, Russland, in der Nähe der ukrainischen Grenze. Der Vater Maxym Savchenko, ein ukrainischer Komponist, die Mutter Elena Savchenko, geborene Rebko, Russin aus einer verarmten Industriellenfamilie. Die Eltern ließen sich scheiden, als Danylo neun Jahre alt war. Die Mutter lebt in Moskau, der Vater seit 1998 in Berlin, wo er vor sich hin komponiert. Anspruchsvolle Sachen, die keiner haben will, oder billigen Scheiß fürs Fernsehen. Aufgewachsen ist Danylo mehr oder weniger in Moskau, an der Staatlichen Musikschule, eine Art weltberühmter Kaderschmiede für musikalische Wunderkinder. Da war sein Vater damals Lehrer. Danylo ist mit 17 dort weg, studierte ein Jahr in Sankt Petersburg und kam dann nach Deutschland an die Hamburger Musikhochschule. Konzertexamen letztes Jahr. Ein paar Preise, viele Auftritte in Europa, ein paar in Übersee, aber noch nicht der ganz große Durchbruch. Er wohnt in Winterhude, Krochmannstraße 11. Das zur ersten Info, ich werde natürlich noch tiefer graben.«

»Er ist verschwunden«, sagte Anna.

Alle Blicke richteten sich auf sie. Yvonne kam mit dem Kaffee dazu und schenkte ein.

»Ich habe dir doch von dem schlechten Konzert kürzlich erzählt. Wo der Pianist ausfiel. Danylo Savchenko. Angeblich wegen Krankheit ...« Anna wiederholte die Ereignisse des Abends noch einmal für alle. Sie schloss ihren Bericht: »Er spielt häufiger mit Sofia Suworow zusammen. Soweit ich weiß, sind die beiden seit ihrer Kindheit befreundet. Sie wohnt in Bremen.«

»Stimmt«, sagte Daniel. »Lessingstraße 20. Telefonnummer ebenfalls vorhanden.« Während Anna erzählt hatte, waren seine Finger über die Tastatur gehuscht und hatten Datenbanken eingesehen, zu denen er offiziell keinen Zugriff hatte, was ihm aber herzlich egal war, ebenso wie seinen Kollegen. Daniel lieferte blitzschnelle und zuverlässige Ergebnisse, das war das Wichtigste.

»Wir haben die Nummer auch schon«, sagte Volker. »Der Chef vom ›Crazy Horst‹ hat sie uns gegeben. Savchenko war am Abend, als Sebastian Dierhagen die Leiche von Henning Petersen fand, in der Kneipe und hat sich volllaufen lassen. Er heulte und randalierte, und als der Chef ihn rauswerfen wollte, hat er ihm eine Telefonnummer gegeben und was gelallt von einer Sofi. Sie hat ihn kurz darauf abgeholt.«

Christian nickte zufrieden. »Okay. Volker und Herd, ihr fahrt zu Savchenkos Adresse. Wenn keiner da ist, Nachbarn et cetera befragen, ihr wisst Bescheid. Ich versuche, diese Suworow zu erreichen. Möglicherweise fahre ich nach Bremen. Wenn ja, kommst du mit, Pete.«

»Falls der Kerl wirklich verschwunden ist, sollen wir eine Fahndung rausgeben?«, fragte Volker.

»Das besprechen wir, wenn wir alle wieder hier sind. Hoffentlich mit Ergebnissen, die uns weiterbringen.«

Etwa zur gleichen Zeit kramte Andres Puri im »Santa Fu« genannten Gefängnis in Hamburg-Fuhlsbüttel sein Handy aus der Bettwäsche. Natürlich waren Handys für Insassen streng verboten, genauso wie Drogen. Dennoch war jeder Dritte hier permanent zugekifft oder bis in die Haarspitzen vollgekokst. Puri hielt nicht viel von Drogen, er schätzte lediglich das Geld, das ihm der Handel damit einbrachte. Und er schätzte sein Handy. Es hatte ihn gute fünftausend Euro gekostet, aber es war sein Geld wert. Sowohl die Sprechverbindungen als auch Textnachrichten waren absolut abhörsicher. So konnte er in seinem papierlosen Knast-Büro weiter seinen Geschäften nachgehen, wenn auch mit Einschränkungen. Dass das Handy bei den unregelmäßigen Durchsuchungen der Zellen nicht gefunden wurde, lag an Puris Kaufkraft. Er besserte einigen Wärtern das karge Gehalt auf, dafür genoss er ein paar Sonderrechte. Kohle macht selbst den Knast zur Komfortzone. Trotzdem war es ihm außerordentlich lästig, hier seine Zeit zu vergeuden. Mit gewissen finanziellen Anreizen wurde draußen deshalb intensiv daran gearbeitet, seinen Aufenthalt von den durch das Gericht verhängten zwei Jahren auf weniger als die Hälfte zu reduzieren. Puri war zuversichtlich, allein schon aus der Gewohnheit heraus, dass man seinen Wünschen entsprach. Bis dahin allerdings musste er ein wenig improvisieren.

Schlimm genug, dass er hier war. Und nur wegen dieser blöden Krankenschwester. Im Januar hatte er nach einem mittelschweren Herzinfarkt im Krankenhaus auf seine Genesung gewartet. Unter der Obhut dieser Krankenschwester. Sie war nicht hübsch, ihr Gang in den obligatorischen Birkenstocksandalen wirkte alles andere als sexy. Andres Puri war andere Frauen gewohnt: auf hohen Hacken balancierende, blondierte Luder mit falschen Fingernägeln und Bleistiftröcken in Leopardenprint wie seine Gattin Ludmilla oder andere Nutten. Sie alle traten ihm mit Respekt, wenn nicht gar Ehrfurcht gegenüber.

Nicht so Krankenschwester Beatrix Hutter. Trotz ihrer biederen Kernseifen-Ausstrahlung besaß sie etwas, was ihn anmachte. Vielleicht war es der stets etwas zu enge Kittel. Vielleicht war es der feste, entschlossene Griff, mit dem sie ihn aus den Kissen hob. Am ehesten aber war es ihre Respektlosigkeit. Sie behandelte ihn wie jeden anderen. Das kränkte Puris Eitelkeit mehr, als sich von ihr die Bettpfanne ausleeren zu lassen. Letztlich wusste er selbst nicht, ob diese gekränkte Eitelkeit schuld war oder ob man im Krankenhaus zum Kind regrediert, weil man fades Kinderessen bekommt, andauernd auf- und wieder zugedeckt und überhaupt insgesamt wie ein unmündiger Idiot behandelt wird. Jedenfalls wurde er kindisch. Puri begann, um den Respekt von Beatrix zu buhlen. Zunächst versuchte er mit Selbstbeweihräucherungen Eindruck zu schinden. Als das nicht funktionierte, legte er ein paar Gänge zu. Seine immer deutlicher werdenden Hinweise, welch gefährlicher Mann er sei, verursachten bei Beatrix amüsiertes Lachen.

Puri ärgerte sich über Beatrix' Unnahbarkeit. Ständig und immer mehr. Als sie ein paar Tage vor seiner Entlassung ins Zimmer kam und seinen harmlosen Klaps auf ihren Hintern mit einer beleidigenden Bemerkung bedachte, riss ihm die Hutschnur. Er griff nach der Tageszeitung, die auf seinem Nachttisch lag, und knallte ihr die Titelseite unter die Nase, auf der von einem Mord im Rotlichtmilieu berichtet wurde. Er klärte diese dumme Kuh von Krankenschwester darüber auf, dass *er* diesen Mord in Auftrag gegeben habe, dass er so was jederzeit tun könne und auch tue, dass er für so was Leute habe, und wenn sie nicht ihr dämliches Grinsen einstellen würde, dann müsste er sich ernsthaft überlegen, ob er sie nicht auch zur Hölle schicken lassen würde wie diesen blöden Zuhälter, der es an Respekt ihm gegenüber hatte mangeln lassen. Genau wie sie. Für eine Sekunde lang hatte er triumphiert, denn in Beatrix' Augen schimmerte auf, was er bisher vermisst hatte: Angst. Angst war eine Form von Respekt. Doch kaum war diese

Sekunde des Triumphes verstrichen, begann Andres Puris gerade erst genesenes Herz zu flattern. Denn noch bevor er sie davon überzeugen konnte, gefälligst den Mund zu halten über alles, was er ihr in diesem Zimmer gesteckt hatte in langen Tagen und Nächten, war sie schon hinausgerannt. Er wusste, sie würde die Polizei rufen und er eine Menge sehr, sehr lästigen Ärger bekommen.

So war es gelaufen, genau so. Nun saß er hier in Santa Fu und musste improvisieren.

Noch bevor er die täglichen Kontrollanrufe bei den diversen Geschäftsführern seiner diversen Geschäfte tätigen konnte, ging auf seinem Handy eine Nachricht ein mit der dringenden Bitte um Rückruf. Puri war genervt von der Störung, und da er nicht genervt sein wollte, wenn er sich ums Business kümmerte, rief er gleich zurück.

»Woher, zum Teufel, haben Sie diese Nummer?« Sein Gesprächspartner begriff am besten sofort, dass dieses Handy nicht zum Parlieren gedacht war.

»Von Ihrem Anwalt. Und bitte nicht in diesem Ton, ja?«

Puri seufzte. Warum hatte er sich bloß auf dieses arrogante Arschloch eingelassen. »Was gibt's denn so Wichtiges?«

»Mir geht enorm gegen den Strich, wie die Dinge gehandhabt werden. Es war keine Rede davon, diesen kleinen Hosenscheißer ... Sie sollten das Material besorgen und etwas Respekt einfordern, mehr nicht!«

»Der kleine Hosenscheißer hat aber weder das Material rausgerückt noch Respekt gezeigt. Außerdem haben Sie mich um Hilfe gebeten, damit die Arbeit von Profis gemacht wird. Also bitte Ball flach halten und ergebnisorientiert denken.«

Leider beruhigte sich Puris Gesprächspartner keineswegs. Im Gegenteil: »Halte ich ein Ergebnis in meinen Händen? Nein! Und langsam kommt Nervosität auf, wenn Sie verstehen, was ich meine! Statt den Kreis einzuengen, wird er ausgedehnt! Und den Rest lese ich irgendwann in der Zeitung, oder wie, bitteschön, habe ich mir die Arbeit der Profis vorzustellen?«

Puri sah auf seine Rolex. Sein gesamter Zeitplan geriet langsam durcheinander, er hatte schließlich noch andere Dinge zu tun, als sich um die Kinkerlitzchen dieses Vollidioten zu kümmern. »Meine Leute sind dran. Hier und anderswo. Auf allen Ebenen. Das sollte Ihnen genügen.« Damit trennte Puri die Verbindung. Sollte der aufgeblasene Arsch doch schwitzen.

7. April 2010
Bremen.

Christian und Pete standen vor Sofia Suworows Wohnungstür und klingelten zum dritten Mal. Als sie angekommen waren, hatten sie deutlich klassische Musik von drinnen gehört, die jedoch beim ersten Klingeln sofort abgeschaltet wurde. Seitdem Stille. Pete hämmerte mit der Faust gegen die Tür: »Frau Suworow, hier ist die Polizei. Machen Sie auf, wir wissen, dass Sie da sind.«

Nach einer kurzen Weile bekamen sie Antwort: »Gehen Sie, bitte. Ich bin krank.«

»Wir werden Sie nicht lange belästigen. Aber wir brauchen Ihre Hilfe.«

Nach einem weiteren Moment hörten sie sich nähernde Schritte, das Geräusch einer Ketten-Entriegelung und das zweifache Umdrehen des Wohnungsschlüssels. Als Sofia Suworow die Tür öffnete, erschraken Christian und Pete. Sofia sah aus, als wäre ein Traktor über sie gebrettert. Die wenigen unverkrusteten Teile des Gesichts waren grün und blau bis violett gefärbt, das linke Auge halb zugeschwollen. Sie hielt sich schief, zur linken Seite geneigt, und den rechten Arm legte sie wie zum Schutz auf ihre linke Rippenhälfte.

»Wer hat Sie so zugerichtet?«, fragte Christian.

»Ich bin mit dem Fahrrad gestürzt. Was kann ich für Sie tun?«

»Dürfen wir kurz hereinkommen?«

Nachdem sie die Ausweise kontrolliert hatte, öffnete Sofia die Tür gerade so weit, dass Christian und Pete eintreten konnten. Sie humpelte voran ins Wohnzimmer und bot ihnen Platz an. Christian und Pete sahen sich um. Die Wohnung war klein und ohne Aufwand, aber mit viel Geschmack eingerichtet. Sofia stöhnte vor Schmerz, als sie sich setzte.

»Wie heißt das Fahrrad denn? Ich würde es gerne verhaften.« Pete lächelte Sofia gewinnend an. Jede Frau schmolz dahin, wenn er sie so anblickte. Sofia nicht.

»Das Fahrrad hat keinen Namen. Können Sie jetzt bitte zur Sache kommen? Was will die Hamburger Kripo hier in Bremen?«

»Es geht um Ihren Freund und Kollegen Danylo Savchenko ...«, begann Christian.

Sofia unterbrach ihn: »Danylo ist die längste Zeit mein Freund gewesen. Er hat mich kürzlich bei einem Konzert hängen lassen. Das war's. Thema durch.«

»Am Abend vor dem Konzert haben Sie ihn im ›Crazy Horst‹ aufgesammelt. Er war sehr betrunken und ... aufgewühlt.«

»Sie sind gut informiert.«

»Das ist unser Job.«

Pete bat, die Toilette aufsuchen zu dürfen. Sofia sagte ihm, wo sie sich befand.

»Danylo war sehr betrunken, das stimmt. Und das ist er häufiger. Aber aufgewühlt? Er wird gerne melodramatisch, wenn er betrunken ist. Russkaja dusha, die russische Seele.«

»Wo haben Sie ihn hingebracht in jener Nacht? Zu seiner Wohnung in Winterhude?«

»Nein, in mein Hotel. Ich war schon für das Konzert angereist, weil wir an dem Tag noch proben wollten. Aber da ist er auch schon nicht erschienen.«

»Warum in Ihr Hotel und nicht in seine Wohnung?«

Sofia zögerte nur kurz. »Das Taxi vom Kiez zu meinem Hotel am Dammtorbahnhof war erheblich billiger als bis nach Winterhude. Und ich weiß, dass ich das Geld von Danylo nie zurückbekomme.«

»Sie sind nicht gut auf ihn zu sprechen.«

»Ist das ein Wunder? Aber nun sagen Sie mir bitte, warum Sie hier sind.«

»Wir suchen ihn dringend als Zeugen in einem Mordfall. Leider konnten wir ihn in seiner Wohnung nicht antreffen. Er wurde seit Tagen nicht gesehen, und niemand weiß, wo er sich aufhält. Sein Handy ist abgeschaltet«, sagte Christian. »Hat er Ihnen etwas über seinen Freund Henning Petersen erzählt?«

Sofias Miene war undurchdringlich. »Über sein Privatleben weiß ich nichts.«

»Das fällt mir schwer zu glauben, Frau Suworow. Soweit wir informiert sind, kennen Sie sich seit frühester Kindheit. Für eine enge Freundschaft spricht auch, dass Sie ihn nachts um drei in einer Bar aufsammeln, obwohl er Sie tagsüber bei den Proben hat hängen lassen.«

»Das war das letzte Mal, das können Sie mir glauben.«

»Hat er sich bei Ihnen gemeldet nach dem Konzert? Sein Fortbleiben begründet? Sich entschuldigt?«

»Danylo hat mir vor Jahren schon erklärt, dass es ihm lästig ist, sich für Dinge zu entschuldigen, die er im Suff gesagt oder getan hat.«

»Er hat sich also nicht gemeldet?«

»Nein.«

Pete kam von der Toilette zurück und nahm den Faden nahtlos auf: »Kommt es öfter vor, dass er einfach für ein paar Tage verschwindet und niemandem Bescheid gibt?«

»Das entzieht sich meiner Kenntnis. Ich kann nur sagen, dass er noch nie ein Konzert geschmissen hat.«

»Machen Sie sich Sorgen um ihn? Auch wenn Sie genervt sind von seinem Verhalten?«

Sofias Blick flackerte kurz. Dann nickte sie. »Schon. Er ist ein Chaot. Aber er ist kein Arschloch. Und kein Mörder, falls Sie das denken.«

»Warum sollten wir das denken?«

»Sie sagen, Sie suchen ihn als Zeuge in einem Mordfall. So würden Sie es vor mir sicher auch formulieren, wenn er Ihr Verdächtiger wäre. Ist er Ihr Verdächtiger?«

»Könnte es sein, dass er bei seinem Vater ist, der in Berlin lebt? Wir haben auch Maxym Savchenko bislang nicht erreicht.«

»Dort ist er garantiert nicht. Er kann seinen Vater nicht ausstehen. Seine Mutter übrigens auch nicht.«

Christian lächelte: »Sie wissen also doch etwas über sein Privatleben.«

»Seine Mutter will immer nur Geld von ihm. Wie es ihm geht, ist ihr egal. Und Maxym Savchenko war Lehrer an der Staatlichen Musikschule in Moskau, wo Danylo und ich uns als Kinder kennengelernt haben. Maxym war der schlimmste Despot dort. Weil er als Pianist und Komponist gescheitert war, hat er Danylo sein eigenes ungelebtes Leben aufgezwungen. Mit Methoden, die jede Kindheit töten.« Sofia sprach voller Bitterkeit.

»Heißt das, Danylo mag sein Leben als gefeierter Pianist nicht? Hat er sich vielleicht deswegen aus allem rausgezogen und ist verschwunden?«

Sofia lachte bitter auf: »Gefeiert? Das war einmal. Im Alter von acht bis zwölf, mit seinen süßen Löckchen und dem dunkelblauen Samtanzug, da wurde er gefeiert. Hat sogar mal vorm Papst gespielt. Wie niedlich! Wie talentiert! Wie begnadet! Für den Papst sind Wunderkinder eine Art Gottesbeweis! Aber dann, als er älter wurde und einen Plattenvertrag als neuer publikumswirksamer Richard Clayderman abgelehnt hat, weil er ein ernstzunehmendes Repertoire spielen wollte, da war es vorbei mit niedlich und gefeiert.«

Sowohl Christian als auch Pete hatten den Eindruck, dass Sofia auch von sich selbst sprach. Ihre Enttäuschung war selbst in ihrem verprügelten Gesicht abzulesen.

»Dennoch würde Danylo nie im Leben mit der Musik aufhören«, fuhr sie fort. »Wie auch? Wir können ja nichts anderes. Wovon sollen wir leben? In einer Bäckerei arbeiten?« Sie lachte wieder bitter. »Wenn man die Bühne von klein auf gewohnt ist, und den Applaus, dann wird man danach süchtig. Und diejenigen von uns, die irgendwann darauf verzichten müssen, die gehen auf die eine oder andere Art kaputt.«

Mit schmerzhafter Mühe erhob sich Sofia. »Ich kann Ihnen wirklich nicht weiterhelfen. Falls er sich bei mir melden sollte, werde ich ihm sagen, dass Sie ihn suchen.«

Auch Christian und Pete erhoben sich. Als die beiden sich an der Tür von Sofia verabschiedeten, fragte Christian noch einmal: »Wollen Sie uns nicht doch sagen, wer Sie so zugerichtet hat? Wir können Sie schützen.«

»Vor dem Leben kann man nicht beschützt werden. Vor dem Tod auch nicht«, gab sie zur Antwort. Dann schloss sie die Tür.

Im Dienstwagen, auf dem Weg zurück nach Hamburg, sagte Pete zu Christian: »Sie weiß etwas.«

»Sie weiß eine Menge. Und ich würde mich nicht wundern, wenn die Prügel, die sie eingesteckt hat, in irgendeinem Zusammenhang mit Savchenko stehen. Vielleicht war er es sogar selbst.«

»In der Wohnung gibt es jedenfalls keine Hinweise auf männlichen Besuch, auch nicht im Badezimmer. Ich habe mir alles genau angesehen. Aber sie hat Angst, obwohl sie es ganz gut verbirgt. Fragt sich nur, wovor. Oder vor wem.«

Christian nickte. »Sie wird es uns nicht sagen. Ich glaube, sie ist eine sehr loyale und sehr tapfere junge Frau.«

»Sieht aus, als hätten wir ein Problem. Eine Leiche, keine Zeugen, bislang kein Motiv in Sicht, unser Hauptverdächtiger verschwunden, womöglich schon außer Landes, und unsere einzige Verbindung zu ihm schweigt sich aus. Wir sollten eine Fahndung an Interpol rausgeben. Aber wir haben definitiv kein Tötungsdelikt im Affekt. Dann hätten wir Spuren gefunden. So sauber arbeitet nur ein Profi. Das war eine geplante und eiskalt durchgeführte Tat, das zeigt der Modus Operandi. Dieser Savchenko ist anscheinend der Typus sensibler Künstler. Der schneidet keine Finger ab und zerteilt Zungen. Petersen wurde professionell hingerichtet, nicht von einem frustrierten Liebhaber getötet. Da lege ich beide Hände für ins Feuer.«

Christian stimmte ihm zu: »Wir müssen herausfinden, was der Mörder in Petersens Zimmer gesucht hat. Warum er Laptop und Handy mitgenommen hat. Das berufliche Umfeld spielt eine Rolle, da verwette ich meinen Arsch. Auch wenn dieser Petersen nur ein kleiner Volontär war, er ist auf irgendetwas gestoßen, er wusste etwas, was er nicht hätte wissen sollen.«

»Genau wie Sofia Suworow. Die weiß auch was. Und das Bindeglied zwischen beiden ist Danylo Savchenko. Der weiß auch was.« Pete schnaubte genervt. »Ein beschissener Beruf. Immer wissen alle was, nur wir nicht.«

Christian musste lachen: »So habe ich das noch nie gesehen. Aber stimmt. Wir sind die Trottel auf Schnitzeljagd. Wird Zeit, dass wir ein paar Schnitzel finden.«

ADAGIO

Ich habe Ihnen doch von den Milben erzählt. Und den Fischchen im Amazonas. Ich war natürlich nie im Amazonasgebiet. Aber da muss man auch gar nicht hin. Weil, kaum kratzt man sich wegen der blöden und wirklich harmlosen Milben auch nur eine Stelle an seiner Haut auf, schon ist da ein Loch. Ein Tor. Und dann kommen die kleinen Würmer. Die sind so winzig, dass man sie zuerst gar nicht bemerkt, geschweige denn sieht. Es kitzelt unter der Haut. Es kribbelt, und man weiß nicht, wieso. Zuerst denkt man, man ist nervös, das kribbelt ja auch. Und jeder hat mal Grund, nervös zu sein, ist es nicht so? Aber dann kommt irgendwann mal so eine halbe Stunde, wo man eigentlich ganz entspannt ist und überhaupt nicht nervös. Und es kribbelt trotzdem. Am Arm vielleicht, am Unterarm. Und dann kratzt man sich und guckt hin. Und dann sieht man, dass sich direkt unter der Haut etwas Winziges bewegt. Natürlich glaubt man das nicht, weil, was soll sich schon unter der Haut bewegen. Außer dem eigenen Blut natürlich, aber das sieht man ja nicht, also normalerweise nicht. Aber beim zweiten Mal, wenn es wieder kribbelt und man wieder kratzt und sich wieder was bewegt, dann guckt man schon genauer hin. Und ich sage Ihnen, das ist ein totaler Schock! Das ist geradezu eine Schockstarre, wenn man auf seinen Unterarm guckt, auf die Innenseite, und man sieht plötzlich eine winzige, wurmförmige Wölbung, die sich nach oben schlängelt, direkt unter der dünnen Haut an den Pulsadern. Unfassbar! Wenn man das zum ersten Mal sieht und begreift, dann stockt einem der Atem und das Blut und alles, auch der Verstand. Weil es fremd ist. Und in der Sekunde, wo man begreift, dass da was Fremdes ist, im eigenen Körper, da wird einem richtig schlecht. Vor Angst und Ekel.

9. April 2010
Chişinău, Moldawien.

Beim Landeanflug krallte Sofia ihre Hände in die Seitenlehnen. Ein kräftiger Frühlingswind rüttelte die Maschine durch. Sofia hatte keine Flugangst, aber sie war extrem angespannt, weil sie nicht wusste, was sie nach der Landung erwartete. Am Morgen hatte ihre Mutter Ileana angerufen. Sie hatte geweint. Sofias siebzehnjährige Schwester Alina war in der vorigen Nacht verschwunden, und die Polizei konnte oder wollte nicht weiterhelfen. Als Sofia das hörte, lief es ihr eiskalt den Rücken hinunter, ihr Herz krampfte sich zusammen, und sie dachte an die Drohung des Mannes, der sie besucht hatte. Zwei Stunden später saß sie im Zug nach Hamburg, flog von dort nach Wien, wo sie die nächste Maschine nach Moldawien bestieg. Die Stewardessen und die anderen Fluggäste hatten sie beim Einsteigen mitleidig angesehen, denn noch immer war ihr Gesicht geschwollen und voller dunkler Flecken. Sicher hatten die meisten gedacht, dass sie von ihrem Ehemann geprügelt wurde. Es war Sofia egal. Sie dachte nur an ihre kleine Schwester. Sofia betete. Sie betete für Alina. Dass ihr nichts passiert war. Dass sie fröhlich am Tisch in der elterlichen Wohnung in der Strada Tisa sitzen und an einem Kakao schlürfen würde, wenn sie einrichtraf. Dass es falscher Alarm war und der Mann, der nachts bei ihr gewesen war, nichts mit Alinas Verschwinden zu tun hatte. Sofia war übel. Egal, was sie hoffte und wünschte, und egal, wie viel sie beten würde. Sie fühlte deutlich, dass etwas Grauenvolles passiert war. Und Alina nichts dafür konnte. Sie war schuld. Danylo war schuld. In was hatte er sie da reingezogen? Sie, und nun auch ihre Familie. Sofia wünschte sich, sie könnte Danylo verraten – falls er denn überhaupt noch lebte. Ohne Zögern würde sie ihn verraten, an die Polizei oder den Mann, der sie verprügelt hatte. Wenn sie damit ihre Schwester retten könnte.

Sofia schaute aus dem Fenster und versuchte sich zu beruhigen. Chişinău. Sie dachte an den russischen Dichter Puschkin, der Anfang des neunzehnten Jahrhunderts als Übersetzer nach Chişinău strafversetzt worden war. »Verfluchte Stadt Kischinjow, die Zunge wird nicht müde, Dich zu beschimpfen«, hatte er geschrieben.

Von oben, aus dem Flugzeug sah man gut, wie grün die Stadt war. Obwohl Sofia weitaus mehr Jahre in Moskau gelebt hatte, betrachtete sie Chişinău als ihre Heimat. Als sie nach Moskau an die Musikschule kam, waren die Eltern hinterhergezogen. Sie wollten in ihrer Nähe sein. Ihr Vater Radu, ein Russe aus Nowosibirsk, hatte bei der Bahn in Moskau eine Anstellung gefunden. Doch nach wenigen Jahren wurde er gekündigt. Die wirtschaftliche Situation der Eltern hatte sich rapide verschlechtert, und als ihre Mutter Ileana die Chance bekam, einen kleinen Kiosk aus Familienbesitz in Chişinău zu übernehmen, zogen sie schweren Herzens nach Moldawien und ließen Sofia in Moskau zurück. Von da an hatte Sofia nur noch Danylo und ihren liebevollen Geigenlehrer, der in Radus Abwesenheit die Vaterrolle übernahm. Wie glücklich war sie immer gewesen, wenn sie in den wenigen und kurzen Ferien nach Hause zu ihren Eltern fahren durfte. Das heruntergewirtschaftete Chişinău erschien ihr damals wie ein Paradies. Im Kiosk der Eltern gab es immer bunte Bonbons, und dann war eines Tages auch noch das Baby da, das fröhlich krähte, wenn Sofia es stundenlang knuddelte. Und wie stolz war sie, als sie erste Gagen von Auftritten nach Hause schicken konnte und die Mutter davon Kleider für Alina kaufte oder Stoff, um neue Vorhänge zu nähen.

Mit dem Minibus fuhr Sofia eine knappe halbe Stunde vom Flughafen in die Innenstadt. Ihr Vater hatte angeboten, sie mit dem klapprigen Wagen abzuholen, doch sie hatte ihn gebeten, bei der aufgelösten Mutter zu bleiben. Vom Bus aus betrachtete sie die altbekannten Straßen. Der Frühling war hier schon deutlich weiter. Die vielen Bäume, die die Alleen säumten, knospten in allen Grünschattierungen. Noch verdeckten sie nicht vollständig den Blick auf die Häuser. Wunderschöne Architektur aus den verschiedenen Epochen, die zum größten Teil dem Verfall preisgegeben war, wechselte sich mit Bausünden der letzten Jahrzehnte ab, an denen ebenfalls schon der Zahn der Zeit nagte. Dazwischen arbeitslose, auf dem Gehweg herumsitzende und rauchende Männer, spielende und Fahrrad fahrende Kinder, und – je näher sie der Innenstadt kamen – nach westlichem Vorbild gekleidete Jugendliche, die ihren hoffnungsvollen Träumen hinterherhasteten auf der Suche nach irgendeiner Arbeit, irgendeiner Chance, oder an den Eingängen der Parks herumlungerten, wenn sie sich schon ergebnislos die Sohlen herunter- und die Füße plattgelaufen hatten.

Als Sofia endlich vor dem Elternhaus in der Strada Tisa stand, konnte sie ihre Tränen nicht mehr zurückhalten. Die Anspannung war einfach zu groß. Ihr Vater öffnete, noch bevor sie klingeln konnte. Er erschrak sichtlich über ihre Gesichtsverletzungen, nahm sie jedoch erst einmal wortlos in die Arme. Ileana saß im Wohnzimmer. Sie trocknete sich die Tränen, stand auf, ging Sofia entgegen und stutzte: »Wer hat dir das angetan, Liebes?«

Sofia wiegelte ab: »Ein blöder Fahrradunfall. Sieht viel schlimmer aus, als es ist.«

Ihre Eltern ließen es vorerst dabei bewenden. Jetzt gab es größere Probleme. Sofia bezog ihr früheres Zimmer, legte ihr Gepäck ab, das aus einer kleinen Reisetasche bestand und ihrer Geige. Die Geige war stets dabei. Sofia übte jeden Tag mehrere Stunden, egal, wo sie war. Ob müde oder krank oder unglücklich, die Geige war nicht nur harte Arbeit, sie gab ihr Halt. Ohne Geige war sie nichts. Sofia öffnete sorgsam den Koffer und ließ sie atmen. Dann ging sie hinunter ins Wohnzimmer, wo ihre Eltern warteten.

Bei einem starken schwarzen Tee erzählte Ileana, dass Alina am vorigen Abend mit ihren Freundinnen Dana und Silvia ins ›Black Elephant‹ gegangen sei, um sich das Konzert einer einheimischen Rockband anzuhören. Während des Konzerts sei sie zur Toilette gegangen, wie ihre Freundinnen berichteten, und danach nicht mehr aufgetaucht. Die beiden Freundinnen hatten zunächst vermutet, dass Alina mit irgendeinem Kerl in einer Ecke am Knutschen sei. Als sie aber gar nicht mehr auftauchte, ärgerten sie sich über Alinas sang- und klangloses Verschwinden und begannen sich schließlich zu sorgen. Es war nicht Alinas Art. An ihr Handy ging sie auch nicht. Als das Konzert vorbei war und Alina weder auftauchte noch zu erreichen war, riefen die beiden Mädchen bei Ileana an. Sie wollten wissen, ob Alina nach Hause gegangen war. Seitdem suchten alle nach ihr. Im ›Black Elephant‹ war niemandem etwas aufgefallen. Ein Barkeeper hatte Alina zur Toilette gehen, aber nicht mehr herauskommen sehen.

Ileana fing wieder zu weinen an. Sofia legte den Arm um ihre Mutter, während Radu berichtete, was er bei der Polizei erreicht hatte: so gut wie nichts. »Aus Moldawien verschwinden täglich junge Menschen, die die Nase voll haben von der Armut, der Arbeitslosigkeit, der Hoffnungslosigkeit. Die meisten verabschieden sich nach Westeuropa, um dort Arbeit zu finden, das Glück oder einen Ehemann. Dann können sie Geld nach Hause schicken. So wie du. Ohne dein Geld könnten wir Alina nicht aufs Gymnasium schicken. Hast du gewusst, dass die aus dem Ausland überwiesenen Finanzspritzen unserer Migranten inzwischen das Bruttoinlandsprodukt übersteigen? Moldawien lebt von seinen Wirtschaftsflüchtlingen!« Radu goss seinen Frauen mit bitterer Miene Tee nach.

»Der Polizist hat gesagt, er kann gut verstehen, dass die jungen Leute abhauen«, fuhr Radu fort. »Er überlegt sich das auch manchmal, hat er gesagt. Dann würde er seinen Eltern Bescheid geben und gehen. Manche verschwinden aber auch, ohne sich zu verabschieden. Von vielen hört man dann nie wieder, hat er gesagt. Da habe ich ihm gesagt, dass unsere Alina das nie tun würde. Einfach so gehen! Sie will doch gar nicht weg, sie ist glücklich hier!«

Sofia verschwieg ihren Eltern, wie häufig Alina sie am Telefon schon angebettelt hatte, zu ihr nach Deutschland kommen zu dürfen. Sofia hatte ihr erst letzten Monat noch versprochen, mit den Eltern zu reden, sobald Alina ihr Abitur gemacht hätte. Vielleicht würde sie ja dann in Bremen studieren und bei ihr wohnen können. Alina war mit dieser Antwort zufrieden gewesen und hatte Sofia fröhlich versprochen, ein Einser-Abi hinzulegen, damit jede deutsche Uni sie mit Kusshand nehmen würde. Alina wollte Mathematik studieren. Anscheinend besaß sie für die Welt der Zahlen ein ähnliches Talent wie Sofia für die Welt der Noten.

Sofia glaubte genauso wenig wie ihre Eltern, dass Alina sich klammheimlich abgesetzt hatte. Dafür war sie zu klug und überlegt. Es musste etwas passiert sein. Sofia beschloss, ihren Eltern nichts von dem Mann zu erzählen, der sie überfallen hatte, und auch nicht von seinen Drohungen. Immerhin gab es eine gute Chance, dass Alinas Verschwinden nichts mit den Ereignissen in Deutschland zu tun hatte.

»Was machen wir denn jetzt, Sofia?«, fragte die Mutter.

»Hat Alina vielleicht einen Kerl kennengelernt?« Sofia fragte nur der Vollständigkeit halber, sie glaubte nicht daran. Wenn Alina sich verliebt hätte, wüsste sie davon. Alina trug ihr Herz immer auf der Zunge.

»Uns hat sie nichts erzählt. Dir?«, antwortete Ileana.

Sofia schüttelte den Kopf. »Zuerst rede ich mit Dana und Silvia.«

»Die haben uns doch schon alles gesagt. Die sind auch ganz verzweifelt«, sagte Radu.

Sofia sprach mit bemüht fester Stimme: »Danach werde ich mit Vadim reden.«

Die Eltern blickten Sofia entgeistert an. Vadim war einer von Sofias und Alinas Cousins. Ein unliebsamer Cousin. Die gesamte Familie hatte schon seit Jahren den Kontakt zu ihm abgebrochen. Vadim war das schwarze Schaf. Vadim war kriminell.

Hamburg.

Christian saß mit Anna in der Küche beim Abendessen. Er hatte Bioeier mit Speck und Kartoffeln in die Pfanne geworfen, alles durcheinandergerührt, gebraten, mit frischen Kräutern garniert und Anna serviert, als sie von ihrem Job an der Uni nach Hause kam. Viel mehr gaben Christians Kochkünste nicht her, doch Anna war zufrieden. Sie selbst kochte selten, ihr häusliches Engagement scheiterte entweder an mangelnder Zeit oder mangelnden Ideen. Deswegen gab es bei den beiden abends fast immer eine schlichte Brotzeit, gelegentlich mit Salat, oder beim Italiener um die Ecke gekauften Antipasti. Dass Christian heute gekocht hatte, verwunderte Anna. Erstens steckte er mitten in einem Fall und zweitens hatte er ganz offensichtlich schlechte Laune.

»Ich habe gedacht, das Kochen beruhigt mich«, gestand er kauend.

»Und?«

»Nö.«

»Was war denn?«

»Nix. Das regt mich auf!«

»Ich weiß. Gib mir mal den Pfeffer. War wirklich gar nix?«

»Nicht scharf genug?« Christian legte sein Besteck hin, reichte Anna den Pfeffer und schaute zu, wie sie nachwürzte. Er trank einen kräftigen Schluck von seinem Pils.

»Welchen Ärger spülst du denn jetzt runter? Dass ich nachwürze?« Anna lächelte.

»Quatsch. Es geht um den Fall. Karen kommt mit den Laborergebnissen aus der Rechtsmedizin nicht rüber, Herd und Volker vergeuden ihre Zeit in den Stapeln von Aussagen mit zusätzlichen und dennoch fruchtlosen Befragungen in Henning Petersens privatem Umfeld und den Bewegungsabläufen seiner letzten Tage, Pete bastelt an einem Opfer- und Täterprofil, und Daniel daddelt den ganzen Tag wortlos an seinem Computer rum.«

»Und du? Was machst du?«, fragte Anna mit vollem Mund.

»Ich brate Eier und Kartoffeln. Mehr fällt mir gerade nicht ein.«

»Kein Wunder, dass du mies gelaunt bist. Aber das Rührei ist super.«

Eine Weile aßen sie schweigend. Schließlich forderte Anna

Christian auf, mit der Sprache herauszurücken. Sie wusste, dass der Fall ihn unaufhörlich beschäftigte.

»Es gibt so viele verschiedene Versionen. Das macht es schwierig, die Richtung der Ermittlungsarbeit festzulegen«, begann er. »Auf den ersten Blick würde ich vermuten, dass der Mord an Henning Petersen etwas mit seinem beruflichen Umfeld zu tun hat. Er ist Journalist, allerdings noch in der Ausbildung und nicht mit brandheißen Themen beschäftigt. Das spricht gegen diese These.«

»Aber sein Zimmer wurde durchwühlt«, merkte Anna an.

»Und sein Handy wie auch der Laptop sind verschwunden.«

»Das zeigt doch, dass jemand was gesucht hat!«

»Muss aber nichts mit seinem Beruf zu tun haben. Wir haben seinen Kollegen und Mentor, diesen Ramsauer, in Österreich aufgetrieben. Ramsauer ist auf einer Alm bei seinen Eltern, irgendwo tief in der Steiermark verklappt. Wir mussten einen österreichischen Kollegen bitten, dort hinzufahren und ihm zu sagen, dass er uns zurückrufen soll. Hat er getan. Er war erschüttert über Petersens Tod, glaubt aber nicht, dass der Mord einen journalistischen Hintergrund hat. Petersen hätte ihm erzählt, wenn er eine Story roch. Da war nichts.«

»Was, glaubst du, hat Danylo Savchenko damit zu tun?«

»Wenn ich das wüsste, wäre ich ein gutes Stück weiter.« Christian wirkte verärgert. »Auch hier zu viele Möglichkeiten. Vielleicht ist er der Mörder und deswegen untergetaucht.«

»Aber du hast gesagt, es sah nach Profi-Arbeit aus. Das kann ich mir bei Savchenko einfach nicht vorstellen. Er wirkt so ... sensibel und kultiviert.«

»Und Hitler hatte einen Schäferhund, also war er tierlieb.«

Anna schüttelte den Kopf über Christians Argument.

Christian fuhr fort: »Ich glaube nicht, dass er der Mörder ist, aber ich kann es auch nicht außer Betracht lassen. Gerade weil er verschwunden ist. Und sich auch im ›Crazy Horst‹ sehr auffällig verhalten hat.«

»Und wenn er ebenfalls umgebracht wurde, nur ihr habt die Leiche noch nicht gefunden?«

»Auch eine Möglichkeit. Die nächste wäre, dass er weiß, warum Petersen dran glauben musste, und sich deswegen versteckt. Eine andere Möglichkeit ist, dass er mit all dem nichts zu tun hat, nicht mal weiß, dass sein Lover tot ist und sich irgendwo auf der Welt die Eier schaukelt oder den Wanst in die Sonne hält.«

»Dagegen spricht aber doch, dass er Sofia Suworow bei dem Konzert hat hängen lassen.«

»Genau das meine ich. Zu viele Möglichkeiten. Und bei jeder Version spricht einiges dafür und anderes dagegen.«

Es klingelte. Christian erhob sich und kam mit Daniel zurück in die Küche. Wie immer trug Daniel seinen Laptop unterm Arm. »Hmm ... Rührei. Habt ihr noch was?«

Christian schob ihm seinen noch fast vollen Teller hin, Anna gab Daniel frisches Besteck dazu. Daniel band sich seinen langen, dunklen Pferdeschwanz neu, wie er es immer vor dem Essen zu tun pflegte, und fing an zu futtern.

»Hast du das Essen bis in die Schanze gerochen, oder wieso bist du hier?«, wollte Christian wissen.

»Um dir eine Freude zu machen, Chefe! Du hast dich doch heute so aufgeregt, weil Karen ihren abschließenden Bericht noch nicht vorgelegt hat ...«

»Ein Wunder, dass du überhaupt was mitkriegst«, murmelte Christian.

»Karen hatte ein Problem. Sie hat was gefunden, was unmöglich war. Deswegen hat sie es noch mal überprüfen lassen. Das gleiche Ergebnis. Immer noch unmöglich. Bis sie Daniel davon erzählt und Daniel mal kurz um die Ecke denkt.«

»Kann Daniel uns an seinen Gedanken teilhaben lassen?« Christian fragte sich häufig, warum die Gespräche mit seinen Kollegen stets Frage- und Antwortspielen glichen. Eine Berufskrankheit? Oder die allseits verbreitete Vorliebe für Quiz-Sendungen?

Daniel wischte sich den Mund ab. Er hatte den Teller in Windeseile geleert. »Die Spusi war ja recht verzweifelt wegen der verwirrenden Spurenlage in Henning Petersens Zimmer. Irre viele Fingerabdrücke, Haare und sonst was. Typische Studi-Bude. Tausend Partys und keine Putzfrau.«

»Sie haben nichts gefunden, was man eindeutig dem Täter zuordnen könnte«, stimmte Christian zu.

»Karen schon. Am Wundrand des einen abgetrennten Fingers fand sie einen winzigen Speichelrest, der nicht von Petersen stammt. Der Mörder hat wohl gesabbert beim Abschneiden ...«

»Wieso erfahre ich das erst jetzt?«, wetterte Christian. »Das ist die beste Spur, die wir bislang haben! Hat sie den Speichel mit den DNA-Proben verglichen, die wir aus der Haarbürste in Savchenkos Wohnung haben?«

»Logisch. Fehlanzeige. Der Speichel ist nicht von ihm.«

»Trotzdem kann er zur Tatzeit dort gewesen sein. Und am Mord beteiligt. Das ganze Zimmer war übersät mit seinen Fingerabdrücken.«

»Er war der Liebhaber von Petersen. Natürlich sind seine Abdrücke im Zimmer«, sagte Anna.

Christian dachte genau wie Anna darüber und hatte Danylo als Täter vom Gefühl her schon aussortiert. Aber er verließ sich letztlich nicht auf seine Gefühle, sondern nur auf Fakten. Er sah Daniel erwartungsvoll an. Der machte ein Gesicht, als würde er gleich eine Bombe platzen lassen. Tat er auch.

»Karen hat die DNA in unserer Datenbank gefunden. Erinnert ihr euch an Fjodor Mnatsakanov, genannt Joe?«

Anna erbleichte. Nur zu gut erinnerte sie sich an ihn. Der russische Auftragskiller hatte sie hier in ihrer Küche vor einigen Jahren überfallen und gefoltert.

»Seine DNA war an Petersens Leiche«, verkündete Daniel.

Anna schaute auf eine bestimmte Stelle am Küchenboden. Genau dort hatte Fjodor Mnatsakanov gelegen. Und ein Teil seiner Gehirnmasse auch. Neben ihm.

»Der Kerl ist tot. Wir haben seine Überreste zusammengekratzt, hier in dieser Küche, das weißt du genau!«, sagte Christian zu Daniel.

»Deswegen war Karen ja auch so irritiert und hat alles drei Mal überprüft, bevor sie dir damit auf den Wecker ging.«

»Und des Rätsels Lösung ist?« Christian stand auf dem Schlauch, und das ärgerte ihn.

»Er hat einen Bruder«, flüsterte Anna.

»Genau das haben meine Recherchen in den Abgründen des weltweiten Netzes ergeben. Ich habe unendlich tief gegraben, und zwar an Orten, zu denen Normalsterbliche keinen Zugang haben. Nur Monster, Götter und Halbgötter. Um es zusammenzufassen: Ich bin der Größte, aber das wisst ihr ja. Scherzten wir nicht kürzlich über diesen Baltenboss, der durch Einheirat in andere Syndikate den dynastischen Gedanken aufrechterhält? Nun ja, die Mnatsakanovs halten auch viel von Familientradition. Es sind zwei Brüder, tätig in derselben Branche. Derjenige, der noch lebt, wird Antoschka genannt, der kleine Anton. Als Fjodor hier den Abgang gemacht hat, war Antoschka gerade mal 15 Jahre alt und hat in Moskau mit Kalaschnikows aus Plastik gespielt. Jetzt ist er fünf Jahre älter und ein Profi. Die Vorliebe fürs Fingerabschneiden liegt wohl auch in der Familie.«

Anna zitterte ein wenig, die Erinnerung an ihre Qualen nahm sie sichtlich mit. Zur Ablenkung räumte sie den Tisch ab.

»Pete hat die Fahndung schon rausgegeben«, schloss Daniel seinen Bericht.

»Gute Arbeit«, sagte Christian. »Aber vermutlich ist es schwer, an diesen Antoschka ranzukommen. Die Kerle sind wie Geister. Tauchen auf, töten und verschwinden wieder.«

»Von Russland nach Polen oder ins Baltikum, und schwupps sind sie dank Schengener Abkommen ohne Personenkontrollen in Deutschland. Und wieder zurück.«

»Ein guter Hinweis«, meinte Christian. »Frag doch bitte mal beim SIS nach, ob sie etwas über unseren Antoschka haben.«

»Was ist der, die oder das SIS?«, fragte Anna. Alles, was sie von ihren Erinnerungen ablenkte, kam ihr gerade recht.

»Das Schengener Informationssystem«, erklärte Daniel. »Eine nicht-öffentliche Datenbank über Personen, die zur Fahndung, mit einer Einreisesperre oder als vermisst ausgeschrieben sind.«

»Wer vermisst denn so ein Arschloch?«, murmelte Anna.

Daniel grinste nur und wandte sich an Christian: »SIS hab ich längst gecheckt. Also nicht in Form einer offiziellen Anfrage, das dauert mir zu lang ...«

Christian winkte ab: »Ich will's gar nicht wissen. Nur das Ergebnis.«

»Antoschka Mnatsakanov wird per Phantombild gesucht in Schweden, Norwegen, Österreich, Frankreich, Spanien, Portugal und nun bei uns. Wegen mehrfachen Mordes, schwerer Körperverletzung und anderen Lustigkeiten. Fotos gibt's nicht, auch da arbeitet Familie Mnatsakanov äußerst professionell. Selbst das Passfoto im russischen Ausweis zeigt vermutlich jemand anderen, zumindest gehen die Kollegen der SIS davon aus. Ich schätze, er reist mit jeder Menge falscher Pässe. Ein aktiver Junge, der sich in fast allen Mitgliedsländern des Abkommens verdient macht. Vermutlich auch in einigen anderen Ländern, zu denen wir keinen Datenzugang haben. Zumindest keinen offiziellen.«

»Für wen arbeitet er?«

»Freischaffend. Wie sein Bruder. Keinen Schimmer, wie man ihn kontaktet. Dazu reichen meine Verbindungen im Netz leider nicht aus.«

»Toll«, sagte Christian trocken. »Dann suchen wir jetzt einen kleinen Anton, den Schweden, Österreich, Frankreich, Spanien und Portugal noch nicht gefunden haben. Ein Spaziergang.«

»Norwegen«, sagte Anna. »Du hast Norwegen vergessen.«

Anscheinend hatte sie ihren Humor wiedergefunden.

Chişinău.

Sofia kam gegen dreiundzwanzig Uhr zu der Adresse, zu der Vadim sie bestellt hatte. Sie suchte eine Bar, stand jedoch vor einer ganz normalen Haustür mit einem unbeschrifteten Klingelschild. Sie klingelte. Ein Mann von der Statur eines ausgewachsenen Grizzly-Bären öffnete ihr. Sein breites Gesicht war vollkommen vernarbt, seine Pranken über und über tätowiert.

»Ich will zu Vadim Zaharia«, sagte Sofia.

Ohne ihr eine Antwort zu geben, schlug er ihr die Tür vor der Nase zu. Unschlüssig blieb Sofia vor der Tür stehen, bis diese plötzlich wieder aufging, und eine hübsche Frau in Sofias Alter stand vor ihr: »Du willst zu Vadim?«

Sofia nickte.

»Bist du seine Cousine?«

Sofia nickte wieder.

Die Frau lächelte sie an und öffnete die Tür so weit, dass Sofia eintreten konnte. Vorbei am Grizzly folgte sie der Frau durch einen sehr schmalen, langen und dunklen Gang eine Treppe nach unten, bis sich nach zwei Ecken plötzlich ein großer Raum auftat. Sofia war überrascht. Der Raum war sauber, gut erleuchtet und eingerichtet wie eine schick gestylte westliche Bar. Attraktive junge Frauen bedienten hinter dem langen Tresen und an den Tischen, es lief Lounge-Musik. Auf den Tischen standen Schalen mit bunten Bonbons und ebenso bunten Kondomen. Die hauptsächlich männlichen Besucher waren überdurchschnittlich gut gekleidet. Die Frau brachte Sofia zu einem Tisch, an dem drei junge Männer saßen.

Sofia hätte ihren Cousin fast nicht wiedererkannt. Es war mindestens vier Jahre her, dass sie ihn zuletzt gesehen hatte. Damals trug Vadim Jogginghosen und Basecap und hatte auf sie wie ein schmieriger Möchtegern-Gangster mit Drogenproblemen gewirkt. Nun saß er vor ihr in einem gut geschnittenen Anzug, gepflegt bis in die Haarspitzen. Als er aufstand und sie mit einer distanzierten Umarmung begrüßte, fiel ihr sein Rasierwasser auf. Es roch nicht billig. Er bot ihr Platz an und schickte seine Freunde mit einer Handbewegung weg, ohne sie Sofia vorzustellen. Die Frau, die Sofia nach unten geleitet hatte, goss ihr ein Glas Champagner ein und zog sich dann ebenfalls zurück.

»Gut siehst du aus.« Sofia wusste nicht so recht, wie sie anfangen sollte.

»Du siehst scheiße aus, Cousinchen.« Vadim grinste. »Hat dich dein Professor blaugeprügelt, weil du 'ne falsche Note gegriffen hast?«

»Ein Fahrradunfall.«

»Schon klar. Du solltest zu Fuß gehen.« Vadim hatte beide Arme über der Sofalehne ausgebreitet und verströmte Selbstbewusstsein. Sicher war es ihm ein Fest, einem Teil der Familie, die ihn verstoßen hatte, seinen neu gewonnenen Status zu demonstrieren.

Sofia wusste zwar nicht, in welcher Branche genau sich Vadim diesen Status erarbeitet hatte, aber dass die hier anwesenden Männer ihre Anzüge und teuren Uhren nicht mit ehrlicher Arbeit erwirtschafteten, war ihr klar. Deswegen war sie hier.

»Was bereitet mir die unerwartete Ehre? Du willst doch sicher nicht einfach nur mal nach der Verwandtschaft sehen?«

Sofia entschloss sich, nicht um den heißen Brei zu reden und mit offenen Karten zu spielen. »Wir brauchen deine Hilfe.«

»Wer ist ›wir‹?«

»Meine Mutter, mein Vater und ich.«

Vadim sah sie ruhig an. »Als Kind war ich oft bei euch. Deine Mutter hat immer Blaubeerkuchen gebacken. Scheiße, was hab ich den geliebt, den Blaubeerkuchen.« Vadim schwieg eine Weile. »Erinnerst du dich an das letzte Familienfest, auf dem wir uns begegnet sind?«

Sofia nickte. Es war die Beerdigung ihrer Oma gewesen. Vadims Vater, also Sofias Onkel, war der Kragen geplatzt, als Vadim wie ein Gangsta-Rapper in Jogginghosen und Kapuzenshirt auf der Trauerfeier auftauchte. Ein Wort hatte das andere ergeben, der erbitterte Streit führte schließlich zu Vadims Familienausschluss.

»Deine Mutter hat damals versucht, mir gegen meinen Vater zu helfen. Wie 'ne scheiß Tigerin hat sie sich vor mich geworfen. Du, Alina und sie, ihr wart die Einzigen, die mich nicht wie den letzten Dreck angesehen haben, das vergesse ich nicht. Also. Was kann ich für euch tun?«

Sofia war erleichtert, dass Vadim die Dinge nicht verkomplizierte und von ihr erwartete, im Namen der Familie zu Kreuze zu kriechen. Sie erzählte ihm von Alinas Verschwinden. Er hörte zu, ohne sie auch nur einmal zu unterbrechen. Sofia hatte den Eindruck, dass es ihm schwerfiel. Als sie alles erzählt hatte, was sie von Dana und Silvia wusste, fragte er sie: »Wieso bist du aus Bremen hierhergekommen? Was glaubst du, tun zu können? Eine Geigerin, die seit Jahren in Deutschland lebt und von der Situation in Moldawien nichts weiß, rein gar nichts!«

Sein verächtlicher Ton ärgerte sie. »Alina ist meine Schwester. Ich liebe sie! Und die Polizei tut nichts!«

»Natürlich tut sie nichts! Außer die Hand aufhalten. Weißt du, wieso? Weil sie von ihrem Gehalt die Familie nicht ernähren kann!«

Sofia war genervt. »Ich bin nicht hergekommen, um mit dir sozial- oder volkswirtschaftliche Studien anzustellen!«

»Warum dann?« Er sah sie spöttisch an.

»Weil ich sicher bin, dass Alina etwas passiert ist. Und weil ich weiß, dass du Kontakte in ... gewisse Kreise hast«, fügte sie fast trotzig hinzu.

»Laber nicht blöd rum. Du meinst kriminelle Kreise. Unterwelt. Abschaum.«

Sofia nickte.

»Und du willst, dass ich rumfrage, ob jemand was weiß.«

Sofia nickte wieder.

»Und du bist sicher, dass sie sich nicht einfach abgesetzt hat? Raus aus dem Scheiß-Moldawien, ab ins gelobte Land, wo immer es auch liegen mag? Hauptsache, westwärts?«

»Garantiert nicht. Das hätte sie mir gesagt.«

Vadim lachte. »Hat sie dir auch gesagt, dass sie in den letzten zwei Jahren oft mit mir ausgegangen ist? Hierher und in andere Clubs?«

Sofia schüttelte überrascht den Kopf: »Ist das hier der richtige Ort für Alina?«

»Was willst du, hier gibt es sogar Klopapier auf den Toiletten! Das kann man von den meisten anderen Bars in Chişinău nicht behaupten.« Vadim grinste. »Alina ist locker drauf, nicht so verspießt wie der Rest unserer Familie. Und keine Panik, ich passe auf sie auf, wenn sie mit mir unterwegs ist.«

»Pech, dass du nicht mit ihr im ›Black Elephant‹ warst. Von da ist sie nämlich letzte Nacht verschwunden.«

Vadims Grinsen erlosch. »Ich mag Alina sehr. Mehr als das. Sie ist auch für mich wie eine kleine Schwester. Ich finde sie, versprochen. Und wenn hier irgendein kleiner Drecksnkerl seine Griffel an sie gelegt hat ... den finde ich auch innerhalb eines Tages. Und dann Gnade ihm Gott. Reicht dir das fürs Erste?«

Sofia zögerte. »Und wenn es kein Drecksnkerl von hier war?«

Vadim setzte das Whiskyglas ab, aus dem er gerade trinken wollte, und fixierte Sofia. »Wie soll ich das verstehen?«

Sofia rutschte auf ihrem Cocktailsessel hin und her. »Das war nur so dahergeredet.«

»Hör zu, Sof, wenn ich dir helfen soll, musst du alles auf den Tisch packen. Wenn du dazu nicht bereit bist, verpiss dich.« Vadim machte Anstalten, sich zu erheben, doch Sofia hielt ihn mit der Hand am Unterarm fest.

»Entschuldige, du hast ja recht. Es ist nur ... Ich weiß es eben nicht genau.«

Sie erzählte ihm von der Nacht mit Danylo. Vom gewaltsamen Tod seines Liebhabers. Von seinem Verschwinden. Von dem Mann mit dem russischen Akzent, der ihre Wohnung auf der Suche nach irgendeinem ominösen Band durchwühlt, sie zusammengeschlagen und ihre Familie bedroht hatte.

»Scheiße, Cousinchen, in was bist du da reingeraten?« Vadim sah plötzlich nicht mehr so selbstsicher aus.

»Das habe ich mich auch schon gefragt.«

Die Frau, die Sofia zu Vadim gebracht hatte, trat an den Tisch und tippte Vadim auf die Schulter. »Du sollst ins ›Banja‹ kommen. Der Chef ist an der heißen Braut interessiert, die hier bei dir sitzt.«

Sofort erhob sich Vadim. »Du gehst jetzt hinaus, ohne mit jemandem ein Wort zu wechseln. Gib mir deine Handynummer, ich melde mich morgen bei dir«, sagte er zu Sofia.

»Ruf mich bei meinen Eltern an, ich habe in der Hektik mein Handy in Bremen liegengelassen«, bat Sofia.

Vadim nickte. Dann wandte er sich an die Frau. »Bring sie hinaus. Ohne Umwege.«

Vadim ging eilig auf eine mit grünem Leder bespannte Tür neben der Bar zu und verschwand dahinter. Sofia folgte unter den neugierigen Blicken einiger Gäste der Frau. »Hier gibt es ein ›Banja‹?«, fragte sie. ›Banja‹ war das russische Wort für Sauna.

»Hier gibt es noch viel mehr als ein ›Banja‹«, antwortete die Frau. Sie geleitete Sofia um die beiden Ecken, die Treppe hinauf durch den dunklen, langen Gang.

Als die Haustür hinter ihr zufiel, war Sofia allein auf der schlecht beleuchteten Straße. Kein Mensch war zu sehen. Es hatte zu nieseln begonnen. Sofia fröstelte, obwohl es hier viel wärmer als in Bremen war. Sie schlug den Kragen ihrer Jacke hoch, ging zu ihrem Fahrrad, schloss es auf und fuhr los. Das schleifende Geräusch des Dynamos begleitete sie durch die Nacht.

Ramatuelle, Südfrankreich.

Danylo saß am Pool und starrte in den Sternenhimmel. Den ganzen Tag hatte er versucht zu üben, doch er konnte sich nicht konzentrieren. Also war er mit dem Fahrrad zum Tahiti-Strand bei Saint-Tropez gefahren, die paar Kilometer den Berg hinunter und nach zwei gelangweilten Stunden zwischen den ersten Touristen des Jahres den Berg wieder hinauf. Lediglich der mühsame Anstieg hinauf zum Dorf in der hier schon sehr warmen Frühlingssonne hatte ihn kurzfristig von seinen Problemen abgelenkt.

Nach der Nacht, in der Sofia ihn im ›Crazy Horst‹ aufgelesen und in ihrem Hotel untergebracht hatte, war er zu seiner Wohnung in Winterhude gefahren. Sofia hatte noch geschlafen, ermüdet von dem langen nächtlichen Gespräch. Er hatte ihr nicht mal einen Zettel hingelegt, war einfach so gegangen. Da dachte er noch, dass sie sich am Abend zum Konzert sehen würden. Doch als er nach Hause kam, überfiel ihn Panik. Seine Wohnung war aufgebrochen und durchwühlt worden, die Schubladen herausgerissen, der Schrank geöffnet, Kleider und Noten auf dem Boden verstreut. Unter Schock begann er aufzuräumen. Danylo hasste Unordnung, besonders an Tagen, an denen in ihm das Chaos tobte. Dann musste alles an seinem Platz sein, damit er im Gleichgewicht blieb. Während er die Noten zurück ins Regal sortierte, wurde ihm schlagartig klar, dass er nicht in Hamburg bleiben konnte. Der Mann, der bei ihm eingebrochen war, konnte wiederkommen. Außerdem würde sicher bald die Polizei bei ihm auftauchen. Schließlich war er oft genug an Hennings Seite gesehen worden. Man kannte ihn, und er hatte sich an dem bewussten Abend im ›Crazy Horst‹ äußerst verdächtig benommen. Er konnte sich nicht erinnern, was er im Suff dort alles ausgebrabbelt hatte. Er musste verschwinden, am besten ganz raus aus Deutschland. Danylo überlegte nicht lange und rief einen befreundeten dänischen Dirigenten an, der ein kleines Ferienhaus mit Pool in Südfrankreich besaß und es Danylo schon mehrfach zum Entspannungsaufenthalt zwischen den Konzertreisen angeboten hatte. Zum Glück erreichte er ihn sofort, und das Haus war frei. Danylo packte in Windeseile eine kleine Reisetasche, fuhr mit dem Taxi zum Bahnhof und bestieg den nächsten Zug nach Paris, von wo aus er mit dem TGV nach Süden fuhr.

Hier fühlt er sich sicher, nur sein Gewissen quälte ihn. Henning war tot, und Sofia hatte ihn sicher abgeschrieben, nachdem er sie bei dem Konzert hängen gelassen hatte. Am Tag seiner Flucht hatte er das Konzert völlig vergessen, es war ihm erst am späten Abend, als er in Saint-Tropez ankam, wieder eingefallen. Sofia hatte ihm mehrere wütende Nachrichten auf der Mailbox seines Handys hinterlassen. Auch wenn sie Verständnis für seine Situation aufbrachte, war sie stinksauer, dass er sie, ohne Bescheid zu geben, auf der Bühne im Stich gelassen hatte. Ihre letzten Anrufe klangen jedoch eher besorgt. Sie bat dringend um Rückruf, wollte wissen, ob es ihm gut gehe.

Die ersten beiden Tage in Ramatuelle hatte er nicht an Sofia gedacht. Er wusste, dass er sich wie ein egoistisches Arschloch benahm, aber es war ihm egal. Er hatte Angst. Die nächsten beiden Tage rief er nicht zurück, weil er ihre Wut und Vorhaltungen fürchtete. Gestern endlich hatte er bei ihr in Bremen angerufen. Sogar zwei Mal. Jedes Mal war er froh gewesen, dass sie nicht ranging. Wenn er ehrlich war, wollte er nicht mit ihr sprechen und ihr schon gar nicht unter die Augen treten. Er schämte sich entsetzlich. Weil er ein Feigling war. Weil er das getan hatte, was er getan hatte und sie seit seinem Geständnis im Suff alles wusste. Sie würde ihn verachten. Vielleicht sogar hassen. Auch wenn sie in der Nacht, soweit er sich überhaupt erinnern konnte, kein Wort zu seinen Verfehlungen gesagt hatte. Vielleicht hatte sie ihm nicht geglaubt. Aber inzwischen würde sie wissen, dass er die Wahrheit gesagt hatte. Sicher hasste sie ihn, ganz sicher. Zu Recht. Er hasste sich selbst. Henning war tot.

Danylo hatte Sofia auf ihrer Festnetznummer und auf ihrem Handy aufs Band gesprochen, sich demütig für sein Verhalten entschuldigt und gesagt, dass es ihm gut gehe, soweit das unter diesen Umständen möglich war, und er sich bald wieder melden würde. Dann hatte er aufgelegt und sein Handy schnell wieder ausgeschaltet. Danylo kannte sich mit Technik nicht aus, er konnte nicht einmal einen Computer bedienen. Aber er hatte gehört, dass man Menschen über ihre Handys orten konnte. Und er wollte definitiv nicht gefunden werden. Weder von der Polizei noch von sonst jemandem.

Jetzt saß er schon den sechsten Abend in Folge allein an dem kleinen leeren Pool, sah zu, wie der Wind das wenige vom Vorjahr übrig gebliebene Herbstlaub am Boden des Beckens raschelnd hin und her blies, betrachtete die Sterne, lauschte dem Klang der Nacht und begrub seine Zukunft.

Danylo wusste nicht, was er tun sollte. Zur Polizei gehen und ihnen alles erzählen? Vermutlich würde er nie wieder spielen können, zumindest nicht auf großen Bühnen und bei renommierten Festivals. Die Branche war empfindlich und pflegte ihr kultiviertes Image mit Inbrunst. Schon ein langhaariger Geiger, der in Jeans auftrat, war ihnen ein Dorn im Auge und wurde in die Niederungen der Unterhaltung weggelächelt. Aber er konnte auf Dauer auch nicht hierbleiben. Flucht war keine Option. Verstecken ebenso wenig. Danylo Savchenko war kein Mann, der sich versteckte. Er war ein Mann, der sich zeigte. Er *lebte* davon, sich zu zeigen.

Also musste er sich wehren. Allerdings wusste er nicht, wie. Er hatte es nie gelernt, kannte nur Schweigen, Ertragen, Gehorchen, Funktionieren und Erwartungen erfüllen. Früher, als er noch ein kleines Kind war, das viel lieber mit anderen Kindern spielen als Klavier üben wollte, hatte ihn sein Vater Maxym als Disziplinarmaßnahme häufig in kurzen Hosen auf getrockneten Erbsen knien lassen. Wie hätte er sich dagegen wehren können? Wie konnte er sich jetzt wehren?

Danylo öffnete die Flasche Cognac, die er aus der gut bestückten Bar des Hauses genommen hatte, und trank einen großen Schluck direkt aus der Flasche. Es brannte. Alles in ihm brannte. Er war so allein wie noch nie im Leben.

Hamburg.

Die Krankenschwester Beatrix Hutter fuhr nach ihrem Dienst in die Innenstadt und kaufte sich neue Spitzenunterwäsche, zwei Jeans, ein Shirt und eine neue Jacke. Der Frühling kam, sie war frisch verliebt und das Leben wieder schön. Die Drohungen, die sie in den vergangenen Monaten erhalten hatte, blieben seit der Verurteilung ihres berühmt-berüchtigten Patienten Andres Puri aus. Auf allen möglichen Wegen hatten Unbekannte versucht, sie einzuschüchtern und von ihrer Aussage gegen Puri abzubringen. Doch sie war hart geblieben. Als sie die Drohungen bekam, hatte sie ihre Eltern besucht und mit ihnen gemeinsam über ihre staatsbürgerlichen Pflichten nachgedacht. Ihre Mutter, eine Biologielehrerin, wusste um die Verletzlichkeit des menschlichen Körpers und stellte ihre Angst um die Tochter in den Vordergrund ihrer Argumentation, auch wenn die Polizei Beatrix bis zum Prozess Personenschutz gab. Sie selbst fürchtete sich auch. Aber die Argumente ihres Vater, Lehrer für Geschichte und Politik, gaben den Ausschlag: Man darf sich Repressalien niemals beugen, wehret den Anfängen, sonst geht die Demokratie in den Arsch. Das waren seine Worte gewesen. Beatrix hatte ausgesagt. Sie bedauerte nur, dass Puri nicht wegen des Auftragsmordes verurteilt worden war, mit dem er damals im Januar vor ihr geprahlt hatte.

Nun war der Albtraum vorbei, und sie konnte sich voll und ganz auf den hübschen, neuen Assistenzarzt konzentrieren, der seit Kurzem auf ihrer Station arbeitete. Sie fuhr mit der S-Bahn nach Hause und freute sich darauf, in etwa zwei Stunden ihrem ganz persönlichen Halbgott in Weiß ihre neue Spitzenunterwäsche vorzuführen.

Im Flur stellte sie ihre Tüten auf den Boden, streifte die Schuhe ab und ging in die Küche, um sich einen Tee aufzubrühen. Hinter der Küchentür versteckt erwartete sie jedoch ein Mann, der ihr einen heftigen Kinnhaken gab. Sie stürzte über einen ihrer Küchenstühle und landete unsanft auf dem Tisch. Überrascht von der Attacke bekam sie gar nicht mit, dass sie mit dem Blut auch ihren linken Vorderzahn ausspuckte. Noch bevor sie sich aufrichten konnte, war der Mann über ihr, legte seine rechte Hand um ihre Kehle und drückte zu. Beatrix rang nach Luft. Ihre Augen traten vor, sie sah den Mann mit flehendem Blick an. Der Mann trug eine schwarze Pudelmütze und einen Schal vor dem Mund. Beatrix konnte nur seine Augen sehen. In seinen Augen stand Freude. Es bereitete ihm Vergnügen, sie zu würgen. Sie lag auf dem Rücken, war kurz vor der Ohnmacht, versuchte mit beiden Händen die Hand des Mannes von ihrer Kehle zu lösen, was nicht gelang. Seine Hand war wie ein Schraubstock. Beatrix begann wild um sich zu treten, erwischte die Beine des Mannes ein paar Mal, was ihn jedoch nicht zu beeindrucken schien.

Aus der Nebenwohnung erklang laut der Eurovisions-Song von Lena.

Plötzlich ließ der Mann sie los. Beatrix konnte sich halb aufrichten und rang nach Luft. Sie riss den Mund weit auf, um so viel Luft wie möglich zu bekommen, da stopfte er ihr ein Tuch in den Mund. Beatrix atmete Stofffäden ein, begann zu würgen, das Gefühl zu ersticken überfiel sie erneut. Instinktiv griff sie nach dem Tuch, um es wieder herauszuziehen, doch er hielt ihre Hände fest und versetzte ihr noch einen Hieb ins Gesicht, so dass ihr Kopf zurück auf die Tischplatte schlug, wo sie benommen liegen blieb.

Er zerrte sie mit einer Hand vom Tisch und warf sie auf den Boden. Ihr Schädel prallte mit einem lauten Knall gegen den Küchenherd, sie spürte ihre Kopfhaut aufplatzen. Der Mann sah das Radio auf dem Küchentisch und schaltete es ein. Nun trällerte Lena ihr Liedchen auch in Beatrix' Wohnung. Der Mann dreht die Lautstärke voll auf. Dann nahm er einen Hammer aus seiner Jacke und kniete sich neben Beatrix auf den Boden. Mit der linken Hand hob er ihr Kinn an und sah ihr in die Augen: »Ich weiß nicht, was du getan hast. Aber irgendjemand ist mächtig sauer auf dich. Ich soll dich bestrafen, weil du eine zu große Klappe hast, sagte man mir. Wenn du nicht allzu laut schreist, überlebst du meinen Besuch vielleicht.« Er nahm den Hammer in die rechte Hand, ließ ihn durch die Luft sausen und zertrümmerte damit Beatrix' rechten Oberschenkel. Beatrix schrie auf, so laut wie noch nie in ihrem Leben, der Schrei wurde durch den Knebel zu einem Röcheln gedämpft, aber in ihrem Kopf war es laut, entsetzlich laut, weil sie den Knochen hatte brechen und splittern hören, noch nie hatte sie einen solchen Schmerz verspürt, doch sie hatte keine Zeit, darüber nachzudenken, denn der Hammer sauste wieder herab und traf ihren linken Oberschenkel. Wieder schrie sie auf, in ihrem Kopf explodierten tausend Raketen, vor ihren Augen wurde zuerst alles schreiend bunt, dann schwarz, sie sackte mit dem Oberkörper zur Seite, die Beine bewegungslos, nur noch Schmerz, und ihr Gesicht landete auf den kalten Fliesen. Ihr fiel auf, wie wohltuend die Kälte an der Wange war, und dann fiel ihr Blick unter die Eckbank am Tisch, und sie dachte: Ach, schau mal, hier ist das Backofenspray vorgestern hingerollt!

Halb wahnsinnig vor Schmerz begann sie zu lachen, was aufgrund des sich inzwischen komplett rot färbenden Knebels wie ein ersticktes Glucksen klang. Überrascht ließ der Mann den Hammer sinken: »Bist du irre?«

Beatrix nickte mit verzerrtem Gesicht, griff mit der linken Hand unter die Eckbank, zog sie, so schnell sie konnte, wieder hervor und sprühte dem neben ihr knienden Mann eine volle Ladung Backofenschnellreiniger in die Augen. Er schrie auf, ließ den Hammer fallen, versuchte auszuweichen, verlor das Gleichgewicht, Beatrix griff nach dem Hammer und schwang ihn im Sitzen, so wuchtig sie konnte, auf den Kopf des Mannes. Sie traf, er sackte neben ihr auf dem Boden zusammen, aus der Stirnwunde sickerte Blut. Obwohl Beatrix eine gute und krisenerprobte Krankenschwester war, wollte sie den Mann nicht anfassen, um zu sehen, ob er noch lebte. Sie zog sich den Knebel aus dem Mund, atmete gierig durch. Mit dem Hammer in der Hand robbte sie auf den Unterarmen unter Stöhnen und Fluchen und Weinen zurück in den Flur. Zentimeter für Zentimeter zog sie ihre zertrümmerten Beine hinter sich her. Als sie etwa zwei Meter zurückgelegt und noch ungefähr drei bis zu ihrer Handtasche mit dem Handy vor sich hatte, ärgerte sie sich, dass sie nicht überprüft hatte, ob der Mann noch lebte. Wie oft beschimpfte sie dämliche Protagonisten in dämlichen Filmen, die genau dies versäumten, damit der tot geglaubte Bösewicht zur Steigerung der Spannung doch noch einmal aufstehen und Hackebeil oder Messer oder sonst was schwingen konnte.

Beatrix jedoch erreichte ihr Handy. Der Mann schien tot zu sein. Sie rief die Polizei an, die eintraf, ehe Beatrix' Angreifer sich auch nur einmal gerührt hatte.

10. April 2010
Hamburg.

Christian fühlte sich unnütz. Ein elendes Gefühl. Zigmal hatte er versucht, Sofia Suworow telefonisch zu erreichen. Nachdem ihm dies nicht gelungen war, hatte er sich auf den Weg nach Bremen gemacht, um noch einmal mit ihr persönlich zu reden. Vergeblich. Die Nachbarin wusste zu berichten, dass die Suworow wegen dringender Familienangelegenheiten kurzfristig nach Moldawien abgereist war.

Nun befand er sich wieder auf dem Rückweg, kurz vor Hamburg. Sein Samstag war gelaufen. Anna war ohne ihn an die Nordsee gefahren, er würde den Nachmittag in der schäbigen Zentrale zwischen massenweise Akten der Spurensicherung, endlosen Befragungs-Protokollen und Tatortfotos an der Pinnwand verbringen.

Als er dort ankam, lüftete er erst einmal und regte sich darüber auf, dass kein Kaffee mehr da war. Im Konferenzraum nicht zu rauchen und als letzter Verbraucher für neuen Kaffee zu sorgen, waren ungeschriebene Gesetze der Soko. Und wo, bitteschön, würde man hinkommen, wenn nicht einmal Polizisten imstande waren, ganz einfache Gesetze zu befolgen? Als mitten in Christians Wutanfall hinein Daniel anrief, kam er ihm gerade recht für diesen kleinen Vortrag.

Daniel hörte sich Christians Sermon eine Zeit lang schweigend an. Dann sagte er: »Ich bin kein Polizist.«

Überrascht von der Schlichtheit dieses Gegenarguments, verschlug es Christian kurz die Sprache.

Daniel nutzte die Pause, um seinen Text loszuwerden. Er hatte gemäß Christians schon auf der Autobahn telefonisch erteiltem Auftrag die Abflüge der ab Bremen infrage kommenden Flughäfen gecheckt und konnte bestätigen, dass Sofia Suworow am gestrigen Mittag über Wien nach Chişinău geflogen war. Als Christian wieder zu fluchen begann, wünschte Daniel knapp ein schönes Wochenende und legte einfach auf.

Obwohl er wusste, wie sinnlos es war, durchwühlte Christian noch einmal den schrottigen Küchenschrank in ihrer schrottigen Küche nach Kaffee. Kaffee war das Einzige, was ihn jetzt beruhigen konnte. Als er gerade die Tür des Oberschranks so fest zuwarf, dass sie aus der Angel gehoben wurde und nun halb herunterhing, klingelte sein Handy erneut. Es war der Portier des Polizeipräsidiums: »Moin, Beyer, hier ist Walter Franke, vor mir steht ein Maxym Savchenko, der will zu dir. Wo bist'n?«

»Tach auch. Bin in unserer Schrott-Zentrale. Lass den Kerl vom Fahrdienst zu mir bringen, der darf nicht verloren gehen! Und gib ihm 'ne Packung Kaffee aus eurer Küche mit, das ist 'ne Dienstanweisung, klar?!«

»Geht klar. Ich klau den guten vom Oberboss.«

»Danke, Franke.«

Maxym Savchenko war ein gut aussehender Mann mit drahtiger Figur und einem kantigen Gesicht. Er mochte an die siebzig sein, wirkte aber vital und kräftig. Und er hatte Kaffee dabei. Christian begrüßte ihn so freundlich es ihm möglich war, verfrachtete ihn in den Konferenzraum und bat ihn zu warten, bis der Kaffee fertig wäre. Zehn Sekunden später war Savchenko auch in der Küche: »Wieso sind Sie hier in diesem Drecksloch und nicht in dem modernen Präsidium, in dem ich gerade war?«

»Wieso melden Sie sich erst jetzt bei uns, wo wir schon zigmal auf Ihren Anrufbeantworter gesprochen haben? Und wieso rufen Sie nicht einfach zurück, sondern laufen hier auf und überfüllen meine Küche?«

Savchenko nahm zwei Tassen aus dem Oberschrank mit der herabhängenden Tür. »Ich höre diese blöde Maschine oft tagelang nicht ab. Meistens sind es eh Idioten vom Sender oder irgendwelchen Produktionen, mit denen kein normaler Mensch reden will.«

»Sie komponieren Musik fürs Fernsehen, soweit wir informiert sind?«

»Damit ich was zum Fressen habe. Brauchen wir Milch und Zucker?«

»Ich nicht.«

Savchenko nahm die beiden Tassen, ging vor zum Konferenzzimmer, stellte die Tassen ab und positionierte sich vor der Pinnwand. Er benahm sich, als sei er der Herr im Haus. Scheinbar unbeeindruckt zeigte er auf die Fotos von Petersens Leiche.

»Hat mein Sohn was damit zu tun? Oder weshalb suchen Sie ihn?«

Christian schenkte Kaffee ein und setzte sich. »Ihr Sohn kannte das Opfer gut. Wir suchen ihn als wichtigen Zeugen. Hat er sich bei Ihnen gemeldet?«

Savchenko verneinte: »Seit etwa anderthalb Jahren nicht. Wir haben uns kaum etwas zu sagen.«

»Haben Sie eine Idee, wo er sich aufhalten könnte?«

»Keineswegs. Er könnte überall sein. Danylo schließt schnell Freundschaften und beendet sie genauso schnell wieder. In seinem Leben gibt es keine Konstante außer der Musik.«

»Warum sind Sie hergekommen, statt einfach zurückzurufen?«

»Ihre Leute haben sieben Mal bei mir angerufen. Es klang dringend. Danylo ist mein Sohn. Und Berlin ist nicht weit.« Savchenko zeigte auf die Fotos. »War der junge Mann ein Liebhaber meines Sohnes?«

Christian nickte.

»Und Danylo ist seit dem Mord verschwunden?«

Christian nickte wieder. Anscheinend konnte er die Gesprächsführung erst mal getrost Herrn Savchenko überlassen. Manche Menschen redeten mehr, wenn man sie nichts fragte.

»Danylo ist nicht der Mörder, falls Sie das in Erwägung ziehen sollten«, behauptete Maxym Savchenko.

»Wie können Sie da so sicher sein?«

»Danylo rettet sogar eine ertrinkende Fliege aus einem Tümpel. Er ist ein Weichei.«

»Sie haben keine allzu hohe Meinung von Ihrem Sohn.«

»Oh doch, das habe ich. Er ist ein verdammt guter Pianist,

besser, als ich es jemals war. Aber zu einer Weltkarriere gehört mehr, viel mehr. Man muss sich durchsetzen können, psychisch und physisch stabil sein, egoistisch und rücksichtslos. Die Konkurrenz ist unglaublich groß und der Markt ohne Gnade. Wer das Tempo nicht mitgehen kann, wer einen einzigen Fehler macht, ist weg vom Fenster. Dann bleibt einem nur noch die Lehrtätigkeit.«

»So wie Ihnen an der Musikschule Moskau?«

Savchenko ließ sich keinerlei Regung anmerken. »Bedauerlicherweise musste ich meine Ambitionen als Konzertpianist aufgrund eines angeborenen Herzklappenfehlers aufgeben.«

»Einen Tag nach dem Tod des jungen Mannes hier an der Pinnwand ist Ihr Sohn nicht zu einem Konzert mit Sofia Suworow erschienen.«

Endlich merkte Savchenko auf. »Das überrascht mich. Danylo weiß nur zu gut, das ist einer der Fehler, die man niemals machen sollte. Weiß Sofia nicht, wo er steckt? Die beiden sind wie Geschwister.«

»Wir haben kurz mit Frau Suworow gesprochen. Sie war stinksauer auf Ihren Sohn, hat keine Ahnung und will es auch nicht wissen. Sie sagte uns, dass sie mit Danylo endgültig fertig wäre.«

Savchenko sah Christian fast mitleidig an. »Dann hat sie gelogen. Niemals würde Sofia Dany fallen lassen. Ich bin fest davon überzeugt, dass sie ihn insgeheim liebt. Was für eine Verschwendung! Aber auch wenn ich mich irre und keine Leidenschaft zwischen Mann und Frau im Spiel ist: Sofia steht zu Dany. Immer. Als Kinder haben die beiden Blutsbrüderschaft geschlossen. Seitdem sind sie ein Herz und eine Seele. Wobei Danylo das weiche Herz ist und Sofia die wissende Seele.«

Christian wusste nicht genau, was Savchenko damit sagen wollte.

Er bekam keine Gelegenheit nachzufragen, denn Savchenko nahm sein Handy heraus. »Ich werde mit Sofia reden.«

»Das dürfte Ihnen schwerfallen. Frau Suworow ist gestern nach Moldawien abgereist und geht genau wie Sie und Ihr Sohn nicht an ihr Handy. Ist das eigentlich so eine Künstlermarotte? Sich rar machen steigert den Marktwert?«

Tatsächlich musste Savchenko sein Handy erst einschalten. Er rief jemanden an, sprach russisch, nahm sich einen auf dem Tisch herumliegenden Stift und notierte eine lange Nummer auf dem Deckel eines der Aktenordner. Von dem Gespräch verstand Christian nichts außer den Namen Sofia Suworow. Savchenko hielt es offensichtlich nicht für nötig, Christian über seine spontanen Schritte zu informieren. Christian war von der Selbstverständlichkeit des Herrn Savchenko ein wenig beeindruckt und sehr genervt. Es wurde Zeit, seine eigene natürliche Autorität zu unterstreichen, statt der des Gegenübers zu applaudieren. Christian nahm Savchenko kurzerhand das Handy weg, als dieser die Nummer wählte, die er auf dem polizeieigenen Aktendeckel vermerkt hatte.

»Wären Sie so zuvorkommend und würden mich in Ihre Überlegungen mit einbeziehen?«, fragte Christian so freundlich, dass jeder der ihn kannte, in Alarmbereitschaft versetzt wurde.

Savchenko kannte ihn nicht.

»Was fällt Ihnen ein, mir mein Telefon aus der Hand zu reißen?«

Christian lehnte sich in seinem Stuhl zurück, nahm ruhig einen Schluck Kaffee und fixierte Savchenko. »Wir wollen jetzt mal ein paar Dinge klarstellen: Dies hier ist *mein* Fall und *mein* Büro. *Ich* gehe voraus. *Ich* biete Platz an. *Ich* stelle die Fragen. Und *ich* entscheide, welche Schritte von wem und in welcher Reihenfolge unternommen werden!«

Savchenko hob beide Hände mit einer Geste, die entschuldigend wirken sollte, es aber nicht tat.

Christian wunderte sich trotz seiner Gereiztheit über Savchenko. Machte der sich überhaupt keine Sorgen um seinen Sohn? Oder hatte er nur eine sehr eigenwillige Art, das zum Ausdruck zu bringen? Christian tippte mit dem Finger auf die notierte Nummer: »Wen wollten Sie anrufen?«

»Sofias Eltern in Chişinău. Wir kennen uns schon lange.

Danylo hat manche Sommerferien mit Sofia in Moldawien verbracht. Wenn einer weiß, wo Danylo steckt und was los ist, dann Sofia.«

»Wir haben es auch schon mehrfach versucht. Mal gab es keine Verbindung, mal ist niemand rangegangen.«

»Das Festnetz in Moldawien bricht gelegentlich zusammen. Ich habe hier die Nummer von dem Kiosk, den Sofias Eltern bewirtschaften. Im Übrigen sprechen die beiden nur rumänisch und russisch.«

»Sie werden es sich kaum vorstellen können, Herr Savchenko, aber es gibt in Hamburg Menschen, die auch russisch reden. Sogar rumänisch! Aber wir sollten uns nicht mit gegenseitigen Belehrungen aufhalten. Rufen Sie an. Und stellen Sie auf Lautsprecher.«

Savchenko hob verwundert die Augenbrauen: »Sie sprechen russisch? Gar rumänisch?«

Christian tippte auf ein Aufnahmegerät. Er würde das Gespräch aufnehmen und übersetzen lassen, denn er war gespannt, welche Informationen die Suworows einem alten Bekannten preisgaben. Sicher bedeutend interessantere als der deutschen Polizei.

Savchenko schaltete den Lautsprecher ein und wählte. Er ließ es lange klingeln, versuchte auch noch die Privatnummer und Sofias Handy. Niemand ging ran. Dafür klingelte Christians Handy. Es war Karen. Sie bat ihn dringend ins Rechtsmedizinische Institut.

Christian empfahl Savchenko ein günstiges Hotel in der Nähe. Er würde ihn dort später aufsuchen, dann konnten sie weiterreden.

Christian nahm mit seinen langen Beinen jeweils zwei Stufen ins Untergeschoss der Rechtsmedizin. Wie erwartet war Karen im Obduktionsraum. Pete stand mit ihr vor einer jungen männlichen Leiche, die eine hässliche Kopfverletzung aufwies.

»Hey, Chris. Schau dir den Kerl mal genau an. Kommt er dir irgendwie bekannt vor?«, fragte Karen. Sie sah wie immer umwerfend aus. Karen hätte selbst mit ihren blutgetränkten Handschuhen Werbung für Luxusseife machen können.

Christian besah sich die Leiche. »Nie gesehen.«

»Stimmt. Aber fällt dir eine gewisse Ähnlichkeit ...«

»Was soll denn dieser bescheuerte Hang zum Rätselraten, das geht mir derart auf den Wecker! Ich hasse Quiz-Shows!« Christians Bedarf an blöden Gesprächen war für heute gedeckt.

»Ich habe den Kerl gar nicht selbst auf den Tisch bekommen, sondern ein Kollege. Irgendwie kam er mir im Vorbeigehen so bekannt vor ...«

»Schön für dich. Hast du ihn mal gevögelt?«, sagte Christian.

Karen lachte. »Den nicht. Er ist ein böser Junge. Er hat letzte Nacht einer jungen Frau mit einem Hammer beide Oberschenkel zertrümmert.«

»Scheiße. Lebt sie?«

Karen nickte. »Noch besser. Sie hat zurückgeschlagen. Nun liegt die Matschbirne hier und sieht trotz der Beule immer noch aus wie sein Bruder Fjodor.«

Christian wollte es nicht fassen. Er beugte sich über die Leiche und besah sie genauer. Karen hatte recht. Der Typ ähnelte Fjodor Mnatsakanov sehr. »Du bist sicher?«

»Ich habe einen DNA-Schnelltest gemacht. Kein Zweifel. Das hier ist Antoschka Mnatsakanov.«

»Gesucht in Schweden, Norwegen, Österreich, Frankreich, Spanien, Portugal«, ergänzte Pete grinsend.

»Und uns fällt er einfach so auf den Tisch«, sagte Christian. »Leider tot. Ich hätte ihn zu gern gefragt, was er von Henning Petersen wollte. Und in wessen Auftrag. Mist.« Christian wandte sich an Pete. »Wer ist die Frau, die er mit dem Hammer bearbeitet hat?«

»Beatrix Hutter. Die Krankenschwester, die gegen den Baltenboss Andres Puri ausgesagt hat. Das Ganze sieht verdammt nach einer Strafaktion aus.«

»Dann fragt sich jetzt nur, ob unser kleiner Anton auch in Puris Auftrag bei Henning Petersen war. Vielleicht sollten wir dem alten Balten mal einen Besuch abstatten. Ich gehe mit Volker zu Puri. Du befragst diese Krankenschwester. Respekt vor der Frau, wirklich!«

Christian rief sofort bei Volker an, seinem Spezialisten für Befragungen. Der war gerade mit buddhistischen Demutsübungen beschäftigt, Niederwerfungen, die er teils so engagiert ausführte, dass er sich schon einmal diverse Rippen dabei angeknackst hatte.

»Würdest du bitte die Befragung Puris als Demutsübung vor dem Gesetz, dem Bürger, dem Staat und vor mir betrachten und deinen buddhistischen Arsch sofort nach Santa Fu bewegen?«

»Verzicht auf die Entwicklung des Selbst durch Erniedrigung aus Demut ... Ein geradezu Zen-philosophischer Gedanke ... Bin in einer halben Stunde da.«

Christian legte zufrieden auf. Er spürte plötzlich das Jagdfieber. Endlich kam Bewegung in die Sache. Dachte er.

Drei Stunden später saßen Christian und Volker im ›Odysseus‹, Christians Lieblings-Restaurant in Eimsbüttel, seit seine frühere Stammkneipe ›R&B‹ durch neue Besitzer zur No-Go-Area geworden war. Christian brauchte dringend ein Frust-Steak. Volker, der Teilzeit-Vegetarier, begnügte sich mit einem Vorspeisen-Teller. Ihm war der Appetit vergangen. Sie hatten nichts, rein gar nichts aus Puri herausgeholt. Er schien sogar so überrascht, als er von dem Überfall auf die Krankenschwester hörte, dass Christian und Volker inzwischen an Puri als Auftraggeber dieser Strafaktion zweifelten.

Pete traf ein, als das Essen der beiden gerade gebracht wurde. Er bestellte sich ebenfalls ein Steak und berichtete von seinem Gespräch mit Beatrix Hutter. Sie war absolut sicher, dass Mnatsakanov von Puri geschickt worden war. Alles, was der Mann mit dem Hammer zu ihr gesagt hatte, deutete darauf hin. Sie sollte dafür bestraft werden, dass sie die Klappe nicht gehalten und vor Gericht ausgesagt hatte. Da kam niemand anderes als Andres Puri in Frage.

»Wird schwer, wenn nicht unmöglich, das zu beweisen, wo

Mnatsakanov tot ist. Für mich sah es tatsächlich so aus, als wüsste Puri nichts davon«, sagte Christian.

»Richtig«, stimmte Volker zu. »Aber er hat eindeutig gelogen, als er behauptete, den Namen Henning Petersen noch nie gehört zu haben. Auch Antoschka Mnatsakanov war ihm ein Begriff, selbst wenn er das noch so souverän abstreitet.«

»Sehe ich auch so«, fügte Christian hinzu. »Eine Verbindung zwischen Mnatsakanov und Puri überrascht mich nicht. Organisierte Kriminalität und ein Auftragskiller. Das passt. Aber was für eine Verbindung kann es zwischen Puri und Petersen geben? Das passt eben nicht. Puri macht in Waffen. Petersen war Pazifist. Puri macht in Drogen. Petersen war absolut clean. Puri macht in Zuhälterei. Petersen war schwul und ging nicht zu Nutten.«

»Also kann es keine Verbindung über Petersens Privatleben sein«, sagte Pete. »Er muss im Rahmen seines Berufs auf Puri gestoßen sein. Genug Ansatzpunkte für eine heiße Story gibt es bei Puri allemal. Der hat dann davon Wind bekommen und Mnatsakanov geschickt, um Petersen zum Schweigen zu bringen.«

»Klingt plausibel. Aber wieso ist dann dieser Danylo Savchenko verschwunden? Ach, verdammt!« Christian schlug sich mit der flachen Hand an die Stirn. »Den hab ich ja glatt vergessen!«

»Wen?«, fragte Volker.

»Maxym. Papa Savchenko ist in der Stadt! Ich habe ihn im ›Yoho‹ einquartiert, dort wartet er auf mich.«

Maxym Savchenko tat genau das nicht. Er hatte gar nicht erst im ›Yoho‹ eingecheckt und ging auch nicht an sein Handy. Christian stand sauer in der Lobby des Hotels. Savchenko wollte wohl nicht mehr mit ihm sprechen und hatte sich ein anderes Hotel genommen. Dann beschlich Christian ein gewisser Verdacht. »Hol mir mal Daniel an die Strippe«, blaffte er Volker an, als könne der etwas dafür.

Wenige Minuten später bestätigte Daniel Christians Verdacht: Maxym Savchenko hatte einen Flug von Hamburg über Frankfurt nach Chişinău gebucht. Glücklicherweise waren heute Nachmittag keine Maschinen mehr nach Moldawien rausgegangen. Weder über Frankfurt noch über Wien. Er würde Savchenko morgen früh am Flughafen abpassen können.

11. April 2010
Chişinău, Moldawien.

Als Vadim bei den Suworows in der Strada Tisa ankam, traten ihm fast die Tränen der Rührung in die Augen. Nur mühsam bewahrte er die Fassade seiner coolen Männlichkeit. Radu half ihm dabei, indem er ihm zur Begrüßung nur stumm und fest die Hand drückte. Ileana jedoch empfing ihn wie einen verlorenen Sohn, umarmte ihn überschwänglich und hörte nicht auf, für seine Unterstützung zu danken. Auf dem sonntäglich gedeckten Frühstückstisch stand neben Brot, Wurst und Käse auch ein frisch gebackener Blaubeerkuchen. Sofia bemerkte, wie sehr der herzliche Empfang Vadim berührte, und sie dachte zum ersten Mal ernsthaft darüber nach, wie es sich anfühlte, aus der eigenen Familie ausgestoßen zu werden. Damals war sie fünfzehn gewesen und Vadim siebzehn. Als heftig Pubertierende fand sie ihre Familie naturgemäß blöd und beneidete Vadim darum, nicht mehr auf die öden Feste zu müssen, auf denen einige Tanten und Onkel die alten, ihr damals überaus peinlichen Trachten trugen. Erst jetzt begriff sie, wie sehr Vadim den Familienverbund vermisste. Und ganz sicher war auch, dass Vadims Vater mit der Verstoßung seines Jüngsten keine erzieherische Wirkung erzielte, sondern ihn gänzlich in ein kriminelles Umfeld getrieben hatte. Wovon sie jetzt zu profitieren hofften.

Während Vadim fast andächtig das riesige Stück Blaubeerkuchen anschaute, das Ileana auf seinen Teller lud, bat er Tante, Onkel und Sofia, seinem Vater nichts von dem Treffen zu sagen. Er wollte jeglichen innerfamiliären Konflikt vermeiden. Sie versprachen es ihm.

»Außerdem dürft ihr mich nicht überschätzen. Vielleicht haltet ihr mich für einen großen Gangsterboss. Das bin ich nicht. Ich bin nur ein unbedeutendes kleines Rädchen im Getriebe, mache Botengänge für den Boss und erschrecke hin und wieder säumige Zahler ...«

»Mein Junge, du musst hier weder beichten noch dich rechtfertigen«, unterbrach Radu ihn ruhig. »Du musst wissen, was du tust. Wir urteilen nicht darüber, wir wollen deine Hilfe. Soweit du uns eben helfen kannst.«

Vadim nickte langsam. »Ich habe leider keine guten Nachrichten.«

Ileana griff sich mit der Hand ans Herz und hielt die Luft an.

»Ich weiß nicht, inwieweit ihr über gewisse ... wie soll ich sagen ... Geschäftszweige in diesem Land informiert seid ...«

»Rede bitte ganz offen mit uns«, bat Radu.

Vadim warf Sofia einen Blick zu. Als sie heute Morgen telefoniert hatten, waren sie übereingekommen, Sofias Eltern nichts von den Ereignissen in Hamburg und Bremen zu sagen, um sie nicht noch mehr zu ängstigen. Schließlich stand noch nicht fest, ob Alinas Verschwinden überhaupt etwas damit zu tun hatte.

»Die wirtschaftlich desolate Situation in unserem Land führt dazu, dass viele junge Leute nach Westeuropa wollen ...«, begann er vorsichtig.

»Das hat uns der Polizist auch schon erklärt. Aber Alina wollte nicht weg!«, donnerte Radu. Jetzt merkte man auch ihm die Anspannung an.

»Ich will euch nur sagen, dass gewisse Kreise diesen Wunsch, vor allem den von jungen Frauen, ausnutzen, um ...« Vadim brach ab.

Sofia erbleichte: »Du willst doch damit nicht sagen, dass Alina einer Schlepperbande ins Netz gegangen ist?«

»Wieso Schlepper? Alina hätte sich doch nie auf so was eingelassen!« Ileana verstand nicht, wovon Vadim redete.

»Mama, Vadim meint keine Schlepper, die man bezahlt, damit sie einem falsche Papiere verschaffen und ein Visum!« Sofia konnte nur mühsam ihre Panik unterdrücken.

»Aber was ...?«, stotterte Ileana. Radus Miene verfinsterte sich, er ahnte, worum es ging.

»Mädchenhändler, Mama!« Sie sah Vadim mit aufgerissenen Augen an. Ihre Stimme überschlug sich fast: »Du meinst Mädchenhändler, nicht wahr?«

Vadim nickte stumm.

»Was für Mädchenhändler?«, fragte Ileana, als wollte sie einfach nicht begreifen.

Sofia wurde wütend auf ihre begriffsstutzige Mutter. Wo lebte die Frau eigentlich? »Weißt du nicht, was hier los ist? Alina hat mir mal am Telefon gesagt, wie es hier unter den jungen Leuten heißt: Wer geht, der kann verlieren, wer bleibt, der hat schon verloren. Weißt du das nicht, Mama? Ihr habt doch selbst kaum was zu fressen! Die Blaubeeren für den scheiß Kuchen hier, die kosten euch das Brot der nächsten Woche!«

»Sag bitte so was nicht«, bat Ileana. Es war ihr peinlich vor dem Gast.

Doch Sofia war in Fahrt: »Die Menschen hier sind so arm, dass sie das Letzte, was sie noch haben, verkaufen, um ihr Elend zu mildern. Hier in Chişinău wurde Menschenfleisch als Hundefutter verkauft! Obdachlose verkaufen Klinikabfälle, Männer ihre Nieren, Eltern ihre Kinder, Frauen ihre Körper! Und ihr irrt euch! Alina wollte hier weg! Sie hat mich schon mehrfach gefragt, ob sie nicht zu mir nach Deutschland kommen kann!«

»Aber Alina ist doch keine ... Sie kann doch zu dir gehen, wenn sie unbedingt will. Sie muss doch nicht ...« Ileana wollte das Wort nicht einmal in den Mund nehmen. Sie begann zu weinen. Radu nahm sie in den Arm und sah Vadim an: »Was weißt du?«

»In der Nacht, als Alina verschwand, ging eine Ladung raus. Etwa fünfzehn Mädchen, so genau weiß ich das nicht. Sie haben in allen Städten eingesammelt. Ein paar sind aus Cahul, Comrat und Tighina, die meisten aber aus Chişinău.«

»Wovon redet ihr?« Ileana zitterte am ganzen Körper. Langsam dämmerte ihr die Wahrheit.

»Von über hunderttausend jungen Frauen und Kindern, die jährlich aus Osteuropa in den Goldenen Westen verschleppt werden«, sagte Sofia tonlos. Aus ihr war alle Kraft gewichen. »In die Prostitution.«

Ileana schrie entsetzt auf. Radu drückte sie fest an sich und versuchte, sie zu beruhigen. Sie schlug nach ihm. Er ließ es zu, damit sie ihre Verzweiflung loswerden konnte. Wie er die seine loswerden würde, wusste er nicht. Er wollte töten.

»Wer hat das getan?«, wollte er von Vadim wissen.

»Das kann ich euch nicht sagen«, antwortete Vadim. Er senkte seinen Blick.

»Waren es deine Leute?«, fragte Sofia.

»Es ist besser für alle, wenn ihr das nicht wisst.«

Sofia packte Vadim am Arm und krallte ihre Hand hinein: »Wo ist Alina jetzt? Kannst du etwas tun, damit man sie uns zurückgibt?«

»Ich werde alles versuchen. Aber versprechen kann ich nichts.«

Vadim blickte auf den Blaubeerkuchen, als läge in ihm Hoffnung oder Trost. Er würde keinen Bissen davon essen können.

Sofia erhob sich vom Tisch. »Kümmere dich um Mama«, sagte sie zu ihrem Vater. »Ich gehe mit Vadim raus eine rauchen.«

Radu nickte, obwohl er genau wusste, dass Sofia nicht rauchte.

Sofia begleitete Vadim in den engen Hinterhof, wo die Mutter mit ein paar Blumenkübeln ein Idyll hinzuzaubern suchte, das über den brüchigen Asphalt, die offenliegenden Abflussrohre und die Besuche der Ratten hinwegtäuschen sollte.

»Sag mir, was los ist. Wie sicher bist du, dass Alina bei der … der Ladung dabei war?«

»Ganz sicher.« Vadim rauchte in hastigen, gierigen Zügen. »Ein Mädchen aus dem ›Black Elephant‹, die Beschreibung passt eindeutig auf Alina.«

»Hast du das von deinem Boss?«

Vadim schnippte die nur halb gerauchte Zigarette über die Mauer in den Hinterhof der Nachbarn und schwieg.

»Vadim. Bitte!«

»Mein Boss macht viele Geschäfte. Es gibt Untergruppen, die für die einzelnen Zweige verantwortlich sind. Diese Untergruppen werden von Unterbossen angeführt. Früher hießen die Revierfürsten. Heute werden sie Manager genannt. Du musst dir das Ganze wie eine große Firma mit jeder Menge Hierarchiestufen vorstellen. Außerdem gibt es konkurrierende Unternehmen, die in der gleichen Branche tätig sind.«

»Wer hat Alina? Deine Firma oder die Konkurrenz?«

»Was nützt es dir, das zu wissen?«

»Sag es mir!«

»Meine Leute.« Vadim war deutlich anzusehen, wie elend er sich dabei fühlte.

»Was kannst du tun?«

»Nicht viel. Ich bin ein kleines Licht, das habe ich euch schon gesagt!«

»Was?«

»Vielleicht können wir sie zurückkaufen. Wie viel Geld habt ihr?«

»Meine Eltern haben nichts. Sie leben von meinen Gagen. Und ich lebe von meinem Gehalt als Hochschullehrerin. Das klingt besser, als es ist, glaub mir. Da bleibt nicht viel übrig. Wieviel brauchen wir?«

»Fünfzigtausend. Mit viel Glück nur fünfundvierzig.«

»Lei?«

Vadim lachte bitter auf. »Bist du verrückt? Mit unserer Währung kannst du dir den Arsch abwischen! Euro! Kannst du die besorgen? Ich könnte etwa fünf locker machen.«

Sofia ging Freunde durch, von denen sie sich eine größere Summe würde leihen können. Da war niemand. Auch die Bank würde ihr vermutlich nicht genug geben. Und sie besaß keinerlei Wertgegenstände, die sie verkaufen könnte. Nicht mal die Geige gehörte ihr. Die war eine Dauerleihgabe von einem Mäzen. Sofia dachte an einen reichen Bremer, der zu all ihren Konzerten kam und ihr schon mehr als ein Mal deutliche Avancen gemacht hatte. Wenn sie ihn nach dem Geld fragte, würde sie mit ihm schlafen müssen. Bitter lachte sie auf. Sie würde es tun. Sich prostituieren, um ihre kleine Schwester vor der Prostitution zu retten.

»Ist dein Boss der Oberboss oder ein Unterboss?«

»Ganz oben.«

»Ich will mit ihm reden«, sagte sie.

»Das geht nicht.«

»Ruf ihn an.«

»Das geht nicht! Der reißt mir den Kopf ab!«

»Sag ihm, die heiße Braut, die kürzlich mit dir in der Bar war, will ihm Geld bringen.«

Vadim sah sie erstaunt an. »Du bist verrückt. Total verrückt.« Dann griff er nach seinem Handy.

Christian saß neben Maxym Savchenko in einer Maschine der Air Moldova und sprach stumm eine Art Gebet: Liebe Götter der Natur, die ihr den Menschen zum Laufen und Klettern und Schwimmen gemacht habt. Verzeiht mir, dass ich mich schon wieder in die Lüfte begeben habe und damit dem göttlichen Plan spotte. Lasst mich diesen beschissenen Flug überleben, und wenn nicht, dann leckt mich am Arsch, vermutlich habe ich es verdient.

Wenn Christian flog, war er wütend. Auf die Ingenieure, die diese unnatürliche Art der Fortbewegung erfunden hatten, auf die Piloten, die nur für ihn jede Turbulenz durchflogen, und auf sich selbst, weil er nicht zu Hause bei Anna auf dem Sofa saß und sich Flugzeugabstürze aus sicherer Entfernung im Fernsehen ansah.

Schon in seiner schlaflosen Nacht von Samstag auf Sonntag hatte er schwitzend beschlossen, um sechs Uhr in der Frühe Savchenko nicht nur am Flughafen abzupassen, sondern mit ihm nach Moldawien zu fliegen. In Hamburg kam er keinen Deut weiter. Er konnte Antoschka Mnatsakanov nicht mehr nach seinem Auftraggeber fragen. Bevor der jedoch nicht hinter Schloss und Riegel saß, war der Fall Henning Petersen für ihn nicht abgeschlossen. Er würde in Hamburg nicht herausfinden, wo Danylo Savchenko abgeblieben war, ob er noch lebte und was er mit dem Fall zu tun hatte. Er würde nicht herausfinden, inwieweit Sofia Suworow in das Ganze verwickelt war. All dem konnte er, wenn überhaupt, nur auf die Spur kommen, wenn er mit Sofia sprach. Also musste er fliegen. Es gab nichts, was er so sehr hasste wie fliegen. Außer warten. Im Moment flog er und wartete auf den Absturz. Eine unselige Kombination.

Maxym schlief und schnarchte leise dabei. Weder der unruhige Landeanflug noch das harte Aufsetzen weckten ihn. Christian musste ihn wachrütteln. Da sie beide nur mit Bordgepäck reisten, konnten sie den Flughafen zügig verlassen.

Christian war erstaunt über die milde Frühlingsluft, die ihm draußen entgegenwehte. Er wusste kaum etwas über Moldawien, nur, dass es arm war und dass er keine der hier gesprochenen Sprachen beherrschte. Auch deswegen war er froh, den insgesamt reichlich unfreundlichen Savchenko an seiner Seite zu haben. Außerdem hoffte er, dass Savchenko die Suworow zum Reden brachte. Er wusste zwar, wie wenig die Geigerin von ihrem früheren Kompositionslehrer hielt, aber vielleicht war ja noch ein Rest Respekt übrig vor dem »Despoten«, wie sie ihn genannt hatte.

Sie nahmen den Minibus in die Innenstadt. Savchenko schaute wie Christian aus dem Busfenster hinaus. Nachdem sie die äußeren Stadtbezirke hinter sich gelassen hatten, füllten sich die Straßen mehr und mehr mit Menschen.

»Sie tragen T-Shirts, weil es schon warm ist«, sagte Savchenko.

Christian konnte mit dieser wenig interessanten Bemerkung nichts anfangen, also schwieg er.

»Im Sommer fällt Armut weniger auf«, fuhr Savchenko fort. »Man sieht nicht, wie die Menschen im Winter in ihrer viel zu dünnen Kleidung frieren.«

Christian schwieg weiter, obwohl er die Botschaft diesmal verstand. Er war etwas beschämt, weil er darüber noch nie nachgedacht hatte.

Savchenko hatte im Hotel ›Maxim Pasha‹ für sie reserviert.

Christian vermutete insgeheim, dass es der Eitelkeit des Russen schmeichelte, dass ein Hotel seinen Vornamen mit einem Ehrentitel kombinierte. Er war auf alles gefasst, doch seine Vorurteile bestätigten sich nicht. Das Hotel war freundlich, sauber, die Zimmer geschmackvoll eingerichtet.

Die beiden nahmen in der Lobby, die mit großen und gemütlichen Sofas in Rot und Grün ausgestattet war, einen schnellen Kaffee zu sich und stimmten ihre Vorgehensweise ab. Während des Gesprächs durchquerte plötzlich ein Mann den Raum, der eine Pistole offen in der Hand trug. Sofort spannte sich Christian an und verfluchte die Tatsache, dass er keine Waffe bei sich trug. Doch außer ihm schienen weder die Gäste noch die Bediensteten noch Maxym besondere Notiz von dem Kerl zu nehmen. Bevor Christian über den Spruch »andere Länder, andere Sitten« nachdenken konnte, war der Mann auch schon wieder verschwunden. Moldawischer Alltag. Er würde sich anpassen müssen.

Als sie in der Strada Tisa bei Familie Suworow klingelten, öffnete ihnen ein kleiner Mann um die sechzig, der auf Christian grob, aber durchaus sympathisch wirkte. Radu Suworow begrüßte Maxym Savchenko überrascht und etwas distanziert, wie es Christian schien. Savchenko hatte auf Christians Bitte hin ihren Besuch bei den Suworows nicht telefonisch angekündigt, um Sofia keine Gelegenheit zu geben, vor ihrem Eintreffen wieder zu verschwinden. Radu Suworow bat die beiden unerwarteten Gäste herein. Savchenko begrüßte auch Ileana, dann stellte er Christian vor.

Christian verstand kein Wort, die drei sprachen russisch. Aber er sah, dass Ileana, eine kleine, zierliche, sehr liebenswürdig wirkende Frau, geweint hatte und immer noch sehr aufgewühlt war. Von Sofia keine Spur.

Christian setzte sich stumm an den Küchentisch, bedankte sich mit einem Lächeln für den Blaubeerkuchen, den Ileana vor ihn hinstellte, und freute sich über den starken Kaffee, den sie gebraut hatte. Ansonsten konnte er nichts tun außer Maxym zu vertrauen, dass der die Dinge wie abgesprochen darstellen und ihn wahrheitsgemäß über die Antworten informieren würde. Zuerst redete Maxym. Der Name »Danylo« fiel mehrfach, also berichtete der Russe den Suworows offensichtlich von Danylos Verschwinden und der bislang vergeblichen Suche nach ihm. Christian hoffte, dass er den Mord an Henning Petersen und einen möglichen Zusammenhang mit Danylos Verschwinden vorerst verschwieg. Er hatte schon öfter die Erfahrung gemacht, dass Mord die Menschen nicht zum Reden, sondern zum Verstummen brachte.

Zu Christians Überraschung fing Frau Suworow bei Maxyms Bericht plötzlich heftig zu weinen an. Sie wollte sich erklären, doch ihre Stimme versagte immer wieder, sodass ihr Mann das Reden übernahm. Savchenko hörte zu, schien immer ernster, bis Christian es vor Ungeduld nicht mehr aushielt und Maxym bat, ihm einen Zwischenstand zu geben.

»Sofias jüngere Schwester Alina ist vor drei Tagen aus einem Club hier in der Hauptstadt verschwunden. Spurlos. Ein Freund der Familie mit einschlägigen Kontakten hat sich auf die Suche nach ihr gemacht. Er war heute Morgen hier und hat behauptet, Alina sei von einer Mädchenhändlerbande verschleppt worden.«

»Haben sie die Polizei eingeschaltet?«, fragte Christian.

»Schon. Aber das bringt nichts. Viele Polizisten hier sind korrupt. Die integren sind den Kartellen gegenüber machtlos«, sagte Maxym. »Ganz wie in Russland«, fügte er bitter hinzu.

»Wo ist Sofia?« Christian bekam plötzlich ein dumpfes Gefühl in der Magengegend. War sein eigener Fall hier überhaupt von Belang? Die Suworows hatten wahrlich ganz andere Probleme.

Maxym übersetzte Christians Frage wie auch die Antwort: »Sie ist mit diesem Freund der Familie, der übrigens Sofias Cousin namens Vadim ist, vor etwa einer halben Stunde zu einem Mann gegangen, der vielleicht genauere Informationen hat und helfen kann. Die Eltern wissen weder, wie er heißt noch wo er wohnt. Sie warten.«

»Dann warten wir mit«, beschloss Christian, auch wenn Warten für ihn fast so schlimm war wie Fliegen. Was konnte er zu diesem Zeitpunkt sonst tun?

Sofia fuhr auf dem Beifahrersitz von Vadims altem BMW die Kiesauffahrt zu einer protzigen, weißen Villa hinauf, deren fast vier Meter hohe, doppelte Eingangstür von zwei dorischen Säulen gesäumt wurde. Vadim hielt es immer noch für eine äußerst gefährliche Idee, den Boss persönlich zu Alinas Verschwinden zu befragen. Sofia sah, wie er vor Nervosität schwitzte. Aber sie konnte nicht untätig herumsitzen. Alina war nach Vadims Mutmaßung schon längst über die Landesgrenzen hinausgebracht worden. Sie musste Alina finden, und zwar so schnell wie möglich.

Zwei mit Maschinengewehren bewaffnete Bodyguards, die den Eingang bewachten, wirkten genauso billig-klischiert wie die dorischen Säulen. Die Gorillas kannten Vadim und wussten, dass er erwartet wurde. Sofia betrachteten sie nur mit verhohlenen Blicken, als sie den beiden Einlass gewährten. In der Empfangshalle, die an das Südstaatengut aus *Vom Winde verweht* erinnerte, stand eine junge Frau in schwarz-weißer Livree und nahm Sofia und Vadim die Mäntel ab. Dann begleitete sie die beiden in einen vornehmlich weinrot gehaltenen Salon. Sofia sah sich um. Der Gegensatz zwischen dem Moldawien, das sie kannte und in dem ihre Eltern und all ihre Freunde und Bekannten von früher lebten, zu diesem Luxus konnte größer nicht sein. Langsam dämmerten ihr die Dimensionen der hier getätigten Geschäfte. Aber sie wusste immer noch nicht, auf welcher Stufe der Leiter Vadim stand. Sofia hoffte auf eine höhere Stufe, als Vadim zugegeben hatte. Für Alina.

Der Boss ließ sie zappeln, wie es seiner Position entsprach. Als er endlich erschien, war Sofia fast ein wenig enttäuscht. Sie hatte einen imposanten Mann erwartet, der Macht und Gewalttätigkeit ausstrahlte. Stattdessen stand ein Männlein vor ihr, klein, fett und hässlich und vermutlich von einem gehörigen Napoleon-Komplex an die Spitze der Organisation getrieben.

Vadim stellte Sofia vor, jedoch nicht den Boss. Sofia wollte dem kleinen Mann die Hand reichen, doch er ignorierte die Höflichkeitsgeste, fläzte sich in einen Sessel und wedelte mit seiner goldberingten Wurstfinger-Hand, um zu bedeuten, dass es Sofia und Vadim nun auch gestattet war, sich zu setzen. Mit unverschämten Blicken taxierte er Sofias Körper.

Sofia beschloss, sich nicht einschüchtern zu lassen. »Ich weiß nicht, wie ich Sie nennen soll ...«, begann sie.

»Nenn mich einfach Gott. Oder Herr und Meister. Oder Liebster! Ganz wie es Dir gefällt.« Der fette Kerl sprach mit einer ekelhaften Fistelstimme. Sein selbstgefälliges Grinsen machte Sofia noch mehr Angst als seine Hybris.

»Ich bin wegen meiner kleinen Schwester Alina hier.«

»Kenne ich das sicher süße Wesen?«

»Vielleicht nicht persönlich. Aber mir scheint, gewisse ... Geschäftsführer Ihrer Firma haben dafür gesorgt, dass Alina nicht mehr im Kreis ihrer Familie weilt.«

Der Boss fixierte Vadim: »Schon erstaunlich, wieso ein weit hergereistes Mädchen solche Insider-Informationen hat.«

Vadim fühlte sich sofort zu einer Rechtfertigung genötigt: »Mir liegt die Familie sehr am Herzen, Boss. Sie haben doch selbst schon oft gesagt, dass die Familie wichtig ist.«

»Damit meinte ich *meine* Familie, nicht *deine*, du Penner!«

Vadim zuckte zusammen wie unter einem Fußtritt. Sofia begriff, dass Vadim keineswegs auf einer der oberen Leiterstufen stand. Er hatte nicht gelogen.

»Ich würde Ihnen gerne ein Geschäft anbieten.« Sofia wollte endlich zur Sache kommen.

»Ich bin ganz Ohr«, sagte der Boss und kratzte sich am Sack.

»Innerhalb kürzester Zeit kann ich dreißigtausend Euro auftreiben. Reicht das, um meine Schwester sofort wieder nach Hause zu bringen? Unbeschadet?«

Der Boss begann zu kichern. Es hörte sich an wie das Gemecker einer Ziege.

»Dreißig? Wie süß!«

»Vierzig«, sagte Sofia.

Der Boss hörte auf zu kichern. Doch das Grinsen blieb in seinem verfetteten Gesicht verhaftet.

»Schätzchen, jetzt hör mir mal ganz genau zu«, sagte er. »Hier geht es nicht um irgendeine blöde Nutte, mit der wir eine Menge Kohle machen können. Hier geht es um *deine* Schwester!«

Sofia wurde schwindlig. Ihre schlimmsten Befürchtungen schienen einzutreten.

»Anscheinend bist du in Deutschland jemandem schwer auf die Füße getreten. Man sagte mir, du hättest dich wenig kooperativ gezeigt und bräuchtest eine Botschaft. Einen Teil der Botschaft hast du wohl schon bekommen, wenn ich mir dein geschwollenes Gesicht ansehe. Trotzdem bist du immer noch verdammt sexy, Kleines!«

Sofia atmete tief durch. »Mag sein, dass ich jemanden verärgert habe, wenn ich auch keine Ahnung habe, wodurch. Aber das alles hat absolut nichts mit Alina zu tun!«

Der Boss schwieg eine Weile und betrachtete Sofia von Kopf bis Fuß. Dann sagte er: »Und jetzt kommst du zu mir und willst mich auf Knien anbetteln?«

»Ich bin derjenige, der Sie bitten möchte«, sprang Vadim ein.

Sehr, sehr langsam wandte der Boss den Blick von Sofia zu Vadim. Er schaute Vadim an, wie man einen Hund ansieht, der schon zu lange auf der Welt ist. Irgendwie mitleidig.

»Wer bist du, dass du mich ungefragt ansprichst?« Der Boss drückte einen Knopf, der sich neben seinem Sessel auf dem Tisch eingelassen befand.

Vadim sah Sofia alarmiert an. Er wusste, sie hatten das riskante Spiel verloren.

Sofia wollte es noch nicht begreifen: »Was verlangen Sie für Alina?«

Die Tür zum roten Salon öffnete sich, und die beiden Gorillas kamen herein. Der Boss wies auf Sofia und sagte: »Nehmt sie mit nach oben und badet sie. Ich will sie ficken.«

Sofia sah fassungslos zu Vadim, als könne der ihr diesen derben Scherz erklären. Doch sie las in seinem Gesicht, dass es sich nicht um einen Scherz handelte.

Vadim wandte sich an den Boss, unterwürfig wie der erwähnte Hund: »Boss, ich bitte Sie! Alina ist meine Cousine, genau wie Sofia. Zeigen Sie sich großzügig. Ich habe seit fünf Jahren ergeben für Sie gearbeitet.«

»Was keine außerordentliche Leistung ist, sondern das erwartete Mindestmaß. Glaubst du, du kannst deswegen Extratouren fahren und mir ungestraft Leute ins Haus bringen?«

»Sofia wird nichts sagen. Hauptsache, Alina kommt zurück.«

Der Boss lachte. »Was bist du doch für ein dämlicher Idiot!«

Er gab seinen beiden Schergen ein Zeichen. Sie griffen nach Sofia, zogen sie an den Haaren aus ihrem Cocktailsessel. Sofia wehrte sich nach Kräften, doch sie hatte den Gorillas nichts entgegenzusetzen.

Vadim zögerte eine Sekunde, gefangen in der Entscheidung zwischen einer möglichen lukrativen Zukunft im Syndikat seines Bosses und einem letzten Rest Ehre. Er verzichtete auf die Zukunft und wählte den Blaubeerkuchen.

Vadim zog seine Pistole aus dem Schulterhalfter. Doch er war nicht schnell genug. Einer der Gorillas versetzte ihm einen Faustschlag auf den Solarplexus. Seine Faust war mit einem Schlagring bewehrt. Vadim knickte ein wie ein nasser Sack, seine ganze Luft entwich ihm in einem Stöhnen. Die Pistole fiel krachend auf den Boden, wo sie von seinem Gegner mit dem Fuß Richtung Boss gekickt wurde. Der machte sich nicht mal die Mühe, sie aufzuheben. Er wusste, dass Vadim keine Chance gegen den im Nahkampf ausgebildeten Leibwächter hatte.

Der eine Bodyguard schleifte die schreiende Sofia an den Haaren hinter sich her ins obere Stockwerk, der andere trat im Salon Vadim unters Kinn. Ins Gesicht. In die Rippen. In den Unterleib. Vadim spuckte Blut. Es war nicht das erste Mal in seinem Leben, dass er zusammengeschlagen wurde, aber noch nie hatte er so hart einstecken müssen. Er hörte seine Knochen splittern, spuckte zwei Vorderzähne aus, bekam keine Luft mehr, hustete, krampfte. Alles, was er sich bislang in Moldawien aufgebaut und wofür er seine Familie aufgegeben hatte, wurde von genagelten Stiefeln in Schutt und Asche getreten. Auf Befehl und unter den Augen des Mannes, dem er die letzten fünf Jahre treu gedient hatte. Wofür? Er würde sterben, hier und heute.

»Das reicht«, sagte der Boss. »Er hat es hoffentlich begriffen. Schafft ihn mir aus den Augen.«

Während Sofia im oberen Stockwerk der Villa in einem luxuriösen Badezimmer sorgsam auf ihre erste Vergewaltigung vorbereitet wurde, kippte einer der Leibwächter Vadim mehr tot als lebendig auf eine Müllkippe am Stadtrand von Chişinău zwischen leere Suppendosen, Essensreste, Kartoffelschalen und sonstigen Abfall.

Der Abend dämmerte langsam. Kühle Luft drang in die Wohnung in der Strada Tisa. Radu schloss das Fenster. Auf dem Tisch stand der Rest des Blaubeerkuchens, an dem sich zwei Stubenfliegen bedienten. Der Kaffee war längst kalt geworden, doch Ileana hatte keine Kraft mehr, die Gastgeberin zu spielen und für frischen Nachschub zu sorgen. Mit jeder Stunde, die verstrich, weinte sie mehr. Dunkle Ahnungen füllten die kleine Küche aus. Radu hatte schon mehrfach bei Sofia wie auch bei Vadim auf dem Handy angerufen. Erst nach dem dritten Versuch erinnerte er sich, dass Sofia ihr Handy in Bremen hatte liegen lassen. Aber auch Vadim war nicht zu erreichen. Seit einer halben Stunde war Radu in dumpfes Schweigen versunken.

Maxym sah auf die Uhr und wandte sich an Christian: »Die sind seit über vier Stunden weg. Was sagt Ihnen Ihr Gespür als Polizist?«

»Nichts Gutes«, antwortete Christian. Er fand es verantwortungslos, dass die Suworows, um ihre jüngere Tochter zu retten, die ältere mit einem kriminellen Cousin zu einem Unbekannten gehen ließen, von dem sie weder Namen noch Adresse wussten. Andererseits schien Sofia seinem Eindruck nach keine Frau zu sein, die sich von ihren Eltern oder sonst jemandem etwas sagen ließ. Und möglicherweise war dieser Vadim tatsächlich die einzige Chance der Suworows, etwas über Alina zu erfahren. Dennoch wollte er nicht länger warten. Er bat Maxym, ihn als Dolmetscher zur Kripo von Chişinău zu begleiten.

»Was wollen Sie da?«, fragte Maxym. »Sie haben in Moldawien keinerlei Befugnisse.«

»Das weiß ich. Aber ich hoffe auf die internationale Kollegialität unter Polizisten. Vielleicht ist Vadim aktenkundig, und man weiß, für wen er arbeitet. Ich bin mir ziemlich sicher, dass Vadim seine kriminellen Kontakte nutzen will, um Alina zu finden.«

»Das ist einer der Gründe, weshalb Sofia ihn um Hilfe gebeten hat. Der andere Grund sind machtlose oder korrupte Polizisten, wie ich Ihnen schon erklärte.«

»Versuchen müssen wir es trotzdem. Die Polizei kennt in den meisten Fällen ihre Pappenheimer und weiß, wo und mit wem sie sich herumtreiben. Vielleicht finden wir die beiden. Bevor ein zweites Unglück passiert ...« Christian verschwieg, dass es seiner Meinung nach schon zu spät war. Er befürchtete das Schlimmste, hoffte aber immer noch das Beste.

Maxym übersetzte den Suworows, was Christian vorhatte. Radu hielt es für keine gute Idee. Er gab zu bedenken, dass es kontraproduktiv sein könnte, wenn man Vadim und seinen Kontakten Ärger mit der Polizei verursachte. Vielleicht würden sie dadurch die Chance, Alina zurückzubekommen, aufs Spiel setzen. Ileana jedoch befürwortete die Vorgehensweise. Sie war so ängstlich, dass sie sich selbst an den dünnsten Strohhalm klammerte. Schließlich überredete sie Radu. Er beschloss, Maxym und Christian zu begleiten, damit die Polizei sich nicht von zwei Ausländern in moldawischen Angelegenheiten bedrängt fühlte. Ileana würde zu Hause bleiben, das Telefon bewachen und hoffen, dass Sofia und Vadim sich bald meldeten oder gar nach Hause kamen.

Die drei Männer zogen gerade ihre Jacken über, als es hinten im Hof polterte. Radu ging nachsehen. Ein paar Sekunden später schleppte er einen schwer verletzten jungen Mann ins

Wohnzimmer und bettete ihn aufs Sofa. Christian begriff sofort, dass es sich um Vadim handelte. Er sah schlimm aus, war blutverkrustet, verdreckt und stank erbärmlich, doch Ileana bestürzte ihn sofort mit Fragen nach Sofia. Vadim konnte kaum sprechen, er wirkte nicht nur physisch am Ende. Dennoch setzte er sich mit Müh und Not auf. Vadim spuckte etwas Blut auf seinen Hemdsärmel, wischte sich den Mund ab, nahm eine Flasche Wasser vom Tisch und trank gierig, wobei er sich mit schmerzverzerrtem Gesicht den Oberkörper hielt. Christian vermutete gebrochene Rippen. Von dem ansteigenden Stimmengewirr verstand er kein Wort. Auch Maxym konnte dem Rumänischen offensichtlich nicht folgen. Er befragte Radu auf Russisch, doch der sprach ein gebieterisches Machtwort. Maxym und Ileana verstummten und ließen Vadim erzählen. Der sagte nur wenige schleppende Sätze, doch die Wirkung auf Ileana war heftig: Sie brach auf einem Stuhl zusammen, wurde von einem Weinkrampf geschüttelt und hyperventilierte. Radu war so schockiert, dass er sich nicht um Ileana kümmerte, was schließlich Maxym übernahm. Vadim fragte Radu misstrauisch nach den beiden Fremden, die ihn gespannt anstarrten. Die Information, dass Christian ein deutscher Polizist war, schien ihm nicht zu gefallen. Ächzend erhob er sich, sagte noch etwas zu Radu, umarmte Ileana und wollte über den Hinterhof wieder verschwinden.

Christian versuchte, ihn an der Schulter zu packen und aufzuhalten, doch Radu trat dazwischen und umklammerte Christians Arm mit einem überraschend eisernen Griff. Mit finsterer Miene und lauter Stimme sagte er etwas zu Maxym.

»Sie sollen ihn gehen lassen«, übersetzte Maxym. »Das hier ist nicht Ihre Sache.«

Christian ließ seinen Arm sinken, Radu löste seinen Griff.

»Was ist passiert?«, fragte Christian.

Maxym ließ es sich von Radu zusammenfassen und übersetzte für Christian: »Sofia wollte Alina loskaufen, doch es ist schiefgegangen. Sie haben Vadim zusammengeschlagen und Sofia behalten.«

»Bei wem waren sie?« Die Verständigungsschwierigkeiten machten Christian wahnsinnig.

»Das hat Vadim nicht gesagt.«

»Und dann lassen sie den Kerl einfach so gehen?« Christian schrie fast. »Himmelherrgottnochmal, was wollen Sie jetzt machen? Weiter warten? Bei Blaubeerkuchen?«

»Vadim hat Radu und Ileana geschworen, die beiden Mädchen zu finden und nach Hause zu bringen. Und wenn es sein Leben kostet. Und Sie, Herr Beyer, befinden sich im Hause von Herrn Suworow und genießen seine Gastfreundschaft.«

»Ich befinde mich im Hause eines Idioten und leide an seiner Dummheit!«, erwiderte Christian. Maxyms betont kultivierte Art ging ihm zusehends auf den Wecker.

Radu kümmerte sich inzwischen um Ileana, sprach leise und zärtlich auf sie ein. Zwischendurch warf er einen mahnenden Blick auf Christian. Christian versuchte, sich zu beruhigen. Sie hatten recht. Es ging ihn nichts an. Er war weder Teil der Familie noch ein Freund, noch hatte er irgendwelche polizeilichen Befugnisse. Aber es erschütterte ihn. Er sah zu Ileana. Die Frau hatte innerhalb von drei Tagen ihre beiden Töchter verloren – in ein ungewisses, aber garantiert schreckliches Schicksal.

Er musste zurück nach Hamburg. Von dort aus konnte er Alina und Sofia auf die Vermisstenliste der SIS setzen und Kontakt zu den europäischen Dienststellen aufnehmen, die für internationale Schlepperbanden zuständig waren. Sehr wahrscheinlich würden die beiden Mädchen irgendwann über die Grenzen nach Westeuropa geschmuggelt werden. Vielleicht sogar nach Deutschland. Dann gab es eine winzige Chance, sie zu finden. Er hoffte nur, dass sie bis dahin überlebten. Vor ihnen lag eine Odyssee durch die Hölle.

GRAVE CALANDO

Wenn man zum ersten Mal gesehen hat, wie sich diese Würmer unter der Haut bewegen, unter der eigenen Haut, wo sie ganz und gar nicht hingehören, dann fragt man sich, ob man irre wird. Man will das natürlich nicht glauben und schiebt es auf alle möglichen Dinge: Stress, Alkohol, Drogen ... Aber die Angst ist da. Das Fremde in dir. Und das nächste Mal, wenn es kribbelt auf oder unter der Haut, dann schaust du ganz genau hin. Und du siehst es wieder. Du siehst es ganz genau. Ein Wurm schiebt sich durch deinen Körper. Nicht nur einer. Inzwischen hat er sich vermehrt. Es sind viele. Da ist einer im rechten Arm, aber im linken Arm sind es schon zwei, und sie glitschen nach oben zu deiner Achselhöhle, und wenn sie dort sind, dann werden sie deinen Hals erreichen und dein Herz. Und in den Beinen sind auch welche, sie kriechen und nagen sich durch deine Lenden und den Bauch, und alle ziehen sie Richtung Herzgegend, als gäbe es da etwas Besonderes. Und dann auf einmal begreifst du, dass du sie aufhalten musst, denn wenn sie da ankommen, dann werden sie alles verstopfen oder kaputt machen oder auffressen, und du wirst sterben. Es ist ja schon ekelhaft genug, dass sie in deinem Körper sind und ihn bevölkern, aber du willst nicht auch noch daran sterben, es reicht ja schon, dass dir permanent schlecht ist. Also wird dir klar, dass du etwas tun musst, du musst sie fangen, bevor sie dich auffressen und sich noch mehr vermehren, weil jetzt sind es ja nicht mehr nur Milben und Würmer, nun sind auch Käfer dazugekommen, und du weißt genau, es wird mit den Käfern sein wie mit den Milben und Würmern, auch die Käfer werden sich vermehren, und die haben Beißwerkzeuge, mit denen sie deine Zellen und Fasern und Sehnen durchtrennen werden, alles, was sich ihnen in den Weg stellt, das werden sie durchbeißen, und du hast nur die eine Chance. Du musst sie einzeln rauspulen oder alle auf einmal töten, indem du eine gehörige Portion Pestizid trinkst.

**12. April 2010
Gomel, Weißrussland.**

Sofia war nicht mehr Herrin ihrer Sinne. Sie durchlebte die letzten vierundzwanzig Stunden wie in einem bösen Traum, sah weder Sonne noch Mond, noch konnte sie Wahn und Wirklichkeit unterscheiden. Das Einzige, an das sie sich deutlich erinnerte, waren die vergeblichen Versuche des Bosses in Chişinău gewesen, sie zu vergewaltigen. Wann hatte das stattgefunden? Gerade eben? Vor Jahren? Niemals oder im Leben einer anderen Frau?

Er hatte sie von seinem Laufburschen baden lassen. Dabei war sie von fremden Händen angefasst worden, die sie eingeseift hatten, auch an intimen Stellen. Der Gorilla hatte zotige Bemerkungen gemacht, als er mit seinen Wurstfingern zwischen ihre Beine geglitten war, aber aus Angst vor seinem Boss nicht gewagt, sie zu vergewaltigen, obwohl ihm deutlich nicht nur der Sinn danach stand. Sofia hatte nach ihrem ersten verzweifelten Aufbäumen alles widerstandslos über sich ergehen lassen. Vadim war vermutlich tot, und sie hatte versagt. Alina konnte sie nicht retten, sie konnte nicht mal sich selbst retten. Was hatte sie sich nur gedacht? Woher hatte sie die Arroganz genommen, in ihrem ihr fremden Heimatland die Gewichte der Macht verschieben zu wollen? Wie dumm sie war! Stattdessen hatte sie nackt in einer Badewanne gelegen und war gewaschen worden wie ein Säugling. Sofia hatte versucht, die Embryonalstellung einzunehmen, sie hatte gewimmert wie ein Baby, hatte irgendwo in einer frühkindlichen Zeitfalte ihrer Psyche Zuflucht gesucht.

Als sie gesäubert und eingeölt war, hatte man ihr eine Spritze verabreicht. Danach hatte sie sich besser gefühlt. Leichter. Gleichgültiger. Man hatte sie in ein Zimmer gebracht mit einem großen Bett unter einem weinroten Samtbaldachin, an das erinnerte sie sich. Es war eine schöne, schwere Farbe gewesen, da über ihr. Und dann war der Boss gekommen, und die Kassettentür aus Eichenholz war leise hinter ihm geschlossen worden, und er hatte sich ausgezogen, er wirkte irgendwie lächerlich auf sie, gar nicht Furcht einflößend, und sie hatte lachen müssen, und er hatte sie geschlagen und dann versucht, sie zu nehmen, mit seinem kleinen schlaffen Pimmel, aber es war ihm nicht gelungen, und dann hatte er sie wieder geschlagen, als sei sie schuld daran gewesen, und dann hatte er auf das Laken gepisst, ganz so, als würde seine Mama am nächsten Morgen kontrollieren, ob es eine bestimme Nässe gäbe, die man mit dem Laken als Fahne des Triumphes in die Öffentlichkeit hängen könnte. Das war demütigend gewesen. Aber während des ganzen Vorgangs, denn es war nicht mehr gewesen als ein Vorgang, hatte sie sich einigermaßen erfolgreich bemüht, nicht anwesend zu sein. Vielleicht hatte ihr die Spritze dabei geholfen. Vielleicht war es aber auch die Partitur gewesen, die sie im Geiste durchgegangen war. Es war Tartinis *Trille du Diable* gewesen, der *Teufelstriller*, den sie Note für Note durchging, und schon nach dem ersten Satz, der mit *larghetto affettuoso* überschrieben war, hatte der Boss ermattet von ihr abgelassen. Sofia hatte es trotzdem für keine gute Idee gehalten, in ihren Körper zurückzukehren, und sie hatte recht damit gehabt, denn der alte Ziegenbock war erst der Anfang gewesen. Der Boss hatte sich bei seinen Bodyguards mit zwei knappen, herrisch klingenden Sätzen über ihre mangelnde Leistung beschwert und sie frei fürs Geschäft gegeben. Damit war ihr Schicksal besiegelt worden.

Genau deswegen befand sie sich nun hier. Sofia wusste nicht so recht, was das für ein Ort war. Noch nie hatte sie einen solchen Ort gesehen oder von einem gehört. Genau dreiundzwanzig andere Frauen teilten ihr Schicksal. Sofia hatte gezählt. Sie musste Ordnung in die Dinge bringen, die sie nicht begriff.

Mit zwölf dieser Frauen war Sofia letzte Nacht hier angekommen und in einer großen Bretterbude voller Pritschen und sonst nichts eingesperrt worden. Noch immer war Sofia benebelt, konnte sich nicht genau erinnern, was geschehen und wieso sie hier war. Sie lag auf ihrer Pritsche und fröstelte. Irgendwann kamen zwei Männer, zerrten sie hoch, nahmen sie mit in einen ebenso karg eingerichteten Vorderraum und vergewaltigten sie. Sie versuchte, sich zu wehren, aber sie wurde gefesselt und geschlagen. Als sie wieder auf ihrer Pritsche lag, konnte sie sich nicht einmal erinnern, ob die Männer jung oder alt, dick oder dünn gewesen waren. Sie wimmerte nur ein wenig, weil ihr alles wehtat und sie sich schämte.

Die junge Frau auf der Pritsche neben ihr herrschte sie an: »Halt dein Maul und gewöhn dich dran. Oder du verreckst jetzt schon.« Sie wusste offensichtlich, wovon sie sprach.

»Wo bin ich hier? Was passiert mit mir?«, fragte Sofia, instinktiv auf Rumänisch. Ihre Stimme klang teigig, als würde ein anderer Mensch sprechen. Sie war nicht mehr sie selbst.

»Du bist in der Nähe von Gomel in Weißrussland in einem Sammellager, Püppi. Die erste Station auf der ›Heroinstraße‹«, antwortete ihre Pritschennachbarin, ebenfalls auf Rumänisch.

»Weißrussland? Heroin?« Sofia fand selbst, dass sie sich wie eine Schwachsinnige anhörte. So stupide, so fremd, so weit weg.

Ihre Pritschennachbarin lachte. Dabei zeigte sie ein lückenhaftes Gebiss. Ihre Figur jedoch war top. »Heroinstraße heißt es, weil früher auf dieser Route Drogen vertickt wurden. Der Name ist geblieben, nur die Ware hat sich geändert. Jetzt sind wir die Ware, Püppi. Wir Frauen aus Rumänien, Moldawien, der Ukraine und Belarus. Sieh dich um. Und weine mit deinen Schwestern.«

Das Wort »Schwestern« versetzte Sofia einen schmerzhaften Stich in der Herzgegend. Sie richtete sich auf. »Bist du schon länger hier?«

»Seit vorgestern. Aber leider nicht zum ersten Mal.«

»Vorgestern ...« Sofia versuchte, sich zu konzentrieren. Ihr Kopf tat weh. »Hast du meine kleine Schwester gesehen? Alina heißt sie. Ich bin Sofia. Alina ist verschwunden. Vor ein paar Tagen. Was für ein Tag ist heute? ... Egal. Donnerstag- auf Freitagnacht ist Alina verschwunden. Aus Chișinău. Sie ist erst siebzehn.«

»Siebzehn ... So alt war ich auch, als sie mich das erste Mal gegriffen haben.« Der Ton der Frau war nun nicht mehr ganz so ruppig. »Ich heiße übrigens Katya.«

Katya erhob sich von ihrer Pritsche und rief halblaut in den Raum hinein: »Mädels! War in den letzten Tagen eine Alina aus Moldawien hier?«

Keine Antwort. Einige der Frauen gaben sich immerhin die Mühe, den Kopf zu schütteln. Die anderen dämmerten nur vor sich hin.

»Aber sie *muss* doch hier gewesen sein!«, widersprach Sofia lautstark der allgemeinen Teilnahmslosigkeit. »Ihr müsst sie doch gesehen haben, erinnert euch! Bitte!«

Katya drückte Sofia zurück auf die Pritsche. Leise, aber deutlich zischte sie: »Mach keinen Aufstand, sonst beziehen wir alle Prügel!«

Sofia begann zu weinen. »Aber ... Alina ... ?«

»Das hier ist nicht das einzige Sammellager in der Gegend. Ich kenne noch eins in Mahiljou, und sicher gibt es noch mehr.«

»Wieso Sammellager? Bleiben wir nicht hier?«

»Was sollen wir hier? Hier ist nichts zu holen. Auf welchem Planeten lebst du eigentlich?« Katya schien fast wütend. »Die besorgen uns falsche Pässe aus Fälscherwerkstätten in Polen, Litauen und Rumänien. Damit sind wir dann polnische, slowakische oder ungarische Frauen und brauchen kein Visum, sondern nur einen Personalausweis, um in unsere Zielländer einzureisen.«

Sofia wurde schwindlig. »Wieso weißt du das alles?«

»Die Scheiß-Geschichte ist schnell erzählt. Ich wollte raus aus Rumänien. Mit siebzehn. Irgendein Arschloch versprach mir eine Au-pair-Stelle in Holland. Bei einer netten, reichen Familie mit netten, reichen Kindern. Ich hab's ihm geglaubt, ich dumme Kuh. Es sah alles so echt aus. Man braucht eine Einladung in das Land. Ein großer westeuropäischer Automobilclub, der mit dem weißrussischen Reiseveranstalter SMOG kooperiert, besorgt für ein paar Dollar ein Ersatzpapier für diese Einladung und übernimmt die erforderlichen Garantien wie Krankenversicherung und Rückreise.«

»Die hängen da mit drin?« Sofias Kopfschmerzen wurden von Minute zu Minute schlimmer.

»Und ob. Das Ganze ist nichts als ein großer Beschiss. Du landest nämlich nicht bei einer netten, reichen Familie, sondern in einem elenden Bordell. Ich war in Den Haag. Nach anderthalb Jahren griff mich die Polizei auf, ein paar Sozialarbeiter haben sich um mich gekümmert. Rührend. Wollten mich trösten. Sechs Wochen lang haben sie mich aufgebaut. Dann wurde ich nach Rumänien zurückgeschickt. Die Ärsche dort haben mich schon am Bahnhof wieder eingesackt. Die Polizei verrät ihnen nämlich, wann und wo wir zurückkommen. Raus aus dem Zug, rein in den Lkw. Und alles ging von vorn los. Das hier ist meine dritte Runde.«

»Wie alt bist du?«, fragte Sofia betroffen. Katya sah aus wie Ende dreißig.

»Ich bin zweiundzwanzig.«

»Kannst du mir helfen, Alina zu finden?«

»Schlaf jetzt. Du wirst deine Kräfte brauchen«, sagte Katya, legte sich hin, zog ihre kratzige Decke hoch bis zum Kinn und drehte Sofia den Rücken zu.

Sofia dachte, soweit sie überhaupt noch denken konnte, dass sie bestimmt nicht würde schlafen können. Obwohl schlafen im Grunde eine sehr gute Idee war. Dann würde sie vielleicht in Bremen aufwachen, in ihrer kleinen Wohnung, und sie würde Kaffee trinken und ein frisches Brötchen mit Bio-Kalbsleberwurst essen und an die Musikhochschule gehen und ihren semibegabten Schülern erklären, was Ausdruck war und wo man ihn herholte. Schlafen war eine gute Idee.

Hamburg.

Christian bekam erst am Montagmorgen einen Flug zurück nach Hamburg. Mit Zwischenstopp in München. Es regnete. Die Landung war ruppig. In Hamburg fegten mal wieder heftige Windböen über die Landebahn. Die Landung raubte ihm den letzten Nerv. Kurz vor dem Aufsetzen wünschte sich Christian, Verkehrspolizist in Bhutan zu sein. In dem südasiatischen Königreich gab es eine einzige Kreuzung, an der der vermutlich einzige Verkehrspolizist des Landes die gefühlten fünf Autos von rechts nach links winkte. Er hätte inzwischen Plattfüße, aber an Plattfüßen war noch keiner gestorben.

Vom Flughafen aus nahm Christian ein Taxi nach Hause. Unterwegs dachte er über die Suworows nach. War es tatsächlich tragischer moldawischer Alltag, dass junge Mädchen ins Nirgendwo verschwanden? Er hatte am Sonntag Daniel angerufen und ihn um eine grundsätzliche Recherche zu dem Thema gebeten. Die Antwort war erschütternd: Das Geschäft mit Frauen aus Moldawien, dem Armenhaus Europas, blühte. Die Wege der Rekrutierung reichten von vorgegaukelten lukrativen Jobs für Putzfrauen oder Kindermädchen über Heiratschancen mit gut situierten Männern bis hin zum Kidnapping des »Materials« für die Bordelle. Deutschland war Spitzenabnehmer für Frauen aus Osteuropa, die Quelle spielte dabei keine Rolle.

Bislang hatte Christian immer das Gefühl gehabt, als Kommissar einer Sondereinheit weitaus mehr als der Durchschnittsbürger vom Leben, seinen Tiefen und Untiefen mitzubekommen. Nun wurde ihm klar, dass das bestenfalls für Deutschland gelten mochte. Möglicherweise nur für Norddeutschland oder gar nur für Hamburg. Was wusste er von da draußen? Europa war ihm ein vager Begriff, der sich in einem volatilen Euro, wenig zufriedenstellenden Abkommen und marginaler Zusammenarbeit definierte. Die Schwierigkeiten des europäischen Konzepts erschienen ihm kompliziert genug, sodass er weder die Notwendigkeit sah noch das Bedürfnis verspürte, sich auch noch mit den Problemen außerhalb der gezogenen Grenzen zu belasten.

Nun war er mittendrin. Es ging nicht um Grenzen, es ging nicht um internationales Recht und Befugnisse. Es ging um eine Mutter, die Blaubeerkuchen buk und wollte, dass ihre beiden Töchter mit am Tisch saßen. Christian verstand, dass das internationale Recht eine Sache der Politiker war, das familiäre

Glück aber eine Sache der Menschen. Wie Glück überhaupt Privatsache war.

Als Christian gegen Abend in Annas kleiner Hamburger Stadtvilla ankam, stand sie in der Küche und bereitete einen Salat zu. Christian hätte lieber ein Steak mit Bratkartoffeln gehabt. Er fühlte sich leer. Anna küsste ihn und sah ihn prüfend an. »Wie war's?«

Christian winkte ab, er wollte jetzt nicht darüber sprechen, wollte nur duschen und essen. Anna verstand und entließ ihn ohne eine weitere Frage ins Bad.

Das liebte er an Anna. Sie drängelte nicht. Sie fühlte sich nicht abgelehnt, wenn er sich in sein Schweigen zurückzog. Sie ließ ihn in Ruhe, ließ ihn sein.

Die heiße Dusche tat ihm gut. Selbst den Salat aß er mit großem Appetit, und auch das kalte Bier schmeckte. Es gab tatsächlich Momente auf dieser gepolsterten Eckbank, die ihn seinen Beruf und all das, was da draußen in der Welt stattfand, vergessen ließen. Er dachte an den Titel eines Buches, der ihm gut gefallen hatte, wenn auch nicht so gut, dass er das Buch tatsächlich las: *Die Möglichkeit einer Insel*. Der Alltag mit Anna war seine Insel.

»Wie war dein Wochenende?«, fragte er.

»Schön. Die Nordsee hat getan, was ich wollte. In beruhigender Monotonie rein und raus rollen. Zwischendurch war ich in der Sauna und im Dampfbad. Alles in allem schön ruhig und erholsam.«

Sie fragte nicht noch einmal: »Und bei dir?« Nur deswegen konnte er zu reden anfangen. Langsam und leise. Als er geendet hatte, sagte Anna: »Scheiße. Was für eine Scheiße.«

Auch das liebte er an ihr. Klare Ansagen.

»Und jetzt?«, fragte sie.

»Keine Ahnung. Ich hoffe, dass Volker, Pete und Herd ein Stückchen weitergekommen sind«, sagte er. Er hörte selbst, wie unwillig und deprimiert er klang. Dabei hätte er zu gerne Hoffnung verbreitet. Aber was er momentan zu bieten hatte, reichte bei Weitem nicht für Optimismus. »Es gehört Glück dazu.«

13. April 2010
Gomel, Weißrussland.

Glück war eine Kategorie, die in Gomel, wenn überhaupt, nur in den unrealistischsten Drogenträumen existierte. Die Wirklichkeit bot lediglich Schmerz, Not, Elend und Unglück.

Sofia dachte nicht in diesen Kategorien. Sie dachte an Alina. Würde die an einem anderen Ort das Gleiche durchmachen müssen wie sie hier? Die Vorstellung war grauenhaft. Ihre kleine Schwester sah das Leben durch eine rosarote Brille, glaubte trotz aller Armut und Chancenlosigkeit an die Balance von Pech und Glück und war fest davon überzeugt, dass auf Regen ein Sonnentag folgte. Und nicht ein Tag, an dem es statt kaltem Wasser Scheiße regnete. Sofia hatte Angst um Alina.

Sofia haderte auch mit ihrem eigenen Schicksal, mit ihrem Versagen. Wo war Alina? Was war mit Vadim? Wie erging es ihren Eltern? Was konnte sie tun?

Katya erklärte es ihr kurz und knapp: »Nichts.«

Sofia sah es ein. Für den Moment hatte Katya recht. Sie musste sich an die Situation anpassen. Anpassung war überhaupt der Schlüssel zum Überleben. Sofia dachte angestrengt über Dinosaurier nach und über Darwin und über den Untergang des Römischen Reiches. Damit hatte sie genug zu tun, bis sie gegen Abend von den Aufpassern mit fünf anderen Frauen von ihrer Pritsche hochgezerrt und in einen Lastwagen verfrachtet wurde. Zu ihrer Beruhigung war Katya dabei. Zu den anderen Frauen im Sammellager hatte sie keinen vernünftigen Kontakt aufnehmen können. Bemüht gelassen setzte sie sich neben Katya auf den harten, kühlen Boden und kümmerte sich weder um die Dunkelheit noch um den muffigen Geruch nach Abfällen. Wie zufällig nahm sie mit ihrem rechten Oberschenkel beruhigenden Körperkontakt zu Katya auf und konzentrierte sich auf das rhythmische Rütteln des Fahrzeugs. Sie vermisste zum ersten Mal seit Tagen ihre Geige.

Paris, Frankreich.

Schon immer hatte Paris eine magische Wirkung auf Danylo ausgeübt. Hier hatte er längere Zeit gelebt, Freunde, Feinde und Erfahrungen gesammelt, glorreiche Konzerte gespielt, war sogar vor Kofi Annan aufgetreten, dessen unprätentiöse Freundlichkeit ihn sehr beeindruckt hatte. Auch jetzt fühlte er sich in dieser Stadt wie nach einer Frischzellenkur. Sicher, die Côte d'Azur war wunderbar, das Licht sphärisch, die Luft seidig, der Duft der Pinien betörend. Dennoch hatte er sich in der Einsamkeit von Ramatuelle wie begraben gefühlt. Hier in Paris pumpten der Lärm und das Tempo des Großstadtlebens überschüssigen Sauerstoff in seine Blutbahnen, er fühlte sich wie wild schäumender Champagner. Ramatuelle war ein Ort zum Verstecken. Dort lauschte man dem Klang der Stille und verstummte vor Ehrfurcht selbst. Paris war ein Ort für Respektlosigkeiten.

Mit neuem Mut hatte er sich entschlossen, aus seinem selbst gewählten Exil in Südfrankreich aufzubrechen und die Konfrontation mit dem Leben zu suchen. Zaghaft erst, doch seit er hier war und der Puls der Großstadt ihn wiederbelebte, wuchs er über alles hinaus, was er bisher von sich kannte. Er hatte eine Entscheidung getroffen, die ihn verändern würde. Die *alles* verändern würde. Schon die Aussicht darauf machte ihn stark.

Mit diesem berauschenden Gefühl betrat er den Laden im fünften Arrondissement, zu dem ihn eine vertraute Bekanntschaft aus seiner früheren Pariser Zeit geschickt hatte. Es war ein kleiner Laden für Antiquitäten, vollgestellt mit allerlei Krimskrams von zweifelhaftem Wert. Da saßen handbemalte Porzellanpuppen aus den Zwanziger Jahren auf abgewetzten Chaiselongues, denen nur ein ahnungsloser Tourist das Art déco unterstellte. Es gab Lüster, die zahllos und verstaubt von der Decke hingen, ein weiß-rosa bemaltes Einhorn aus Holz, das Kleinkinder als Schaukelpferd benutzen konnten, silbernes und goldenes Besteck, alte Orden, Kleinmöbel, Bierdeckel, Weingläser, Schmuck, Uhren, eine Vitrine voller Meerschaumpfeifen und noch vieles mehr.

Bei Danylos Eintritt schellte eine Messingglocke, die über der Tür hing. Danylo fand genug Muße, sich umzusehen, bevor der Besitzer den schweren orientalischen Vorhang zu einem hinteren Raum lüftete und nach vorne in die Geschäftsräume trat. Gemessen an der Anmutung des Ladens hätte Danylo einen zwergenhaften, alten Mann erwartet, der ihm zu jeder einzelnen Meerschaumpfeife und jeder einzelnen Brosche eine tragische Geschichte zu erzählen wusste. Gemessen allerdings an dem, was er hier kaufen wollte, hätte er einen aus dem Maghreb stammenden Kleinkriminellen erwartet, der noch vor wenigen Wochen in den Banlieues Autos angezündet hatte, um Sarkozy Druck zu machen.

Danylo sah ein, dass er zu sehr in Klischees verhaftet war, denn vor ihm stand ein smarter, junger Franzose in tadellos sitzendem Anzug, der ihn ebenso tadellos nach seinen Wünschen fragte.

Danylo sagte, wer ihn geschickt hatte.

Ohne mit der Wimper zu zucken, griff der Franzose zu seinem Handy und vergewisserte sich kurz bei Danylos Referenz.

Dann geleitete ihn der Franzose in einen der hinteren Räume. »Was genau wünschen Sie?«, fragte er. »Halb- oder Vollautomatik?«

Danylo wusste es nicht. Er war ein blutiger Anfänger auf dem Gebiet dieser Instrumente. Er wusste nur, dass das, was er brauchte, ein besonderes Lied spielen sollte. Das Lied vom Tod.

14. April 2010
Brcko, Bosnien-Herzegowina.

Der Lastwagen hielt an, endlich. Auf der langen Fahrt hatte es nur wenige Pinkelpausen für die Frauen gegeben, von frischer Luft konnte man auf den Autobahntoiletten, zu denen sie auf den ersten paar hundert Kilometern von ihren Aufpassern geleitet wurden, wahrlich nicht reden. Der letzte Stopp, der eingelegt worden war, hatte in freier Natur stattgefunden. Es war kalt gewesen, irgendwann zwischen Mitternacht und Sonnenaufgang. Sofia hatte dankbar die feuchte Nebelwand wahrgenommen, die sie umschloss, als sie in der Hocke auf einer Wiese neben der Straße saß. Gierig sog sie die Luft ein, die nach gemähtem Gras roch und nach Sauberkeit. Die Kopfschmerzen, die sie seit unbestimmter Zeit begleiteten, wurden ein wenig besser, fast hatte sie das Gefühl, wieder klar denken zu können. Dann musste sie wie die anderen zurück in den Lkw, in dem es nach Angstschweiß und ungewaschenen Menschen stank. Sie fuhren weiter, Stunde um Stunde. Der Wagen holperte über ein Meer von Schlaglöchern. Die meisten schimpften und klagten, weil ihnen die Knochen auf dem kalten, harten Metallboden der Ladefläche wehtaten. Sofia hatte sich wie einige andere die Jacke unter den Hintern gelegt. Irgendwann schlief sie erschöpft ein, barg ihren Kopf an Katyas Schulter, die trotz ihrer unbequemen Haltung schon seit längerer Zeit vor sich hin schnarchte.

Durch den abrupten Stopp des Lastwagens wurde Sofias Kopf nach hinten geschleudert. Sie stieß sich an einer Metallverstrebung und erwachte. Von draußen war das Stimmengewirr ihrer Aufpasser zu hören, von etwas weiter drang Turbo-Folk herüber, eine Mischung aus orientalischem Sound und Techno. Langsam regten sich auch die anderen Frauen.

Sofia versuchte, zur hinteren Plane zu robben und hinauszusehen. Sie kam nicht weit, ihre Fesseln verhinderten es. Nach einer gefühlten Ewigkeit wurde die Plane aufgerissen. Endlich frische Luft. Taschenlampen leuchteten in den Wagen, zwei grelle Lichtkegel blendeten die Frauen. Ihre Aufpasser lösten die Fesseln und forderten sie auf Rumänisch und Russisch auf, den Wagen zu verlassen. Mit steifen Gliedern kletterten die Frauen von der Ladefläche. Draußen, in der sternenklaren Nacht, standen neben ihren Aufpassern noch einige andere, mit Pistolen und Maschinengewehren bewaffnete Männer, die eine

Art Korridor zu einem heruntergekommenen Wohnhaus neben dem mit pinkfarbener Neonreklame beleuchteten Club ›Victoria‹ bildeten.

»Scheiße«, flüsterte Katya, die dicht neben Sofia ging. »Wir sind in Brcko.«

»Kann es sein, dass Alina hier ist?«, fragte Sofia.

»Glaub mir, das willst du nicht.«

Unsanft wurden die Frauen von den bewaffneten Männern zu dem Haus geschubst und über eine knarzende Stiege in den dritten und obersten Stock gebracht. Die wenigen Fenster waren vergittert. Ansonsten sah es aus wie in Gomel: ein großer Raum, zweistöckige Holzpritschen mit dünnen Matratzen und noch dünneren Decken. Auf einigen der Pritschen dämmerten Frauen vor sich hin, die schon früher angekommen waren. In einem Nebenraum gab es vier schmutzige Waschbecken, daneben zwei Duschen und den Duschen direkt gegenüber vier Toilettenkabinen, an denen die Türen entfernt worden waren.

Katya sicherte sich und Sofia schnell eine Doppelpritsche, die so weit wie möglich vom Nebenraum mit den offenen Toiletten entfernt war. Bei einigen Frauen gab es Streit um die Betten, zwei prügelten sich darum, oben zu liegen. Sofia fragte sich, woher sie die Kraft dazu nahmen. Durch die schmutzigen Scheiben sickerte das erste Morgenlicht herein. Es musste zwischen vier und fünf Uhr sein. Genauer wusste Sofia es nicht, denn sie hatte wie alle anderen neben ihren Ausweispapieren auch alle persönlichen Besitztümer wie Handy, Uhr und Schmuck abgeben müssen. Es war ein Gefängnis. Nur, dass keiner ihre Sachen in einen mit ihrem Namen beschrifteten Karton zur Aufbewahrung gegeben hatte. Ein Tag der Entlassung war hier nicht vorgesehen.

Die meisten Frauen legten sich kraftlos auf ihre Pritschen und versuchten zu schlafen. Nur ein paar versammelten sich um Katya. Es hatte sich herumgesprochen, dass sie schon einmal hier gewesen war. Auf Russisch und Rumänisch wurde Katya mit Fragen gelöchert.

»Was erwartet uns hier?«

»Die Hölle.« Katya schüttelte ihr Bettzeug aus, faltete ihre Jacke zusammen und polsterte damit ihr Kopfkissen auf. Sie schien ihren Wissensvorsprung nicht zu genießen.

»Lass dir doch nicht jedes Wort aus der Nase ziehen!«, beschwerte sich eine sehr junge Frau namens Cristi, die wie Sofia aus Moldawien stammte.

Katya setzte sich im Schneidersitz auf ihre Matratze und sah von oben auf die forsche Cristi herab: »Du willst es also ganz genau wissen?«

»Ich auch«, sagte Sofia.

Die anderen stimmten zu.

Katya nickte: »Also gut. Es gibt etwas, das ist hier besser als in den Lagern, in denen ihr vorher wart. Wir werden nicht mehr ins Gesicht geschlagen.«

Ein Mädchen aus der Ukraine stöhnte erleichtert auf.

Katya fixierte sie: »Sie treten dir nur noch in die Rippen und in den Unterleib, wo man es nicht sofort sieht. Damit dein Wert bei der Versteigerung nicht durch eine verbeulte Visage geschmälert wird.«

»Welche Versteigerung?«, fragte Cristi entsetzt.

»Wir sind auf dem ›Arizona-Markt‹. Für die einen die größte Open-Air-Shopping-Mall in Südosteuropa. Hier sind über zweitausend Läden. Man kann kostengünstig alles kaufen, was das Herz begehrt: Musikkassetten aus Bulgarien, Bettwäsche aus der Türkei, Zigaretten aus Mazedonien, Lammspieß vom Grill … Für die anderen ist der Arizona-Markt das Tor zur Hölle.«

»Ich nehme an, wir sind die anderen«, sagte Sofia leise.

Katya nickte: »Hier und in der Umgebung gibt es unzählige Bordelle. Die Unattraktiven von uns werden an die einheimischen Betreiber verkauft. Da heißt es dann Dienst am Mann von acht Uhr abends bis sechs Uhr morgens. Bis drei Uhr am Nachmittag pennen, dann Putzkolonne, also die Zimmer und die Toiletten reinigen.«

Das Mädchen aus der Ukraine knabberte die ganze Zeit an

ihren Fingernägeln, soweit da überhaupt noch welche waren. »Mir hat man einen Kellnerinnen-Job in Italien versprochen. Sie haben mich von meinem Dorf nach Odessa gebracht. Dort wurde ich eingesperrt, sie haben mir meinen Pass weggenommen und mir was von Visa-Problemen erzählt. Wie konnte ich nur so bescheuert sein?!«

»Du bist nicht die Einzige, der so was passiert.« Cristi sah die Ukrainerin kühl an: »Und ich bin alles andere als bescheuert. Alles ist besser, als in Moldawien zu verrecken! Okay, ich hab eine in die Fresse gekriegt, aber es ist noch keiner über mich drübergerutscht. Und so bleibt das auch! Bei der ersten Gelegenheit mache ich hier die Biege und schlage mich nach Österreich durch. Ohne Scheiß-Schlepper und erst recht ohne Scheiß-Zuhälter!«

Sofia staunte über Cristis Willenskraft, doch Katya schüttelte nur den Kopf: »Bist du das Scheiß-Supergirl? Oder Scheiß-Lara-Croft? Letztes Jahr hatten wir auch so 'n rotznäsiges Großmaul wie dich hier. Wollte aus dem Puff türmen. Sie kam fünf Meter weit. Dann haben sie uns alle hier im dritten Stock versammelt und wir durften zusehen, wie sie sie aus dem Fenster geworfen haben. Sie hat's überlebt. Sitzt jetzt als Krüppel irgendwo im Westen vor Karstadt und bettelt. Den Verdienst gibt sie beim Boss ab, und dann dürfen die anderen Bettler sie besteigen. Als Feierabend-Leckerli.«

»Du lügst doch«, flüsterte Cristi. Sie war ganz blass geworden.

»Sie lügt nicht!« Eine der Frauen, die schon länger da waren, drehte sich auf ihrer Pritsche um und schaute zu den Neuankömmlingen. »Das Gleiche haben sie letzte Woche gemacht. Haben Dina dort drüben aus dem Fenster geworfen. Sie hat Glück gehabt. Sie ist tot.«

Die Ukrainerin fing an zu weinen.

Sofia wandte sich angespannt an die Frau: »Wie lange bist du schon hier?«

»Knapp über eine Woche.«

»Hast du vielleicht meine Schwester getroffen? Alina. Aus

Chişinău. Siebzehn Jahre alt. Etwas größer als ich, schwarze, lange Haare, tolle Figur ...«

»Tut mir leid. Keine Alina.«

»Ganz sicher nicht?«

»Nicht in dieser Baracke. Das wüsste ich.«

Die anderen Frauen redeten weiter, doch Sofia hörte nicht mehr zu. Bis ihr etwas einfiel. Sie tippte Katya auf die Schulter: »Du hast eben gesagt, die Unattraktiven werden hier an die Bordelle verkauft. Und die anderen? Die so schön sind wie Alina? Was passiert mit denen?«

»Die werden auf einer Art Sklavenmarkt für viel Geld an internationale Käufer versteigert und verschwinden dann auf Nimmerwiedersehen in aller Herren Länder.«

Sofias Hoffnung sank ins Bodenlose.

Bremen.

Christian zeigte dem Hausmeister seinen Polizei-Ausweis sowie die beglaubigte Übersetzung des Schreibens von Radu Suworow, in dem er ihm erlaubte, die Wohnung seiner Tochter Sofia zu durchsuchen. Dem Hausmeister hätte der Polizei-Ausweis genügt, doch Christian wollte korrekt vorgehen. Es gab für die deutsche Justiz keinen Grund für einen Durchsuchungsbeschluss, also brauchte er eine Genehmigung.

Der Hausmeister schloss die Wohnung auf und zog sich diskret zurück. Christian betrat das kleine Apartment zum zweiten Mal und erklärte Herd, dessen Auge kein noch so winziges Detail entging, den Grundriss. Die beiden streiften ihre Schutzhandschuhe über.

»Ich fange im Badezimmer an und nehme dann das Schlafzimmer«, sagte Herd und verschwand im Bad.

Christian sah sich im Wohnzimmer um. Bei seinem letzten Besuch war die Wohnung aufgeräumt gewesen, fast penibel sauber. Nun wirkte alles wie nach einem überstürzten Aufbruch. Eine halbvolle Teetasse stand auf dem Tisch, ein angebissenes Brötchen mit Wurst welkte daneben vor sich hin. Auf dem Sofa waren einige T-Shirts und Pullover verstreut. Der Geigenkoffer lag in der Ecke neben dem Notenregal. Christian ging zum Laptop, der auf dem kleinen Schreibtisch stand, und überprüfte die Chronik. Die letzte Adresse, die Sofia besucht hatte, war die Website eines Billigfluganbieters gewesen. Christian beschloss, den Laptop mitzunehmen und von Daniel unter die Lupe nehmen zu lassen.

Herd trat zu ihm. »Sie hat viel geweint, das Badezimmer ist voller Papiertaschentücher. Sie hat schnell und unkonzentriert gepackt. Ihr Handy hat sie vergessen, kein Wunder, dass wir sie nicht erreicht haben. Es war im Bad an die Steckdose angeschlossen.« Herd legte das Handy auf den Wohnzimmertisch. Auf dem Display waren zwölf Anrufe in Abwesenheit angezeigt. »Keine Notizen in Schlaf- und Badezimmer, kein Tagebuch oder so etwas. Und hier?«

»Der gleiche Eindruck«, antwortete Christian. »Passt alles zusammen: Ihre Mutter ruft an, sagt, dass ihre Schwester verschwunden ist, sie weint, bucht einen Flug per Internet, packt und fährt zum Flughafen.« Er setzte sich auf das Sofa, um die Nachrichten auf dem Handy abzuhören. Dabei landete er auf dem Festnetztelefon, das unter einem Pullover verborgen war. Auch hier waren acht Nachrichten aufgesprochen. Während Herd sich im Wohnzimmer umsah, ließ Christian die Nachrichten laut abspielen. Drei auf beiden Telefonen waren von der Hochschule der Künste. Sofia hatte versäumt, sich bei ihrem Arbeitgeber abzumelden. Eine Nachricht auf dem Handy war von einer Privatschülerin, die vergeblich zum Unterricht in die Lessingstraße gekommen war und sich maulig beschwerte. Zwei Nachrichten waren von Christian, zwei von Maxym. Maxym sprach russisch, erwähnte aber mehrfach den Namen Danylo. Anscheinend hatten ihn die Anrufe der Polizei in Alarm versetzt. Die restlichen Nachrichten waren von Danylo.

Er lebte also noch, denn die letzte Nachricht hatte er erst am gestrigen Tag hinterlassen. Sie klang anders als die vorherigen. Bei den ersten beiden Anrufen war seine Stimme leise, schuldbewusst. Er entschuldigte sich für alles. Dass er ein schlechter Freund sei ... Dass er sich erst jetzt meldete ... Dass er sie bei dem Konzert in Appen im Stich ließ ... Die schrecklichen Wahrheiten, die er ihr zugemutet hatte ...

Christian hätte zu gerne gewusst, von welchen Wahrheiten er sprach, doch Danylo blieb vage.

Beim gestrigen Anruf jedoch klang seine Stimme fest und entschlossen: »Ich verstehe, dass du nichts mehr mit mir zu tun haben willst. Auch wenn es mir das Herz aus dem Leib reißt ...«

Christian erinnerte sich, wie Sofia sagte, dass Danylo einen Hang zum Melodram hätte. Nun wusste er, was sie gemeint hatte. Er spulte zurück, ließ den Satz noch einmal laufen und noch einmal. Im Hintergrund hörte er eine Männerstimme, die etwas verkündete.

»Hörst du das?«, fragte er Herd.

»Schon. Aber ich verstehe es nicht ...«

»Ich glaube ... Sagt der nicht ›Mon Marthe‹?«

»Kann sein. Jetzt, wo du's sagst ... Das ist Französisch ... Lass noch mal ...«

Christian spulte erneut zurück. Herd hörte mit geschlossenen Augen zu. Im Gegensatz zu Christian sprach er französisch. Schließlich nickte er: »Scheint ein Reisegruppenleiter zu sein, der seine Schäfchen auf einen Spaziergang durch Montmartre einstimmt. Savchenko ist in Paris.« Herd öffnete die Augen wieder. Sein Blick fiel unter das Regal. Er bückte sich: »Hier, schau mal. Glassplitter. Und Blut.«

»Dann ist sie vermutlich hier zusammengeschlagen worden.« Christian hatte auf die Pausentaste des Anrufbeantworters gedrückt.

Herd stand auf, nahm eine Lupe aus seiner Jackentasche und ging zur Wohnungstür. »Kleine Kratzer. Da hat einer mit dem Dietrich gewerkelt.« Er machte Fotos von der Tür, den Splittern und dem Blut. Dann gab er Christian ein Zeichen, den Rest der Nachricht abzuspulen.

»... Ich bin ein Feigling gewesen. Aber das ist jetzt vorbei. Ich werde mir meine Ehre zurückholen. Ich mache alles wieder gut. Nur Henning ... den macht keiner mehr lebendig. Für ihn spiele ich den *Trille du Diable* auf meinem neuen Instrument. Pass auf dich auf, mein süßes Schwesterlein, ja ljublju tebja. Vo veki vekov.«

»Ich liebe dich. Auf immer und ewig«, übersetzte Herd.

»Du kannst auch Russisch?«, fragte Christian.

»Nur diesen Satz. Und: ›Du warst fantastisch!‹« Er grinste. »Ich hatte mal eine Affäre mit einer russischen Rheumatologin. Lange her.«

»Wie dem auch sei«, Christian hatte im Moment keine Lust, Herds Liebesleben zu besprechen. »Damit können wir Danylo Savchenko endgültig als Verdächtigen im Mordfall Henning Petersen ausschließen. Er war weder Antoschka Mnatsakanovs Mittäter, noch glaube ich an eine Mitwisserschaft. Dennoch steht er weiterhin im Zentrum unserer Ermittlungen. Er ist unser Schlüssel zu Petersens Tod. Dieses neue Instrument und das *Trille-du-Diable*-Dings, wenn mich meine marginalen Französischkenntnisse nicht täuschen, heißt das: Triller des Teufels. Das klingt nach einer Androhung von Rache.«

Herd nickte: »Was weiß Savchenko über Petersens Mörder? Kannte er Mnatsakanov? Oder dessen Auftraggeber? Daniel sollte mal ein wenig in der russischen Zeit von Savchenko graben. Vielleicht finden wir eine Verbindung. Was weiß er über das Motiv? Und für mich bleibt auch noch ein weiteres Rätsel: Was hat diese Geigerin damit zu tun?«

Christian spielte das Band zurück. »... die schrecklichen Wahrheiten, die ich dir zugemutet habe ...« Er sah Herd an: »*Das* hat Sofia Suworow damit zu tun. Sie weiß etwas.«

»Was für ein Feigling! Er setzt sich ab, und sie wird zusammengeschlagen. Wir müssen die Spurensicherung hier durchschicken. Sollen wir das selbst übernehmen, oder willst du die Bremer Kollegen fragen?«

»Mach du das mit den Kollegen deines Vertrauens. Wir sind nur auf eine private Bitte der Eltern hier. Ich muss mir erst noch was ausdenken, um den Aufwand und die Kosten vor Vater Staat zu rechtfertigen.«

Christian erhob sich und packte mit Herds Hilfe die Telefone und den Laptop ein. Danach fuhren sie zurück nach Hamburg. Von unterwegs baten sie Daniel, die innereuropäischen Flüge der letzten Tage nach Danylo Savchenko durchzusehen. Vor allem die neueren Buchungen von Paris nach Deutschland. Christian hatte das deutliche Gefühl, dass der Pianist bald wieder in Hamburg auftauchen würde.

Les Haies, Frankreich.

Danylo war inzwischen bei einem anderen Freund untergekommen. Er hatte Antoine Savigny vor Jahren in einer Pariser Schwulenbar kennengelernt und ein paar Monate mit ihm verbracht. Antoine war damals schon über fünfzig gewesen, aber er mochte den kultivierten Geschichtsprofessor, der ihm viel über Stil und Savoir-vivre beibringen konnte. Von Antoine hatte er gelernt, wie man Austern öffnete, Weine dekantierte und Louis-XIV- von Louis-XVI-Möbeln unterschied. Danylo betrachtete es als Geschenk Gottes, dass seine Welt von Freunden bevölkert war, auf deren Hilfe er jederzeit zählen konnte. Sofia hatte ihm deswegen schon mehrfach Naivität unterstellt. Ihrer Meinung nach ging es bei Danylos zahllosen Freundschaften rein ums gegenseitige Profitieren. Antoine schmückte sich mit dem jungen, gut aussehenden Pianisten, dafür wurde Danylo ein paar Monate lang fürstlich verpflegt und verwöhnt. Bis er unruhig wurde, weiterzog und die nächste »Freundschaft« schloss.

Beim ersten Mal war Danlyo sauer geworden, doch inzwischen verletzte ihn Sofias Sichtweise nicht mehr. Sie verstand das einfach nicht. Möglicherweise war sie auch eifersüchtig, weil es ihr nur selten gelang, überhaupt Nähe zu Menschen herzustellen. Jedenfalls hatte Antoine, als Danylo ihn anrief, sofort seine Hilfe zugesagt, und zwar ohne groß Fragen zu stellen. Sie waren in Paris in eines der besten Restaurants gegangen. Danach hatte Antoine ihn mit seinem Austin Healey ins

Landhaus bei Les Haies gebracht und ihn bei zwei Flaschen Bordeaux in die Grundsätze des Schießens eingeweiht. Antoine war seit Jahrzehnten begeisterter Jäger. Sicher glaubte er Danylo nicht, dass er die vollautomatische Pistole in Saint-Tropez an einem illegalen Pokertisch gewonnen hatte. Aber er sagte nichts.

Antoine war am nächsten Tag wieder nach Paris zurückgefahren. Er würde erst am Samstag wiederkommen. Danylo hatte also drei Tage Zeit, auf seinem neuen Instrument zu üben. Zu Antoines Landhaus gehörten mehrere Hektar Grund, auf denen der Hausherr mit seinen Gästen des Öfteren Schießübungen machte. Geballer war also kein Störfaktor für die weit entfernt wohnenden Nachbarn.

Danylo befand sich am äußersten Nordost-Ende von Antoines Anwesen, das an den Forêt des Quatre Piliers grenzte. Er hielt seine Pistole im Anschlag, konzentrierte sich auf sein Ziel, eine etwa zwanzig Meter entfernte Eiche. Er schoss. Jedes Mal wieder wunderte er sich über den Rückstoß dieser kleinen Waffe. Antoine hatte ihm zwar etwas über Impulserhaltung erzählt, doch Danylos Aufmerksamkeit war durch den Bordeaux schon geschmälert gewesen.

Nun wollte er sich konzentrieren. Munition besaß er genug, Talent zum Schießen nicht. Nur selten traf er die Eiche, deren Umfang durchaus beträchtlich war. Doch Aufgeben war keine Option. Danylo wusste, wie man lernte, ein Instrument zu beherrschen. Durch Zähigkeit und endloses Wiederholen.

Nur eine winzig kleine Pause wollte er sich gestatten. Sein rechtes Handgelenk schmerzte vom Rückstoß, seine Finger schwollen an. Er würde tagelang kein Klavier spielen können. Außerdem war er halb taub. Er sorgte sich um sein Gehör und einen möglichen bleibenden Schaden. Doch er hatte einen Entschluss gefasst. Nun hieß es üben, üben, üben. Wenn er bis heute Abend die Eiche nicht zehn Mal hintereinander traf, würde er eine halbe Stunde auf Erbsen knien.

Plötzlich zeigte sich ein Reh zwischen den Bäumen. Es blieb stehen und sah Danylo an. Danylo betrachtete diese Situation als eine erste Prüfung. Wenn er einen Menschen töten wollte, dann musste er auch ein Reh töten können. Langsam hob Danylo die Waffe an und zielte. Die Tränen, die über seine Wangen liefen, spürte er nicht.

Brcko, Bosnien-Herzegowina.

Gegen Mittag wurden die Frauen geweckt. Die meisten hatten geschlafen, da ihre Erschöpfung größer war als die Angst. Nur einige wenige konnten keine Ruhe finden, wälzten sich auf ihren Pritschen hin und her, weinten leise oder litten stumm vor sich hin.

Auch Sofia hatte kein Auge zugetan. Sie grübelte wie eine Besessene darüber nach, was sie tun konnte, um Alina zu finden. Zwischendurch dachte sie kurz an die Möglichkeit, dass ihre Beschäftigung mit Alinas unbekanntem Schicksal sie nur von ihrem eigenen ablenken sollte. Also konzentrierte sie sich diszipliniert auf das, was sie selbst erwartete. Wut und Ekel stiegen in ihr hoch. Angst verspürte sie auch, aber die lauerte versteckt im Hintergrund wie ein geducktes Tier, das erst im geeigneten Moment mit seiner ganzen Größe und Kraft zuschlägt. Sofia wusste, dass alles, was an Grauen noch vor ihr lag, ihre kleine Schwester Alina vermutlich schon seit Tagen durchmachte. Sie musste sich selbst beweisen, dass sie alles überstehen konnte, ohne neben den körperlichen Schmerzen zu großen seelischen Schaden zu nehmen. Nur dann konnte sie auch hoffen, dass Alina standhielt. Alina war stark. Stärker als sie. Wenn sie es schaffte, dann würde Alina es auch überstehen.

Außerdem dachte Sofia über die Kassette nach, das Tonband, die Aufnahme, was auch immer es war, das der Mann bei ihr gesucht und nicht gefunden hatte. Wenn sie wüsste, was und wo es war, konnte sie es vielleicht einsetzen, um Alina und sich freizukaufen. Dass es nicht um Geld ging, hatte sie in Chișinău bei Vadims Boss begriffen. Alina war Opfer einer Disziplinierungsmaßnahme für ihre Schwester in Deutschland.

Sofia vermutete, dass Danylo das Tonband besaß. Vermutlich war er deswegen untergetaucht. Ob er sich inzwischen bei ihr gemeldet hatte? Sie verfluchte zum x-ten Mal, dass sie ihr Handy in Bremen hatte liegen lassen. Irgendwie musste sie versuchen, an ein Telefon zu kommen und Danylo zu erreichen. Er musste ihr helfen und das Band herausrücken. Schließlich steckten Alina und sie nur seinetwegen in dieser Hölle.

Sofias Rücken tat weh, die Pritsche war steinhart. Katya über ihr schnarchte leise. Sofia fragte sich, was Katya schon alles erlebt und überlebt hatte. Aber wenn sie ehrlich zu sich selbst war, wollte sie es nicht in allen Einzelheiten wissen. Es würde ihr Angst machen. Mit Angst in den Knochen würde sie die nächsten Tage nicht überstehen. Und Alina niemals finden.

Eine Frau neben ihr sang leise die rumänische Nationalhymne:

Wach auf, du Rumäne, aus deinem Todesschlaf,
In welchen dich barbarische Tyrannen versenkt haben!
Jetzt oder nie, webe dir ein neues Schicksal,
Vor welchem auch deine grausamen Feinde sich verneigen
werden!

Schaut, erhabene Schatten, Michael, Stefan, Corvin,
Die Rumänische Nation, eure Urenkel,
Mit bewaffneten Armen, euer Feuer in den Adern,
Ruft mit einer Stimme: »Lebendig und frei, oder tot!«

Die Frau wiederholte den letzten Satz immer und immer wieder: »Lebendig und frei, oder tot! Lebendig und frei, oder tot! Lebendig und frei ...«

Sofia hielt sich die Ohren zu.

Wie die Schlüssel im Schloss gedreht wurden, die Tür zu dem Raum sich öffnete und schwere Schritte auf genagelten Stiefeln hereinkamen, hörte sie trotzdem. Es waren nicht die Aufpasser, die sie in dem Lkw hierhergebracht hatten. Es waren andere. Und dennoch die gleichen. Es gab keinen Unterschied zwischen all diesen Männern.

Einer von den dreien begrüßte Katya mit einem Hieb in die Magengrube. »Auch wieder hier?«

Katya krümmte sich, gab aber keinen Laut.

Die Männer sahen sich im Raum unter den Neuankömmlingen um. »Du, du, du und du. Mitkommen.«

Sofia war eine von den Frauen, auf die die Männer gezeigt hatten. Sie erhob sich und reihte sich unter den anderen ein. Die meisten gehorchten ohne Widerstand. Nur Cristi schlug um sich, kratzte, trat und biss. Katya war nicht dabei. Sofia warf ihr einen Hilfe suchenden Blick zu.

Katya flüsterte: »Denk an etwas, das dich glücklich gemacht hat. Denk ganz fest daran, beam dich weg. Und wehr dich nicht. Sonst nehmen sie dich nur noch härter ran.«

Sofia nickte, so tapfer sie konnte. Sie glaubte, eine ungefähre Ahnung zu haben von dem, was auf sie zukam. Sie irrte sich. Es war schlimmer. Viel schlimmer.

Es dauerte fünf Stunden, bis man sie zurückbrachte. Sie spürte jeden einzelnen Knochen in ihrem Körper, jede einzelne Faser, und doch spürte sie nichts, war taub und tot. Zwei der Mädchen waren schon vor ihr zurückgebracht worden und lagen, die eine wimmernd, die andere stumm vor sich hin starrend, auf ihren Pritschen. Zwei andere fehlten noch.

Sofia ließ sich auf ihr Bett fallen. Katya kletterte von oben herunter, setzte sich zu ihr und nahm ihre Hand.

Eine Zeit lang sagten beide nichts. Dann fragte Katya: »Willst du duschen? Ich helfe dir.«

Sofia nickte dankbar. Katya packte sie fest mit beiden Händen und führte sie zum Duschraum. Bei jedem Schritt drohten Sofias zitternde Beine zu versagen. Sie stand unter der Dusche wie ein Zombie, konnte sich nicht rühren. Hielt sich mit den Händen an der gekachelten Wand fest, legte den Kopf in den Nacken und trank das kalte Wasser. Heißes gab es nicht. Katya seifte sie ein. Es war Sofia nicht peinlich.

Dann brachte Katya sie zu ihrem Lager zurück, legte sie hin und deckte sie zu bis zum Kinn. Wieder hielt sie ihre Hand.

»Sie nennen das ›Einreiten‹. Damit dein Widerstand gebrochen wird und dein Wille. Damit du dich in Zukunft nicht gegen die Kunden wehrst. Egal, wie ekelhaft sie sind und was sie mit dir anstellen.«

Sofia nickte. »Machen sie das mit allen? Auch mit Alina?«

»Ist Alina noch Jungfrau?«

Sofia schüttelte den Kopf: »Sie war mit sechzehn schrecklich in einen Jungen namens Dimitrii verschossen. Sie hat mir gesagt, es wäre schön gewesen.«

»Sie untersuchen das bei den ganz jungen Mädchen. Wenn sie noch Jungfrau sind, lassen sie sie in Ruhe. So erzielen sie einen viel höheren Preis bei der Versteigerung.«

Sofia fing an zu weinen.

Mariazell, Österreich.

Walter Ramsauer saß auf einer Bank vor der Alm seiner Eltern und sah seiner Frau Merle beim Spielen mit dem Baby zu. Erst langsam kam der Frühling auch hier in den Höhen der Obersteiermark an. Es war der erste Tag, an dem Merle ohne Mütze und Schal draußen war. Das erst sechs Monate alte Baby, ihr Sohn Artur, war weiterhin dick eingepackt. Walter konnte es immer noch nicht fassen, dass er jetzt, mit seinen siebenundfünfzig Jahren, noch Vater geworden war. Merle, seine ehemalige Studentin an der Hamburger Journalistenschule, war einundzwanzig Jahre jünger als er und hatte sich unbedingt ein Kind gewünscht. Zuerst hatte Walter gezögert. Er wollte nicht in ein paar Jahren zu alt sein, sein Kind zu tragen, wenn es vom Spazierengehen müde wurde. Er wollte nicht, dass sein Kind sich schämte, wenn er es zur Schule brachte und die Mitschüler fragten, ob der alte Herr sein Opa sei. Aber schließlich hatte Merle ihn überredet, und jetzt war er dankbar dafür. Wenn er seinen Sohn ansah, sah er Zukunft. Ähnlich war es ihm mit Henning Petersen gegangen. In ihm hatte er den Eifer und das Feuer seiner eigenen Jugend wiedererkannt.

Merle legte Artur sanft in seinen Kinderwagen und deckte ihn zu. Dann kam sie zu Walter und setzte sich neben ihn. Sie ließ den Blick über das Tal schweifen. »Ich kann überhaupt nicht verstehen, dass du diesen Ort jemals gegen eine stinkende Großstadt eingetauscht hast.«

Er legte lachend den Arm um Merle: »Es ging mir eben schon als Sechzehnjähriger auf den Wecker, immer nur über Hasenzüchter, Kuh- und Käsebauern und lästige Ski-Touristen zu berichten.«

»Es gibt schließlich noch mehr im Leben als die neueste Schlagzeile«, sagte Merle leise.

Walter schwieg. Diese Diskussion hatten sie schon oft geführt. Er wollte jetzt nicht wieder damit anfangen.

Nach einer Weile sah ihn Merle von der Seite an: »Du bist in letzter Zeit so ... abwesend. Sogar, wenn du mit Artur spielst. Denkst du noch über deinen Volontär nach?«

Walter schwieg.

»Die Polizei hat gesagt, dass sein Zimmer durchwühlt worden ist.«

»Wenn Henning an etwas Brisantem gearbeitet hätte, dann wüsste ich es. Er hätte mich um Rat gefragt.«

Merle blickte ins Tal und überlegte. Dabei wiegte sie mit der linken Hand leicht den Kinderwagen. »Vielleicht hat er das«, sagte sie schließlich leise.

Walter blickte sie fragend an.

»Am Tag unserer Abreise ... Du warst schon draußen und hast unser Gepäck ins Taxi geladen ... Da kam der Postbote noch an und hat ein Päckchen für dich gebracht. Ich hab's einfach auf die Kommode im Flur gelegt und bin in die Küche, weil ich noch Arturs Brei für unterwegs holen musste. Dann habe ich das Päckchen vergessen, in der Eile. Wir waren ja schon so spät dran und hätten fast den Zug verpasst ...«

»War das Päckchen von Henning?« Walter spürte sofortige Anspannung.

»Herrgott, das weiß ich nicht! Ich hab nicht auf den Absender geguckt!« Merle reagierte äußerst gereizt, wie so oft.

Walter stand auf und ging unruhig hin und her. In ihm arbeitete es.

»Du denkst doch jetzt nicht im Ernst darüber nach, oder?« Merles Ton war scharf. »Du willst nach Hause fahren?«

»Wenn das Päckchen von Henning ist, dann war er vielleicht wirklich an etwas dran. Seine Mörder haben bei ihm etwas gesucht – vielleicht ist es in dem Päckchen!«

»Vielleicht ist es aber auch nur eins von deinen zigtausend Büchern, die du bestellst und dann doch nicht liest, weil du eh schon bei den Tagesthemen auf dem Sofa einpennst!«

Walter überging die ganze Verbitterung, die in diesem Satz lag. »Und wenn nicht? Wenn es Beweismaterial in einem Mordfall ist?«

»Dann solltest du die Hamburger Polizei anrufen. Sie können das Päckchen abholen, und wir haben unsere Ruhe.«

Walter konnte nicht länger an sich halten: »Herrgott noch mal, was interessiert mich meine *Ruhe*! Wenn das Päckchen von Henning ist, dann geht es um eine Story. Eine Story, für die jemand gemordet hat. Glaubst du, das übergebe ich der Polizei? Ohne mir das Material zumindest anzusehen? Ich bin Journalist! Wie bist du bloß jemals auf die Idee gekommen, selbst Journalistik zu studieren! Du hast nichts, aber auch gar nichts im Blut, was man dafür braucht!«

Er hatte den Satz noch nicht zu Ende gesprochen, da bereute er ihn schon. Er war zu weit gegangen.

»Du spuckst mal wieder große Töne, mein Lieber! Deine Zeiten als Edelfeder sind längst vorbei. Sie haben dich rausgeworfen! Investigativer Journalismus ist nicht mehr. Du bist bei der Mopo und beharkst in Fünf-Wort-Sätzen die städtische Kita-Politik, sonst nichts!«

»Und warum haben sie mich rausgeworfen? Weil ich meine Studentin gevögelt und ihre Noten manipuliert habe, damit sie durch die Prüfung kommt!«

»Weil ich ja nur Talent zum Vögeln hatte, aber keins zum Schreiben, willst du das damit sagen?« Merles Stimme war inzwischen schrill geworden. Artur fing an zu weinen.

Walter strich sich erschöpft durch die grauen Haare. »Lass uns aufhören, lass uns bitte damit aufhören.«

Merle nahm Artur aus dem Kinderwagen und schaukelte ihn beruhigend auf ihren Armen. »Wenn du zurückfährst, siehst du mich und Artur so schnell nicht wieder. Dann ist es aus. Aus und vorbei.«

Walter versuchte die Situation wieder in den Griff zu bekommen. »Schon gut, beruhige dich. Ich fahre jetzt kurz runter ins Dorf und rufe Gabi an, damit sie nachsieht, von wem das Päckchen ist.«

Gabi war ihre Nachbarin, die einen Schlüssel zum Haus hatte, um während ihrer halbjährigen Abwesenheit nach dem Rechten zu sehen.

»Und wenn es von Henning ist, lasse ich es mir von Gabi hierherschicken. In Ordnung?«

Merle gab keine Antwort.

15. April 2010
Hamburg.

»Das Blut unter dem Regal in Sofia Suworows Wohnung stammt aller Wahrscheinlichkeit nach von ihr selbst. Es ist jedenfalls die gleiche Blutgruppe, wie wir durch Daniels leicht illegale Recherche, diesmal in den Computern einiger Bremer Ärzte wissen. Sorry, natürlich wissen wir die Blutgruppe durch Sofias Eltern«, begann Volker den Bericht zur allmorgendlichen Konferenz.

Christian verzog das Gesicht. Er mochte das Wort »illegal« in diesen Räumen nicht hören. Die Vorgehensweise am äußersten Rand der Gesetze und auch jenseits davon hatte ihm schon einmal eine Suspendierung eingebracht. Damals hatte er fast den Boden unter den Füßen verloren. Nicht nur, weil er nicht arbeiten und die Verbrecher und Irren da draußen einsperren konnte. Es war vor allem eine persönliche Niederlage, eine Demütigung gewesen. Und jeder Kollege, der jemals suspendiert worden war und behauptete, er leide nur unter der ihm genommenen Möglichkeit, Gut gegen Böse siegen zu lassen, der log.

Christian wusste genau, auf welche Gratwanderung er und sein Team sich begaben, wenn sie Daniels Recherchen in ihre Ermittlungsarbeit mit einbezogen. Andererseits waren Aufdeckung und Aufklärung ihr oberstes Ziel. Möglichst schnell. Ohne auf eine Wiederholungstat, auf die nächste Leiche, auf irgendeinen Fehler warten zu müssen. Also passten sie ihre zum Teil erstaunlich zügigen Ermittlungsergebnisse kreativ an die offiziellen Rahmenbedingungen an. Die Blutgruppe Sofias war für diese Vorgehensweise ein geradezu läppisches Beispiel.

»Viel interessanter ist ein anderer Fund.« Herd übernahm den Faden von Volker. »In der Suworow-Wohnung auf dem Wohnzimmerteppich haben wir ein schwarzes Haar gefunden, das laut DNA-Analyse dem ehemals international heiß begehrten Antoschka Mnatsakanov zuzuordnen ist. Kein Friede seiner Asche.«

»Wir können also davon ausgehen, dass Sofia von ihm zusammengeschlagen wurde. Langsam ergibt sich ein Bild. Zumindest tauchen immer wieder dieselben Figuren auf«, sagte Christian.

Pete erhob sich von seinem Platz und rollte an der Pinnwand ein großes Papier aus. »Ich habe mal so eine Art ›Rollen- und Beziehungsprofil‹ unserer Akteure erstellt. Falls euch meine Zeichnung zu popelig ist, dann soll Christian uns endlich die neueste Technik besorgen.«

»Damit du uns permanent mit Power-Point-Präsentationen in Cinemascope und Fujicolor nervst?« Volker grinste: »Nee, zeig lieber mal, wie du Malen nach Zahlen draufhast.«

Man sah Pete an, dass er sich trotz der Jahre, die er nun zu Christians Soko Bund gehörte, immer noch gelegentlich fragte, wie er von der hochkarätigen Profiler-Truppe des FBI in Quantico, USA, hier bei diesen provinziellen Freaks gelandet war. Seufzend befestigte er sein Schaubild mit Nadeln an der uralten, durchlöcherten Pinnwand.

»Tut mir leid, wenn ihr auf den ersten Blick nichts Neues entdecken werdet. Aber ich dachte mir, es kann nicht schaden, wenn wir mal visualisieren, wie der Fall systemisch aufgestellt ist. Auf meinem Schaubild sind alle bisher bekannten ›Spieler‹ vermerkt. Wie auch die Beziehungen untereinander.«

Christian besah sich mit den anderen Petes Arbeit. In der Mitte stand der Name des Opfers: Henning Petersen. Um ihn herum waren die anderen Namen gruppiert, mit dicken und dünnen »Beziehungspfeilen«, teils ohne feste Verbindung und stattdessen mit Fragezeichen versehen wie etwa zwischen den Namen Petersen und Puri.

»Du kommst uns jetzt aber nicht mit einer Art systemischer ›Familienaufstellung à la Hellinger‹, oder? Dann haben wir zwei ein ideologisches Problem«, sagte Volker mit süffisantem Grinsen.

Pete wirkte genervt: »Ich will hier keinen durch den Raum jagen, ich hab uns lediglich eine Hintergrundmatrix als Informationsfeld erstellt.«

»Kann mich mal einer aufklären, was ihr faselt?«, ging Christian dazwischen.

»Bei Hellingers Aufstellung werden fremde Personen als Repräsentanten deiner Familienmitglieder im Raum so aufgestellt, wie es den Beziehungen untereinander entspricht«, erklärte Volker. »Dann erfühlen die Repräsentanten quasi das emotionale Geflecht. Dadurch wird der Patient erhellt und versteht seine Probleme mit Daddy und seinem Chef im Büro besser.«

»Hä?« Christian verstand nur Bahnhof.

»So verkürzt ist es natürlich Stuss«, kommentierte Pete.

Volker winkte ab. »Für mich war Hellinger ein dogmatisches Arschloch.«

»Ich stehe auch nicht auf seine Methoden. Aber die Grundzüge der Aufstellung sind längst ein probates Mittel in der Kommunikationstheorie, beim Managertraining wie auch in der allgemeinen Konfliktberatung«, wetterte Pete. »Wenn ihr euch nicht auf neue Methoden einlassen wollt, bitte. Wozu braucht ihr mich überhaupt?«

Etwa zehn Sekunden lang herrschte überraschtes Schweigen. Pete fiel sonst nie aus der Rolle des coolen Überfliegers.

»Also, echt, Pete, wir brauchen dich, Hasi. Du könntest mir einen Kaffee kochen. So gut wie du kocht keiner den Kaffee«, sagte Volker mit todernster Miene.

Daniel stieg darauf ein: »Ich brauche dich auch, Pete. Drei Löffel Zucker bitte.«

»Für mich ohne Zucker«, sagte Herd.

Vor einigen Jahren wäre Pete jetzt gegangen. Heute zeigte er seinen Kollegen den Mittelfinger und machte einfach weiter: »Wie ihr seht, hat Danylo Savchenko Verbindung zu den meisten Figuren auf unserem Schaubild. Er ist die Schlüsselfigur.«

»Wow«, schlug nun auch Christian in die Kerbe. »Ohne dieses Dingsda, Stellungsspiel, wäre ich nie drauf gekommen.«

»Arschlöcher«, sagte Pete. Nun war es ihm doch zu viel.

»Hast du was bei den Airlines gefunden?«, wandte sich Christian an Daniel.

»Bislang Fehlanzeige. Entweder reist er mit Auto, Bus oder Bahn, oder er befindet sich noch in Frankreich.«

»Irgendeine Idee, wie wir weitermachen?«, fragte Christian.

»Wir nehmen uns Puri noch mal vor«, antwortete Volker.

»Wir befragen alle unsere Informanten, ob sie was über Mnatsakanov und seine Auftraggeber wissen«, trug Herd bei.

»Ich suche weiter nach Querverbindungen in Russland zwischen Mnatsakanov und Savchenko«, schlug Daniel vor.

»Ich könnte Kaffee kochen«, sagte Pete.

Ins allgemeine Gelächter hinein klingelte Christians Handy. Er wurde zum Oberstaatsanwalt befohlen.

»Was will der denn von dir?«, fragte Volker.

Zwei Stunden später kam Christian schlecht gelaunt in die Zentrale zurück, wo unter Hochdruck gearbeitet wurde: »Ihr könnt alle aufhören, nach Hause gehen und euch die Eier schaukeln. Der Fall Henning Petersen ist abgeschlossen. Herr Oberstaatsanwalt Wieckenberg versteht nicht, wie wir Steuergelder für eine Spurensicherung bei Sofia Suworow in Bremen verschwenden konnten. Wo wir doch keinen offiziellen Auftrag in Bremen haben.«

Das Argument war stichhaltig, das wussten sie. Um über die Grenzen der Bundesländer hinaus zu operieren, brauchte Christians Soko, die in Deutschland als einzige nicht dem föderalistischen Prinzip verhaftet war, einen klaren Auftrag vom BKA. Den hatten sie nicht. Sie waren nicht wie sonst auf der Jagd nach einem über die Bundeslandgrenzen hinaus operierenden Serienkiller. Sie waren lediglich mit einem Hamburger Mord beschäftigt. Ohne darüber hinausreichende Befugnisse. Dass dieser Mord ganz offensichtlich mit Geschehnissen in Bremen und Moldawien zu tun hatte und mutmaßlich sowohl Russen als auch möglicherweise einen Balten mit einbezog, war bislang nicht bewiesen und führte zu keinerlei erweiterten Kompetenzen für Christians Truppe.

»Und jetzt?«, fragte Herd.

»Es ist über die Indizienlage mit an Sicherheit grenzender Wahrscheinlichkeit erwiesen, dass Antoschka Mnatsakanov Henning Petersen ermordet hat«, sagte Christian. »Der Mörder ist tot, somit strafrechtlich nicht mehr zu verfolgen. Die Akte kann geschlossen werden. Ich zitiere nur unseren Boss.«

»Aber das war ein Auftragsmord«, echauffierte sich Herd. »Solange wir den Auftraggeber nicht haben ...«

»Ich sehe das genau wie du«, fiel ihm Christian genervt ins Wort. »Aber ihr hättet Wieckenberg mal sehen sollen. Er war ganz blau im Gesicht vor unterdrückter Wut. Sprach von klarer Dienstanweisung und so. Hat mit Konsequenzen gedroht bei Zuwiderhandlung. Der stand voll unter Druck. Unter wessen Druck, das habe ich mich allerdings die ganze Zeit gefragt.«

»Das heißt, wir machen weiter«, sagte Volker.

Alle nickten.

Pete erhob sich. »Ich koche frischen Kaffee für die nächste Runde. Zwei mal mit, drei mal ohne Zucker.«

Christians abwesender Blick fiel auf das Schaubild. Irgendetwas daran irritierte ihn. Er wusste nur nicht, was.

Brcko, Bosnien-Herzegowina.

Sie tranken Holunder-Brandy. Eine der Frauen hatte zwei Flaschen von einem der Aufpasser bekommen. Sie behandelte die Flaschen wie einen kostbaren Schatz. Fast alle der Frauen stammten aus Gegenden, in denen man trinkfest war. Zwei Flaschen für dreißig Frauen, das war jeweils nur ein Tropfen auf den glühend heißen Stein. Ein winziger Schluck brachte den Frauen nicht, was sie ersehnten: den umgelegten Schalter, den Klick im Kopf, der sie von ihrem Denken und Fühlen abtrennte. Für diesen Klick brauchten sie mehr als einen kleinen Schluck. So kam es zum Streit um die Flaschen. Sofia sah die Frauen trinken, und sie sah sich selbst trinken. Dabei stellte sie sich die angewiderten Gesichter ihrer deutschen Kolleginnen an der Hochschule vor. Wenn sich dort jemand gehen ließ, wenn sich jemand unkultiviert benahm ... Russinnen, Ukrainerinnen, Rumäninnen, alles Zigeunerinnen ... Holt die Wäsche rein!

Zum ersten Mal in ihrem Leben verspürte Sofia so etwas wie Solidarität mit ihren moldawischen Landsleuten und den »Verwandten« aus anderen Balkan-Ländern. Was wussten die kunstbeflissenen Gattinnen in Deutschland von Armut? Von Ausweglosigkeit? Sie veranstalteten aufwändige Wohltätigkeitskonzerte zugunsten von Frauenhäusern und Kinderheimen. Sofia spielte für sie. Strich ihr Honorar ein und fühlte sich gleichzeitig privilegiert und ausgenutzt. Intellektuell privilegiert den jungen Leuten aus ihrer Heimat gegenüber, die ihr Heil in einer G-Star-Jeans suchten, emotional ausgenutzt von den deutschen Frauen, die sich selbstgefällig in Sozialarbeit suhlten, ohne sich die Finger schmutzig zu machen. Sofia begriff, dass sie zu Unrecht so dachte. Auch sie hatte keine Ahnung gehabt, was hier wirklich vor sich ging.

Cristi trank am gierigsten. Sie war erst zwei Stunden nach Sofia vom Zureiten zurückgekommen. Ihr Gesicht, wie Katya prophezeit hatte, völlig unversehrt. Aber ihr Körper und ihre Seele zerschunden. Sie bat die Frau, die vor einigen Stunden die rumänische Nationalhymne gesungen hatte, das Lied zu wiederholen. Die Rumänin, sie war höchstens zwanzig Jahre alt, nahm noch einen Schluck von dem Brandy und begann, mit leiser Stimme zu singen. Nach und nach stimmten zwei, drei andere Frauen ein.

Sofia wünschte sich, ihre Geige zu haben, um das Lied begleiten zu können. Es bestand aus einfachen, aber schönen Harmonien.

Cristi kam zu ihr. »Du suchst deine Schwester, nicht wahr?«
Sofia nickte.
»Glaubst du, sie war hier und ist zugeritten worden?«
Sofia zuckte mit den Schultern und wandte den Blick ab. Sie bekam kein Wort heraus.
»Sie ist siebzehn, deine Schwester, nicht wahr?«
Sofia nickte wieder.
»Ich bin auch siebzehn«, sagte Cristi.
»Das tut mir leid«, sagte Sofia. Sie wusste selbst nicht genau, was sie damit meinte.
»Mir auch«, sagte Cristi.
Die Frauen waren bei der letzten Strophe angelangt.

Waffen in den Armen, euer Feuer in den Adern,
Schreit mit einer Stimme: »Lebendig und frei, oder tot!«

Cristi stand auf und rannte los. Sie rannte auf die Wand mit dem größten Fenster zu und sprang mit aller Kraft ab. Die Scheibe klirrte. Cristi flog. Für ein paar Sekunden war sie frei.

Hamburg.

Christian saß mit hochgelegten Füßen und einem Kaffee am Konferenztisch, und betrachtete das Schaubild von Pete. Er fand es gar nicht so blöd, irgendetwas daran fesselte seine Aufmerksamkeit. Gestern Abend hatte er Anna nach diesem Hellinger befragt. Sie hatte sich ähnlich abfällig über den Schweizer Priester und Psychologen geäußert, der Aufstellung jedoch einen gewissen methodischen Wert zugestanden. Petes Gedanken, einen Mordfall als systemisches Gebilde zu betrachten, fand sie interessant.

Im Nebenraum hämmerte Daniel auf der Tastatur seines Laptops herum. Er war heute noch nicht aus seinem Büro gekommen, nur die dicken Qualmwolken seiner Selbstgedrehten quollen heraus. Christian ließ ihn völlig eigenverantwortlich arbeiten. Im ersten Jahr hatte er gelegentlich nachgefragt, was und wie Daniel recherchierte, war dann aber stets innerhalb einer Minute aus Daniels Erklärungen ausgestiegen. Christian zählte zu den Menschen, die schon froh waren, fehlerfrei eine Mail mit Anhang zu versenden. Yvonne war mal wieder an der Uni, Volker und Pete trafen sich mit zwei Informanten, um etwas über Mnatsakanovs Kontakte herauszufinden, und Herd ölte draußen im Flur die Eingangstür zur Zentrale, deren Gequietsche ihm zusehends auf die Nerven gegangen war.

»Herd!«, rief Christian in den Flur. »Lass die Tür, und komm her!«

»Sofort, nur noch ein Tropfen …«

Die Tür quietschte noch einmal, dann herrschte Stille. Herd wusch sich die Hände in der Küche und kam mit einem Kaffee zu Christian.

»Sorry, aber du weißt, dass mich so was wahnsinnig macht.« Herd hatte Modellschreiner gelernt, bevor er sich nach einem Mord in der Nachbarschaft für eine Polizei-Laufbahn entschied. Vermutlich besaß er deswegen seinen akribischen Blick fürs Detail. Praktisch für alle waren Herds handwerkliche Fähigkeiten zudem: Wenn in der Bruchbude, die sie Zentrale nannten, etwas zu reparieren war, und das kam häufig vor, übernahm er es.

»Was fällt dir auf?«, fragte Christian und zeigte auf das Schaubild.

Herd schaute hin. »Pete hätte ein Lineal benutzen sollen. Die Pfeile sind total krumm.«

»Dein Ordnungswahn nimmt langsam krankhafte Züge an. Sonst fällt dir nichts auf?«

Herd ließ sich mehr Zeit. »Nur zwei deutsche Namen.«

»Genau. Henning Petersen und Beatrix Hutter. Zwei deutsche Namen. Und kein Pfeil zwischen den beiden. Ist das nicht seltsam?«

»Liegt wohl daran, dass Pete für das private Umfeld Petersens ›Morgenpost‹ und ›Eltern‹ notiert hat. Sonst gäbe es mehr deutsche Namen. Oder denkst du an was Bestimmtes? Es gibt wirklich keine Verbindung zwischen der Hutter und Petersen, das haben wir genau überprüft.«

»Wir haben zwei Tote. Und drei Verschwundene«, sinnierte Christian weiter. »Und nicht Danylo hat die meisten Pfeile, sondern Sofia.«

Auf der rechten Seite des Schaubildes ging von Danylo ein Pfeil zu Sofia, von der zu Radu und Ileana, Alina und Vadim.

»Stimmt, wir haben da rechts eine ganz schöne Anhäufung von Personen. Rechts. Der Ostblock.« Herd grinste.

»Henning Petersen steht in der Mitte, weil er unser Opfer ist und der Mordfall im Zentrum der Ermittlungen steht. Aber pfeilmäßig ist bei ihm gar nicht so viel los. Die Dynamik, oder wie Pete das genannt hat, spielt sich rechts auf dem Schaubild ab.«

»Im Ostblock«, wiederholte Herd.

»Genau.«

Christian erhob sich und ging auf und ab. »Für uns als Ermittler steht am Anfang immer das Gewaltverbrechen, der Mord. Damit beginnt unsere Arbeit. Wir fangen beim Opfer an, ziehen konzentrische Kreise, stoßen in die eine oder andere Richtung. Der Mord ist der Anfang, das Opfer der Ausgangspunkt. Das Motiv jedoch liegt vor dem Mord.«

Herd nickte. »Klar. Aber ich weiß nicht, worauf du hinauswillst.«

Unwillig wühlte Christian mit beiden Händen durch seine grau-schwarz melierten Locken. »Weiß ich selber noch nicht. Haben wir schon einmal überlegt, dass Anfang und Auslöser unserer Ereignisse vielleicht gar nicht bei Henning Petersen liegen könnten? Dass der konzentrische Weg hier nicht der richtige ist?« Er ging zum Schaubild und tippte mit dem Zeigefinger auf all die Pfeile bei Danylo und Sofia und ihren gemeinsamen Bezugspersonen. »Das dynamische Gewicht liegt hier. Und Henning Petersen, der wirkt von hier aus betrachtet, wie eine Randfigur.«

Herd nickte anerkennend. »Ist 'ne neue Perspektive. Wir sollten ...«

Er konnte den Satz nicht zu Ende sprechen, denn Maxym Savchenko stand plötzlich im Zimmer. »Guten Tag. Störe ich?«

Weder Herd noch Christian hatten ihn kommen gehört. »Die Tür quietscht nicht mehr«, erklärte Herd zufrieden. »Guten Tag.«

Christian erhob sich und begrüßte Maxym mit einem kräftigen Händedruck. »Nehmen Sie Platz. Kaffee? ... Was ist mit Ihnen passiert?«

Maxym sah schlimmer verprügelt aus als Sofia vor ein paar Tagen. Allerdings nicht ganz so schlimm wie Vadim.

»Kaffee, sehr gerne.«

Herd erhob sich und holte die noch halb volle Kaffeekanne mit einer frischen Tasse aus der Küche.

»Wie Sie wissen, bin ich noch ein paar Tage in Chişinău geblieben«, begann Maxym, nachdem er den ersten Schluck Kaffee getrunken hatte.

»Sie wollten nach Vadim Zaharia suchen und mir dann Bescheid geben«, bestätigte Christian.

»Ich habe ihn nicht gefunden. Allerdings bin ich mit meinen Fragen ein paar Leuten ziemlich auf den Wecker gegangen. Das Ergebnis sehen Sie. Und mir fehlen zwei Backenzähne. Die Kerle sagten, ich hätte Glück, dass ich ein alter Mann bin. Sie haben mich in der Abflussrinne liegen lassen!« Maxym schien sich mehr über die Unhöflichkeit der Schläger zu echauffieren als über seine fehlenden Zähne. »Und Sie? Haben Sie etwas von meinem Sohn gehört?«

»Anscheinend befindet er sich zurzeit in Paris. Er hat mehrfach bei Sofia angerufen. Wir haben inzwischen ihren Anrufbeantworter abgehört.« Christian brachte Maxym auf den Stand der Dinge. Dann befragte er ihn intensiv zu Danylo, seinen Kontakten, seinem Leben. Er erfuhr wie schon bei der ersten Befragung nichts, was ihn weiterbrachte. Der Kontakt zwischen Vater und Sohn war zu sporadisch und oberflächlich.

Maxym Savchenko wunderte sich über Christians Fragen, war Danylo als Mordverdächtiger doch längst ausgeschieden. Der Mörder von Henning Petersen war bekannt. Und er war tot.

»Danylo hat nichts getan. Und mit Sofias und Alinas Verschwinden haben Sie nichts zu tun. Wieso ermitteln Sie überhaupt noch weiter?«

Christian seufzte. »Wir ermitteln nicht weiter. Der Fall ist als gelöst zu den Akten gelegt. Aber ich habe Alina und Sofia Suworow auf die Vermisstenliste der SIS setzen lassen. Ich würde gerne mehr tun. Das kann ich aber nur, wenn ich die Zusammenhänge begreife. Da sind immer noch viele Fragen offen.«

Maxym bedauerte, nicht weiterhelfen zu können. Er stand auf und bedankte sich bei Herd für den Kaffee. »Ich werde jetzt nach Berlin zurückfahren. Ich brauche unbedingt mein eigenes Bett, meine Badewanne und Ruhe. Wenn Sie etwas hören, sei es von Danylo oder Sofia oder Alina, bitte geben Sie mir Bescheid. Ich tue selbstverständlich das Gleiche.«

Christian nickte und sah Maxym nach, als er das Zimmer verließ. Savchenko wirkte um ein Jahrzehnt gealtert.

**16. April 2010
Brcko, Bosnien-Herzegowina.**

Cristi hatte den Sturz nicht überlebt. Sie war in Windeseile vom Hof gekratzt und weggeschafft worden. Die Aufpasser hatten den Zwischenfall mit keinem Wort kommentiert, nicht einmal in ihren Mienen zeigte sich irgendeine Regung. Sie nutzten die

Schockstarre der Frauen für eine zweite Zureit-Runde. Unterdessen wurde das kaputte Fenster mit Brettern zugenagelt, ebenso wie die anderen beiden Fenster. Der Raum war nun fast völlig abgedunkelt. In der Nacht herrschte eine gespenstische Stille. Nicht einmal das übliche Wimmern war zu hören.

Am Morgen danach wurden die Frauen sehr früh geweckt. Das Licht des Tagesanbruchs sickerte nur mühsam durch die Bretterverschläge. Einige blickten zu Cristis leerer Pritsche, andere vermieden den Blick dahin.

Die Aufpasser brachten Kaffee und belegte Brötchen zum Frühstück. Dann wählten sie sieben der hübschesten Frauen aus und gaben ihnen Waschzeug, Schmink-Utensilien, neue, sexy Unterwäsche in auffälligen Farben und hochhackige Pumps. Die sieben bekamen den Befehl, sich zu duschen, zu schminken und die neuen Sachen anzuziehen. Die Schuhe sollten sie untereinander tauschen, bis jede ein einigermaßen passendes Paar besaß. Sie hatten eine Stunde Zeit.

Sofia gehörte zu den ausgewählten Frauen. Widerstandslos nahm sie die billige Wäsche und die Schuhe entgegen. Die ersten drei Frauen gingen in den Duschraum.

Sofia setzte sich zu Katya. »Was passiert jetzt?«

»Ich nehme an, ihr müsst zu der Versteigerung, von der ich erzählt habe. Bordellbesitzer aus Westeuropa werden um euch feilschen. Die können mehr Geld ausgeben als ihre Kollegen hier, sind insofern bevorzugte Kunden, die die beste Ware bekommen.«

»Alina sieht extrem gut aus. Und sie ist jung. Sie ist bestimmt auch versteigert worden.« Sofia wollte an etwas glauben, was sie näher zu Alina brachte.

»Kann sein.« Katya zuckte mit den Schultern. Im Moment interessierte sie Alinas Schicksal wenig. Ihre eigene Zukunft war ihr wichtiger, und die sah düster aus. Das letzte Mal hatte sie zu den Mädchen gehört, die versteigert wurden. Jetzt nicht mehr. Sie war verlebt, aussortiert, ihr Marktwert gesunken. Mit ihren zweiundzwanzig Jahren gehörte sie schon zum Ausschuss und würde in einem einheimischen Puff oder dem eines angrenzenden Balkanstaates landen, um die KFOR-Soldaten zu bedienen, die der Meinung waren, dass sie bei ihrem freudlosen Job fern der Heimat zumindest das Anrecht auf willige und billige Frauen hatten. Dafür fuhren sie an den Wochenenden auch gerne in die grenznahen Städte nach Serbien oder Montenegro rüber – damit sie zu Hause am Stammtisch nicht nur von Kosovo-Nutten erzählen konnten.

»Wer gibt denn am meisten Geld aus für die Frauen?«, fragte Sofia weiter.

Katya seufzte. »Deutschland, Holland und Norwegen.«

»Deutschland ... Vielleicht ist Alina in Deutschland?«

»Ach, Scheiße, lass mich doch in Ruhe, ich weiß es nicht!« Katya fing plötzlich an zu weinen, was Sofia fast noch mehr schockte als Cristis Sprung in die Freiheit gestern. Bislang war Katya für sie ein Fels in der Brandung gewesen, der unerschütterliche Beweis für die psychische Widerstandskraft des Menschen. »Tut mir leid, wenn ich dir wegen Alina auf die Nerven gehe«, sagte sie betroffen.

»Wieso denn? Mir geht's doch super!«, herrschte Katya sie zynisch an. »Außer, dass ich in ein Drecksloch hier in der Gegend verklappt werde, wo es definitiv keine Rettung gibt. Keine Bullen oder Sozialarbeiter, die einen rausholen. Keine Chance auf Flucht aus dem Puff, weil der ganze Balkan ein großer Puff ist, in dem jeder jeden in den Arsch fickt!« Katyas Wutattacke war für sie die einzige Möglichkeit, sich wieder zu fangen. Sie wischte sich die Tränen weg und blickte Sofia trotzig an. »Und da kommst du mir mit deinen Luxusproblemen!«

Sofia konnte nicht anders, sie lachte laut und hysterisch los: »Luxusprobleme! Das ist wirklich komisch, Katya. Saukomisch!«

Katya musste plötzlich auch grinsen. »Na ja, ich schätze, das Bordell, in dem du landest, ist ein echter Wellness-Tempel gegen meinen neuen Arbeitsplatz.«

»Klar. Ich hänge in der Sauna rum, bade in Eselsmilch und werde mit ayurvedischen Ölen massiert! Dabei fliegen mir gebratene Täubchen in den Mund!«

Während Sofia immer noch bitter lachte, wurde Katya wieder ernst: »Okay, hör zu: Wenn du bei der Versteigerung bist, sag bloß nicht, dass du perfekt deutsch sprichst. Du sagst, du kannst ein paar Brocken Englisch und ein, zwei Sätze Deutsch. Mehr nicht.«

»Wieso denn? Wenn ich gut deutsch kann, sind meine Chancen, nach Deutschland zu kommen, doch bestimmt größer!«

»Eben nicht! Die wollen hilflose Mädchen. Einen gebrochenen Willen, null Selbstbewusstsein und am besten überhaupt keine Sprachkenntnisse. Wenn du perfekt deutsch sprichst und dich auch noch mit den Behörden und Gesetzen im Land auskennst, ist die Gefahr viel zu groß, dass du Mittel und Wege findest, dir Hilfe zu holen und dich abzusetzen.«

Sofia begriff. Wie dumm sie doch war.

»Los, jetzt hau ab. Geh dich waschen und schminken, damit du gut aussiehst auf dem Laufsteg.« Katya drehte sich um, legte sich hin und zog die Decke über den Kopf. Sentimentalität und Hoffnung konnte sie nur schwer ertragen.

Eine Dreiviertelstunde später wurde Sofia mit den anderen Mädchen abgeholt. Sie mussten in ihrer Unterwäsche und auf Stöckelschuhen die drei Stockwerke hinab, aus dem Haus raus und über die Straße zu dem Club, den sie bei ihrer Ankunft gesehen hatten. Selbst jetzt, bei Tageslicht, leuchtete der »Victoria«-Schriftzug aus grellbunten Neonröhren. Sofia vermutete einen 24-Stunden-Betrieb. Vielleicht brannten die Lichter aber auch nur für die internationalen Gäste der Auktion. Vor dem Club standen einige teure Wagen mit Kennzeichen aus verschiedensten Ländern.

Es war noch nicht mal zehn Uhr, und ein frischer Wind blies durch die verwaiste Straße. Die Frauen verschränkten die Arme vor der Brust, teils weil sie froren, teils weil sie sich wegen ihres Aufzugs auf offener Straße schämten. Sie wurden von drei Aufpassern zum Hintereingang geführt. Dort stank es nach Abfall, eine Ratte huschte zwischen den durchgerosteten Mülltonnen herum. Durch einen dunklen Flur wurden sie zu einer großen Bühne gebracht, die mit schwarzen Stoffen abgehängt war.

Strahler, die auf die Bühne gerichtet waren, blendeten sie. Die Aufpasser stellten sie in einer Reihe auf.

Unwillkürlich straffte sich Sofia. Im Gegensatz zu den Mädchen und Frauen neben ihr war sie die Bühne gewöhnt. Sie funktionierte automatisch: Sobald Scheinwerfer auf sie gerichtet waren, nahm sie Haltung an.

Sofia blinzelte. Sie musste sich erst an das Licht gewöhnen, dann erkannte sie etwa zwanzig Personen im Zuschauerraum. Eine Frau war auch dabei. Sie wirkte wichtig. Sie sah aus wie eine dieser reichen, überschminkten Russinnen, die sich alles kaufen konnten außer Geschmack.

Irgendwo im dunklen Hintergrund schaltete jemand Discomusik ein. Den Frauen wurde befohlen zu tanzen. Ein paar gehorchten sofort, andere mussten ein zweites Mal aufgefordert werden, bevor sie ihre Körper verängstigt bewegten. Nach einigen endlosen Minuten wurde die Musik ausgeschaltet. Die Stimme aus dem Hintergrund befahl den Frauen, die Unterwäsche auszuziehen. Widerwillig kamen sie der Aufforderung nach. Eine der Frauen bedeckte schamhaft ihre Brüste mit den Händen, aber sofort kam ein Aufpasser und riss ihre Hände brutal nach unten. Dann betraten die Gäste aus dem Zuschauerraum die Bühne und umzingelten die Frauen. Sie fassten die Frauen an, prüften die Festigkeit ihres Fleisches, die Geschmeidigkeit der Haare. Zwei der Männer öffneten allen die Münder und wackelten an den Zähnen. Es war wie auf einem mittelalterlichen Sklavenmarkt. Demütigend und widerlich. Sofia hatte mehr und mehr Schwierigkeiten, in Gedanken bei Bach zu bleiben. Einige der Männer stellten ihnen Fragen. Nach der Herkunft, der Ausbildung, den Sprachkenntnissen. Sofia befolgte Katyas Ratschläge. Sie erwähnte zudem mit keinem Wort, dass sie studiert hatte und Konzertgeigerin war, sondern gab sich als Verkäuferin in einem Lebensmittelladen in Chişinău aus. Dann verließen die Käufer die Bühne wieder und begaben sich an einen großen Tisch zum Verhandeln.

Die Frauen wurden zurückgebracht, das Ganze hatte nicht mal eine Stunde gedauert. Schon bald würden sie von Handlangern abtransportiert und mit den inzwischen eingetroffenen falschen Papieren in die Länder ihrer Käufer gebracht werden.

Kurz bevor es so weit war, setzte sich Sofia ein letztes Mal zu Katya auf die Pritsche. »Was ist, wenn ich mich an irgendeiner Grenze an die Polizei wende? Was können unsere Aufpasser dann noch ausrichten?«

»Welche Grenze? Über die wenigen Grenzstationen, die in Europa noch existieren, werden nur die Ahnungslosen gebracht. Die, die immer noch glauben, sie bekommen einen schönen Job als Au-pair oder Putzfrau. Die, die sich mit Tausenden von Euros bei ihren Schleppern verschuldet haben und nicht ahnen, wie sie es zurückzahlen müssen. Oder die, die über eine Heiratsvermittlungsagentur einreisen und sich einbilden, das große Los gezogen zu haben. Die Gekidnappten wie wir, die werden über grüne Grenzen gebracht.«

»Wozu dann die falschen Papiere?« Sofia war aufs Neue desillusioniert.

»Wegen der Razzien in den Bordellen. Der Chef dort behält die Ausweise ein. Die belegen, dass ihr alle legal im Land seid. Wo auch immer. Das Ganze ist super organisiert. Das System ist wasserdicht. Ein Schlupfloch findest du höchstens per Zufall. Also halt immer die Augen offen und gehorche. Sonst dröhnen sie dich so zu, dass du nicht mal mehr merkst, wenn plötzlich eine Tür offen steht. Und irgendwann bist du so dicht, dass du nicht mal mehr weg willst. Weil dir alles egal ist. Weil du innerlich schon tot und verfault bist.« Katyas Blick war bei den letzten Sätzen ins Leere abgedriftet.

Sofia begriff, dass Katya von ihren eigenen Zukunftsängsten sprach. Spontan umarmte sie die neue Freundin. Katya wurde ganz steif und verlegen, also ließ Sofia sie wieder los. Sie legte ihre Hand auf Katyas Unterarm und drückte ganz fest zu. »Katya, ich verspreche uns beiden jetzt etwas. Nein, ich verspreche es nicht, ich *schwöre* es: Ich werde zuerst Alina suchen. Ich werde sie finden und ich werde sie retten. Und dann werde ich dich finden. Und dich retten!«

»Jaja. Und Cristi hat gedacht, sie kann fliegen. Seid ihr in

Moldawien eigentlich alle so scheiß Superheldinnen und scheiß Lara Crofts?«

Sofia nickte: »Sind wir.«

Zwei Aufpasser schlossen die Tür auf und kamen herein. Es war so weit.

Die beiden Frauen lächelten sich traurig an. Dann erhob sich Sofia und folgte den Aufpassern, ohne sich noch ein einziges Mal umzusehen.

17. April 2010
Bremen.

Es war ein kühler Samstagmorgen. In der Lessingstraße in Bremen schien die Welt langsam in die Gänge zu kommen. Menschen verließen ihre Häuser, mit Taschen und Weidenkörben in den Händen, um zum Wochenmarkt zu gehen. Ein Mann polierte mit seinem kleinen Sohn die Felgen seines Volvos. Zwei Mädchen übten, mit ihren Skateboards den Bordstein hoch und runter zu springen. Danylo stand vor Sofias Haustür und klingelte schon zum zweiten Mal. Er verstand gut, dass Sofia nicht auf seine Anrufe antwortete. Sie wollte ihn nicht mehr sehen. Verachtete ihn oder hasste ihn gar, da war er sich sicher. Deswegen musste er sie aufsuchen. Um Verzeihung bitten und sich vor ihr auf die Knie werfen. Er hatte doch sonst niemanden, an dem ihm wirklich etwas lag. Den er wirklich liebte.

Sofia hatte schon lange aufgehört, ihn auf der Mailbox seines Handys zu beschimpfen. Da waren nur Anrufe von der Polizei drauf, die nach ihm suchte, und von seinem Vater, der ihn mit deutlichem Vorwurf in der Stimme darüber informierte, dass die Polizei nach ihm suchte und dass er »verdammt noch mal« wissen wollte, was mit seinem Sohn los war. Weil ihn all diese Anrufe psychisch total unter Druck setzten, hatte Danylo sein Handy seit Tagen abgeschaltet.

Seine Pläne machten ihm selbst Angst. Deswegen musste Sofia ihm unbedingt verzeihen. Bevor sie ihm nicht verziehen hatte, konnte er nichts tun, er konnte einfach nicht. Er brauchte sie, musste wissen, dass es irgendwo einen Menschen gab, der an ihn glaubte, der ihm vertraute. Das würde ihm Kraft geben. Die Kraft, die er brauchte für seinen Plan.

Aber Sofia öffnete nicht. Danylo wusste, dass sie freitags und samstags nicht an der Hochschule unterrichtete. Sie liebte ihre langen Wochenenden, um neue Stücke zu erarbeiten. Aber vielleicht hatte sie ihren Stundenplan ja umgestellt. Gab Zusatzstunden. Er würde zur Hochschule fahren müssen und sie dort suchen. Unwillig klingelte er zum dritten Mal. Nichts passierte.

Er wollte gerade gehen, als Sofias Hausmeister mit einem Besen und einem Eimer aus der Kellertür trat. Danylo kannte ihn flüchtig von einem seiner Besuche bei Sofia. Er fragte ihn, ob er wisse, wo Frau Suworow sei. Einkaufen nur? Oder an der Hochschule vielleicht?

Der Hausmeister schüttelte den Kopf und erzählte Danylo besorgt, dass Sofia Hals über Kopf abgereist sei, laut Aussage der Nachbarin nach Moldawien. Und dann sei die Hamburger Polizei aufgetaucht, die überraschenderweise einen Schlüssel zur Wohnung hatte und ein übersetztes Schreiben von Sofias Eltern, dass sie das Apartment durchsuchen dürften.

Danylo fragte verwirrt nach: »Wie? Ein Schreiben von Sofias Eltern? Aus Chişinău?«

»Was weiß ich, wie das heißt, wo die wohnen.«

Der Hausmeister schulterte den Besen, nahm den Eimer wieder auf und schlurfte weiter.

Danylo war höchst alarmiert. Natürlich hatte er damit gerechnet, dass die Polizei sich bei Sofia nach ihm erkundigte. Garantiert war er ihr Hauptverdächtiger im Fall Henning. Aber wie kamen sie an ein Schreiben von Radu und Ileana? Was hatte das alles zu bedeuten?

Danlyo überquerte die Lessingstraße und setzte sich fröstelnd auf eine Holzbank bei der Friedenskirche. Er stellte seine kleine Reisetasche neben sich auf der Bank ab, nahm sein Handy heraus und schaltete es ein. Sofort wurden mehrere Anrufe in Abwesenheit gemeldet. Er sah die Absender durch. In schöner Regelmäßigkeit dieser Daniel Meier-Grüne von der Hamburger Kripo. Dann noch drei Anrufe von seinem Vater. Widerwillig beschloss er, sie abzuhören. Danylo konnte es kaum glauben, es waren nicht die bitteren Vorwürfe, die er erwartet hatte. Maxym erzählte ihm mit atemloser Stimme eine gänzlich verrückte Geschichte von verschwundenen Suworow-Mädchen. Anscheinend hatte Maxym aus Moldawien angerufen. Er konnte ihn kaum verstehen, die Verbindung war saumäßig. Danylo wollte nicht glauben, was er hörte. Sicher ein Missverständnis. Mit einem flauen Gefühl in der Magengrube rief er Radu und Ileana in Chişinău an. Schon beim ersten Klingeln war Ileana am Telefon. Sie meldete sich, mit einer seltsamen Mischung aus Hoffnung und Angst in der Stimme. Danylo redete fast eine halbe Stunde mit ihr. Er versuchte, ihr Mut zuzusprechen, obwohl er selbst kaum einen Ton herausbrachte. Plötzlich wurde die Verbindung unterbrochen. Danylo dachte, es läge an der miesen Leitung nach Moldawien, doch dann stellte er fest, dass der Akku seines Handys leer war.

Danylo begann zu weinen. Wer hatte den Suworows so etwas Grausames angetan? Konnte das Zufall sein? Oder war er etwa auch daran schuld?

»Junger Mann, brauchen Sie Hilfe?«

Danylo sah von der Bank hoch zu dem Mann, der mit ihm sprach. Es war der Pastor der Kirche.

»Strom«, sagte Danylo. »Ich brauche Strom für mein Handy. Und vielleicht einen Tee?«

Auf einen Schlag merkte Danylo, wie hungrig er war. »Hätten Sie auch etwas zu essen? Verzeihen Sie meine Unverschämtheit, aber ich weiß nicht, wann ich das letzte Mal gegessen habe.«

Der Pastor nickte: »Dann kommen Sie mal mit. Ich habe noch Suppe von gestern Mittag. Und Steckdosen gibt es auch.«

Danylo nahm seine Tasche und folgte dem Pastor ins Pfarrhaus. Sie gingen in eine karg eingerichtete Küche, wo der Pastor eine große Portion Erbsensuppe erwärmte. Während die Suppe auf dem Herd köchelte, stellte er Danylo frischen Pfefferminztee hin. Er ließ seinen Gast in Ruhe trinken und auch essen. Erst, als Danylo sich dankend den Mund abwischte, sagte er: »Sie haben da draußen auf der Bank sehr unglücklich ausgesehen.«

»Einer guten Freundin von mir ist etwas sehr Schlimmes passiert. Nicht nur ihr, sondern ihrer ganzen Familie.«

»Dann hoffe ich, dass sich bald alles wieder zum Guten wendet. Ich werde für Ihre Freundin und deren Familie beten.«

»Als ob das was nützt!«

»Sie dürfen den Glauben nicht verlieren, mein Sohn.«

Danylo wies mit dem Zeigefinger nach oben: »Dann soll ER gefälligst was dafür tun!«

»Gott dealt nicht mit uns. Er ist kein Geschäftemacher.«

»Dann wäre er auch schon längst pleite, bei dem, was er anzubieten hat!«

Der Pastor lächelte milde: »Gottes Wege sind unergründlich.«

»Ich wusste, dass Sie das sagen. Der Spruch ist so 'ne Generalvollmacht für allen möglichen Scheiß. Und wenn's einen besonders hart trifft, dann ist es 'ne Prüfung.«

»Was hat Sie in jungen Jahren so verbittert?«

»Dass einem als Kind der Himmel versprochen wird und man dann in der Hölle landet«, sagte Danylo leise.

»Es gibt immer einen Ausweg. Einen Weg zurück ans Licht.«

»Vielleicht. Wenn man die Machete in die Hand nimmt und sich durchs Dickicht schlägt. Wenn man die Teufel und Dämonen vernichtet.«

Der Pastor sah ihn lange an. »Die Rache ist mein, spricht der Herr. Sie sollten das akzeptieren und nichts Unüberlegtes tun.«

»In der Bibel steht aber auch ›Auge um Auge‹.«

Der Pastor lächelte wieder. »Ich wusste, dass Sie das sagen. Dieses Zitat scheint für viele auch so eine Art Generalvollmacht zu sein.«

Danylo lächelte zurück. Er fand den Pastor recht sympathisch.

Der Pastor sah auf die Küchenuhr. »Ich muss jetzt eine Totenmesse für ein verstorbenes Mitglied der Gemeinde halten. Aber ich würde gerne noch weiter mit Ihnen reden. Möchten Sie vielleicht hier warten? Es dauert eine Stunde, dann bin ich wieder da.«

Danylo schüttelte den Kopf: »Ich komme mit.« Er erhob sich und nahm sein Handy von der Steckdose. Viel Saft war nicht drauf, aber für einen kurzen Anruf bei seinem Vater könnte es reichen.

»Aus welchem Land sind Sie?«, fragte der Pastor. »Sie haben kaum einen Akzent.«

»Ich bin Russe. Mit ukrainischem Anteil.«

»Also orthodoxer Christ.«

Danylo grinste: »Musikalischer Christ. Zeigen Sie mir Ihre Orgel, ich will mich für die Suppe und Ihre Freundlichkeit bedanken.«

»Sie spielen Orgel? Da wird sich meine Gemeinde aber freuen. Unser Kantor ist nämlich krank.«

Danylo folgte dem Pastor den kurzen Weg zur Kirche. Er stieg die Stufen zur Orgel hinauf und stellte den Hocker ein. Der Pastor ging nach unten. Die Gemeindemitglieder trafen langsam ein.

Danylo fielen ein paar Strophen eines Totenliedes aus der Karpato-Ukraine ein, das ihm seine Großmutter des Öfteren vorgesungen hatte:

Komm, o Sünder, tu doch eilen, / hilf den Armen aus der Pein, / hör, wie sie um Hilf tun schreien, / die hier im Fegfeuer sein, / ach, wie schmerzlich sie dort sitzen / und niemals kein Hilf genießen, / ja, niemand ist nicht so gut, / der seinem Freund hilft aus der Glut.

Tochter, hilf doch deiner Mutter, / Sohn, vergiß deinen Vater nicht, / Schwester, sieh an deinen Bruder, / schau, wie schmerzlich er dich bitt, / Bruder, tu nicht gar vergessen / auf die liebe Schwester dein, / hilf ihr doch aus dieser Pein, / ewig wird sie dir dankbar sein.

Danylo zog die Register. Seit Tagen hatte er kein Klavier mehr gespielt, seit Jahren keine Orgel. Als er die Hände auf die Tasten legte, wurde ihm plötzlich ganz heiß. Seine Hände begannen wie von selbst zu spielen. Sie hatten sich für Bachs *Toccata und Fuge in d-Moll* entschieden. Die wuchtigen Töne schwebten und schossen nach oben, tropften herab, dehnten sich aus und füllten das Kirchenschiff.

Einige der Kirchengänger hatten noch nicht Platz genommen, als Danylo zu spielen begann. Sie blieben stehen. In Andacht. Der Pastor stand vor dem Altar. Er sah nach oben auf Danylos Rücken. Danylo saß kerzengerade, nur den Kopf hatte er in den Nacken gelegt, als würde er durch alle Himmel schauen. Dem Pastor schien es, als würde es heller und heller werden in seiner Kirche. Noch nie hatte er die *Toccata* so schön, so groß, so göttlich gehört. Ihm liefen die Tränen die Wangen herunter. Bach war ein Gottesbeweis und dieser junge Mann sein Sendbote.

Nach dem letzten Lied, das die Trauergäste sangen, eilte der Pastor die Stiegen hinauf zur Orgel. Doch da war zu seinem Bedauern niemand mehr.

Hamburg.

Christian saß mit Anna beim gemeinsamen Samstags-Frühstück. Anna hatte gestern auf dem Isemarkt jede Menge Leckereien eingekauft. Es gab türkisches Kräuterbrot, Dillhappen, Krabbensalat, Rucola-Pesto, Mortadella, Blauschimmelkäse, Tomaten mit Mozzarella und Basilikum, Frischkäse mit Lauch …

»Wer soll das denn alles essen?«, staunte Christian über das kulinarische Aufgebot. Anna hatte den Tisch gedeckt, während er unter der Dusche stand. Normalerweise war er am Wochenende für den Küchendienst zuständig.

»*Du* sollst das essen! Weil du die letzten beiden Wochen garantiert schon wieder ein paar Kilos abgenommen hast.«

Wenn sich Christian auf einen Fall konzentrierte, vergaß er das Essen oft. Vergaß, dass er einen Körper besaß, weil er nur noch in seinem Kopf lebte. Diese ganzen Fernsehbullen, deren täglich Brot in Schießereien und Verfolgungsjagden zu Fuß, zu Pferd, zu Wasser und in der Luft bestand, die brauchten ihre körperliche Fitness zum Überleben und wurden deswegen beim Einfahren von Kohlenhydraten und Fetten an einer Pommesbude gezeigt. Christian verbrauchte seine Kalorien beim Denken, und dabei vergaß er eben häufig das Essen. Also achtete Anna darauf, dass er nicht ausmergelte. Sie wollte etwas zum Anfassen.

Christian hatte keinen großen Hunger, aber er tat ihr den Gefallen und freute sich. Zu seiner Überraschung kam der Appetit beim Essen. Außerdem genoss er es, mit Anna am Tisch zu sitzen. Er hatte sie diese Woche kaum gesehen, da sie drei Hauptseminare gab und zudem noch zwei Doktoranden betreute. Und das Wochenende davor hatte er den Samstag bei einem Gespräch mit Andres Puri im Gefängnis verbracht und war am Sonntag in aller Frühe nach Moldawien geflogen. Er beobachtete, mit welcher Hingabe Anna ihr Brot belegte. Die Sonne schien hinter ihrem Rücken in das Küchenfenster, sodass um Annas dunkelbraunes Haar, das sie wie fast immer zu einem Knoten hochgezwirbelt hatte, ein heller Kranz flimmerte.

»In dem Licht siehst du fast aus wie Mona Lisa«, sagte er.

»Du meine Güte, hast du schon was getrunken? Oder musst du mir was gestehen?«

Christian lachte. »Weder noch. Schätze, die Mortadella macht mich poetisch.«

Anna nahm ihm sofort die Mortadella weg. »Her damit, bevor du völlig unglaubwürdig wirst!«

Sie kabbelten noch eine Weile. Christian war so entspannt wie schon lange nicht mehr. Als er mehr als gesättigt seinen Teller zurückschob und aufstand, um zwei Espressi zu kochen, fragte Anna: »Gibt's was Neues von den Suworow-Schwestern? Oder von Savchenko?«

»Leider nein. Zumindest nicht, was den Aufenthaltsort

betrifft. Aber Daniel hat einiges über Savchenko herausgefunden. Er nennt ihn jetzt übrigens nur noch ›meinen Namensvetter‹ weil ihm bei der Recherche aufgegangen ist, dass Danylo wohl das Gleiche ist wie Daniel.«

»Was hat unser Schnellmerker denn herausgefunden?« Anna begann den Tisch abzudecken. Christian drückte sie sanft in ihren Stuhl zurück. Das war heute sein Job.

»Savchenko ist schon zwei Mal im Krankenhaus gelandet, weil man ihn heftig zusammengeschlagen hat. Einmal in Berlin mit einer angeknacksten Rippe, einmal in Kopenhagen mit einem Unterkieferbruch. Beide Male steht in den polizeilichen Protokollen, er sei von Unbekannten in der Nacht überfallen und ausgeraubt worden.«

»Klingt so, als würdest du das nicht glauben.«

Christian zuckte mit den Schultern: »Ich habe seinen Vater Maxym nach dem Vorfall in Berlin gefragt. Er meinte, Danylo habe sich vermutlich wie so oft in zwielichtige Gesellschaft begeben und dort eine dicke Lippe riskiert. Seiner Meinung nach haftet seinem Sohn etwas Selbstzerstörerisches an.«

»Das sagt man über viele Künstler. Das ist wohl die Schattenseite zu einer großen Gabe.«

Christian stellte die Espressi auf den leer geräumten Tisch und setzte sich wieder zu Anna. »Mag sein. Jedenfalls tritt er eher als Opfer, denn als Täter in Erscheinung. Maxym hält seinen Sohn für ein lebensunfähiges Weichei.«

»Was für ein Arschloch!«, protestierte Anna.

»Wieso? Kann doch stimmen.«

»Und wenn! Du solltest ihn mal spielen hören! Das ist … wie nicht von dieser Welt, glaub mir. Egal, was er spielt, ob ein klassisches oder modernes Programm … Er klingt immer …«, Anna suchte nach den richtigen Worten, »… einschneidend. Er spielt so schön, dass es wehtut. Ich kann es nicht anders sagen.«

»Du weißt, dass ich nichts davon verstehe. Jedenfalls passieren im Leben und im Umfeld von Danylo Savchenko durchaus ungewöhnliche Dinge. Einer seiner Schüler hat sich vor einigen Monaten umgebracht. Er war erst fünfzehn Jahre alt.«

»Wisst ihr Genaueres?«

Christian verneinte: »Es war ein Russe aus Nowosibirsk. Igor Pronin. Er hat letztes Frühjahr in Hamburg für zwei Monate eine Meisterklasse bei Savchenko besucht und auch ein paar Konzerte hier und in der Umgebung gespielt. Dann ging er wieder nach Russland. Im November kam er nach Norddeutschland zurück. Er sollte Aufnahmen für eine CD machen. Aber er ist schon vorher vom Dach seines Hotels in Flensburg gesprungen.«

»Wie schrecklich! Diese Wunderkinder stehen permanent unter einem immensen Leistungs- und Konkurrenzdruck. Zudem sind sie meistens sensibler als andere Kinder. Weiß man, warum er sich umgebracht hat?«

»Das werden wir wohl nie erfahren. Für mich ist im Moment nur wichtig, dass Savchenko als Täter beim Fall Henning Petersen ausgeschlossen ist. Trotzdem will ich ihn unbedingt finden und sprechen. Auch wegen Sofia Suworow! Die ganze Sache ist nicht sauber geklärt. Für mich ist sie überhaupt nicht geklärt! Und ich kann absolut nicht begreifen, warum unser Herr Oberstaatsanwalt mir befiehlt, die Akte Petersen zu schließen! Das stinkt mir gewaltig!«

Anna versuchte, Christians Aufmerksamkeit wieder auf die Fakten zu lenken: »Glaubst du, es besteht ein Zusammenhang zwischen dem Verschwinden der Suworow-Frauen und dem Mord?«

»Es erscheint zu weit hergeholt. Aber mein Gefühl sagt Ja. Deswegen habe ich für heute Nachmittag Jost Paulsen von der Abteilung für Organisierte Kriminalität zu einem Kaffee zu uns eingeladen. Volker und Pete kommen auch. Herd kann nicht, der hat Kindergeburtstag zu Hause. Jost ist ein alter Kumpel von mir, du erinnerst dich vielleicht an ihn, wir haben ihn mal auf dem Isemarkt getroffen. Er wird uns ein bisschen was über die Methoden, die Routen und die Märkte von Frauenhändlern erzählen.«

»Wir wollten schwimmen gehen. Das wollten wir schon letztes Wochenende.«

Christian gab keine Antwort. Anna wusste, dass er sich niemals für seinen Job und die Leidenschaft dafür entschuldigen würde.

Anna trank ihren Kaffee aus und räumte die Tasse weg. »Schwimmen ist eh überschätzt. Und ich habe keinen Schimmer von Organisierter Kriminalität. Kann ich was lernen. Ich gehe dann mal Kuchen besorgen. Ist Jost nicht der Dicke, der andauernd etwas Süßes in den Mund steckt?«

»Genau der.« Christian erhob sich, zog Anna in seine Arme und küsste sie. »Danke für dein Verständnis. Danke für dich. Ich liebe dich.«

Sie lächelte: »Zeig es mir. So viel Zeit ist noch ...«

Einige Stunden später war der Tisch erneut gedeckt, diesmal mit diversen Kuchenstücken. Jost freute sich vor allem über die Sahnetorten, auch Volker lud sich gleich zwei Stück Kuchen auf den Teller. Nur Pete hielt sich zurück. Er komme gerade vom Schwimmen, sagte er. Anna warf Christian einen spielerisch vorwurfsvollen Blick zu. Immerhin hatte sie mit Pete eine heiße Affäre gehabt, bevor sie Christian kennen und lieben lernte. Christian kniff ihr heimlich in den Hintern und flüsterte ihr zu: »Tja, hast du damals wohl die falsche Wahl getroffen.« Die beiden grinsten sich kurz an, dann wandte sich Christian an Jost und bedankte sich herzlich für seine kollegiale Bereitschaft, am Wochenende etwas Nachhilfe zu erteilen.

»Wenn es bei euch samstags immer so leckeren Kuchen gibt, werde ich Dauergast. Doch nun zur Sache, meine Frau und ich sind nämlich heute Abend zum Essen eingeladen.« Jost nahm sich noch ein Stück Käsekuchen, dann setzte er an: »Soweit ich weiß, interessiert ihr euch wegen zweier verschwundener Frauen aus Moldawien für das Thema?«

Alle nickten.

»Okay. Ich gebe euch erst mal einige Zahlen und Fakten: Seriösen Schätzungen zufolge werden jedes Jahr etwa eine Dreiviertelmillion Frauen und Kinder über internationale Grenzen hinweg gehandelt oder verschleppt. Gegenwärtig ist davon auszugehen, dass jährlich etwa hundertzwanzigtausend Frauen aus mittel-, ost- und südosteuropäischen Rekrutierungsländern nach Westeuropa gebracht werden. Beispiel Moldawien: Seit der Unabhängigkeit, also seit 1991, wurden nach Schätzungen von Experten der Internationalen Organisation für Migration bis zu vierhunderttausend junge Moldawierinnen in die Prostitution verkauft. Die Prostituierten-Hilfsorganisation Hydra geht davon aus, dass inzwischen rund die Hälfte der etwa vierhunderttausend Frauen, die in Deutschland anschaffen, Ausländerinnen sind. Sie sorgen für einen Jahresumsatz, der mit dem riesiger Konzerne wie Adidas oder Tchibo vergleichbar ist. Zweiundachtzig Prozent der in Deutschland sexuell ausgebeuteten Ausländerinnen kommen aus mittel- und osteuropäischen Staaten. Die Opfer sind meist bereits Opfer, nämlich unerträglicher wirtschaftlicher und sozialer Verhältnisse.«

Jost machte eine Pause und stopfte den Rest des Käsekuchens in sich hinein, als fürchte er, demnächst auch ein Opfer unerträglicher Verhältnisse zu werden.

»Du hast den Vortrag schon öfters gehalten«, vermutete Pete.

»Zigmal«, sagte Jost, wobei ihm einige Kuchenkrümel aus dem Mund flogen. »Ändert nur nix. Gar nix.«

»Was weißt du denn über Rekrutierungsmethoden? Eine der Frauen ist aus einem Nachtclub verschwunden. Auf Nimmerwiedersehen.« Auch Volker nahm sich noch ein Stück Kuchen. Anna wunderte sich, wie Volker so außerordentlich schlank bleiben konnte. Sie musste dafür jeden Morgen am Kaifu-Ufer entlang joggen.

»Einige Frauen werden unter Vorspiegelung falscher Tatsachen angeworben, andere einfach gekidnappt. Die Anwerbung läuft über unterschiedliche Wege: Heiratsmarkt, Vermittlung auf Bestellung und Transfers ohne Bestellung.«

»Das ist für unseren Fall nicht von so großem Interesse«, warf Christian ein.

»Ich find's spannend«, widersprach Anna.

»Ist es auch«, stimmte Jost zu. »Keine Angst, Chris, ich mach's kurz: Seien es falsche Versprechungen im Heiratsmarkt oder Arbeitsmarkt. Wir reden von so genannten ›push‹- und ›pull‹-Faktoren. Armut, Arbeitslosigkeit, mangelnde medizinische Versorgung ... Kurzum, die sozialen Missstände in den Rekrutierungsländern ›pushen‹ die jungen Menschen, ihr Glück woanders zu suchen. Wohlstand, Kranken- und Sozialversicherung, all das, was diesen Menschen im Goldenen Westen versprochen wird, sind die ›pull‹-Faktoren. Die Anwerber sind oft Freunde oder Bekannte, manchmal sogar Verwandte. Oder angeblich seriöse Organisationen schalten Anzeigen und bieten Jobs als Haushaltshilfe oder Künstlerin. Manche vermitteln sogar Studentinnen und Akademikerinnen angeblich an unsere Unis. Für die Schleusung bezahlen die Frauen drei- bis fünftausend Euro. Da sie die nicht haben, müssen sie die Summe abarbeiten. Leider nicht als Haushaltshilfe bei einer netten Arztfamilie oder an der Uni, wie sie sich erhofft haben. Sondern in einem Bordell. Und seltsamerweise werden ihre Schulden nie weniger, sondern immer mehr, weil sie ja auch noch für ihre dreckige Unterkunft im Puff und die Verpflegung teuer abdrücken müssen.«

»Was für ein perfides System.« Volker sah richtig angewidert aus.

»Vor allem, wenn man bedenkt, dass mit dem Frauenhandel inzwischen höhere Gewinne erzielt werden als mit illegalen Waffen- oder Drogengeschäften, und zwar ohne wesentliche Investitionen«, stimmte Jost zu.

»Wie funktioniert die Schleusung?«, fragte Christian.

»Die so genannten ›Grünen Grenzen‹ spielen keine so große Rolle mehr, wie man vermuten würde. Die Grenzen sind offen oder zumindest durchlässig. Falsche Pässe, gefälschte Einladungen aus dem Zielland ... Da hängt eine ganze Industrie dran. Es gibt direkte Schleusungen und Wege über Transitländer. Der Transitweg Ukraine, Weißrussland, Polen, Deutschland – ehemals ›Heroinstraße‹ genannt – ist zurzeit der bedeutendste. In den Transitländern werden Sammelstellen und Verteilerzentren eingerichtet. Branawitschy in Polen etwa gilt als wichtigstes Verteilerzentrum für die Zielländer Italien, Frankreich, Belgien,

Niederlande und vor allem Deutschland. Wir sind bedauerlicherweise das wichtigste Zielland. Eine andere Route führt über Moskau. Moskau ist zentraler Umschlagplatz für Europa. Vor allem auch für die baltischen Frauen. Die aus Litauen und Lettland machen derzeit den größten Anteil in Deutschland aus. Wir schätzen, dass etwa 330 russische Unternehmen derartige Geschäfte in Moskau abwickeln. Moskau liefert auch in die Türkei, den Iran, Zypern, Griechenland, Israel, ja sogar nach Südkorea und China.«

»Und die moldawischen Frauen? Welche Route nehmen die?« Christian sehnte sich nach etwas Greifbarem, einem Punkt, an dem man ansetzen konnte. Er hatte nicht vermutet, dass so viele Informationen, so viele Möglichkeiten auf ihn einprasseln würden.

»Oft über Istanbul, meist jedoch über die Balkan-Route. Das rumänische Temeswar, das serbische Novi Sad oder der ›Arizona‹-Markt in Brcko, Bosnien-Herzegowina, sind bekannte Umschlagplätze.«

»Bosnier, Serben, Russen, Rumänen ... Alle friedlich in einem Boot vereint? Das ist doch kaum vorstellbar!« Anna konnte die Dimensionen dieses Geschäfts nicht fassen.

»Leider doch. Beim Profit hört die Feindschaft auf. Die haben schnell gelernt, dass sie viel mehr verdienen, wenn sie sich organisieren. Die Russen-Mafia als pauschales Feindbild ist Schnee von gestern. Leider arbeiten die Kriminellen viel besser und effektiver zusammen als wir, die Polizei.«

»Habt ihr Kontakte zu den Kollegen der internationalen Sammelstellen?«, wollte Christian wissen. »Bekommt die SIS Informationen, wer dort verschoben wird? Oder gibt es wenigstens inoffizielle Kanäle?«

»Träum weiter, Chris«, sagte Jost. »Du redest von Ländern, in denen die Korruption blüht. Vermutlich wissen die Kollegen in den betreffenden Städten genau, wann neue Lieferungen eintreffen. Aber Razzien gibt es so gut wie keine. Informationen? Nada! Und die Verbindungsbeamten der EUROPOL stehen auch im Regen. Es ist ein Elend. Da gibt es all die schönen Programme und Maßnahmen der Europäischen Union: STOP 1 und STOP 2, DAPHNE, PHARE, unterschriebene Konventionen gegen grenzüberschreitende Verbrechen ... Ich erspare euch die Details. Nur so viel: Die Gegenseite muss nicht im Rahmen von Gesetzen operieren, ist skrupellos, viel besser organisiert, besitzt gute Kontakte in legale Machtzentren, hat erheblich mehr Geld zur Verfügung und ist uns immer nicht nur einen Schritt voraus, sondern gefühlte Lichtjahre. Sonst noch Fragen?« Jost wirkte erschöpft und deprimiert.

In das Schweigen hinein klingelte Josts Handy. Er nahm den Anruf entgegen, sprach kaum, fluchte nur kurz. Als er auflegte, sah er in die Runde: »Ein Kollege. Wie ich gerade gesagt habe: besser organisiert und gute Kontakte in legale Machtzentren ... Andres Puri ist eben freigelassen worden. Vorzeitige Haftentlassung aus gesundheitlichen Gründen.«

»Was für eine Scheiße«, entfuhr es Volker.

»Hat bestimmt sein Staranwalt durchgepaukt«, vermutete Pete.

Christian überlegte: »Sag mal, Jost, kann es sein, dass Puri seine Schmutzgriffel auch in Moldawien drin hat?«

»Keine Ahnung. Wieso?«

»Es steht für uns alle ja wohl außer Frage, dass diese Krankenschwester, die gegen ihn ausgesagt hat ...« Christian suchte nach dem Namen.

»Beatrix Hutter«, half Volker aus.

»... dass der in Puris Auftrag die Beine gebrochen wurden. Und zwar nachweislich von demselben Typen, der unseren Henning Petersen gekillt hat.«

Jost verstand nicht ganz: »Möglich, dass Puri in beiden Fällen Auftraggeber war. Gibt es Hinweise auf einen Zusammenhang? Kannten sich Petersen und Hutter?«

Christian verneinte: »Wir haben bislang auch keinerlei Verbindung zwischen Petersen und Puri. Nur eben diesen vagen Zusammenhang über Antoschka Mnatsakanov.«

»Was hat das mit Moldawien zu tun? Mnatsakanov war Russe«, fragte Jost.

»Petersen war mit einem Russen liiert, der verschwunden ist. Und dieser Russe war der beste Freund der Frau, die in Moldawien gekidnappt wurde. Kurz nach ihrer Schwester.«

»Deine Version ist aus hauchdünnen Spinnfäden gewebt, mein Lieber«, sagte Jost skeptisch. »Aber grundsätzlich kann es sein, dass Puri über seine Mittelsmänner in Moskau und Polen auch Kontakte in den Balkan hat. Würde mich nicht wundern. So vernetzt, wie die sind. Das heißt aber nicht, dass er bei eurer Geschichte die Finger im Spiel hat.«

Christian nickte: »Du hast recht. Wir suchen nur schon so lange nach dem Bindeglied für all diese Ereignisse. Aber vielleicht hat das eine mit dem anderen ja wirklich nichts zu tun.«

Jost erhob sich. »Ich hoffe, ihr kriegt es raus. Haltet mich auf dem Laufenden.«

»Nur privat«, meinte Pete. »Offiziell ist unser Fall nämlich abgeschlossen.«

Jost grinste: »Ach, deswegen ist unser Gespräch heute ganz intim bei Kaffee und Kuchen. Verstehe.« Er bedankte sich bei Anna und verabschiedete sich. Sein Abendessen wartete.

Kaum hatte Christian die Tür hinter Jost geschlossen, rief Daniel an. Er überprüfte immer noch gelegentlich, ob Danylo Savchenko sein Handy in Betrieb nahm und er ihn orten konnte. Heute hatte er Glück gehabt. »Savchenko ist wieder in Deutschland. Und zwar in Bremen, um genau zu sein«, verkündete er.

»Dann sucht er Sofia«, vermutete Christian. »Wenn er sie nicht findet, wird er sich vielleicht bei seinem Vater melden. Ich rufe ihn gleich an. Danke, Daniel, gute Arbeit.«

Daniel legte auf.

Christian versuchte in der nächsten Stunde mehrfach, Maxym an die Strippe zu bekommen, doch sein Handy war mal wieder abgeschaltet. Genau wie Danylos. »Ich verstehe das nicht«, schimpfte Christian. »Jeder Idiot meckert über den Stress der permanenten Erreichbarkeit, und trotzdem hängen alle an ihren Handys wie an einer Nabelschnur zur Welt! Nur diese bescheuerten Künstler machen einen auf *hard to get!* Wenn mein Sohn verschwunden ist, schalte ich doch nicht das Handy ab, verdammt noch mal!«

»Mach's doch wie bei diesem Ösi, der auf der Alm ist«, riet Anna.

»Na toll.« Christian rollte zwar genervt mit den Augen, folgte aber Annas Vorschlag und rief einen Berliner Kollegen an, mit dem er vor nicht allzu langer Zeit wegen einer Mordserie zusammengearbeitet hatte. Er gab ihm Maxyms Adresse und bat ihn, bei Gelegenheit dort vorbeizufahren, um Maxym zu einem dringenden Rückruf bei Christian aufzufordern.

Der Berliner Kollege hatte zwar frei, versprach aber, Christians Bitte gleich nachzukommen, da Maxyms Wohnung auf dem Weg zu seiner Schwiegermutter lag, die er besuchen wollte. Knapp eine Stunde später rief der Berliner zurück: »Der Kerl, den du sprechen willst, liegt mit einem Schlaganfall in der Charité. Für genauere Infos frag dort nach, ich muss jetzt zu meiner Schwiegermutter und mir anhören, wie verzogen unser Sohn ist. Mach's gut, Chris, bis dann mal.«

Christian rief sofort in der Charité an, bekam aber trotz oder wegen seiner wüsten Beschimpfungen keinerlei telefonische Auskünfte über den Patienten Savchenko.

»Ich fahre hin«, sagte er zu Anna. »Keine Ahnung, wieso. Sympathisch ist er mir bestimmt nicht, aber … Das ist doch alles großer Bockmist! Ich habe überhaupt keinen Grund, da hinzufahren! Soll ich dem arroganten Arsch Händchen halten, oder was?«

»Schon gut«, erwiderte Anna. »Du musst vor mir nicht rechtfertigen, dass du Savchenko gut leiden kannst.« Sie warf ihm den Schlüssel für ihr Cabriolet zu. Christian als überzeugter Fußgänger besaß kein Auto und zudem keinen guten Grund, in einem offiziell abgeschlossenen Fall eine Fahrt nach Berlin mit dem Dienstwagen zu rechtfertigen.

Christian fing den Schlüssel geschickt auf. »Nächstes Wochenende gehen wir schwimmen, versprochen.«

Mariazell.

Bis in die Haarwurzeln angespannt saß Walter Ramsauer vor dem Material von Henning Petersen. Es war am heutigen Mittag mit der Post gekommen, geschickt von der Nachbarin in Hamburg. Er hatte sich sofort ins Wohnzimmer zurückgezogen, das Päckchen aufgerissen und den Inhalt geprüft. Henning hatte ein Anschreiben beigelegt:

»Lieber Walter, ich hoffe, meine Post erreicht Dich noch, bevor Du Dich ins Österreichische zurückziehst. Ich brauche Deine Hilfe, alleine kriege ich das nicht auf die Reihe. Aber schau Dir erst mal alles in Ruhe an und sag mir dann: Ist das eine Story oder ist das keine? Ich habe keinen Schimmer, wie ich die Sache angehen soll. Können wir das nicht zusammen machen? Schätze, das ist eine Nummer zu groß für mich kleinen Volo. Aber ich will den Kram nicht auf den Schreibtisch vom Chef legen, wer weiß, wen der dransetzt, und dann bin ich raus aus der Nummer. Dir vertraue ich. Ruf mich bitte an, wenn Du Dir das Band angehört hast, und sag mir, was Du davon hältst. Ich gehe dann so vor, wie Du es sagst, okay? Ich sozusagen als Speerspitze vor Ort, Du als große Denkfabrik im Hintergrund. Schreiben musst Du es natürlich am Ende, aber ich würde gerne die Recherche machen. Du hast doch mal gesagt, dass da meine Stärken liegen.

Ich bin so gespannt, was Du sagst! Wenn Du einsteigst, stelle ich Dir auch meinen Informanten vor. Vielleicht können wir Dich ja in der Einöde vom Ösi-Land besuchen, zwecks genauerer Abstimmung.

Jetzt erst mal liebe Grüße und Alm ahoi, oder wie sagt man bei Euch?
Dein Henning

Walter las den Brief zum dritten Mal. Ja, Henning, das *ist* eine Story, eine verdammt gute sogar! Walter fühlte sich schuldig, obwohl er nichts dafür konnte, dass ihn das Päckchen mit dem Brief und dem USB-Stick samt MP3-Datei erst jetzt erreichte. Er sah auf den Poststempel. Eine Woche später war Henning tot gewesen. Ermordet. Walter war sicher, dass Hennings Tod mit diesem Material zusammenhing. Er schämte sich für den Gedanken, dass der Mord die Story noch brisanter machte, doch für einen Journalisten war dieser Gedanke nur logisch und konsequent. Vermutlich hatte Henning auf eigene Faust mit der Recherche angefangen, enttäuscht, dass er, Walter, sich nicht meldete. Vermutlich war er dabei ungeschickt vorgegangen. Hatte den falschen Leuten die falschen Fragen gestellt und ganz offensichtlich auch falsch eingeschätzt, wem er damit auf die Füße trat und wie heftig.

Walter stand auf und nahm sich einen Cognac aus dem Giftschrank seines Vaters. Er stürzte ihn mit einem Schluck hinunter. Was sollte er tun? Wenn er seinen staatsbürgerlichen Pflichten nachkam und das Material der Hamburger Polizei übergab, würden die den Wirbel veranstalten, und er konnte nur noch hinterher darüber berichten. Wenn er an seinen journalistischen Auftrag dachte und an das Recht der Öffentlichkeit auf Information, dann tendierte er dazu, das Material noch kurze Zeit unter seinem privaten Verschluss zu halten. Bis er die nötigen Zusatz-Infos gesammelt hatte, um einen hieb- und stichfesten Artikel zu schreiben. Dann würde er Hennings Datei der Polizei übergeben und zeitgleich seinen Artikel veröffentlichen. Nicht bei der Hamburger Morgenpost, nein, mit dieser Story waren seine Zeiten bei dem Stümperblatt vorbei. Das war seine Chance. Investigativer Journalismus. So wie früher. Vielleicht sogar beim Spiegel.

Walter wusste, dass er zurück nach Hamburg musste. Er wusste auch, wie seine Frau Merle darauf reagieren würde. Trotzdem. Er hatte keine Wahl. Seine Chance, seine letzte Chance, das musste sie verstehen.

Sie tat es nicht. Als er mit dem Päckchen in der Hand in die

Küche kam, wo Merle mit seinen Eltern und seinem kleinen Sohn beim Nachmittagstee saß, schaute sie ihn fragend an. Er wollte zu einer Erklärung ansetzen, doch sie verstand auch so. Sie las es in seinem flehentlichen Blick. Stumm schüttelte sie den Kopf, nahm Artur aus dem Stubenwagen und ging nach oben.

»Du wirst deine Frau doch nicht mit dem Baby allein hier lassen?«, fragte sein Vater Rudolf mit strengem Blick.

»Herrgott, sie ist nicht allein, ihr seid schließlich auch noch da!«, erwiderte Walter. Sobald sein Vater den Mund aufmachte, hörte Walter Vorwürfe. So war es schon immer gewesen. »Ich muss mich um diese Sache kümmern, es ist wichtig. Sehr wichtig sogar.«

»Merle hat gesagt, dass der junge Mann, von dem das Päckchen ist, dass sie den umgebracht haben«, mischte sich seine Mutter Helga ein. Angst stand in ihren Augen.

»Deswegen ist es ja so wichtig. Ich bin ihm was schuldig.«

»Und wenn sie dich auch umbringen, Sohn?«

Walter setzte sich zu seiner Mutter, umarmte ihren beträchtlichen Umfang und gab ihr einen Kuss auf die Stirn. »Das werden sie nicht. Ich bin kein Anfänger und halte mich schön bedeckt.«

»Wer sind denn die?«, fragte sein Vater. »Herr im Himmel, nichts als Flausen im Kopf, ich hab's immer gesagt! Statt hier die Zeitung zu übernehmen und ein Madel von hier zu heiraten! Dann wäre alles gut, und deine Mutter tät sich nicht grämen müssen!«

»Lass den Bub, der weiß schon, was er tut«, beschwichtigte Helga ihren Mann.

Walter fand es albern, dass seine Mutter ihn immer noch »Bub« nannte, immerhin war er über fünfzig. Aber es tat ihm gut, dass sie seine Entscheidungen stets akzeptierte.

»Fährst du mich zum Bahnhof?«, fragte er sie.

»Ja, willst denn heut schon los?« Helga erschrak.

Walter nickte. »Vielleicht bin ich bald schon wieder zurück. In ein, zwei Wochen schätze ich.«

»Geh, wohin der Pfeffer wächst«, polterte sein Vater.

Zwei Stunden später saß Walter neben Helga im Kombi des Vaters und ließ sich zum Bahnhof bringen. Sowohl von seinem Vater als auch von Merle hatte er sich unversöhnt getrennt.

»Kümmere dich bitte um Merle und Artur«, bat er seine Mutter. Sie waren am Bahnhof angelangt.

»Natürlich. Und ich fahre jeden zweiten Mittag ins Dorf und rufe dich an. Und wehe, du nimmst nicht ab und sagst mir, dass es dir gut geht!«

»Jeweils um Punkt zwölf stehe ich zu deiner Verfügung. Zumindest versuche ich es, versprochen. Falls es mal nicht klappt, hinterlasse ich bei Elfriede im ›Hirschen‹ eine Nachricht für dich. Ach, Mama, wozu habe ich euch bloß das Festnetztelefon geschenkt?«

»Du weißt doch, wie sehr dein Vater Telefone und Fernseher hasst. Schade, dass wir keinen Handyempfang oben auf der Alm haben. Ein Handy könnte ich gut vor ihm verstecken. Aber vielleicht kann ich ihn ja überreden, jetzt, wo endlich ein Enkel da ist, mit dem er bestimmt gerne telefonieren will, wenn Merle auch wieder zurück in Hamburg ist.«

Walter beugte sich zu seiner Mutter, gab ihr einen Kuss und sagte: »Tschüss, Mama.«

»Servus, Bub. Pass auf dich auf. Und komm bald wieder.«

Walter stieg aus, nahm seine Reisetasche und ging durch die Lichtkegel der Straßenlaternen auf den Bahnhof zu.

Brcko.

Vadim war noch einige Tage in Chișinău untergetaucht, hatte seine Wunden gepflegt und seine Strategie überdacht. Die Kollegen hier in der Stadt wussten alle, dass er beim Boss in Ungnade gefallen war. Dennoch musste er hier ansetzen, wenn er Sofia und Alina finden wollte. Vadim fühlte sich schuldig. Wegen Alinas Entführung machte er sich weniger Vorwürfe, aber an Sofias Verschwinden war keiner außer ihm schuld. Er hätte sie niemals zum Boss bringen dürfen, ohne zu wissen, welche und wessen Interessen eigentlich hinter der ganzen Sache standen. Unter normalen Umständen hätten sie Alina vielleicht freikaufen können. Aber die Umstände waren nicht die üblichen. Auch wenn er davon keine Ahnung gehabt hatte, war der Besuch beim Boss unverantwortlich gewesen. Ihm hätte klar sein müssen, dass der Boss Sofia zu einer besonderen Art der Zusatzzahlung gedrängt hätte. Er war schon scharf auf sie gewesen, als er sie mit ihm bei ihrem ersten Treffen in der Bar sprechen sah.

Vadim musste herausfinden, über welche Routen Sofia und Alina verschleppt worden waren. Der Einzige, der ihm helfen wollte und damit seinen Hals riskierte, war sein Kumpel Oleg. Oleg kannte Alina auch und war ein wenig in sie verschossen gewesen. Am gestrigen Abend hatte er sich mit Oleg in einem überfüllten Studentencafé getroffen. Hier war die Gefahr, auf einen Schergen des Bosses zu treffen, relativ gering. Oleg kam wie immer gleich auf den Punkt: »Hast Mist gebaut, Kumpel. Großen Mist.«

Vadim nickte, während Oleg sich in dem Café umsah.

»Mann, diese Studenten! Schnallen die Relativitätstheorie, aber werden ihre Familie nicht ernähren können. Scheiß Welt, was? Aber zur Sache: Eine Fuhre ging am 9. April nach Moskau raus, da waren zwei Mädchen dabei, die in der Nacht zuvor im ›Black Elephant‹ abgegriffen wurden. Also mit ziemlicher Sicherheit auch Alina. Mann, was für eine verfickte Kacke!«

»Moskau«, wiederholte Vadim geschockt. Von dort aus gingen die Lieferungen in alle Welt. Wie sollte er so Alina finden? Zumal er in Moskau überhaupt keine Kontakte hatte.

»Kennst du jemanden von den Leuten in Moskau?«, fragte er.

»Ich kenne einen, der einen kennt. Den werde ich anrufen. Aber das ist 'ne heikle Sache. Wenn der Boss schnallt, dass ich wegen deiner Cousinen rumfrage, bin ich dran. Du musst mir ein bisschen Zeit geben. Sobald ich was weiß, rufe ich dich an.«

»Und Sofia?«

»Das wird einfacher. Die ist nach Brcko gebracht worden. Wenn du Glück hast, ist sie noch da, die reiten gründlich zu dort.«

»Halt's Maul«, sagte Vadim.

»Sorry. Ich wollte nicht ...«

»Schon gut. Hast du mir sonst noch was mitgebracht?«

Oleg nickte und reichte ihm eine Plastiktüte. Vadim fasste kurz hinein. Kühler, gut eingefetteter Stahl.

»Danke, Mann. Hast was gut.«

»Sag das Alina, wenn du sie findest.« Oleg grinste.

»Arschloch.«

Die beiden Männer umarmten sich kurz und verließen das Café getrennt.

Vor einer Stunde war Vadim in Brcko angekommen. Die Kontaktleute hier wussten hoffentlich noch nicht, dass er auf der Abschussliste stand. Das war seine einzige Chance. Also ging er möglichst selbstbewusst und breitbeinig ins ›Victoria‹ und fragte nach der Chefin. Er musste nicht lange warten und fragte sich, ob das ein gutes Zeichen war. Valerie, die eigentlich Elena hieß, französische Namen aber irgendwie chic fand, lächelte ihn an und reichte ihm die Hand. Ein gutes Zeichen.

»Wie geht es deinem Boss?«, fragte sie freundlich.

»Alles bestens, ich soll Sie herzlich grüßen, Valerie.« Vadim sah ihr tief in die Augen und lächelte verbindlich. Er wusste, dass Valerie auf junge Kerle mit breiten Schultern stand. Sie stand auf, scharwenzelte in ihrem Gucci-Lacklederrock, der sicher über tausend Euro gekostet hatte, um ihn herum, schenkte ihm Kaffee ein und bot ihm dabei tiefe Einblicke in ihre Auslage. Vadim bedankte sich mit einem anzüglichen Grinsen.

Valerie setzte sich wieder: »Was kann ich denn für dich tun, Vadim-Schatz?«

Vadim seufzte. »Leider bin ich nicht hier, damit Sie etwas für mich tun, das steht mir gar nicht zu. Der Boss wünscht eine kleine Unterstützung von Ihnen.«

»Um was handelt es sich?«

»Bei unserer letzten Lieferung ist etwas schiefgegangen. Ein Vollidiot hat aus Versehen eine Frau zur Ladung gepackt, die für einen Privatkunden vom Boss bestimmt ist. Die soll ich jetzt abholen. Sofia Suworow.«

»Die muss aber ganz schön wichtig sein, wenn dein Boss dich extra herschickt. Wo doch jeden Moment Boris mit einer neuen Ladung von euch eintrifft. Der hätte sie doch mit zurück nehmen können.« Valerie blickte Vadim misstrauisch an, blätterte dann aber doch in ihren Unterlagen.

Vadim fluchte innerlich. Wenn Boris ihn hier entdeckte, war das Spiel gelaufen. Er musste sich beeilen.

»Der Kunde hat einen Narren an der Braut gefressen, keine Ahnung, wieso.« Vadim bemühte sich, ganz locker zu bleiben. »Jedenfalls soll sie so schnell wie möglich zurück. Ich bin die Eskorte mit dem fliegenden Benz.«

»Sofia … Ja, hier habe ich sie. Verkäuferin in einem Lebensmittelladen in Chişinău.«

Kluges Mädchen, dachte Vadim und nickte.

»Tja, das ist Pech. Sie ist in der Versteigerung gelandet. Gestern.«

»Sie ist schon weg?«

Valerie war kurz abgelenkt, weil auf den Hinterhof ein großer Lkw einfuhr. »Seit ein paar Stunden. Schau mal, Boris ist schon da.«

Vadim erhob sich: »Super. Dann gehe ich gleich und helfe ihm beim Verklappen der Mädels. Wo ist diese Sofia denn hingebracht worden?«

Valerie schaute wieder in ihre Unterlagen. »Nach Deutschland. Für 'ne schöne Stange Geld. Sie hat auf der Bühne eine wirklich königliche Haltung gehabt.«

»Und wer war der Käufer?« Vadim schaute nervös aus dem Fenster. Er sah, wie Boris die Laderampe des Lkw öffnete und mit Hilfe von zwei anderen Männern die Frauen heraustrieb.

»Schätzelchen, das darf ich dir nicht sagen, das weißt du. Ich kann deinen Boss anrufen. Dann kann er alles Weitere in die

Wege leiten. Falls er diese Sofia wirklich unbedingt zurück braucht. Soll der Kunde doch eine andere nehmen.«

Die Luft für Vadim wurde immer dünner, zumal Valerie nun wirklich misstrauisch zu sein schien. Draußen überließ Boris seinen beiden Kollegen das Verfrachten in das gegenüberliegende Haus. Er selbst ging auf das ›Victoria‹ zu. Wenn es zu einer Schießerei kam, würde er den Kürzeren ziehen. Valeries Sicherheitsleute waren bis an die Zähne bewaffnet.

»Ist schon okay. Ich sag ihm, wie's gelaufen ist. Wahrscheinlich wird er sich bei Ihnen melden. Danke jedenfalls.« Er beugte sich über Valeries Hand, deutete einen Kuss an und ging hinaus.

»Vadim«, rief sie ihm hinterher. »Wohin so schnell? Lass uns doch mit Boris noch einen trinken!«

Genau das wollte Vadim unbedingt vermeiden. Als er aus Valeries Bürotür heraustrat, kam Boris gerade den Hauptpteingang herein. Vadim wich in den Gang zur Männertoilette aus. Er hörte noch, wie Valerie in den Schankraum trat und Boris lautstark begrüßte: »Boris, wie schön! Vadim ist auch hier!«

Vadim öffnete die Tür zum Toilettenraum und dankte Gott für das große Fenster, durch das er sich auf den Hinterhof schwang. Im Eiltempo lief er zu seinem Wagen. Er hatte kaum den Zündschlüssel herumgedreht, als Boris vor dem ›Victoria‹ auftauchte, die Pistole im Anschlag. Valerie stand mit ratlosem Gesicht neben ihm. Als Vadim mit Vollgas am Vordereingang der Bar vorüberfuhr, schlug eine Kugel in sein Seitenfenster ein. Die Scheibe zersprang in tausend Splitter, aber Vadim war nicht getroffen. Kurze Zeit später überquerte er den Fluss und dann die Grenze zu Kroatien. Die Fuhre mit Sofia hatte nur ein paar Stunden Vorsprung. Vielleicht konnte er sie einholen. Welche Route sie wohl nahmen?

Deutschland. Für Sofia war das gut. Da hatte sie Heimvorteil. Aber es war nicht gut für ihn. Sicher, er besaß wie fast alle seiner Kollegen einen rumänischen Pass, sodass ihm die innereuropäischen Grenzen keinerlei Probleme bereiteten. Wenn er durchfuhr, konnte er morgen in Deutschland sein. Aber er kannte sich dort nicht aus. Hatte keine Kontakte und sprach kein Wort Deutsch. Sein Englisch war auch eher bescheiden. Wie sollte er Sofia finden?

Danylo. Danylo Savchenko. Er würde ihm helfen. Er war wie ein Bruder für Sofia. Vadim erinnerte sich an die Sommerferien, die sie als Kinder zusammen verbracht hatten. Danylo hatte ihn zwar manchmal genervt, einfach nur, weil er ein paar Jahre jünger war, blöde Spiele spielen wollte und an Sofia klebte wie eine Klette. Trotzdem hatte er ihn gemocht. Danylo lebte in Hamburg, wenn er sich recht erinnerte. Vielleicht fand er ihn im Telefonbuch. Oder Radu und Ileana hatten seine Nummer. Zumindest hatten sie die Nummer von Danylos Vater, diesem arroganten Maxym. Ja. So konnte es klappen. Er würde zuerst Danylo auftreiben und mit seiner Hilfe dann Sofia. Hoffentlich kümmerte sich Oleg um Alina. Es musste wieder alles gut werden. Es musste einfach.

Berlin.

»Sie sind also der Hamburger Polizist, der mich heute Nachmittag am Telefon ›ignorante Kuh‹ genannt hat.« Die Oberschwester der Intensivstation besah sich Christians Dienstausweis.

»Tut mir leid, ich stand unter Schock. Maxym ist ein ganz alter Freund von mir. Quasi ein Bruder.« Christians Chancen, einen Intensiv-Patienten als Polizist aufzusuchen, standen schlecht, also verlegte er sich aufs Lügen.

Die Oberschwester betrachtete Christian misstrauisch. »Da werde ich erst mal seinen Sohn fragen, ob das stimmt.«

»Danylo ist hier?«, fragte Christian überrascht. Von diesem Glück hatte er kaum zu träumen gewagt. »Bringen Sie mich sofort hin, und dann lassen Sie mich bitte allein mit der Familie!« Er legte das ganze Gewicht seiner natürlichen Autorität in den Satz. Es funktionierte. Die Oberschwester brachte ihn zum Zimmer. »Fünf Minuten«, sagte sie, um einen letzten Rest ihrer eigenen Macht auszuspielen.

Zu Maxyms Zimmer gab es eine Glasscheibe. Der grüne Vorhang war zurückgezogen. Christian konnte Danylo am Bett seines Vaters sitzen sehen. Er saß mit gekrümmten Rücken und hielt Maxyms Hand. Maxym hing an einer Infusion, in seinem Mund steckte ein Schlauch. Er war nicht bei Bewusstsein.

Leise öffnete Christian die Tür und ging hinein. Danylo blickte verwundert hoch. Christian sah ihn zum ersten Mal, bislang kannte er nur ein veraltetes Passfoto. Danylo war nicht anders als schön zu nennen. Wilde, schwarze Locken fielen ihm in die Stirn, seine großen Augen besaßen die Farbe von Bitterschokolade und waren von dichten, langen Wimpern umrahmt. Das Gesicht war blass – er sah aus wie ein männliches Schneewittchen.

»Guten Tag. Ich bin Christian Beyer, Kriminalhauptkommissar aus Hamburg.«

»Sie haben mir ein paar Mal aufs Band gesprochen. Was wollen Sie hier?«

»Ich war mit Ihrem Vater in Moldawien. Weil wir weder Sie noch Sofia Suworow erreicht haben. Woher wussten Sie, dass Maxym hier ist?«

»Der türkische Gemüsehändler, bei dem er immer eingekauft hat, hat es mir gesagt. Mein Vater ist bei ihm im Laden zusammengebrochen.«

»Wie schlimm steht es um ihn?«

Danylo wollte antworten, doch Maxyms Hand krampfte sich plötzlich um die seine. Seine Augen fingen zu flattern an. Danylo sprach leise, aber eindringlich auf Russisch zu ihm. Es klang so ähnlich wie »Papa, prosnis, prosnis«.

Maxym öffnete die Augen. Als er Danylo erkannte, liefen ihm Tränen die Wangen herunter. Er wollte sprechen, doch es kam nur ein heiserer Gurgellaut aus seiner Kehle. Danylo redete unaufhörlich auf Russisch. Es klang gleichzeitig streng, flehend und zärtlich. Fast war es Christian unangenehm, diesen intimen Moment zwischen Vater und Sohn zu stören. Doch die beiden beachteten ihn nicht im Geringsten. Danylo hielt mit beiden Händen die Hand des Vaters umklammert. Auch er weinte nun.

Eine der Maschinen, an die Maxym angeschlossen war, fing wie wild zu piepen an. Soweit Christian das beurteilen konnte, handelte es sich um das Kontrollgerät zu Maxyms Herzschlag. Auch ohne medizinische Kenntnisse spürte man die Bedrohung. Danylo begann laut nach einem Arzt zu schreien, Christian lief hinaus auf den Flur und rief ebenfalls um Hilfe. Die Oberschwester kam angerannt, direkt hinter ihr folgten zwei junge Ärzte. Sie warfen einen Blick auf die Maschine und den Patienten, der sich in seinem Bett aufbäumte und Schaum vor den Mund bekam. Die Oberschwester drängte den widerstrebenden Danylo und Christian aus dem Zimmer, der Vorhang wurde zugezogen, die Sicht auf die Notfallmaßnahmen versperrt.

Danylo stand ganz dicht an der Scheibe, beide Hände flach auf das Glas gelegt, die Stirn dagegengepresst. Sein schneller, heißer Atem ließ die Scheibe anlaufen. Er konnte absolut nichts sehen, aber seine Augen waren weit aufgerissen, als könne er so den Stoff des geschlossenen Vorhangs durchdringen.

Christian hätte gerne mit ihm gesprochen. So viele Fragen brannten ihm auf der Seele. Aber das war wahrlich nicht der richtige Moment. Und etwas Trostreiches fiel ihm nicht ein. Auch ihm war elend zumute.

Nach etwa zwanzig Minuten, die Danylo an die Scheibe gepresst verharrt hatte, während Christian auf und ab gelaufen war, kamen die Ärzte wieder heraus. Ihre ernsten Mienen sprachen Bände. Einer schüttelte den Kopf, legte Danylo die Hand auf die Schulter und sagte: »Tut uns leid, wir haben alles Menschenmögliche getan.«

Danylo gab keine Antwort. Nach scheinbar endlosen Sekunden der Schockstarre betrat er Maxyms Zimmer.

Christian sah durch die halb geöffnete Tür, wie die Oberschwester gerade das Betttuch über Maxyms Gesicht legen wollte. Danylo hielt sie fest, zog das Tuch wieder zurück und setzte sich zu seinem Vater, auf den Stuhl neben dem Bett. Wie noch vor einer halben Stunde nahm er Maxyms Hand und sprach leise auf Russisch zu ihm. Christian schien es, als wolle

Danylo den Tod, der durchs Zimmer geschritten war, einfach ignorieren.

Die Oberschwester kam heraus und schloss die Tür hinter sich. »Wir wollen den jungen Mann in Ruhe Abschied nehmen lassen.« Sie ging den Flur hinunter und verschwand im Schwesternzimmer.

Christian war allein. Er ließ sich mit dem Rücken die Wand heruntergleiten und setzte sich auf den Boden. Seine Knie waren ihm weich geworden. Er verstand nicht, wieso ihn das Ganze so mitnahm. Der Tod war sein ständiger Begleiter im Alltag. Kein Grund, geschockt zu sein. Was tat er überhaupt hier? Hatte er insgeheim gehofft, Danylo am Bett des Vaters anzutreffen? Oder war er nach Berlin gefahren, weil er diesen blasierten Mistkerl tatsächlich mochte? Es spielte keine Rolle mehr. Maxym war tot, er musste an die Lebenden denken. Danylo würde ihm jede Menge Fragen beantworten müssen, egal, wie unpassend der Zeitpunkt schien. Sofia und Alina Suworow warteten irgendwo auf Hilfe.

Es dauerte eine ganze Stunde, dann kam die Oberschwester zurück und führte Danylo mit sanfter Bestimmtheit aus dem Zimmer: »Sie müssen jetzt tapfer und vernünftig sein, junger Mann. Setzen Sie sich vorne in den Aufenthaltsraum, ich bringe Ihnen gleich einen gesüßten Tee, der wird Ihnen guttun. Dann besprechen wir alles. Oder Sie gehen nach Hause, legen sich hin und kommen morgen wieder. Ich kümmere mich um alles, seien Sie ganz beruhigt.«

Danylo nickte und nickte, obwohl er überhaupt nicht zuzuhören schien. Die Oberschwester sah Christian auffordernd an. Gemeinsam brachten sie Danylo zum Aufenthaltsraum. Er ließ sich führen wie ein Schlafwandler. Christian und Danylo setzten sich hin, die Schwester ging Tee holen. Christian wartete ein wenig, doch dann hielt er es nicht mehr aus: »Danylo, darf ich Sie so nennen?«

Danylo zuckte gleichgültig mit den Schultern.

»Sofia Suworow ist kürzlich in Moldawien verschwunden, ebenso wie ihre Schwester Alina.«

»Ich weiß. Ich habe mit Ileana telefoniert.« Danylos Stimme klang tonlos.

Christian beugte sich vor. »Das ist jetzt kein guter Zeitpunkt, aber ich muss einige Dinge wissen, um Sofia und Alina helfen zu können. Warum ist Henning Petersen getötet worden? Was hat das alles mit Ihnen und Sofia Suworow zu tun? Es gibt doch einen Zusammenhang, oder?«

Danylo gab keine Antwort. Langsam verlor Christian die Geduld. Er rüttelte Danylo sanft an der Schulter: »Hören Sie mir überhaupt zu?«

Danylo reagierte plötzlich und heftig. Er sprang vom Stuhl auf und schrie Christian an: »Was fällt Ihnen ein? Mein Vater ist gerade gestorben! Wissen Sie, warum?«

»Ein Schlaganfall, sagte man mir.«

»Dieser Schlaganfall war eine Komplikation der Endokarditis. Entzündung der Herzinnenhaut, falls es Sie interessiert. Aufgrund eines angeborenen Herzfehlers war mein Vater mit einem sehr hohen Endokarditis-Risiko behaftet. Das kann man bekommen durch eine winzigkleine Entzündung. In der Mundhöhle zum Beispiel. Weil einem ein paar Zähne ausgeschlagen werden. Von irgendwelchen Typen in Moldawien, wo Sie ihn hingeschleppt haben!«

Christian sah Danylo fassungslos an: »Wollen Sie etwa mir die Schuld am Tod Ihres Vaters geben? Ich habe ihn weder gezwungen, nach Moldawien zu fliegen, noch habe ich ihn gebeten, dort zu bleiben und den falschen Leuten falsche Fragen zu stellen!«

Genauso schnell wie Danylo aufgebraust war, brach er wieder in sich zusammen. Er fuhr sich mit beiden Händen durchs Gesicht. »Nein, Sie sind nicht schuld. Ich bin schuld. Ich allein. An Hennings Tod, am Tod meines Vaters, am Schicksal von Alina und Sofia vielleicht auch ...«

»Jetzt sagen Sie mir verdammt noch mal, was passiert ist!«

Nun schrie Danylo wieder: »Damit Radu auch noch totgeschlagen wird? Oder Ileana? Was wollen Sie tun? Sie haben doch gar keine Ahnung!«

»Wenn immer alle die Fresse halten, wird das auch so bleiben. Und dann kann ich wirklich nichts tun, begreifen Sie das endlich, junger Mann!« Christian war nun auch wütend.

Mit strengem Blick kam die Oberschwester herein. »Meine Herren, ich bitte Sie, das hier ist ein Krankenhaus!«

»Schon gut«, beruhigte Christian die Oberschwester.

Auch Danylo nickte ihr zu. »Ich geh mal kurz pissen«, sagte er zu Christian.

Nach drei Minuten schwante Christian, dass er sich wie ein idiotischer Anfänger verhielt. Nach weiteren fünf Minuten hektischer Suche hatte er sich vergewissert, dass Danylo nicht kurz pissen war. Er war weg.

19. April 2010
Hamburg.

Walter Ramsauer war seit über vierundzwanzig Stunden zurück in Hamburg. Er hatte kaum geschlafen, sondern so gut wie durchgearbeitet. Das Material von Henning war sortiert und um seine eigenen ersten Recherchen ergänzt worden. Vielleicht steckte sogar noch mehr in der Story, als er bisher ahnte. Gegen Mittag hatte seine Mutter das Telefon bei Elfriede im ›Hirschen‹ benutzt und ihn angerufen. Er hatte gehofft, dass Merle dabei wäre, doch sie wollte nicht mit ihm sprechen. Er verschob das Problem, zuerst galt es, sich auf die vor ihm liegende Aufgabe zu konzentrieren. Wenn diese Story sein Comeback sein sollte, möglicherweise beim Spiegel oder beim Stern, dann musste er sauber und wasserdicht arbeiten. Er vergaß keineswegs, dass Henning – vermutlich wegen dieser Geschichte – sein Leben gelassen hatte. Es war gefährlich. Brandheiß und gefährlich. Genau der Stoff, der Journalistenherzen bis zum Hals schlagen lässt. Normalerweise hätte er sich mindestens drei, vier Wochen Zeit für die Recherche gegeben. Aber er wusste nicht, ob Henning noch jemanden informiert hatte. Er bezweifelte es, aber er wollte keinerlei Risiko eingehen, dass ihm jemand die Story vor der Nase wegschnappte. Es galt zu handeln. Klug und umsichtig, aber dennoch zielgerichtet.

Die entscheidende Telefonnummer zu bekommen, war ein Leichtes gewesen. Walter hatte beschlossen, gleich mitten ins Wespennest zu stechen. Hennings Material war brisant, aber unvollständig. Er hatte seine Quelle nicht angegeben. Ohne diese Quelle war für Walter das Material fast wertlos, wenn es hart auf hart ging. Also musste er kräftig auf den Busch klopfen, um den Gegner aufzuschrecken. Er sollte ihm selbst die Bestätigung liefern, die er mangels eines Zeugen dringend brauchte. Er atmete tief durch und rief an.

Zwei Wochen Knast waren mehr als genug für Andres Puri, das würde ihm nie wieder passieren. Natürlich hätte er der Schlampe von Krankenschwester am liebsten eigenhändig den Hals umgedreht, aber sie war das Risiko nicht wert. Als seine Frau ihm bei seiner Rückkehr vorwarf, er sei doch an allem selbst schuld, er musste ja mal wieder sein Maul aufreißen, da hatte er ihr eine gescheuert, dass sie mit Überschallgeschwindigkeit gegen ihr beschissenes Sideboard gedonnert war und sich dabei den linken Arm brach. Seitdem war wieder Ruhe im Puri-Haushalt eingekehrt. Er hielt sich brav an die Auflagen des Gerichts, kümmerte sich in der gebotenen Vorsicht um seine Geschäfte, spielte Poker mit seinen Freunden und Kollegen und lud ab und zu eine oder zwei Nutten in den Whirlpool ein. Alles war in Ordnung, bis an diesem Tag sein absolut abhörsicheres Telefon klingelte.

»Andres, du musst mir helfen!«

Puri stöhnte genervt auf. Schon wieder dieser Vollidiot. »Was ist denn diesmal?«

»Ich weiß jetzt, wer das Material hat. Das heißt, ich weiß nicht, wer es ist, aber er hat mich angerufen. Hat aber keinen Namen genannt. Schätze, er will mich erpressen.«

»Wie viel hat er verlangt?«

»Erst mal nichts. Er will sich mit mir treffen und reden. Was soll ich denn jetzt machen?«

»Was hast du ihm gesagt?«

»Zuerst habe ich so getan, als wüsste ich nicht, was er will. Und dann habe ich einem Treffen zugestimmt. Damit er erst mal Ruhe gibt. Aber ich kann da doch nicht hingehen!«

»Du hast keinen Schimmer, wer es sein könnte?«

»Ich weiß es wirklich nicht.«

»Aber du bist sicher, dass er das Material hat?«

»Er hat es angedeutet. Er erwähnte ein brisantes Vermächtnis eines kürzlich gewaltsam verstorbenen Volontärs ...«

»Okay. Wann und wo?«

»Was?«

Puri war kurz davor, die Nerven zu verlieren. Wie konnte man so dämlich sein? »Das Treffen!«

»Ach so, ja. Übermorgen. Um vier Uhr nachmittags. Im ›Alsterpavillon‹.«

»Klug gewählt. Anscheinend kein so blutiger Anfänger wie dieses kleine Frettchen.«

»Umso schlimmer!«

»Reg dich ab. Ich kümmere mich darum.«

»Was soll ich jetzt machen? Und was willst du tun?«

»Du gehst wie verabredet zu dem Treffen. Rede so wenig wie möglich, streite alles ab. Dann verschwindest du wieder. Den Rest übernehme ich.«

»Wenn es geht, bitte nicht schon wieder ... so ... drastisch ...«, jammerte sein Gegenüber. »Und sorg dafür, dass wir das Material bekommen. Damit ich es endlich vernichten kann.«

»Mach dir nicht in die Hose.« Puri legte auf.

Langsam ging ihm die Geschichte auf die Nerven. Sie nahm Zeit und Geld in Anspruch. Außerdem stellte der Vollidiot ein unkalkulierbares Risiko dar. Vielleicht sollte er mal eine Kosten-Nutzen-Rechnung aufmachen. Brachte ihm dieser Kontakt wirklich so viel? Puri wägte ab und entschied sich für ein Ja. Prospektiv gesehen war der Vollidiot ein wichtiger Baustein. Also würde er ihm mal wieder die Kartoffeln aus dem Feuer holen und ihn damit unauflöslich an sich binden. Wen sollte er damit beauftragen? Mnatsakanov war so blöd gewesen, sich von der Krankenschwester den Schädel einschlagen zu lassen. Beschissene, dämliche Russen.

Vielleicht sollte er auf deutsche Wertarbeit zurückgreifen. Da gab es diesen Richy. Allerbeste Referenzen, angeblich gutes Auftreten, saubere und schnelle Arbeit ohne verspieltes Gedöns wie Finger abschneiden oder Nasenflügel aufschlitzen und so'n Quatsch. Er rief seinen Bodyguard und beauftragte ihn, jemanden zu beauftragen, diesen Richy zu kontaktieren. Doch dann kam ihm eine noch bessere Idee ...

Walter Ramsauer war zufrieden. Sein Gesprächspartner hatte zuerst alles geleugnet, aber er war so geschockt gewesen von Walters Einlassungen, dass man den Angstschweiß durchs Telefon riechen konnte. Es hatte kein zehn Minuten gedauert, bis der Kerl eingeknickt war. Noch zwei Tage bis zum Treffen. Diese zwei Tage gaben Walter die Gelegenheit, über mögliche und wahrscheinliche Abwehrmaßnahmen des Gegners nachzudenken. In der stets überfüllten Touristenfalle ›Alsterpavillon‹ war er sicher, nicht nur wegen der vielen Menschen. Sein Gesprächspartner würde garantiert keinen Wert darauf legen, bei einem Auftragsmord anwesend zu sein. Aber sobald er das Café am Jungfernstieg verließ, würde man ihm folgen, um seine Identität herauszubekommen und ihm das Material abzujagen. Und ihn mund- oder ganz tot zu machen. Wie Henning Petersen. Das galt es zu verhindern. Walter Ramsauer wollte wie Phönix aus der Asche steigen und nicht in ein Grab versenkt werden.

20. April 2010
Frankfurt.

Seit vier Tagen und Nächten waren sie unterwegs. Vier Tage und Nächte eingeschlossen in vor Dreck starrenden Baracken oder auf den kalten, unbequemen Ladeflächen von Lieferwagen und Lkws. Vier Tage und Nächte vergewaltigt von den Aufpassern, den Fahrern und den Kunden in den Baracken, mit denen sich die Aufpasser das Gehalt aufbesserten.

Sofia hatte es aufgegeben, sich mit den anderen Frauen zu unterhalten. Am ersten Tag hatte sie Katyas Beistand schmerzlich vermisst und deswegen die Nähe zu einer Litauerin gesucht, die irgendwo bei Nacht und Nebel mit drei anderen Frauen zu der Ladung gepackt worden war. Nähe tat gut, Nähe schien überlebensnotwendig. Sie unterhielten sich leise auf Russisch, vermieden es, ihre derzeitige Situation zu thematisieren, erzählten stattdessen von ihren Familien, sprachen übers Wetter und die globale Erwärmung, über Schuhmode und das letzte Buch, das sie gelesen hatten – ganz so, als würden zwei Freundinnen in einer Kneipe sitzen. Am nächsten Tag war die Litauerin vom Lkw gezerrt worden. Und Sofia fühlte sich erneut von aller Welt verlassen. Ware wurde an- und abgeliefert. Inzwischen war sie davon überzeugt, dass nur sie selbst und zwei Serbinnen, die auch in Brcko versteigert worden waren, nach Deutschland gebracht werden sollten. Mit denen konnte sie sich allerdings nicht verständigen.

Bei der letzten Pinkelpause hatte Sofia ein deutsches Autobahnschild gesehen: Frankfurt 280 km. Inzwischen hockte sie mit einer der beiden Serbinnen auf der Rückbank eines Mercedes. Ein maghrebinisch aussehender Kerl, der von seinem Kollegen Sidi genannt wurde, saß am Steuer, neben ihm ein deutscher Aufpasser, der sie an der polnischen Grenze aus dem letzten Lieferwagen übernommen hatte. Die andere Serbin war mit zwei Lettinnen von einem Volvo-Kombi abgeholt worden. Der Deutsche besaß die Statur eines Kleiderschranks und trug nur ein Muskelshirt unter der Nappalederjacke. Sein Name war bislang noch nicht gefallen. Beim Umladen hatte Sidi sie und die Serbin auf Deutsch gefragt, ob sie Ärger machen würden. Die Serbin hatte kein Wort verstanden und auch Sofia gab vor, nicht zu verstehen. Seitdem unterhielten sich die beiden Kerle auf den Vordersitzen ungeniert.

»In etwa anderthalb Stunden sind wir da. Was meinst du,

sollen wir die Nutten noch mal durchknallen, bevor wir sie abliefern?«

Sidi schüttelte den Kopf: »Keinen Bock. Denen läuft doch noch das Sperma von den Polacken die Beine runter. Bevor ich da rangehe, müssen die Schlampen erst mal duschen.«

Sofia wurde übel. Magensäure stieg hoch, doch sie machte nicht den Fehler, sich auf Deutsch zu verraten. Auf Rumänisch bat sie, aussteigen zu dürfen. Der deutsche Aufpasser drehte sich um und wollte sie anblaffen, doch an ihrem Gesicht sah er, was los war.

»Halt an, Sidi, sonst kotzt die uns die Karre voll.«

Sidi hielt auf dem Standstreifen, Sofia stieg aus dem Wagen und erbrach sich mehrfach in die Böschung. Sidi und der andere waren auch ausgestiegen. Sie lehnten mit dem Rücken am Auto, machten eine Zigarettenpause und achteten nicht auf sie. Sofia schätzte ihre Chancen ab. Sie hatte kaum Kraft, aber es war weit nach Mitternacht und stockfinster. Nur alle paar Minuten erhellten die Scheinwerfer eines Autos die Fahrbahn. Sie musste es versuchen.

Sofia sammelte all ihre Kraft, sprang über die Böschung und rannte los. Das Stoppelfeld unter ihren Füßen war hart und uneben, sie kam nicht schnell vorwärts. Nicht schnell genug, dachte sie panisch. Da hörte sie auch schon Sidis wütenden Schrei hinter sich. Autotüren wurden zugeknallt, mit einem Piepen abgeschlossen, schwere Schritte und lautes Fluchen verfolgten sie.

Sofia bekam Seitenstechen. Sie war so geschwächt, dass sie keine Chance hatte. Tränen liefen ihr die Wangen herunter, während sie hoffnungslos weiterstolperte, doch sie spürte sie nicht. Sie hörte nur das stoßweise Atmen der Männer hinter ihr, die immer näher kamen, und wusste, dass sie verloren hatte. Ein Tritt ins Kreuz zwang sie zur Aufgabe. Sie flog in hohem Bogen nach vorne, landete mit dem Gesicht im Dreck, spürte, wie sie sich Hände und Wangen an kleinen Steinchen aufschürfte. Sie wollte einfach liegen bleiben, nie wieder aufstehen, das Gesicht in die Erde vergraben, bis sie erstickte. Doch einer der beiden Männer zog ihren Kopf an den Haaren zurück, riss sie hoch, bis sie halbwegs wieder auf den Füßen stand.

»Du verdammte Fotze, wenn du das noch mal machst, breche ich dir alle Knochen!«, herrschte der Kleiderschrank sie an. Dabei sprühten seine Spuckefäden in Sofias Gesicht, doch sie konnte den Kopf nicht abwenden, da er sie immer noch an den Haaren festhielt. Daran zog er sie auch zurück zum Wagen und stieß sie auf den Rücksitz.

Den Rest der Fahrt zitterte Sofia unkontrolliert. Sie konnte nicht mehr aufhören zu zittern, so sehr sie sich auch bemühte. Die Serbin schob ihre Hand in Sofias und drückte sie fest. Das half ein bisschen.

Irgendwann verließen sie die Autobahn und bewegten sich nur noch auf Landstraßen. Sofia versuchte, sich zu konzentrieren. Sie kannte Frankfurt ein wenig, hatte schon mehrere Konzerte hier gespielt und wollte sich den Weg merken, wollte wissen, wohin sie gebracht wurden. Doch sie fuhren gar nicht bis Frankfurt, sondern nur bis Offenbach. Und wieder ging es, wie in Weißrussland, wie in Bosnien-Herzegowina, wie in Polen, auf einen schlecht asphaltierten Hof hinter einer Bar. Das neue Gefängnis, das auf sie wartete, war ein zweistöckiges Gebäude mit schmutzig-grauem Putz. Eine ungeschminkte, freundlich aussehende Frau um die fünfzig empfing sie. Sie stellte sich als Evelyn vor und zeigte ihnen ihr Zimmer. In dem Zimmer standen ein Tisch und fünf Betten. Auf drei der Betten lagen Klamotten und Schminkzeug herum. Sofia und die Serbin sollten die beiden freien Betten übernehmen. Kaum hatten sie den Raum betreten, wurde hinter ihnen abgeschlossen. Sofia hörte noch, wie Evelyn Sidi und seinen Kollegen fragte, ob alles glattgelaufen sei. Der Kleiderschrank bejahte das, warnte Evelyn aber vor Sofia, die einen aufsässigen Charakter habe. Damit entfernten sich die Stimmen.

Sofia rüttelte an der Tür. Keine Chance. Sie sah nach dem Fenster. Es war vernagelt. Von dem Raum aus führte eine zweite Tür zum Toilettenraum mit einer Dusche. Hier gab es kein Fenster. Sofia wusch sich die Erde aus dem Gesicht und den Haaren und säuberte ihre Schürfwunden. Dann ging sie ins Zimmer zurück. Die Serbin lag auf einem der freien Betten und starrte an die Decke. Sofia setzte sich auf das andere Bett. Sie wusste nicht, was sie tun sollte. Aber sie wusste, dass man sie nicht ewig hier einsperren würde. So konnte man kein Geld mit ihr verdienen. Irgendwann würde sie in einem Club arbeiten. Und in jedem Club gab es Wege nach draußen. Oder man würde sie mit einem Kunden allein lassen. In einem Zimmer mit Fenster vielleicht. Sie musste nur ruhig bleiben, zu Kräften kommen, einen klaren Kopf behalten und auf ihre Chance warten.

Sofia hatte den Gedanken kaum zu Ende gedacht und sich damit an eine vage Hoffnung geklammert, als die Tür wieder geöffnet wurde und Evelyn mit einem Tablett hereinkam. Hinter ihr betrat ein Mann das Zimmer, etwa Ende dreißig und ähnlich gebaut wie der Kleiderschrank. Auf dem Tablett waren zwei Teller mit dampfender Suppe. Daneben lagen zwei aufgezogene Einwegspritzen und ein Plastikschlauch. Sofia merkte plötzlich, wie hungrig sie war. Die Spritzen jedoch versetzten sie in Panik. Auch die Serbin setzte sich auf und sah gierig nach den Tellern.

Evelyn wandte sich an ihren Begleiter: »Übersetz mal, Boris. Die eine kann wohl Russisch, die andere Serbisch.« Boris nickte und übersetzte fließend in zwei Sprachen: »Mädels, es ist zwar schon spät, aber ihr müsst was essen. Schätze, Sidi und Kalle haben euch auf der Fahrt hungern lassen, diese elenden Schweine. Ich behandele meine Mädels gut, damit ihr das wisst. Es sei denn, ihr macht Zicken. Aber das wollt ihr sicher nicht. Also esst erst mal.« Evelyn klang wie eine nette Herbergsmutter, die nur das Beste für ihre Zöglinge wollte.

Sofia und die Serbin aßen mit Heißhunger. Evelyn sah ihnen dabei zu. Ihr Begleiter lehnte an der Wand und knabberte gelangweilt an seinen Fingernägeln.

»Hört zu, Mädels«, begann Evelyn, als sie die Teller wieder einsammelte. Boris übersetzte synchron. Er würde auch bei der EU arbeiten können, dachte Sofia. Irgendwie tat er das ja auch.

»Ihr schlaft euch jetzt aus, morgen reden wir ein bisschen und dann zeige ich euch alles. Ich weiß, dass ihr erst mal enttäuscht seid, weil ihr euch etwas anderes vorgestellt habt, aber für die Erfüllung eurer Träume müsst ihr arbeiten. Wie das abläuft, erfahrt ihr morgen. So, und damit ihr nach den ganzen Reisestrapazen gut schlafen könnt, wird Boris euch etwas geben, was euch hilft.«

Boris sprach beim Übersetzen tatsächlich von sich in der dritten Person. Dann griff er zu der ersten Spritze. Die Serbin stand auf und ging mit zwei großen Schritten zu Boris hin. Sie zog den Ärmel ihres Pullovers hoch. Sofia sah die Einstichwunden und begriff, dass die Serbin nicht gierig nach der Suppe geschielt hatte. Boris grinste sie an und gab ihr die Spritze und den Schlauch. Die Serbin band sich mit dem Schlauch den Arm ab und setzte sich die Spritze. Kaum war der Stoff in ihrer Blutbahn, seufzte sie wohlig und ließ sich auf ihr Bett sinken.

Fast hätte Sofia sich verraten, doch in letzter Sekunde schaltete sie und fragte auf Russisch, was man ihnen verabreiche.

»Roofies«, sagte Boris. »Was zum Schlafen. Ganz harmlos.«

Sofia erklärte Boris möglichst ruhig, dass sie einen sehr guten Schlaf habe und keine Hilfsmittel brauche. Doch weder Boris noch Evelyn ließen sich überzeugen. Als Sofia sich dennoch weigerte, die Drogen zu nehmen, wurde Gewalt angewendet. Boris hielt sie fest, Evelyn band ihr den Arm ab und setzte die Spritze.

Danach verließen Evelyn und Boris das Zimmer. Der Schlüssel wurde im Schloss gedreht. Es herrschte Stille im Raum. Sofia hörte nur den flachen Atem der Serbin und etwas leise Musik, die aus dem Club im Vorderhaus durch die Ritzen der vernagelten Fensterbretter drang. Sofia begann zu weinen. In Chișinău hatte man sie schon unter Drogen gesetzt, in Brcko ebenso. Sie wollte, sie durfte nicht in diese Falle geraten. Doch ihr Körper hörte zu weinen auf und schwebte nach oben in eine Welt voller klingender Farben und bunter Töne. Sofia fühlte sich ruhig und leicht. Nichts tat mehr weh. Sie ließ sich steigen und steigen. Keine Gegenwehr mehr.

21. April 2010
Hamburg.

Walter Ramsauer wusste nicht so recht, ob das Treffen gut oder schlecht verlaufen war. Sein Gegenüber hatte nervös gewirkt, sodass Ramsauer sicher sein konnte, einen Volltreffer gelandet zu haben. Aber es war ihm nicht gelungen, den Kerl zusätzlich unter Druck zu setzen und ihm weitergehende Informationen zu entlocken. Das hinterließ ein Gefühl der Unzufriedenheit. Er hatte auf ein Einknicken seines Gesprächspartners gehofft, hatte erwartet, dass er flehen würde, seinen Namen aus der Presse herauszuhalten, sein Leben nicht zu zerstören, Rücksicht auf seine ahnungslose Frau und unschuldigen Kinder zu nehmen und was die Typen immer so an Mitleidsnummern hervorholten, wenn man sie am Genick packte und kräftig durchschüttelte. Sogar bei dem Verweis auf Henning Petersens Material und den mutmaßlichen Zusammenhang mit dessen Ermordung hatte der Kerl gemauert. Dann hatte er das Gespräch betont empört abgebrochen und war einfach gegangen. Das machte Walter misstrauisch. Sein Gegner schien noch einen Trumpf im Ärmel zu haben, und Walter vermutete, dass es sich bei diesem Trumpf um eine ähnliche Art der Problementsorgung handelte wie bei Henning. Nur dass diesmal er das Problem war. Er hatte zwar vom spektakulären Tod des mutmaßlichen Mörders in der Zeitung gelesen, gab sich allerdings keinen Illusionen hin. Wo auch immer dieser russische Killer hergekommen war, es gab reichlich Nachschub in der Branche. Der Auftraggeber würde nicht zögern, auch ihn beseitigen zu lassen, und wenn nur, um an das Beweismaterial heranzukommen.

Sein Gesprächspartner hatte das Material sehen wollen. Angeblich um zu erfahren, wer ihn so unverschämt verleumdete. Walter hatte ihn ausgelacht und ihm erklärt, dass er bestimmt nicht noch blöder als sein Volontär wäre. Natürlich trug er das Material nicht bei sich, sondern hatte es an einem sicheren Ort verwahrt. Im Falle seines plötzlichen Todes würde es der Polizei zugestellt werden. Das stimmte zwar nicht, denn Walter fühlte sich als Vollblutjournalist seinem Berufsethos und dem Recht der Öffentlichkeit auf Information verpflichtet und hatte eine Vorkehrung getroffen, damit das Material beim Chefredakteur des Spiegels landete. Falls ihm wider Erwarten etwas zustoßen sollte, würde er wenigstens posthum im Blatt seiner Wahl genannt werden. Die Pupillen seines Gegenübers hatten sich bei der Erwähnung der Polizei allerdings unwillkürlich ein wenig geweitet – ein Zeichen von Angst.

Walter überquerte den Jungfernstieg zur anderen Straßenseite und sah sich hin und wieder um, ob ihm jemand folgte. Er ging ins Alsterhaus hinein und tauchte ein in die Menge der Passanten. Mit der Rolltreppe fuhr er mehrmals auf und ab, verließ das Alsterhaus wieder und ging hinüber zur Passage. Von dort gab es mehrere Zugänge zu dem Parkhaus, in dem er seinen Wagen abgestellt hatte. Inzwischen war er sicher, dass ihm niemand folgte. Er setzte sich in sein Auto und ließ den Motor an. Morgen würde er den Kerl noch einmal anrufen und den Druck massiv erhöhen.

Die Frau, die hinter ihm die Erdbeer-Parkebene betrat und an seinem Wagen vorbeistöckelte, als er rückwärts aus der Parklücke stieß, fiel ihm nicht weiter auf. Sie war ja fast noch ein Mädchen. Walter Ramsauer war in die typisch männliche Falle der selektiven Wahrnehmung getappt und hatte dabei auch das journalistische Prinzip der Unvoreingenommenheit missachtet. Unbewusst hatte er nur überprüft, ob ihm ein Mann folgte. Frauen stellten für ihn höchstens eine Gefahr im Straßen- oder sonstigen Verkehr dar.

Berlin.

Christian saß mit Pete und Volker in der letzten Reihe der kleinen Feierhalle des Krematoriums Berlin-Baumschulenweg, einem beeindruckenden Gebäude, das von den international renommierten Architekten Axel Schultes und Charlotte Franke geplant war, wie Volker interessiert einem Folder entnahm. Die vorgeschriebene zweite Leichenschau an Maxym Savchenko war gestern vorgenommen worden und der Leichnam zur Einäscherung freigegeben. Der Sarg war zur Feier aufgebahrt, aber geschlossen. Nach der Feier würde er zur Einäscherungsanlage gebracht werden. Die Urne wollte Frau Savchenko danach mitnehmen und in Russland bestatten lassen.

Christian hoffte, dass Danylo bei der Trauerfeier seines Vaters erscheinen würde. Damit er ihm diesmal nicht wieder durch die Lappen ging, hatte er Pete und Volker mitgebracht. Die Fahndung nach Danylo Savchenko war aufgehoben, es lag nichts gegen ihn vor. Christian besaß keinerlei rechtliche Handhabe, den jungen Pianisten festzuhalten. Dennoch wollte er unbedingt mit ihm reden und ein paar Fragen beantwortet haben, und wenn er ihn dafür an den Ohren in eine ruhige Ecke würde schleifen müssen. Vor der Zeremonie hatten sie die Lage aller Ein- und Ausgänge überprüft und sich einen Überblick über Fluchtmöglichkeiten verschafft. Dabei hatte Volker das Gebäude bewundert, als wäre er in einem früheren Leben Architekt gewesen. Inzwischen war er in den Folder vertieft, statt nach ihrer Zielperson Ausschau zu halten. »Hier steht ein Zitat des Architekten Axel Schultes: ›Es galt einen Ort herzustellen, der das Vergängliche und das Endgültige ausbalanciert, das Schwere deutlich und Erleichterung möglich macht.‹ Schön formuliert, oder?«

»Extrem schön, echt, ich bin voll krass berührt, so innerlich«, sagte Christian spöttisch. Volker sollte sich gefälligst auf seine Aufgabe konzentrieren. Obwohl es wahrlich keine drei Augenpaare brauchte, um Danylo zu entdecken, falls er auftauchen sollte. Anwesend waren neben dem Personal des Krematoriums nur ein russisch orthodoxer Priester, Maxyms Nachbar und Freund, der türkische Gemüsehändler und die Ehefrau des Toten. Dann setzte die Musik ein. Christian kannte sich mit Klassik nicht aus, aber es klang ganz schön, fand er. Irgendwie mächtig.

»Das ist die *Toccata und Fuge in d-Moll* von Bach«, flüsterte Pete ihm zu.

Christian fragte sich, ob er der einzige Kulturbanause in seiner Truppe war. Klassik interessierte ihn fast so wenig wie Architektur. Das Intellektuellste, was er hörte, war Frank Zappa. Und wenn es um geometrische Formen ging, dann brauchte er kein »form follows function«, ihm reichte »das Runde muss ins Eckige«. Während Christian innerlich noch ein wenig mit seinem Banausentum haderte, stieß ihm Volker in die Rippen.

Danylo war angekommen. Mit einer stocksteifen Umarmung begrüßte er seine Mutter. Der Handschlag, den der Türke bekam, wirkte weitaus herzlicher. Dem Priester begegnete er respektvoll mit einem Handkuss. Dann kam er zu Christian und stellte sich Volker und Pete vor.

»Schön, Sie wieder zu sehen«, sagte Christian. »Unser letztes Treffen geriet überraschend kurz. Wir konnten gar nicht ausführlich reden.«

»Wenn es nach mir geht, halten wir das heute genauso. Mir ist nicht nach Reden, ich bitte dafür um Ihr Verständnis.«

Christian wollte etwas erwidern, doch Danylo hatte sich schon abgewandt. Er ging zum Sarg seines Vaters und ehrte ihn mit einer Schweigeminute.

Dann hielt der Priester seine Trauerrede, in der er den großen Verlust für die Familie und Freunde betonte und auch für die Musikwelt. Bei einem weiteren klassischen Musikstück, dem *Requiem* von Mozart, wie Pete Christian belehrte, wurde der Sarg versenkt und somit den Blicken der Trauergäste entzogen. Schweigend folgte Frau Savchenko den Krematoriumsbetreibern zur Einäscherungsanlage. Sie wollte bei der Einfahrt des Sarges dabei sein. Danylo schüttelte den Kopf, als sie ihn um Begleitung bat, und steuerte den Ausgang an.

Christian, Pete und Volker hefteten sich an seine Fersen. Danylo stand draußen zwischen den Bäumen und rauchte eine Zigarette. Christian bat Pete und Volker, ihn allein mit Danylo reden zu lassen. Sie sollten dabei aber Sichtkontakt halten.

»Mein Vater hat Mozart gehasst«, sagte Danylo, als Christian zu ihm trat. »Eine bescheuerte Idee meiner Mutter, das *Requiem*. Als wollte sie ihn im Grab noch nerven.«

Sie liefen ein paar Meter unter den Bäumen. Pete und Volker hielten sich auf Distanz und taten unbeteiligt.

»Ich möchte Ihnen mein Beileid aussprechen«, begann Christian. »Dennoch bin ich aus anderen Gründen hier, wie Sie sich denken können.«

»Gegen mich liegt nichts vor!«

»Stimmt. Der Mörder Henning Petersens ist identifiziert. Die Hintermänner aber nicht! Und ich bin mir ganz sicher, dass Sie den Grund für Petersens Tod kennen. Und Sie können mir auch sagen, ob das Verschwinden von Alina und Sofia Suworow etwas damit zu tun hat!«

»Das kann ich nicht! Ich habe keine Ahnung! Und außerdem, was interessiert Sie das? Der Fall Petersen ist abgeschlossen, stand in der Zeitung. Und Moldawien ist ja wohl kaum Ihr Einsatzgebiet!«

»Sogar Ihr Vater hat einen Zusammenhang vermutet!«

»Deswegen ist er jetzt tot!« Danylos schönes Gesicht war von Wut und Trauer gezeichnet. »Wir haben uns nie gut verstanden, aber ich hätte gerne eine Chance gehabt, einige unserer Probleme miteinander aufzuarbeiten. Aber jetzt wird er gerade da drinnen verbrannt!«

»Ich weiß. Und ich würde gerne verstehen, wieso das alles passiert. Zuerst verschwinden Sie, dann Alina, dann Sofia. Herr im Himmel, machen Sie endlich den Mund auf!« In seinem zornigen Eifer, in dem Christian jegliche Rücksicht auf Danylos Trauer vergaß, packte er Danylo am Oberarm und schüttelte ihn. »Ist Sofia nicht Ihre beste Freundin? Ist sie nicht wie eine Schwester? Wollen Sie nicht, verdammt noch mal, alles tun, damit sie gefunden wird?«

Christian schien Danylo mit seinem heftigen Appell endlich zu erreichen. Danylos Miene war schmerzverzerrt: »Und ob ich alles tun werde, das können Sie mir glauben, ich ...«

Plötzlich hielt er inne und starrte an Christian vorbei, als würde er einen Geist sehen. Christian wollte sich umwenden, doch der kalte Lauf einer Pistole, die ihm in den Nacken gedrückt wurde, überzeugte ihn, es zu lassen.

»Vadim«, flüsterte Danylo.

Vadim sagte etwas auf Russisch. Danylo nickte und übersetzte für Christian: »Ich soll dem Scheißbullen sagen, dass er seine Kollegen zurück ins Gebäude schicken soll.«

Christian gab Pete und Volker ein Zeichen. Sie schüttelten synchron mit dem Kopf. Erst als Vadim seine Waffe entsicherte, zogen sie sich zurück. Sie waren ohnehin zu weit weg, um einzugreifen.

Danylo übersetzte weiter: »Vadim und ich werden jetzt verschwinden. Zu unserer eigenen Sicherheit kommen Sie noch mit bis zum Auto. Dann können Sie gehen.«

»Sagen Sie dem Idioten Vadim doch bitte mal, dass ich nichts von Ihnen will. Und von ihm schon gar nicht! Ich befrage Sie nicht als Scheißbulle, sondern nur, weil ich Sofia helfen will! Das wollen Sie doch auch, also lassen Sie uns zusammenarbeiten! Fuck, wie kann man nur so blöd sein!« Christian wusste selbst nicht genau, ob er sich oder Vadim und Danylo meinte. Er wusste nur, dass er stinksauer war. Fast hätte er Danylo zum Reden gebracht, er war ganz dicht davor gewesen!

Danylo übersetzte. Vadim lachte. Er schubste Christian vor sich her durch die Grünanlage. Kurz vor der Straße gab er ihm mit der Pistole einen Schlag auf den Hinterkopf, sodass Christian benommen zu Boden stürzte. Er hob seinen schmerzenden Schädel an, sah Danylo und Vadim aber nur noch über eine kleine Mauer hechten. Weg waren sie.

Pete und Volker kamen zu ihm gerannt. Mit Müh und Not rappelte er sich auf.

»Danke für eure Hilfe, wirklich super gelaufen!«, herrschte Christian sie an.

Christians Gemecker ließ Volker völlig kalt, er kannte das zur Genüge. Pete war sofort genervt: »Bist du irre? Was hätten wir denn tun sollen? Den Kerl erschießen?«

»Genau das!« Christian musste Dampf ablassen.

Volker klopfte Christian ein paar Erdkrumen von der Jacke. »Ruhig, Brauner, ganz ruhig ...«

Christian schob Volkers Hand weg. Ruhe und Geduld waren seine allerschwersten Übungen.

Volker kümmerte sich nicht um Christians schlechte Laune. Er sah missbilligend in die Richtung, in die Danylo verschwunden war. »Mich wundert nur, dass der Typ nicht mal die Beerdigung seines Vaters abwartet, bevor er wieder verduftet.«

»Die Beerdigung findet erst in Russland statt. Meine Mutter überführt die Urne«, sagte Danylo, als Vadim sich entschuldigte, ihn so abrupt aus der Trauerfeier gerissen zu haben. Obwohl Danylo sich erklärtermaßen als Weltbürger fühlte, tat es ihm gut, mal wieder in der Sprache seiner Heimat zu reden. Vadim fuhr mit einem Stadtplan auf dem Schoß halsbrecherisch durch Berlin, Richtung Norden.

»Was machst du hier?«, fragte Danylo.

»Ich habe dich gesucht. In Hamburg warst du nicht, also hab ich's über deinen Vater versucht. Nummer und Adresse hat mir Radu gegeben. Der meldet sich nicht, also bin ich hergekommen. Im Gemüseladen unter der Wohnung deines Vaters habe ich erfahren, dass er gestorben und heute die Einäscherung ist. Also hab ich mir gedacht, dann bist du auch da. Dann hat der Bulle dich genervt, also hab ich eingegriffen. War doch okay, oder?«

»Vollkommen egal, der kann mir nichts. Warum hast du mich gesucht?«

»Alina und Sofia sind verschwunden. In Brcko habe ich erfahren, dass Sofia nach Deutschland gebracht worden ist.«

»Wieso in Brcko?« Danylo verstand die Welt nicht mehr.

Vadim warf Danylo einen prüfenden Blick zu. »Du hast keine Ahnung, oder?«

Danylo zuckte mit den Schultern. Vadim klärte ihn auf, was in Moldawien passiert war. Einiges wusste Danylo schon von seinem Telefonat mit Radu und Ileana. Aber die Verwicklung in den Frauenhandel, den Ileana nur furchtsam angedeutet hatte, wurde durch Vadims Insider-Informationen plötzlich zur entsetzlichen Gewissheit. Danylo starrte geradeaus. Er sagte kein Wort mehr. Sein Gesicht war käsig, auch aus seinen Lippen schien jegliches Blut entwichen.

»Ich habe Radu versprochen, dass ich die beiden finde. Dazu brauche ich deine Hilfe. Ich kann kein Deutsch.«

»Wo genau in Deutschland ist Sofia hingebracht worden?«, flüsterte Danylo. Seine Stimme klang dünn.

»Keinen Schimmer. Deswegen kümmern wir uns zuerst um Alina.«

»Wieso hängst du dich da rein? Ich hab gedacht, die Familie hat dich verstoßen.«

»Soweit ich informiert bin, hat die ganze Scheiße irgendwas mit dir zu tun. Sofia wollte mir nichts Genaues sagen. Aber an Sofias Entführung bin ich schuld, sonst keiner. Sie hat mich um Hilfe gebeten wegen Alina. Ich habe Mist gebaut. Und den muss ich wieder gutmachen. Bist du dabei?«

Danylo nickte stumm.

»Sind deine Papiere in Ordnung?«

»Meine schon, wieso? Was ist mit deinen?«

»Kein Problem. Ich reise mit rumänischem Pass, ganz legal. Wir müssen nach Oslo.«

»Oslo? In Norwegen?«

»Geographie sehr gut. Hast du sonst noch was drauf?« Vadim klang bitter. »Ein Kumpel hat für mich recherchiert, was mit Alina passiert ist. Sie wurde nach Moskau gebracht und dort an einen Händler in Oslo verkauft. Oslo ist kleiner als Deutschland. Also sind unsere Chancen, Alina zu finden, erst mal größer, als Sofia irgendwo in Deutschland aufzutreiben.«

»Ich spreche kein Norwegisch«, sagte Danylo. Er fühlte sich wie in einem Albtraum, aus dem er nicht erwachen konnte, so sehr er es auch versuchte.

»Englisch genügt in Oslo«, sagte Vadim. »Ich kann nicht mal Englisch.«

»Aber du weißt, wie man tötet, oder?« Danylo drehte langsam den Kopf zu Vadim und sah ihn an.

Vadim gab keine Antwort und konzentrierte sich auf das Berliner Verkehrsgewühl, durch das er den Wagen rücksichtslos lenkte.

»Du musst es mir beibringen«, sagte Danylo.

**22. April 2010
Hamburg.**

Walter Ramsauer blinzelte verschlafen auf seinen Wecker. Es war kurz nach fünf Uhr, die Morgendämmerung sickerte schon durch die geschlossenen Vorhänge. Er wusste nicht, was ihn geweckt hatte, er war immer noch sehr müde. Benommen drehte er sich zur anderen Seite, um weiterzuschlafen. Da tippte ihm jemand von hinten auf die Schulter. Sein Herz blieb beinahe stehen, dann begann es zu rasen. Walter beschloss, sich die hauchfeine Berührung eingebildet zu haben. Im Halbschlaf, wenn man gerade dabei war, in die Schwärze hinabzusinken, konnte so etwas schon mal passieren. Doch insgeheim wusste er, dass er sich irrte. Jemand war in seinem Schlafzimmer. Er wagte weder zu atmen noch die Augen zu öffnen und sich umzudrehen. Das konnte nicht sein, er musste träumen!

»Herr Ramsauer, bitte wachen Sie auf«, sagte ein warme, freundliche Frauenstimme. Wieder dieses sanfte Tippen auf seiner Schulter.

Walter öffnete die Augen und drehte sich um. Schemenhaft sah er drei Gestalten um sein Bett herumstehen. Zwei große und eine kleine.

»Was, zur Hölle ...«, begann er wie ein Wahnsinniger zu schreien. Weiter kam er nicht. Der Lärm, den er im Begriff war zu veranstalten, wurde mit einem harten Schlag auf seinen Kopf unterbunden. Walter verlor das Bewusstsein.

Als er wieder erwachte, befand er sich in einem kalten Raum, der sich bei genauerer Betrachtung als eine schmutzige, unaufgeräumte Garage herausstellte. Links von ihm befand sich eine altmodische Werkbank, an den Wänden waren Regale voller

Werkzeug und Schraubenkästchen befestigt. Er saß in der Mitte der Garage auf einem unbequemen Metallstuhl, die Hände nach hinten gefesselt, die Füße an die Stuhlbeine gebunden. Er war bis auf die Unterhose ausgezogen. Ihn fror. Er schüttelte heftig den Kopf, um seine Benommenheit loszuwerden. Sein Kopf dröhnte bei der Bewegung. Die kalte Luft ließ ihn jedoch von Minute zu Minute klarer werden.

Sie hatten ihn gefunden. Er musste irgendeinen Fehler gemacht haben. Aber welchen? Walter beschloss, nicht länger darüber nachzudenken. Wichtiger war, wie er aus dieser Situation herauskam. Er war allein in der Garage. Das Werkzeug an den Wänden eignete sich hervorragend, seine Fesseln zu lösen. Doch sein Stuhl stand in der Mitte des Raumes, weit entfernt von allen Hilfsmitteln. In einem Film hatte er einmal gesehen, wie jemand den Stuhl, an den er gefesselt war, mit Gewalt an einer Wand zertrümmerte und sich so befreite. Aber dem Kinohelden waren die Füße nicht gebunden gewesen, so dass er zwar kleine, aber entscheidende Schritte machen konnte.

Walter war kein Held. Er dachte an Henning Petersen, der inzwischen in seinem Grab vermoderte. In diesem Moment verfluchte er ihn, denn der hatte ihn in diese Geschichte hineingezogen. Er verfluchte auch sich selbst und seinen verdammten journalistischen Ehrgeiz, der ihn hier halbnackt, gefesselt und in Todesangst in einer beschissenen Garage sitzen ließ, statt mit seiner Frau in Österreich im warmen Bett zu liegen und mit dem Baby zu spielen.

Sie würden ihn töten. Genauso wie sie Henning getötet hatten. Und nun, da ihm die Situation so real vor Augen stand, begriff Walter plötzlich, dass er auf eine posthume Namensnennung im Spiegel schiss. Andererseits … Vielleicht würden sie ihn gar nicht töten. Henning hatten sie in seiner Wohnung ermordet. Bei ihm hatten sie sich immerhin die Mühe gegeben, ihn zu verschleppen. Walter beruhigte sich ein wenig. Er dachte an die Angst in den Augen seines Gesprächspartners, als er ihm sagte, dass im Falle seines unerwarteten Todes das Material an die Polizei ginge. Dieser Schachzug war seine Lebensversicherung. Vermutlich hatte Henning keinen solchen Trumpf in der Hand gehabt. Bei aller Sympathie: Er war ein unerfahrener Grünschnabel gewesen, der sich zu viel vorgenommen hatte. Er selbst jedoch, Walter Ramsauer, er war ein alter Fuchs. Er würde das überleben! Falls er nicht vorher erfror. Sein nackter Körper schlotterte vor Kälte. Außerdem musste er pinkeln.

Walter versuchte, sich auf eine Strategie zu konzentrieren. Er brauchte dringend eine Strategie. Das Nachdenken würde ihn auch vom Frieren und dem Druck auf der Blase ablenken. Er musste nachdenken. Aber sein Kopf tat entsetzlich weh. Außerdem war er schrecklich müde. Aber die Strategie war wichtig. Sicher würden sie bald kommen und ihn nach dem Material fragen. Sie würden ihn unter Druck setzen, aber er durfte nicht schwach werden. Ohne das Material war er ein toter Mann.

Walter hatte recht. Er musste nicht allzu lange warten, bis sie kamen. Ein Mann und die Frau. Der Mann war äußerst durchtrainiert. Er trug Jeans und ein Langarm-Shirt, das so eng saß, dass sich jeder einzelne Muskel darunter abzeichnete. Der Hals des Mannes war ungefähr so dick wie Walters Oberschenkel. Walter wurde mulmig zumute. Er wandte sich der Frau zu. Sie sah noch sehr jung aus, war klein, zierlich und auffallend hübsch. Ihre langen, braunen Haare trug sie zu einem Zopf geflochten. Perfekt geschminkt sah sie in ihrem stilvollen Outfit aus schwarzer Hose, schwarzen Pumps und knallrotem Rollkragenpullover wie ein Model aus. In ihrer rechten Hand hielt sie eine Art Köfferchen aus blauem Stoff. Sie wirkte wie eine AVON-Beraterin beim Hausbesuch.

»Guten Morgen, Herr Ramsauer«, begann sie mit warmer Stimme und freundlichem Lächeln. »Verzeihen Sie bitte den rüden Schlag auf Ihren Schädel. Ich hätte Sie gerne pfleglicher behandelt, doch Sie mussten ja diesen unangenehmen Lärm veranstalten. Wir wollten doch nicht Ihre Nachbarn wecken.«

Sie nickte dem Mann zu. Der nahm ein Klapptischchen, das an der Wand lehnte, und stellte es direkt vor Walter auf. Dazu rückte er einen Stuhl heran. Die Frau nahm Walter gegenüber Platz und legte ihr Köfferchen neben den Tisch.

»Sie können sich vermutlich denken, warum Sie hier sind«, sagte sie.

»Ich würde es gerne von Ihnen hören«, entgegnete Walter. Er gab sich souverän, wollte ihr zeigen, dass er sich nicht so leicht einschüchtern ließ.

»Aber sehr gerne doch. Sie sind im Besitz gewisser verleumderischer Unterlagen, die mein Kunde gerne ausgehändigt hätte. Originale mitsamt aller möglicherweise existierenden Kopien.«

»Wenn Sie das Material in Händen halten, bin ich tot. Für wie blöd halten Sie mich?«

»Sie missverstehen da etwas, Herr Ramsauer. Wenn wir das Material *nicht* binnen weniger Stunden in Händen halten, sind Sie tot.«

Walter bemühte sich um ein souveränes Grinsen. Es misslang gründlich. »Nur zu Ihrer Information: Ich muss mich regelmäßig um gewisse Vorkehrungen kümmern, sonst gelangt das Material in die Hände der Polizei. Das weiß Ihr Kunde.«

»Was schlagen Sie vor?« Die Frau sprach immer noch sanft und freundlich.

»Dass Sie meine Fesseln lösen und mir meine Kleidung zurückgeben. Es ist verdammt kalt.«

»Und dann geben Sie uns das Material im Tausch?« Im Gegensatz zu Walter gelang der Frau das souveräne Lächeln außerordentlich gut.

»Wohl kaum. Aber ich schlage Ihnen ein Geschäft vor: Ihr Auftraggeber hat zwei, oder sagen wir drei Tage, bevor ich meine Story veröffentliche. Die kann er nutzen, um sich zu stellen oder außer Landes zu flüchten. Mir geht es um die Story, ich bin kein Richter.«

»Inakzeptabel.«

Walter zuckte bemüht gleichmütig mit den Schultern: »Machen Sie einen Gegenvorschlag.«

»Nur zu gerne.« Die Frau nahm ihr Köfferchen, stellte es auf den Tisch und öffnete den Deckel, der Walter die Sicht auf den Inhalt versperrte. »Verzeihen Sie, ich habe mich noch gar nicht vorgestellt. Mein Name ist Nina. In meinem Erstberuf bin ich Kosmetikerin. Mein Schwerpunkt liegt auf Maniküre.«

Sie nahm einige Utensilien aus dem Koffer, schloss ihn wieder und stellte ihn auf den Boden. Walter sah nun, was auf dem Tisch lag: Nagelfeilen und -scheren und sonstiges kosmetisch anmutendes Zeugs, das er nicht richtig einordnen konnte.

Nina nickte ihrem Assistenten zu. Der löste die Fesseln von Walters rechter Hand, nahm die Hand und legte sie trotz Walters ahnungsvoller und heftiger Gegenwehr platt auf den Tisch. Dann zurrte er die Hand an einem der Tischbeine fest.

»Was soll das?«, keuchte Walter.

»Ich mache Ihnen jetzt meinen Gegenvorschlag.« Nina lächelte wie ein Engel. Sie nahm eine der Nagelscheren und bohrte die Spitze tief in das Nagelbett von Walters Daumen. Walter schrie auf. Blut quoll hervor. Der Mann nahm einen alten Öllappen aus einem in der Ecke stehenden Eimer und stopfte ihn Walter in den Mund.

Nina bohrte die Scherenspitze ins Nagelbett von Walters Zeigefinger.

Der zweite Schrei wurde von dem Öllappen erstickt. Walter wollte nach Luft schnappen, doch er bekam nur wenig durch die Nase. Tränen schossen ihm in die Augen. Der Gestank und Geschmack des Lappens verursachten ihm Übelkeit. Auf Ninas Zeichen hin zog ihm der Mann den Lappen aus dem Mund.

»Tief durchatmen«, empfahl Nina im Tonfall einer wohlmeinenden Krankenschwester.

Walter japste nach Luft. Langsam ließ der Schmerz nach.

Nina hatte die Schere beiseitegelegt und sah ihn erwartungsvoll an. »Was halten Sie von meinem Gegenvorschlag?«

In Walters Kopf raste es. Er konnte, er durfte ihnen das Material nicht geben, dann würden sie ihn töten, das war ganz sicher. Er hatte standgehalten, sie würden aufgeben. Wenn sie merkten, dass er ein harter Hund war, würden sie ihn laufen lassen. Sie konnten nicht riskieren, ihn zu töten, sonst würde die Polizei informiert werden. Zumindest dachten sie das.

»Sie müssen mich gehen lassen. Sonst ist Ihr Auftraggeber

dran!« Walter versuchte, sich seine Panik nicht anmerken zu lassen. Auch er selbst wollte sich nicht eingestehen, dass eisige Todesangst von ihm Besitz ergriff und jeden klaren Gedanken in ihm lähmte. Das Zittern, dieses elende Zittern, das war doch nur wegen der Kälte.

Nina nickte dem Mann zu. Der zündete einen Kerzenstummel an, steckte ihn in einen Kerzenständer und stellte ihn auf den Tisch. Nina nahm mit der Pinzette ein dünnes Metallplättchen aus einer Art Pillendose. Es war nicht mal ein Viertel so groß wie eine Briefmarke.

Walter beobachtete sie mit starr fixiertem Blick. Das Zittern wurde schlimmer. Magensäure stieg nach oben. Seine ganze Speiseröhre brannte wie Feuer. Seine Haut hingegen war von einem eiskalten Schweißfilm überzogen.

Nina erhitzte das Plättchen mit ruhiger Hand über der Kerze, bis es rot glühend war.

Walter begann unkontrolliert zu zucken. Es fing in seiner Hand an und ging auf den ganzen Körper über. Er spürte, wie warmer Urin seine Beine hinunterlief.

Der Mann stopfte Walter den Öllappen zurück in den Mund, legte seine schwere Pranke auf Walters Hand und drückte sie platt auf den Tisch, sodass Walter seine Finger keinen Millimeter mehr bewegen konnte. Nina schob das glühende Metallplättchen mit Hilfe der Pinzette zwischen Fingerkuppe und Nagelunterseite von Walters Zeigefinger. Walter schrie schon bei der ersten Berührung auf, doch sie rammte ihm das heiße, scharfkantige Plättchen noch tiefer unter den Nagel. Walter konnte sein verbranntes Fleisch riechen, dann wurde er ohnmächtig.

Als er wieder zu sich kam, hielt Nina ein zweites, noch unblutiges Metallplättchen über die Kerze. Walter begriff. Im wirklichen Leben lief es nicht wie im Film. Helden, die Folter widerstanden, existierten nur in der realitätsfernen Phantasie von Hollywood-Drehbuchautoren. James Bond war kein Mensch, er war eine Idee. Eine Idee spürte den Schmerz nicht wirklich. Er jedoch, Walter Ramsauer, war ein Mensch und würde wie jeder normale Mensch alles verraten und jeden verkaufen, falls Nina ihm noch einmal mit dem Metallplättchen zu nahe kam. Dabei ging es nicht mehr ums Überleben. Auch jetzt war ihm in einer hinteren Windung seines Gehirns noch sehr wohl bewusst, dass sie ihn mit an Sicherheit grenzender Wahrscheinlichkeit töten würden, sobald er ihnen sagte, wo er versteckt hatte, was sie suchten. Aber das war ihm jetzt absolut egal. Das Einzige, was noch existierte, war der schlichte Zusammenhang von Ursache und Wirkung, die Wahl zwischen den Alternativen Metallplättchen oder Materialherausgabe.

So wie man eine übergroße Aufgabe am besten in kleine Einzelschritte einteilt, um sie überschaubar zu halten, so schaltete Walters Gehirn von dem umfassenden Gedanken seiner Überlebensstrategie hin zu dem speziellen Schritt, seinen nächsten Finger vor dem nächsten Metallplättchen zu schützen. Nichts sonst besaß noch irgendeine Bedeutung. Die Angst vor dem Schmerz war größer als alles andere, sie füllte die ganze Welt des Walter Ramsauer aus. Es gab nichts mehr in ihm als den unbedingten Willen, den Schmerz zu vermeiden. Jetzt. Sofort. Für alle Zeiten. Um jeden Preis. Um wirklich *jeden* Preis. Sein angeborener Überlebenswille war zusammengeschmolzen auf die Fläche eines winzigen glühenden Plättchens.

Walter sagte der Frau weinend, was sie wissen wollte.

26. April 2010
Mariazell.

Die Sonne stand schon tief, als Walter Ramsauer mit der Ötscherbär-Bahn aus Sankt Pölten an seinem Heimatbahnhof ankam. Seine Familie wusste nichts von seiner Rückkehr. Er hatte die besorgten Anrufe seiner Mutter ignoriert. Die Tage und Nächte, die seit seiner Begegnung mit Nina, der Maniküre-Spezialistin, vergangen waren, hatte er in seiner abgedunkelten Wohnung verbracht – liegend auf dem Sofa oder sitzend auf seinem Lieblingssessel. Dabei hatte er unaufhörlich die Wände angestiert. Erst wenn sich die Nacht über Hamburg legte, hatte er die Vorhänge geöffnet und das Spiel der Autoscheinwerfer auf den gegenüberliegenden Hauswänden beobachtet. Er hatte sich von Dosensuppen ernährt, wollte die Wohnung nicht verlassen, keinem Menschen begegnen, nicht einmal der Kassiererin im Supermarkt ins Gesicht blicken. Nach vier Tagen war er aus seiner Starre erwacht und hatte beschlossen, nach Österreich zurückzukehren. Zurück zwischen die Berge, deren Wände ihm den Blick auf die Welt verstellten und ihn in ihren Schluchten bargen.

Walter schulterte sein Gepäck und machte sich auf den Weg zur elterlichen Alm. Er wollte die knapp acht Kilometer zu Fuß gehen. Einerseits tat er mit dem stetig aufsteigenden Gewaltmarsch eine Art Buße, andererseits zögerte er die Ankunft noch etwas hinaus. Walter war sich nicht sicher, ob Merle ihm verzeihen würde.

Schon bei den ersten beiden beschwerlichen Kilometern begann er zu schwitzen und spürte den pochenden Schmerz in seinen Fingern. Er hatte die Wunden in Hamburg nicht versorgt. Nur angestarrt. Inzwischen waren sie verkrustet. Er musste mehrere Pausen einlegen, setzte sich dafür auf Bänke am Wegesrand oder auf Findlinge. Die Luft duftete frisch und klar nach Frühling und Alpenveilchen, der Weg war gesäumt von Anemonen, Waldgoldstern und Vogelwicken. Der Anblick der aufs Neue erwachenden Natur machte Walter Mut. Vielleicht würde auch er noch einmal von vorne anfangen können. Ganz anders diesmal. Ganz neu. Bitter lachte Walter über sich selbst. Wie billig das war.

Als er auf der Alm ankam, war die Sonne längst hinter den Bergen verschwunden. Schon von Weitem sah er, dass in der Küche Licht brannte. Sie saßen beim Abendbrot. Er war noch etwa zwanzig Meter vom Haus entfernt, da schlug der Hund an. Sein Vater kam ans Fenster und spähte hinaus. Dann traten alle vor die Tür: seine Mutter, sein Vater und auch Merle mit Artur auf dem Arm. Der Hund schoss auf Walter zu und leckte ihm beide Hände ab. Walter hätte die relative Kühle der Hundezunge an seiner verletzten Hand sicher als angenehm empfunden, wenn er darauf geachtet hätte. Doch er hatte nur Blick für Merle. Sie stand unschlüssig auf der Holzveranda, während Walters Mutter ihren verlorenen Sohn mit Tränen und Beschimpfungen und Lachen und Küssen begrüßte. Sein Vater nickte nur, schlug ihm kurz auf die Schulter und räusperte sich bewegt. Unsicher ging Walter auf Merle zu. Sie zögerte noch immer, doch schließlich kam sie ihm entgegen, legte ihren freien Arm um ihn und küsste ihn. Dann reichte sie ihm glücklich lächelnd das Baby. Artur gluckste vor Vergnügen.

Walter sah seinem Sohn in die Augen und fühlte sich zu Hause.

Beim Abendbrot bestürmte ihn seine Mutter mit Fragen, doch er machte ihr klar, dass er über die Ereignisse der letzten Woche nicht reden wollte. Heute nicht und auch an keinem anderen Tag. Verstummt sahen alle auf seine geschwollenen Finger. Die Mutter erhob sich und brachte ihm Wundsalbe. Doch Walter schüttelte unwirsch den Kopf und ging hinaus. Er setzte sich auf die Veranda und schaute die Berge an.

Er würde hier bleiben. Merle wünschte sich das auch, das wusste er. Sie wollte ihren Sohn in einer weitgehend intakten Natur aufwachsen sehen, wollte, dass er draußen spielen konnte und Hütten im Wald baute und im Winter mit dem Rodelschlitten und später auf Skiern ins Tal brauste. Sie träumte von einer heilen Welt abseits der Großstadt.

Walter wusste, dass es keine heile Welt gab, hier nicht, nirgendwo. Aber auch er wollte hierbleiben. Zwischen den Bergen konnte er sein Versagen begraben.

Walter Ramsauer war ein gebrochener Mann. Aber es war nicht die Folter, die ihn gebrochen hatte. Es war die Scham.

ANDANTE

Zuerst habe ich gedacht, dass ich sterben muss. Sterben erschien mir eine gute Wahl, denn das Krabbelzeugs unter meiner Haut, das ist so ekelhaft, dass damit kein Mensch leben will. Das Problem war, dass ich keine Hilfe hatte. Keiner hat mir geglaubt. Die Parasiten scheinen genau zu merken, wenn ich jemanden nachsehen lasse. Dann stellen sie sich tot. Man nennt das »Vorführeffekt«. Klappt nie. Trotzdem hab ich lange gehofft, dass mir jemand glaubt. Ich bin ja nicht verrückt, im Gegenteil! Aber alle haben mich im Stich gelassen. Deshalb wollte ich mich aufgeben. Wollte meinen Körper wehrlos den Parasiten überlassen. Sollten sie doch meine Hautschüppchen fressen und meine Muskeln und Sehnen und mein Blut und meine Leber und Nieren und von mir aus auch das Herz. Dann hab ich mich erinnert: Ich war ja mal ein ganz normaler Mensch, ohne Parasiten und ohne Befund. Ich habe Hoffnungen und Träume gehabt! Würde ich mir das alles von den Milben und Würmern und Käfern kaputt machen lassen?
Ich konnte mich doch wehren!

Mein erster Gedanke war, dass ich beweisen muss, was mit mir passiert, das ist das Wichtigste. Also habe ich mich darauf konzentriert, meinen Körper noch intensiver zu beobachten. Ich bedauere immer noch, keinen Fotoapparat zu haben, denn ich könnte fantastische Makroaufnahmen von den Parasiten und ihren verschlungenen Wegen unter meiner Haut machen. Aber da ich das nicht dokumentieren kann, muss ich die Biester fangen, damit mir jemand glaubt. Und mir nicht sagt, dass ich verrückt bin.

Mit meinen Fingernägeln bin ich viel zu langsam. Kaum habe ich meine Haut an einer befallenen Stelle aufgekratzt, sind die Viecher schon einen halben Meter weiter durch meinen Körper geglitscht – etwa von der Wade in den Oberschenkel oder vom Bauch in den Hals.

Mit einer Rasierklinge bin ich schneller. Ich kann ihre Bahn inzwischen blitzartig verfolgen, ja sogar voraussahnen. Den einen oder anderen Wurm habe ich mir so erfolgreich

aus dem Körper gezogen. Das hat mich zwar eine Menge Blut gekostet, aber Blut wächst ja nach.
Das Problem ist, dass ich immer nur einzelne Viecher erwische und die Blutverluste dabei immer größer werden. Das schwächt meinen Körper. Und ich hab festgestellt, dass meine Hand zu zittern anfängt beim Jagdschlitzen. Das ist nicht gut. Ich brauche eine ruhige und sichere Hand.

27. Juli 2010
Haßmoor.

Weil oben das Telefon klingelte, hatte er vergessen, den Schlüssel außen abzuziehen! Sie konnte ihr Glück kaum fassen. Seit Wochen schon versteckte sie ein Stück Draht in ihrer Kammer, und erst vorgestern hatte sie beim Putzen ein Zwei-Cent-Stück gefunden, das perfekt in den Schraubenschlitz der Verkleidung der Heizungsanlage passte. Mehrfach hatte sie die Schraube heraus- und wieder hineingedreht. Sie war lang genug, um den Schlüssel aus dem Schlüsselloch herauszudrücken. Falls sie den Schlüssel in die richtige Position bekam. Jetzt musste sie nur noch warten, bis er eingeschlafen war. Es war kurz vor Mitternacht, sicher würde er bald ins Bett gehen. Sie bemühte sich, ihre Anspannung zu unterdrücken und ruhig durchzuatmen. Geduld war jetzt das Schwierigste, aber sie wollte sich nicht durch irgendein Geräusch verraten. Vermutlich hörte er sie oben gar nicht. Dennoch durfte sie keinen Fehler machen und nichts übereilen. Vielleicht würde es Monate dauern, bis sie eine zweite Chance bekam. Sie sah auf die Leuchtziffern ihrer Uhr und zwang sich, eine Stunde still verstreichen zu lassen.

Sie lauschte. Kein Geräusch war von oben zu hören. Sie erhob sich von ihrem Feldbett, tastete sich die zwei Meter zur Heizungsanlage und drehte leise die schon gelockerte Schraube aus der Metallverkleidung. Es war stockdunkel, die Deckenlampe in ihrem Raum wurde von außen betätigt. Dann nahm sie die Schraube und kniete sich vor die Tür. Sie war so nervös, dass ihre Hände zitterten. Langsam führte sie die Schraube in das Schlüsselloch. Schon nach wenigen Millimetern stieß sie auf Widerstand. Der Schlüssel. Sie versuchte zu drücken und zu schubsen, doch der Schlüssel bewegte sich nicht. Fast hätte sie zu weinen begonnen vor Enttäuschung, doch sie riss sich zusammen. Sie konnte nicht erwarten, dass es leicht werden würde. Nichts war leicht gewesen in den letzten Monaten. Sie nahm die Schraube wieder heraus, zog den Draht aus seinem

Versteck unter der Heizungsanlage und verstärkte die Spitze durch eine kleine Biegung. Sie führte den Draht in das Schlüsselloch und versuchte, seitlich vom Schlüssel zu landen, um ihn in eine aufrechte Position zu bringen. Es dauerte über eine halbe Stunde, bis es ihr gelang. Sie schwitzte. Vor Aufregung war ihr übel. Plötzlich spürte sie, dass der Schlüssel sich lockerte und bewegen ließ. Sie drehte ihn. Angespannt versuchte sie es erneut mit der Schraube. Es funktionierte. Millimeter für Millimeter schob sie den Schlüssel nach außen aus dem Schlüsselloch. Als er herunter auf die Fliesen fiel, schepperte es so laut, als würde die Stille explodieren. Sie hielt den Atem an und lauschte wieder. Nichts. Dann legte sie sich flach auf den Boden, bog die Spitze des Drahtes wieder auseinander und formte eine Öse. Sie schob den Draht unter der Tür hindurch. Der Abstand zwischen Tür und Boden war breit genug. Wenn sie in der Heizkammer lag und er noch im Raum davor im Pool schwamm, drang stets ein sehr breiter Streifen Licht in ihre Dunkelheit. Durch diesen Lichtstreifen war sie auf die Idee gekommen.

 Der Draht kratzte über die Fliesen. Einige Sekunden, die ihr endlos schienen, suchte und kratzte sie im Leeren. Dann hörte sie das metallische Geräusch des Schlüssels, den sie endlich mit dem Draht erreicht hatte und nun bewegte. Es dauerte weitere Minuten, bis sie den Schlüssel unter der Tür hindurch in ihre Kammer ziehen konnte. Sie hielt inne und lauschte wieder. Stille. Langsam, ganz langsam führte sie den Schlüssel von innen in das Schloss und drehte ihn um. Sie konnte es kaum fassen, als die Tür aufging. Mit angehaltenem Atem nahm sie ihre Schuhe in die Hände, die sie neben der Tür bereitgestellt hatte, und verließ ihre Kammer. Auf Zehenspitzen schlich sie durch den Poolraum, tastete sich an den Wänden entlang, bis sie zu der Tür kam, die vom Souterrain in den Garten führte. Der Schlüssel hier steckte immer, das hatte sie oft genug gesehen.

 Als sie in den Garten trat, schlug ihr nächtliche Kühle entgegen. Es regnete. Sie hob die Augen zum Firmament und atmete tief durch – wie lange war sie schon nicht mehr draußen unter freiem Himmel gewesen? Barfuss überquerte sie den Rasen. Erst hinter dem Zaun zog sie ihre Schuhe an. Sie sah sich um. Weit und breit war kein anderes Haus zu sehen. Nichts als brachliegende Felder. Es war ihr egal. Irgendwo würden Häuser, würden Menschen sein. Sie musste nur laufen. In irgendeine Richtung. Sie ging in Richtung Mond, der schwach zwischen den Regenwolken hindurchschien. Sie wollte endlich wieder ans Licht.

Nach knapp zwei Kilometern kam sie an einen Waldrand. Inzwischen goss es wie aus Kübeln. Sie überlegte. Wenn sie in den Wald hineinging, fand sie etwas Schutz vor dem Regen. Aber sie konnte sich verlaufen. In einem dunklen Wald war es schwierig, die Richtung zu halten, man konnte stundenlang im Kreis gehen, ohne es zu bemerken. Sie beschloss, am Waldrand entlangzulaufen, und hoffte, dass der Forst nicht allzu groß war. Deutschland war dicht besiedelt, irgendwann musste sie auf ein Dorf oder eine Stadt treffen.

Der Regen kühlte sie immer mehr aus, der Boden wurde matschiger. Das Haar klebte ihr im Gesicht, die Kleidung triefte, die Jeans waren komplett vollgesogen und zogen sie wie kalte Gewichte nach unten. Ihre hochhackigen Pumps waren zu eng und vollkommen ungeeignet für das Gelände, doch sie besaß keine anderen Schuhe. Ihre Fersen waren schon wund. Jeder Schritt schmerzte. Sie setzte sich hin und untersuchte ihre Füße. Beide Fersen bluteten. In diesen Schuhen würde sie nicht weiterkommen. Sie warf sie in den Wald. Der kühle Boden tat ihr bei den ersten Schritten gut, doch nach wenigen Minuten froren ihre Füße. Niemals hätte sie vermutet, dass es Ende Juli in Norddeutschland so unangenehm frisch sein konnte. Ihre schlechte körperliche Verfassung tat ein Übriges. Gestern am späten Nachmittag hatte er ihr den letzten Schuss gesetzt. Morgen würde sie mit heftigen Entzugserscheinungen zu kämpfen haben. Schon jetzt brach ihr andauernd kalter Schweiß aus, und ihr Magen krampfte sich in Wellen zusammen.

Sie kämpfte sich wieder hoch, obwohl sie am liebsten liegengeblieben wäre. Einfach nur schlafen. Inzwischen war der Himmel komplett von dicken Wolken bedeckt. Sie sah die Hand nicht mehr vor den Augen, stolperte durch Gestrüpp, trat auf einen scharfkantigen Stein, der ihr die Fußsohle aufriss. Humpelnd lief sie weiter. Nach einer weiteren Stunde oder zweien hatte sie jegliche Orientierung verloren. Plötzlich wurde das Gelände leicht abschüssig. Auf dem durchweichten Boden geriet sie ins Rutschen. Sie verlor den Halt, schlitterte eine Böschung hinab und landete in einem See. Völlig überrascht schluckte sie jede Menge Wasser, schlug panisch um sich. Mit letzter Kraft zog sie sich an einem Busch aus dem Wasser und kletterte auf allen vieren die Böschung wieder hinauf. Schlammbedeckt und am Ende ihrer Kräfte blieb sie liegen.

Fünf Stunden später, in aller Herrgottsfrühe, schlug Toni, der Tigerdackel eines Spaziergängers, wie wild an. Auf der Jagd nach einem Hasen hatte er ein nur noch halb lebendiges Bündel aus Dreck, Schüttelfrost und Fieber gefunden.

Oslo.

Wie fast immer in den letzten Wochen verschlief Vadim den ganzen Tag. Er hatte sich perfekt an den Lebensrhythmus des Rotlichtmilieus angepasst. Bis morgens gegen fünf Uhr war er mit Danylo durch die Osloer Bars und Nachtclubs gezogen. Danach hatte er eine Tankstelle überfallen und fast dreißigtausend Kronen erbeutet. Sie waren vollkommen pleite gewesen. Danylo hatte eh nur wenig Geld besessen, weil er seine Gagen üblicherweise großzügig mit Freunden verprasste oder aufgestaute Schulden zurückzahlte. Auch Vadims Rücklagen waren schnell aufgebraucht gewesen, und die täglichen Bordellbesuche gestalteten sich außerordentlich kostspielig.

Vadim erwachte gegen sieben Uhr am Abend. Danylos Bett war leer. Aus Kostengründen bewohnten sie inzwischen ein gemeinsames Zimmer in einem schäbigen Hotel am Stadtrand. Vadim seufzte, stand auf, wusch sich und zog sich für das Nachtleben an. Als er seine Geldbörse überprüfte, stellte er fest, dass von den Tankstellen-Kronen ein paar Tausender fehlten. Vadim wusste, wo er Danylo finden würde.

Gegen neun Uhr betrat er die ›Ocean Bar‹ in der Innenstadt. Selbst für einen frühen Dienstagabend war die Bar schlecht besucht. Nur ein vereinzeltes Pärchen drückte sich knutschend in einer der Nischen herum. Wie erwartet saß Danylo am Flügel. Seine Hände lagen bewegungslos auf den Tasten, er stierte ins Nichts. Neben ihm auf einem Beistelltisch standen ein Glas und eine fast vollständig geleerte Flasche Whisky.

Marten, der Wirt der ›Ocean Bar‹, befand sich hinter seinem Tresen und polierte Gläser. Vadim ging zu ihm und bestellte sich ein Wasser. Inzwischen konnte er sogar ein paar Brocken Norwegisch. Er wies mit einer Kopfbewegung auf Danylo und sah Marten fragend an. Marten zuckte nur mit den Schultern.

Als Vadim und Danylo vor langen Wochen zum ersten Mal hiergewesen waren, hatte sich Danylo, hocherfreut über die unerwartete Gelegenheit, an den Flügel gesetzt und spontan ein kleines Konzert gegeben. Obwohl die Klientel der ›Ocean Bar‹ nicht unbedingt das typische Klassik-Publikum darstellte, zeigten sich die Gäste begeistert und Marten großzügig. Danylo schien für die Zeit, in der er spielte, fast glücklich. Seitdem kam er fast jeden Tag hierher, trank mehr oder weniger auf Martens Kosten oder machte einen Deckel und ließ sich volllaufen. Auch jetzt schien er schon nicht mehr von dieser Welt.

Vadim tippte auf seine Armbanduhr. Marten zeigte drei Finger hoch. Danylo trank also seit drei Stunden. Mit dem Glas Wasser in der Hand schlenderte Vadim zu Danylo.

»Hier. Trink das.« Er hielt ihm das Wasser hin.

Danylo blickte ihn mit glasigen Augen an, nahm sein Whiskyglas, trank es in einem Zug leer und goss sich nach.

»Ganz toll, Danylo. Super!« Vadim hatte die Nase längst voll von Danylos Selbstmitleid. Aber er brauchte ihn. »Wir gehen was essen und dann ins ›Babalu‹.«

Das ›Babalu‹ war ein Bordell oberer Klasse, wo man ihnen vor einer Woche gesagt hatte, dass heute eine Lieferung neuer Mädchen ankommen würde. Wenn sie einen Puff besuchten, gingen sie immer nach der gleichen Strategie vor: Danylo übersetzte, dass sie Touristen auf Europareise seien, sein dämlicher Freund aus Moldawien jedoch Heimweh hätte und nun auf der Suche nach einer moldawischen Nutte wäre, die ihm das Heimweh austrieb. Meistens ernteten sie mit dieser Nummer einige Lacher, aber sehr selten eine moldawische Prostituierte. Wenn doch eine da war, konnte Vadim in Ausnahmefällen den Sex abbiegen mit dem Hinweis, sie sei ihm zu hässlich, zu dick, zu dünn oder sonst etwas. Wenn das aber unglaubwürdig war, musste er mit den Frauen schlafen, um kein Misstrauen zu erregen. Alina hatten sie noch nicht gefunden, nicht einmal einen vagen Hinweis auf sie hatten sie bekommen. In einigen Clubs waren Vadim und Danylo schon mehrfach gewesen, und langsam wurde die Heimweh-Scharade unglaubwürdig. Erst vorgestern waren sie unsanft aus einem Bordell hinausbefördert worden, weil der Besitzer in ihnen Bullen, Spitzel oder die Einwanderungsbehörde vermutete.

»Hab keinen Hunger«, erwiderte Danylo. »Und ins ›Babalu‹ kannst du auch ohne mich.«

Mit jedem Bordellbesuch war Danylos Abneigung gegen den ganzen Rotlicht-Betrieb gewachsen, obwohl er sich früher selbst exzessiv in einschlägigen Bars herumgetrieben hatte. Inzwischen empfand er nur noch Ekel, den er mit immer mehr Whisky herunterspülte. Einerseits verachtete Vadim Danylos Empfindsamkeit, anderseits tat er ihm leid. Danylo hatte sich verändert. Von dem fröhlichen Typen, der einem mit seiner überbordenden Lebenslust und dem Wunsch, die ganze Welt zu umarmen, echt auf den Wecker gehen konnte, war nichts mehr übrig. Vor Vadim saß eine gebrochene Seele, die in einem Meer aus Düsternis und Alkohol zu ertrinken drohte. Vielleicht war es wirklich besser, wenn er ohne Danylo ins ›Babalu‹ ging. Danylo hatte recht, dort brauchte er ihn nicht. Im ›Babalu‹ gab es einen russischen Türsteher, mit dem Vadim sich verständigen konnte.

»Okay, ich gehe allein. Ich hole dich später hier ab. Trink zwischendurch mal einen Kaffee.«

»Leck mich am Arsch.«

Als Vadim das ›Ocean‹ verließ, begann Danylo zu spielen. Er spielte die *Mondscheinsonate* von Beethoven, wie Vadim inzwischen wusste. Danylo spielte sie andauernd. Aber immer nur den ersten Satz.

Als Vadim etwa zwei Stunden später frustriert zurückkam, war die Bar fast bis auf den letzten Platz gefüllt. Nur von Danylo keine Spur. Stattdessen kam Marten wild gestikulierend auf ihn zu, sagte ein paar hektische Sätze auf Norwegisch und schubste Vadim Richtung Hinterausgang. Vadim schwante Übles. Er stürmte an den Toiletten vorbei, die Hintertür zum Hof hinaus. Dort beschäftigten sich zwei Glatzen damit, Danylo nach allen Regeln der Kunst zusammenzuschlagen. Danylo wehrte sich nicht einmal. Er lag seitlich auf dem Boden zusammengekauert und steckte Tritte ein. Er stöhnte bei jedem Tritt kurz auf und kicherte dann wie ein Wahnsinniger vor sich hin, obwohl ihm das Blut schon aus Mund und Nase lief.

Vadim zögerte keine Sekunde, zog seine Waffe, hielt sie einer Glatze an die Stirn und rief »Stop!«. Das war auch für Norweger verständlich. Die beiden Schläger hielten inne, hoben beschwichtigend die Hände und sprachen auf ihn ein. Er gab ihnen einen deutlichen Wink, sich zu verpissen. Sie gehorchten und zogen sich wieder in die Bar zurück. Eine Sekunde später kam Marten heraus und blickte entsetzt auf den am Boden liegenden Danylo. Aus seinem Wortschwall konnte Vadim nur das Wort ›Polis‹ verstehen. Das genügte ihm. Er nickte Marten kurz zu, packte Danylo unter den Armen und schleppte ihn mit ruppigem Griff über den Hof in die hintere Seitenstraße. An der nächsten Ecke hatte er das Glück, sofort ein freies Taxi zu bekommen. Als sie abfuhren, kam gerade eine Streifenwagen vorm ›Ocean‹ an.

Zurück im Hotel verarztete Vadim seinen Freund mit wenig Rücksicht. Danylo wimmerte ein wenig, beschwerte sich aber nicht. In den vollen Genuss der Schmerzen würde er erst morgen kommen, das wusste Vadim aus Erfahrung.

»Was ist passiert?«, fragte er Danylo. Im Taxi hatte Danylo nur unverständlich vor sich hin gebrabbelt.

»Die Ärsche haben sich beschwert, als ich zum siebten Mal den ersten Satz der *Mondscheinsonate* gespielt habe. Marten wollte auch, dass ich was anderes spiele. Banausen! Unkultiviertes Wikinger-Gesocks! Da habe ich ihnen gesagt, dass Amundsen ein feiges Muttersöhnchen war und Knut Hamsun ein perverser Hühnerficker. Wetten, die Glatzen wissen nicht mal, wer Knut Hamsun war?«

»Hast dich mal wieder richtig beliebt gemacht, was?« Wider Willen musste Vadim grinsen. Auch er hatte keine Ahnung, wer Knut Hamsun war. Vermutlich *kein* perverser Hühnerficker. »Reißt du deine Fresse eigentlich zwanghaft so auf, oder wirst du gerne verprügelt?«

Danylo, der Vadims Grinsen zuerst erwidert hatte, wurde schlagartig ernst. »Ich ertrage das alles nicht mehr. Ich bin schwer wie Blei innendrin und taub vor Kummer. Ich wollte etwas spüren. Schmerz.«

Vadim verzog angewidert die Miene. Pathos konnte er nicht ab. »Blödsinn! Du hast Schuldgefühle. Wenn dir einer die Visage poliert, geht's dir besser. Typisches Loser-Benehmen. Kenne ich selber vom Schulhof.«

»Kann sein«, murmelte Danylo. Sein Gesicht schwoll von Minute zu Minute mehr an. »Ist aber egal. Ist doch alles egal.«

Kaum war Danylo auf seinem Bett eingeschlafen, klingelte Vadims Handy. Es war Oleg, der ihn aus Chişinău anrief. Vadim hörte aufgeregt zu, stellte einige Zwischenfragen. Dann legte er auf und rüttelte Danylo wach.

»Danylo, wach auf, du Penner! Wir haben Sofia!«

Nur langsam und unwillig kam Danylo zu sich. Bei Sofias Namen riss er jedoch die Augen auf. »Was ist los? Spinnst du?«

»Oleg hat gerade angerufen. Er weiß, wo sie Sofia hingebracht haben!«

Danylo rieb sich die Augen. »Sofia? Der Idiot weiß doch noch nicht mal, wo Alina ist. Oslo! Von wegen! Wenn sie hier wäre, hätten wir sie schon längst gefunden.«

»Diesmal hat er aber zuverlässige Informationen! Er wusste sogar den Namen des Bordells!«

»Du verarschst mich!« Nun war Danylo wach. Hellwach.

Vadim schüttelte den Kopf. »Einer von Olegs Freunden hat Sofia bis zur deutschen Grenze gebracht. Dort wurde sie von zwei Typen übernommen. Die arbeiten für einen Boss in Frankfurt und holen immer die Ware für das erste Haus am Platz. Das ›Justine‹.«

»Frankfurt.« Danylo konnte es immer noch nicht glauben.

Vadim nickte. »Wir schlafen noch ein paar Stunden, dann ab zum Flughafen.«

»Was ist mit Alina?«, frage Danylo unsicher.

»Du hast selbst gesagt, wenn sie hier wäre, hätten wir sie schon gefunden.«

Danylo stimmte zu. Sie würden nach Frankfurt fliegen.

Der Versuch, noch ein wenig zu schlafen, gelang ihnen nicht. Bereits im Morgengrauen schütteten sie einige Tassen dünnen Flughafen-Kaffees in sich hinein. Als sie endlich die Maschine bestiegen, warf die Stewardess einen geschockten Blick auf Danylos blutverkrustetes Gesicht. Er sah aus wie ein Schwerverbrecher.

»Der tut nix. Hoffe ich zumindest«, sagte Vadim auf Russisch zu ihr.

28. Juli 2010
Bad Bramstedt.

Christian fragte sich im Stillen, warum man für ein klassisches Konzert bis nach Bad Bramstedt fahren musste. Schließlich gab es in Hamburg genug Konzerte, auch klassisches Gefiedel. Musste er sich wirklich in Annas winziges Cabriolet zwängen und zig Kilometer aus der Zivilisation herausfahren, um diese Cellistin zu sehen? Anna war überzeugt davon. Sie hatte ihm ein ganz besonderes musikalisches Erlebnis versprochen: Die Cello-Sonaten von Schostakowitsch, gespielt von einer jungen Argentinierin mit deutschen Wurzeln, die unter ihren Vornamen Norma Lucia in den letzten beiden Jahren als hoffnungsvolle Newcomerin auf sich aufmerksam gemacht hatte. Christian bezweifelte, dass seine Gehörgänge für besondere musikalische Erlebnisse jenseits von Rolling Stones, Led Zeppelin oder Zappa geeignet waren, doch er hatte zugestimmt, weil Anna in letzter Zeit von ihm sträflich vernachlässigt wurde. Eine Frau wie Anna sollte man nicht vernachlässigen. Deshalb hatte sich Christian auch in einen Anzug gezwängt. Auf Krawatte legte sie glücklicherweise keinen Wert.

Als sie im Konzertsaal in Bad Bramstedt ankamen, öffnete Christian seinen obersten Hemdknopf. Auch ohne Krawatte hatte er das Gefühl, zu wenig Luft zu bekommen. All die feinen Pinkel, die Pfeffersäcke, diese ganze kulturbeflissene Elite, die sich im Foyer versammelte, verursachte ihm Unwohlsein.

»Stell dich nicht so an.« Anna nahm ihm lächelnd die Hand nach unten, mit der er am Hemdkragen fingerte. »Du siehst hervorragend aus und wirst auch nicht gleich ersticken, wenn du mal nicht dein durchlöchertes Lieblingsshirt trägst.«

Christian nickte schicksalsergeben und steckte die Hände in die Hosentaschen, um mit dem hilflosen Herumfingern aufzuhören. Er folgte Anna zu ihren Plätzen. Sie saßen relativ weit vorne. Anna hatte bedauert, dass die erste Reihe schon ausverkauft gewesen war. Nur zu gerne hätte sie dieser Cellistin direkt vor den Füßen gesessen, um »ihren Strich zu spüren«, wie sie sich ausdrückte. Nach dem üblichen Scharren und Räuspern im Publikum begann das Konzert.

Norma Lucia spielte voller Hingabe. Anna lauschte wie gebannt. Christian nicht. Er hatte der hübschen Blondine in ihrem schwarzen, schulterfreien Kleid einen wohlwollenden Blick geschenkt, doch schon nach den ersten Takten schweiften seine Gedanken ab zu Henning Petersen, dann nach Chişinău, schließlich zu Maxym Savchenkos Einäscherung und der von Volker so gelobten Architektur des Krematoriums. Als Christian sich an Volkers künstlerisches Interesse erinnerte, versuchte er sofort, sich wieder auf das Konzert zu konzentrieren. Anna würde ihn in der Pause fragen, ob es ihm gefallen hätte. Er würde etwas Klügeres sagen wollen als »hoch interessant«. Andererseits würde ihm Anna tiefer schürfende Behauptungen gar nicht abnehmen. Er sah sie von der Seite an. Sie war unglaublich schön. Ihr dunkles Haar war wie meist zu einem unordentlichen Knoten hoch gebunden, das Profil streng klassisch, die Haut perlmuttfarben.

»Ist es sehr schlimm für dich?« Anna hatte sich zu ihm gebeugt und ihm die Frage ins Ohr geflüstert.

»Im Gegenteil! So schön wie ein lauer Sommerabend im ›Guantanamo Bay Resort‹«, gab er leise zur Antwort.

Sie grinste. »We love to entertain you ...«

Deswegen liebte er sie. Genau deswegen.

Als die erste Hälfte des Konzerts vorbei war, gierte Christian nach einem Bier. Zu seiner Überraschung gab es sogar welches. Christian versuchte dankbar, seine Vorurteile zu revidieren. Er hatte angenommen, dass hier nur Wein und Prosecco verköstigt wurden. Er stand inmitten der Konzertbesucher und ließ seinen Blick schweifen. Anna war auf einen Kollegen von der Hamburger Universität gestoßen, mit dem sie sich angeregt unterhielt. Alle um ihn herum unterhielten sich angeregt. Und bestätigten seine Vorurteile wieder, trotz des volksnahen Bieres in seiner Hand. Drei ältere Männer sprachen über die Virtuosität der Cellistin und die Bedeutung von Schostakowitschs *Cellosonate in e-Moll*, eine Gruppe neben ihm diskutierte die kulinarischen Spezialitäten der Toskana, die im Übrigen als Reiseziel schon lange überholt sei, zwei Frauen rechts von ihm mokierten sich über die Kritiker der Elbphilharmonie. Um ihn herum waren nur Menschen, mit denen er sich nicht vorstellen konnte, über einen möglichen Aufstieg von St. Pauli zu reden. Er fühlte sich fehl am Platz und spürte gleichzeitig einen großen Widerwillen gegen diese Kulturschickeria. Christian stammte aus einer Arbeiterfamilie. Zwar war ihm keine Scham über den eigenen Status vermittelt worden, dennoch hatte man ihn in einer Art devotem Respekt den »Bessergestellten« gegenüber erzogen. Was nur dazu führte, dass er als Jugendlicher heftig gegen das

Establishment revoltierte. Auch heute noch warf ihm Anna manchmal lächelnd vor, mit seiner proletarischen Herkunft zu kokettieren.

Als Christian für ein paar Minuten hinaus an die frische Luft gehen wollte, traf er unversehens auf zwei Hamburger Bekannte. George, der Chefredakteur der Hamburger Morgenpost, stand mit Oberstaatsanwalt Wieckenberg ins Gespräch vertieft. Christian lief ihnen geradezu in die Arme. Wieckenberg begrüßte ihn mit einem Scherz über den lohnenswerten »long way to Tipperary« – und meinte damit Bad Bramstedt. Christian bemühte sich gar nicht erst um ein höfliches Lächeln.

Nach weiteren belanglosen Floskeln erzählte George, dass Walter Ramsauer Ende April überraschend gekündigt hatte. George konnte sich das nicht erklären. Mitten im Erziehungsurlaub! Er mutmaßte, dass Ramsauer ein besseres Angebot bekommen hatte. Möglicherweise vom Spiegel oder vom Stern, da hatte Ramsauer seine Zukunft gesehen.

Christian nahm Georges Randbemerkung nur mäßig interessiert auf, denn Anna kam zu ihm und wies ihn flüsternd auf einen Mann an einem der Stehtische hin: »Das dort ist Karl Jensen, der künstlerische Leiter der ›Norddeutschen Musikabende‹. Mit ihm hat sich Sofia Suworow gestritten. Du weißt schon, an dem Abend, als Savchenko das Konzert geschmissen hat.«

Spontan ging Christian zu dem Mann hin und stellte sich vor. Jensen begrüßte ihn zuvorkommend, aber etwas irritiert: »Schön, Sie kennenzulernen, Herr Beyer.«

Christian ging offensiv vor: »Wieso hat Sie Sofia Suworow an dem Abend des Konzerts mit Danylo Savchenko eigentlich gefragt, was Sie ihm angetan hätten? Das ist doch eine recht seltsame Frage, oder?«

Jensen stimmte ihm abweisend zu und wiegelte gleichzeitig ab. Bei dieser Gratwanderung versuchte er, souverän zu wirken, doch seine Nervosität war deutlich sichtbar: »In der Tat, eine sehr seltsame Frage. Es ist mir ein Rätsel, wie Sie zu dieser Behauptung kommen. Ein derartiges Gespräch mit Frau Suworow hat nicht stattgefunden, sonst würde ich mich garantiert erinnern. Wenn Sie mich jetzt bitte entschuldigen würden ... Gesellschaftliche Verpflichtungen, Sie verstehen.« Jensen lächelte und ließ Christian stehen.

»Sehr subtil, deine Befragung«, spottete Anna freundlich.

Christian wusste, dass er ungeschickt vorgegangen war. Statt Antworten zu bekommen, hatte er sein Gegenüber verprellt. Aber er hatte schließlich keine Zeit für einen raffinierten Gesprächsaufbau gehabt. »Überraschungsangriff. Manchmal führt es zum Ziel, wenn man mit der Tür ins Haus fällt«, sagte er mürrisch.

»Aber nicht bei einem rhetorisch geübten Profi.«

Die Pausenglocke rief zur zweiten Konzerthälfte.

Laut Folder standen nun Cellosonaten von Brahms und Beethoven auf dem Programm. Anna und Christian nahmen ihre Plätze ein. Christian schloss die Augen und dachte an die genial gewürzten *Gambas al ajillo* bei ›Odysseus‹. Danach eventuell die in Kräutern gebeizte Lammkeule und dann vielleicht ...

Sein Handy klingelte mitten in Christians fiktives Dessert, realiter in Brahms hinein. Nicht nur Anna sah ihn vorwurfsvoll an. Mit einem schuldbewussten Handgriff unterdrückte Christian den Anruf, nutzte jedoch nur zu gerne die unpassende Gelegenheit, sich aus den Zuhörerreihen im Konzertsaal hinauszuschlängeln. Christian rechnete nicht mit einem wichtigen Anruf. Umso heftiger beschleunigte sich sein Puls, als er die Nachricht abhörte. Ohne Rücksicht auf die empfindsamen Gemüter der Konzertbesucher stiefelte er zurück in den Saal, trat nicht nur metaphorisch einigen Leuten auf die Füße und zerrte Anna von ihrem Sitz.

»Ich hoffe, du hast einen guten Grund für dein Benehmen«, schimpfte Anna, sobald die Tür zum Saal hinter ihr zugefallen war.

»Einen verdammt guten«, erwiderte Christian.

Frankfurt.

Acht Stunden bevor Christian mit Anna im Schlepptau das Konzert in Bad Bramstedt verließ, bezogen Danylo und Vadim ein günstiges Hotelzimmer in Frankfurt. Während des Fluges von Oslo nach Frankfurt hatten sie sich gegenseitig ihre von Oleg frisch geschürten Hoffnungen kleingeredet. Zu schwer wog die Angst vor einer erneuten Enttäuschung. Wenn sie Sofia hier nicht fanden, was sollten sie dann tun? Zurück nach Oslo? Zurück nach Chişinău? Zurück in den Mutterleib, dem ersten und letzten Ort der Unschuld?

Nachdem sie ihr weniges Gepäck im Hotel verstaut hatten, aßen sie in einem nahe gelegenen Steakhaus Vierhundert-Gramm-Rib-Eyes mit Pommes und Salat. Sie brauchten eine Schutzschicht, mit Fett fein marmoriert, um ihre bloß liegenden Nerven. Vor allem Danylo war hungrig, er hatte am Tag zuvor nur ein belegtes Brötchen zum Frühstück zu sich genommen und sich dann ausschließlich von Alkohol ernährt. Das Essen verschaffte ihnen die nötige Entspannung, sodass sie noch ein paar Stunden schlafen konnten, bevor sie ins ›Justine‹ gingen. Es dauerte noch Stunden, bis das Bordell öffnete, und nach Sightseeing in Bankfurt stand ihnen nicht der Sinn.

Gegen elf Uhr abends betraten sie den First-Class-Puff ›Justine‹. Es kostete Vadim einen großen Euroschein und Danylo all seine Überredungskunst und seinen Charme, dass sie trotz ihres wenig exklusiven Aussehens und Danylos bedrohlich wirkender Wunden im Gesicht eingelassen wurden. Die Bar bot jede Menge mit rotem Samt ausgekleideter Separees zur Anbahnung der Kontakte, die dann im oberen Stockwerk intensiviert wurden. Am Tresen saßen einige offensichtlich gut situierte Männer, die Champagner mit leicht bekleideten Damen tranken. Die Musik war angenehm leise, alles hier wirkte dezent, wenn man von der spärlichen Bekleidung der Frauen absah.

Vadim und Danylo wurden von der Chefin begrüßt. »Guten Abend, die Herren, mein Name ist Evelyn.«

Evelyn ordnete sie nach einem kurzen Blick der wenig interessanten Kundschaft zu und hielt ihre Ansprache freundlich, aber knapp. Sie erklärte die Möglichkeiten des Hauses, wies auf einschlägige Themenzimmer und den Wellness-Bereich hin und wünschte einen entspannten Abend.

Vadim und Danylo dankten, setzten sich an den Tresen und sahen sich neugierig um. Sofia war nicht unter den Frauen in der Bar. Dafür kamen sofort zwei andere zu ihnen, eine Asiatin namens Kim und eine Deutsche, die sich Sybille nannte. Sie schmiegten sich offensiv an Vadim und Danylo und bestellten eine Flasche Champagner beim Barmann.

Danylo erklärte den beiden Frauen, dass sein Freund nur russisch und rumänisch sprach. Sie lachten und wiesen Danylo auf die internationale Verständlichkeit ihres Idioms hin: heiße, hemmungslose Liebe.

Vadim hatte Danylo vor dem Bordellbesuch eingeschärft, vorsichtig zu sein. Sie durften keinen Fehler machen, nicht zu offensiv fragen, nicht auffallen. Danylo hatte nur genickt. Vadims Besserwisserei ging ihm auf die Nerven. Schließlich war er, Danylo, derjenige, der sechs Sprachen beherrschte und sich auf internationalen Bühnen bewegte, als sei er eigens dafür geboren worden. Und auch wenn er ausschließlich mit Männern ins Bett stieg, konnte er doch außerordentlich gut mit Frauen umgehen.

Er schüttete den Champagner in sich hinein und bestellte sich einen Brandy dazu. Vadim sah ihn warnend an. Danylo ignorierte den Blick. Wenn er seine Rolle hier einigermaßen gut spielen sollte, musste er erst einmal den Ekel herunterspülen.

Danylo plauderte ein wenig mit den Mädchen und erzählte ihnen, dass Vadim ein rumänischer Rockstar sei und er sein Manager. Kim fragte ihn neugierig, wo die Verletzungen in seinem Gesicht herrührten. Mit verschwörerischer Miene gestand er ihr, schwul zu sein. Vorgestern, bei Vadims Konzert in Stockholm, seien sie von Groupies überrannt worden, und da er sich aus eben erwähnten Gründen den erotischen Angeboten hatte verweigern müssen, hätten ihn die Weiber vor Enttäuschung fast in Stücke gerissen. Die Asiatin und ihre Kollegin lachten unnatürlich laut.

Nur deswegen sagte Vadim nichts, als Danylo sich seinen zweiten Brandy hinter die Binde kippte und eine neue Flasche Champagner bestellte. Es stresste ihn, dass er kein Wort verstand. Er war nur dazu da, das fehlende Geld in Tankstellen zu besorgen und ab und zu aus Alibigründen eine Nutte zu besteigen, damit sie in den Bordellen keinen Ärger bekamen.

Sybille wollte wissen, warum sie ein Bordell besuchten, wenn Danylo schwul war und Vadim jederzeit seine Groupies vögeln konnte.

Danylo setzte eine traurige Miene auf: »Das liegt an unserer Mentalität. Wir sind schrecklich sensibel, und Vadim hat oft Heimweh. Wir sind ständig unterwegs, versteht ihr? Und obwohl Vadim manchmal auch auf Englisch singt ... er rafft diese Sprache nicht. Wenn ich ganz ehrlich zu euch sein darf: Er sieht gut aus, aber der Hellste ist er nicht.«

Die Frauen lachten wieder laut. Vadim bekam das beruhigende Gefühl, dass es ganz gut lief. Auch wenn er durchaus bemerkte, wie einer der Aufpasser sie ständig im Auge behielt.

»Jedenfalls hat mein Kumpel oft Heimweh«, fuhr Danylo fort. »Immer unterwegs in fremden Ländern, da wünscht er sich manchmal in einsamen Nächten, dass ihm eine Frau ganz leise und voller Verlangen ›te iubesc‹ ins Ohr flüstert. Das heißt ›ich liebe dich‹ auf Rumänisch.«

»Auf Koreanisch klingt das auch sehr schön«, warf Kim etwas beleidigt ein.

»Da bin ich ganz sicher«, erwiderte Danylo mit seinem charmantesten Lächeln und schenkte Kim zur Versöhnung ein neues Glas Champagner ein. »Trotzdem. Als wir vor zwei Wochen in Helsinki waren, habe ich Blödmann meinem Kumpel bei einer Wette im Suff versprochen, dass ich ihm ein rumänisches oder moldawisches Mädchen auftreibe, das ihm die ganze Nacht ›te iubesc‹ vorsäuselt. Und? Habe ich schon eine gefunden? Nein!« Danylo trank mit betrübtem Blick seinen dritten Brandy aus.

Sybille war der Meinung, dass ein Dreier mit ihr und Kim im

Whirlpool Vadims Heimweh garantiert vertreiben würde. Danylo gab ihr charmant recht. Dennoch würde er die Wette verlieren.

»Worum geht's denn? Um Geld?«, wollte Kim wissen.

»Ich muss beim nächsten Konzert in Krakau nackt über die Bühne laufen! Könnt ihr euch vorstellen, wie gierig die Groupies danach auf mich sind? Die werden mich in Stücke reißen!« Danylo gab sich ein wenig tuckig. Viele Frauen fanden das niedlich, auch wenn er nicht verstand, warum.

Kim und Sybille lachten wieder. Lachen schien überhaupt ein wichtiger Teil ihrer Arbeitsplatzbeschreibung zu sein, vermutlich die so genannten »Soft Skills«.

Danylo beugte sich vor und flüsterte vertraulich: »Also, jetzt mal im Ernst, ihr Schönen! Wenn ihr mich vor dem Untergang retten wollt ... Gibt es hier nicht eine rumänisch sprechende Braut? Irgendwas aus der Ecke?«

»Und was wird aus uns? Wir wollen doch auch unser Vergnügen!«, wandte Kim ein.

Danylo hätte dem egoistischen Stück am liebsten den Kopf auf den Tresen geschlagen. Er beherrschte sich mühsam. »Ihr kommt nicht zu kurz, weder was das Vergnügen betrifft noch den Verdienst. Wir haben genug Geld, letztlich geht es doch darum, oder?«

Sybille hakte sich bei Vadim ein. »Dann entführen wir deinen Kumpel doch mal nach oben. Wir werden gut für ihn sorgen.«

Vadim fragte Danylo auf Russisch, wie der Stand der Dinge sei. Er hatte keinen Bock, mit Sybille in eines der Themenzimmer zu gehen. Danylo bat ihn, die Klappe zu halten.

»Was hat er denn gesagt?«, fragte Sybille.

»Der Kerl nervt, seid bitte nicht böse. Er hat gefragt, ob ich endlich besorge, was er will.« Danylo sah Sybille und Kim mit einem sanften Dackelblick an. »Gibt es denn hier was Passendes? Irgendeine nette Kollegin von euch ...«

»Hier war eine aus Moldawien. Oder war die Rumänin?« Kim wandte sich an Sybille.

»Du meinst Sofia?«, fragte Sybille zurück.

Vadim und Danylo waren plötzlich wie elektrisiert.

»Keine Ahnung, wo die her war. Was ausm Ostblock, wie die ganzen Schnallen, die uns den Markt kaputt machen«, fuhr Sybille verächtlich fort.

»Die war aus 'ner Stadt namens Kischikau. Oder Tschichnow ...« Kim überlegte.

»Chişinău? Or Kishinev?«, fuhr Vadim atemlos dazwischen. Kim nickte. »Ja, so hieß das!«

Danylo sah an Sybilles Blick, dass sie langsam misstrauisch wurde. Er wandte sich betont unaufgeregt an Kim: »Eine Rumänin wäre besser. Aber so 'ne Moldawierin ist auch okay, die sprechen rumänisch. Wieso *war* die hier? Ist sie jetzt woanders?«

»Sie ist vor vier Tagen plötzlich verschwunden. Ein paar Mädchen sagen, sie wäre in der Nacht abgehauen. Wie, weiß keiner.« In Kims Blick schwang heimliche Sehnsucht mit.

»Weil sie eben nicht abgehauen ist, du Dumpfbacke!«, mischte sich Sybille ein. »Die haben sie entsorgt!«

Vadim hielt es nicht mehr aus und drängte Danylo, ihm zu übersetzen. Der hielt den Zeitpunkt für denkbar ungeeignet und ignorierte Vadims Zwischenfragen.

»Was meinst du mit ›entsorgt‹?«

Sybille verzog verächtlich ihre Miene: »Die war total neben der Spur, die Alte. Auf Droge und voll im Arsch. So was können wir hier nicht gebrauchen. Hier arbeiten nur First-Class-Frauen!«

»Wie du, du Schlampe?« Danylo verlor nun auch die Nerven.

»Genau.« Sybilles Ton wurde scharf. »Sofia war ein kaputtes Drecksstück. Nicht mehr zu gebrauchen. Deshalb hat man sie entsorgt. Müll gehört auf die Müllkippe, hat Evelyn gesagt. Und das ist in Frankfurt der Main. Da ist sie gelandet!«

Ohne zu überlegen hob Danylo die Hand und schlug Sybille ins Gesicht. »Du bist nicht mal so viel wert wie der Dreck unter Sofias Fingernägeln«, schrie er.

Vadim sah, wie zwei der Aufpasser herbeigestürmt kamen. Er hatte keine Chance, die Waffe zu ziehen. Blitzschnell drehten die Leibwächter ihnen die Arme auf den Rücken. Innerhalb weniger Sekunden fanden sich Vadim und Danylo auf der Straße wieder.

»Toll!«, fuhr Vadim Danylo an. »Ganz toll! Kannst du mir gefälligst mal sagen, was da drin abgelaufen ist? Und wo ist Sofia?«

Danylo fing an zu schreien, er schrie die übelsten russischen Flüche, trat gegen Hausmauern ... Als Vadim ihn beruhigen wollte und seine Hand auf Danylos Schulter legte, schlug Danylo auch nach ihm.

»Scheiße, bist du jetzt komplett verrückt geworden?«, fuhr Vadim ihn an. Als er in Danylos glühende Augen sah, fürchtete er, recht zu haben. Danylo wirkte völlig unberechenbar. Erschrocken ließ Vadim von ihm ab.

Es dauerte mehrere Minuten, bis Danylo endlich zu toben aufhörte. Ganz plötzlich verstummte er und blickte wie versteinert auf das ›Justine‹.

Vadim wagte erst jetzt, ihn wieder anzufassen. Mit sanfter Gewalt zog er ihn fort. Auf der gegenüberliegenden Straßenseite, nur etwa zweihundert Meter entfernt, befand sich eine heruntergekommene Kneipe.

Danylo ließ sich wie ein Schlafwandler von Vadim zu einem der Tische führen und auf einen Stuhl setzen. Den Brandy, den Vadim ihm vom Tresen holte, trank er in einem Zug leer. Erst dann begann er Vadim zu erzählen, was er im ›Justine‹ erfahren hatte. Als er geendet hatte, fügte er noch einen Satz hinzu: »Ich werde sie alle töten.« Dann verfiel er in dumpfes Schweigen.

Rendsburg.

Christian und Anna wurden auf der Intensivstation von Hauptkommissar Kai Thamm empfangen. »Leider ist sie schon wieder ohne Bewusstsein«, sagte er nach der knappen Begrüßung.

»Sie ist nur kurz zu sich gekommen und hat der Krankenschwester in gebrochenem Deutsch zwei Mal den Satz gesagt: ›Mein Name ist Alina Soworow. Ich will mit meiner Schwester Sofia in Bremen telefonieren.‹ Die Krankenschwester hat uns sofort Bescheid gegeben, da wir die Frau noch nicht identifiziert hatten. Als wir die Vermisstenlisten durchgegangen sind, haben wir Ihre Meldung bei der SIS gefunden.«

»Danke, dass ihr mich gleich angerufen habt«, erwiderte Christian.

»Ja, danke. Auch wenn Sie mitten in eine Brahms-Sonate hineingebimmelt haben«, sagte Anna lächelnd. Schon als Christian sie vor dem Konzertsaal über Thamms Anruf informiert hatte, war ihr Ärger über die Störung verflogen und Brahms völlig egal.

»Was ist mit Alina? Wie und wo wurde sie gefunden?« Christian konnte seine Neugier kaum zügeln.

»Gehen wir doch in den Aufenthaltsraum.« Thamm wies ihnen den Weg und schenkte von dem dort bereitstehenden Pfefferminztee ein.

»Sie wurde heute Morgen gegen sechs Uhr von einem Frühaufsteher mit Hund etwa zehn Kilometer westlich von hier am Ufer eines kleinen Sees gefunden. Bewusstlos, völlig entkräftet, mit hohem Fieber. Der Arzt sagt, sie hat sich eine schwere Rippenfellentzündung geholt. Ein Knöchel ist verstaucht. Außerdem ist sie vermutlich drogenabhängig. Ihre Arme sind voller Einstiche.«

»Aber es besteht keine Lebensgefahr, oder?« Die Vorstellung, Alina Suworow endlich gefunden zu haben und dann wieder zu verlieren, war unerträglich.

»Der Arzt meint, sie schafft es. Die haben sie mit Antibiotika vollgepumpt, jetzt braucht sie einfach nur Ruhe.«

»Ich muss mit ihr reden«, sagte Christian.

»Vielleicht erlaubt es der Arzt, wenn sie wieder bei Bewusstsein ist. Aber wer weiß, wie lange das dauert. Darf ich fragen, wieso sich die Soko Bund für das Mädchen interessiert?«

»Komplizierte Geschichte«, wiegelte Christian ab. »Eigentlich suchen wir Sofia, ihre Schwester. Sie ist möglicherweise Zeugin in einem Mordfall.«

Thamm nickte. »Ich habe bei dem SIS-Eintrag gesehen, dass zwei Suworow-Frauen als vermisst gemeldet sind. Hängt deren Verschwinden mit eurem Mordfall zusammen?«

»Genau das wüsste ich auch gerne. Deshalb muss ich so schnell wie möglich mit Alina reden.«

Thamm bot an, den Arzt zu holen, und der empfahl Christian dringend, nach Hause zu fahren. Im Moment war Alina nicht ansprechbar. Er würde anrufen, falls sie morgen bei Bewusstsein und vernehmungsfähig sein würde.

Anna, die Christians brennende Ungeduld kannte und in diesem Falle auch sehr gut nachvollziehen konnte, schlug vor, über Nacht in einem Hotel in Rendsburg zu bleiben. Falls Alina zu sich kommen würde, hätten sie keine so lange Anfahrt wie von Hamburg aus, was das Risiko einer erneuten Ohnmacht vor ihrer Ankunft verringerte.

Thamm brachte sie zu einer kleinen Pension in der Nähe des Krankenhauses. Es war inzwischen fast Mitternacht, dennoch wärmte die Wirtin ihnen eine Hühnersuppe auf. Nach dem Essen ging Anna aufs Zimmer. Christian wollte in Ruhe sein Bier austrinken und blieb in dem kleinen Speisesaal sitzen. Als er nach einer Stunde immer noch nicht auf dem Zimmer war, zog Anna irritiert wieder ihre Kleider an, um nach Christian zu sehen.

Der saß in Gedanken versunken noch immer am Tisch. Neben ihm lag eine zerfledderte Spielesammlung auf dem Stuhl, die er offensichtlich aus einem Regal gezogen hatte. Vor sich hatte er einige Dominosteine aufgebaut. Anna setzte sich zu ihm und trank einen Schluck von seinem Bier.

»Hast du Alinas Eltern schon angerufen?«, fragte sie.

Christian verneinte. »Ich warte lieber, bis ich mit ihr gesprochen habe. Wenn es gar nicht Alina ist, sondern nur eine, die sich für sie ausgibt ... Ileana Suworow würde das nicht überleben.«

Annas Blick fiel auf die Dominosteine. »Willst du spielen?

Ich kann auch nicht schlafen.« Anna griff nach der Spielesammlung und wollte die restlichen Steine herauskramen, doch Christian schüttelte den Kopf.

»Das ist kein Spiel, das ist ein Versuchsaufbau.«

Er hatte sechs Steine vor sich aufgestellt: »Darf ich vorstellen? Das hier ist Andres Puri, der beauftragt – zumindest vermute ich das – den hier, Antoschka Mnatsakanov, der tötet den hier, Henning Petersen, der liebt den hier, Danylo Savchenko, der gehört irgendwie zu der hier, Sofia Suworow, der Schwester von diesem Steinchen: Alina.«

»Okay.« Anna stieg auf Christians Spezial-Domino ein. »Was haben wir für Themen? Puri. Ein Krimineller. Petersen. Journalist. Petersen bekommt irgendwas über Puris Geschäfte raus. Also lässt Puri Petersen beseitigen. Danylo weiß etwas. Vielleicht hat Petersen ihm erzählt, was er herausgefunden hat. Oder Danylo hat den Mörder gesehen. Jedenfalls bekommt er Angst und setzt sich ab. Puri erfährt, dass Danylo Bescheid weiß. Da er Danylo nicht finden kann, lässt er Sofia zusammenschlagen in der Hoffnung, dass sie ihm sagen wird, wo Danylo steckt.«

»Aber da sie nichts sagt und vermutlich auch nichts weiß, greifen sie Alina ab. Um Sofia weiter unter Druck zu setzen. Wenn das stimmt, reichen Puris Kontakte noch viel weiter, als wir vermuten.«

»Dein Kollege Jost von der Organisierten Kriminalität hat doch gesagt, dass die inzwischen alle vernetzt sind.«

»Stimmt. Tausend mal besser als die Polizei. Andere Frage: Wie kann ein kleiner Journalist etwas über Puri herausfinden, was die Polizei nicht weiß? Die OK-Abteilung hat Puri seit Jahren auf dem Kieker.«

Anna zuckte mit den Schultern. »Zufall? Oder ein Informant?«

Christian nahm einen neuen Stein aus der Schachtel und stellte ihn links von Alina.

»Und wer ist das?«, fragte Anna.

»Karl Jensen.«

»Der künstlerische Leiter der ›Norddeutschen Musikabende‹? Was hat der denn damit zu tun?«

»Keine Ahnung. Ich weiß nur, dass er nervös wurde, als ich ihn nach Sofia und Danylo gefragt habe.«

»Das war für ihn ein hochnotpeinliches Konzert im April! Daran wird er sicher nicht gerne erinnert.«

»Mag sein.« Christian legte den letzten Stein wieder in die Schachtel zurück. Dann tippte er mit dem Finger auf den Stein ganz rechts, auf den Puri-Stein. Der tickte den Stein links von ihm an. Einer nach dem anderen fiel um, bis alle lagen.

»Vielleicht hat aber auch jemand Puri angeschubst und damit diese Kette der Ereignisse in Gang gesetzt«, sagte Christian nachdenklich. »Wenn ja, wüsste ich zu gerne, wer. Und warum.«

29. Juli 2010
Rendsburg.

Am nächsten Morgen, während Anna und Christian frühstückten, rief der Arzt aus dem Krankenhaus an. Alina war aufgewacht. Ihr Fieber war gesunken, das Schlimmste schien überstanden. Allerdings hatte sie mit erheblichen Entzugserscheinungen zu kämpfen, die der Arzt durch Methadon linderte.

Christian und Anna ließen ihr Frühstück stehen, zahlten das Zimmer und machten sich auf den Weg. Sie kamen gleichzeitig mit Thamm auf der Intensivstation an. Anna schlug vor, auf dem Flur zu warten, damit Alina nicht durch zu viele fremde Menschen verunsichert wurde.

Christian und Thamm betraten das Zimmer. Christian war überrascht, wie sehr Alina ihrer großen Schwester ähnelte. Das gleiche ebenmäßige Gesicht, feine Züge, nur wirkte sie noch zierlicher, ihre Augen noch trauriger, größer und glänzender, aber Letzteres konnte auch am Fieber liegen. Christian war sicher, dass er Alina Suworow vor sich hatte.

Thamm stellte sich und Christian mit ruhiger, sanfter Stimme vor. Alina gab ihnen schwach die Hand und sagte mit einem starken Akzent etwas roboterhaft oder wie auswendig gelernt: »Mein Name ist Alina Suworow. Ich bin von Moldau. Ich will telefonieren. Mit meine Schwester in Bremen und meine Eltern zu Hause.«

»Wir wollen Ihnen nur noch ein paar Fragen stellen«, erwiderte Thamm. »Sagen Sie uns bitte, was passiert ist.«

Alina drehte den Kopf weg und starrte die Wand an. »Ich will nicht reden.«

»Aber es ist wichtig. Hier, mein Kollege aus Hamburg ...«

Christian unterbrach Thamm. Er wollte nicht, dass Alina zu früh erfuhr, dass auch ihre Schwester verschwunden war. »Sie können Radu und Ileana gleich anrufen«, sagte er.

Alina wandte den Kopf wieder zu ihnen und sah Christian verwundert an. Ihre Augen waren wirklich erstaunlich schön. »Sie wissen Name von Papa und Mama?«

»Ich war bei ihnen. Ich kenne auch Sofia. Und Vadim. Alle suchen Sie. Deswegen muss ich wissen, was passiert ist.«

Alinas Blick verdunkelte sich. »Schlimm passiert. Sehr schlimm. Mein Deutsch nicht gut.«

»Wir können einen Dolmetscher auftreiben.«

»Mein Englisch sehr gut. Aber ich will nicht reden.« Tränen füllten ihre Augen.

Christian ahnte, warum Alina nicht reden wollte. »Hören Sie, meine Freundin ist draußen. Sie ist Psychologin und sehr nett. Würden Sie mit ihr reden?«

Alina überlegte. »Weiß nicht.«

Christian bat Thamm mit hinaus und sprach mit Anna: »Sie ist bestimmt traumatisiert, wer weiß, was sie alles erlebt hat. Vermutlich eine Menge, über das sie mit Männern nicht sprechen wird. Noch was: Erzähl ihr bitte nur von Sofias Verschwinden, wenn es sich nicht vermeiden lässt.«

»Wie, bitteschön, soll ich das denn machen?«

Anna ging hinein. Der Anblick des zerbrechlich wirkenden Mädchens rührte sie sofort.

Anna setzte sich ans Bett und lächelte Alina an. »Hallo, Alina. Ich bin Anna. Wenn Sie wollen, können wir englisch reden.«

»Kennen Sie auch meine Eltern und meine Schwester?«, fragte Alina in makellosem Englisch.

»Ihre Eltern leider nicht. Aber Christian hat mir viel von ihnen erzählt. Sie machen sich große Sorgen um Sie. Ihre Schwester Sofia habe ich schon zwei Mal auf der Bühne gesehen. Sie ist eine wundervolle Künstlerin.«

Alina nickte stolz: »Bitte, lassen Sie mich bei ihr anrufen. Sie soll kommen und mich abholen. Der Arzt hat gesagt, dass ich in Norddeutschland bin. Irgendwo zwischen Hamburg und Kiel. Da ist Bremen doch nicht weit weg, und Sofia kann ganz schnell hier sein.«

Anna war klar, dass Alina nicht locker lassen würde. Also erzählte sie ihr, dass Sofia nach Moldawien geflogen war, um sie zu suchen. Dass ihr Cousin Vadim Sofia dabei helfen wollte. Dass es schiefgegangen und Sofia nun auch verschwunden war.

Alina hörte mit ungläubiger Miene zu, dann begann sie zu zittern und zu weinen. Anna nahm sie in ihre Arme und hielt sie fest. »Deswegen muss die Polizei möglichst genau wissen, was Ihnen passiert ist. Damit Sofia gefunden werden kann.«

»Oh, mein Gott, wenn ihr genau das Gleiche wie mir ...« Alinas Stimme versagte. Sie wurde von Schluchzern geschüttelt.

Anna wartete, bis sie sich wieder beruhigt hatte.

Alina setzte sich auf, so weit das mit ihrer Infusion in der Armbeuge möglich war, und atmete tief durch. »Ich werde Ihnen alles erzählen. Und dann finden Sie Sofia, versprechen Sie mir das!«

»Es wird alles Menschenmögliche getan werden, das verspreche ich.«

Alina begann zu erzählen.

Nach etwa einer Stunde wurde Christian unruhig. Außerdem hatte er keine Lust mehr, mit Thamm bei dünnem Tee in diesem Aufenthaltsraum zwischen Krebsvorsorgeplakaten zu sitzen und über Politik im Allgemeinen und die Schwierigkeiten der Polizeiarbeit im Besonderen zu plänkeln. Gerade, als er aufstand, um nach Anna und Alina zu sehen, kam Anna herein.

»Alina will Tee.«

»Seid ihr immer noch nicht fertig?«, fragte Christian.

»Gib uns noch 'ne Stunde.« Anna sah mitgenommen aus. Sie nahm eine Kanne Tee aus dem Regal, zwei Tassen und verschwand wieder.

Es dauerte über anderthalb Stunden, bis sie wiederkam. Sie fand Christian auf einer Bank vor dem Krankenhaus.

»Wieso sitzt du hier im Regen?« Es nieselte nur leicht, dennoch fand Anna es befremdlich, dass Christian im Freien saß.

»Thamm labert ja schon genug. Aber dann sind Patienten in den Aufenthaltsraum gekommen, die waren noch redseliger als er. Zwei alte Männer. Der eine hat alles über Prostatakrebs erzählt, der andere über künstliche Darmausgänge. Ich hasse Krankenhäuser! Egal. Wie geht es Alina?«

Erschöpft setzte sich Anna neben ihn. Sofort spürte sie die Nässe durch ihre Jeans. »Eigentlich wollte sie noch ihre Eltern anrufen. Aber während sie mir alles erzählt hat ... Ihr Kreislauf ist fast kollabiert. Der Arzt hat ihr eine Beruhigungsspritze geben müssen. Jetzt schläft sie. Gehen wir rein zu Thamm? Dann muss ich nicht alles zwei Mal erzählen.«

Sie erhoben sich. Christian legte seine Lederjacke um Annas Schultern, damit sie auf dem Weg zurück nicht noch nasser wurde als sie wegen ihm schon war.

Im Aufenthaltsraum hörte sich Thamm immer noch den Vortrag über Prostatakrebs an. Sichtlich erschöpft schlug er vor, aufs Revier zu fahren. Dort waren sie ungestört. Alina schlief sowieso tief und fest, hier konnten sie nichts tun.

Auf dem Revier angekommen, stellte Thamm die Gäste aus Hamburg seinen Leuten vor. Die meisten kannten Christian und die Erfolge seiner Soko vom Hörensagen. Sicher waren einige der Kollegen irritiert über seine Anwesenheit, aber keiner stellte neugierige Fragen.

Nachdem frischer Kaffee ausgeschenkt war, gingen Thamm, sein Kollege Lemke, Christian und Anna in Thamms Büro. Anna erzählte, was mit Alina geschehen war. Sie setzte an, zu Thamm gewandt: »Alina ist bereit, eine offizielle Aussage zu machen. Betrachten Sie bitte das, was ich Ihnen jetzt erzähle, als erste, aber inoffizielle Information.«

Thamm nickte und schaltete das Aufnahmegerät wieder aus.

»Danke. Also: Man hat sie in Moldawien in dieser Bar gekidnappt ...«

»Dem ›Black Elephant‹«, ergänzte Christian.

»Sag mal, willst du nicht ihre Eltern benachrichtigen?«, fragte Anna ihn, ihren eben begonnenen Bericht unterbrechend.

»Ich denke, dass Alina das lieber selbst tun möchte.«

»Die schläft mindestens acht bis zehn Stunden. Ich finde, jede Minute, die ihre Eltern unnötig Angst um sie haben, ist Folter.«

»Sobald ich jemanden gefunden habe, der rumänisch oder russisch spricht, rufen wir an, okay?«

Lemke schaltete sich ein: »An der Tanke unten an der Kreuzung, der Typ hinter der Kasse, der ist Russe. Er heißt Leonid. Wie Breschnew. Soll ich ihn holen?«

Thamm sah Anna und Christian fragend an. Christian nickte: »Wenn wir hier fertig sind.«

Anna war zufrieden und setzte ihren Bericht fort: »In dieser Bar hat Alina auf dem Weg zurück von der Toilette einen Schlag auf den Kopf bekommen und das Bewusstsein verloren. Ich erzähle jetzt die Kurzversion. Aufgewacht ist sie in einem Auto. Da waren zwei Typen und noch ein anderes Mädchen. Das andere Mädchen stand so unter Drogen, dass sie nicht ansprechbar war. Sie wurden über mehrere Zwischenstationen, die sie nicht genau verorten kann, nach Moskau gebracht. Auf jeder Station kamen neue Frauen und Mädchen dazu. Sie wurden alle mehrfach vergewaltigt und unter Drogen gesetzt, die Details erspare ich euch. In Moskau – Alina hat keine Ahnung, wo genau – wurde sie in eine Art Saal gebracht und verkauft. Es waren ungefähr vierzig Frauen da. Die meisten Männer haben russisch gesprochen, einige rumänisch oder irgendeine baltische Sprache.«

»Eins von diesen Sammellagern, die Jost erwähnt hat«, merkte Christian an. Thamm wirkte irritiert über Christians Wissensvorsprung, unterbrach aber nicht.

»Scheint so. Untereinander haben sie sich auf Russisch unterhalten, deshalb hat Alina einiges verstanden. Zuerst hieß es, dass sie nach Norwegen gebracht werden soll, doch das stellte sich schnell als Missverständnis heraus. Alina hat am Rande mitgekriegt, dass sie für einen Mann reserviert war, den sie den ›Baltenboss‹ genannt haben. Er war zwar nicht selbst da, aber es wurde mehrfach von ihm gesprochen.«

»Andres Puri. Dachte ich's mir doch.«

»Du weißt ja schon einiges über die Zusammenhänge«, stellte Thamm fest. Er fühlte sich ein wenig außen vor, obwohl Alina Suworows Fall doch in seine Zuständigkeit fiel.

Christian nickte: »Ich erkläre dir nachher alles.« Er sah Anna auffordernd an.

Sie fuhr fort: »Mit zwei anderen Frauen ist sie dann nach Deutschland gebracht worden, und zwar nach Hamburg. Kannst du dir das vorstellen? Du lässt sie in ganz Europa suchen, und sie ist in Hamburg! Zumindest für ein paar Wochen.«

»Wo genau war sie und wie lange? Kann sie uns Namen sagen, Orte, Kontakte?«

»Langsam. Alina ist zwar eine intelligente junge Frau, aber sie hatte zwei, drei andere Probleme, die sie davon abhielten, akribische Polizeiarbeit zu betreiben.« Anna schwieg kurz, es war ihr deutlich anzumerken, wie sehr sie die ganze Sache erschütterte. »Ihr könnt euch nicht vorstellen, was die mit den Frauen machen. Einreiten nennen sie das. Es ist ekelhaft. Als ich Alinas Geschichte gehört habe, sind mir wieder die Thesen und Forderungen der Emanzen aus den Siebzigern in Erinnerung gekommen: Jeder Mann ist ein potenzieller Vergewaltiger, also Schwanz ab!«

»Glücklicherweise hat sich diese radikale Haltung nicht durchgesetzt.« Christian schlug wie beiläufig die Beine übereinander. »Was war mit Puri? Was weiß Alina über ihn?«

»Sie hat ihn nur einmal getroffen. Er hat sie ... ausprobiert. Das muss direkt nach seiner vorzeitigen Haftentlassung gewesen sein, Mitte oder Ende April.«

»Er ist am 17. April rausgekommen«, erinnerte sich Christian mürrisch.

»Das passt. Alinas Zeitgefühl ist ziemlich verschoben. Durch die Drogen und das ständige Eingesperrtsein, oft in fensterlosen Räumen, in denen sie Tag und Nacht nicht mehr unterscheiden konnte.«

»Was ist dann passiert?«

»Puri hat sie verschenkt. An einen Privatmann, offensichtlich ein Geschäftspartner von Puri. Er hat Alina gegenüber damit geprahlt, dass sie sein Geschenk wäre und somit ganz ihm gehöre – als seine Sex-Sklavin. Sie weiß nur den Vornamen. Heiko. Irgendwas zwischen fünfzig und sechzig Jahre alt. Sie wurde vollkommen bedrogt zu ihm nach Hause gebracht. Dort war sie seit Ende April eingesperrt. In einem fensterlosen Souterrainraum, wo die Heizungs- und Poolanlage untergebracht war. Dieser Heiko hat ihr morgens und abends zu essen gebracht, ihr Heroin gespritzt und sie vergewaltigt. Vorgestern hat er den Schlüssel außen an der Tür stecken lassen. Sie hat ihn mit einer Schraube aus dem Schloss gedrückt und mit einem Draht unter der Tür durchgezogen. Den Rest kennt ihr.«

»Kann sie das Haus beschreiben? Irgendwas, das uns hilft, dieses Schwein zu finden!« Christian wirkte erbittert.

»Sie war leider nie oben im Haus. Aber der Poolraum hat Fenster. Alina sagt, der Garten hinter dem Haus müsste nach Süden liegen, sofern sie das am Lauf der Sonne richtig erkennen konnte. Außerdem stehen dort ein recht großes Garten- oder Gerätehaus und eine Art sechseckiger, weißer Pavillon neben einem kleinen Teich. Das Haus liegt sehr einsam. Als sie weggelaufen ist, hat sie sich im Mondlicht umgesehen, aber kein Nachbarhaus entdeckt.«

»Den kriegen wir, da könnt ihr Gift drauf nehmen!« Thamm war ebenso aufgebracht wie Christian. »Wir werden sofort alle Heikos in zwanzig Kilometern Umgebung von Alinas Fundort am See herausfischen und die in Frage kommenden überprüfen.«

»Ich schätze, zehn Kilometer reichen«, warf Anna ein. »Der Regen, der Schlamm, die erste Strecke in Stöckelschuhen ... Alina meinte, sie wäre nur extrem langsam vorwärtsgekommen.«

Kurze Zeit später hatten Thamms Leute eine Liste mit den Personendaten von siebzehn Heikos allein in Rendsburg und noch einmal einundzwanzig aus der Umgebung zusammengestellt. Dreißig fielen gleich aus dem Raster, nur acht davon waren annähernd in dem Alter, das Alina angegeben hatte. Davon hatten fünf Familie, nur drei waren alleinstehend.

»Die drei werden wir jetzt mal besuchen«, sagte Thamm entschieden.

»Vielleicht ist das nicht nötig«, warf Christian ein. Er tigerte seit einer halben Stunde untätig durchs Revier und trank Unmengen von Kaffee, um die Wartezeit zu verkürzen. »Kann ich mal an einen Computer?«

Thamm räumte irritiert seinen Schreibtisch.

Christian setzte sich: »Die Adressen von den drei Typen bitte.«

Thamm legte sie ihm vor. Christian rief Google Maps auf und gab die erste Adresse ein. Dann stellte er von Karte auf Satellitenfotos um und zoomte an die Adresse. »Was hat Alina gesagt? Ein freistehendes Haus mit Südgrundstück, in dem ein Teich und ein sechseckiger Pavillon sind. Dieser Heiko hier wohnt in einem Reihenhaus.«

Christian gab die nächste Adresse ein. »Fällt auch flach. Ein Gebäude mit zig Wohnungen.«

Bei der dritten Adresse pfiff er durch die Zähne. »Bingo.«

Thamm und Anna beugten sich über den Computer. Auf dem Bildschirm war die Luftaufnahme eines großen, allein stehenden Hauses zu sehen. Auf dem Südgrundstück konnte man verschwommen einen Teich erkennen und ein weißes kleines Dach – der Pavillon.

Christian sah auf den Zettel: »Heiko Bender, siebenundfünfzig Jahre alt, geboren in Kiel, wohnhaft in Haßmoor.«

»Haßmoor. Ich weiß nicht«, sagte Thamm. »Sie wurde zehn Kilometer westlich von Rendsburg an einem kleinen See gefunden. Der liegt allerdings sehr nah bei Haßmoor. Und sie war Stunden unterwegs.«

»Vollkommen entkräftet und auf Droge«, warf Anna ein.

»Kann sein, dass sie deswegen im Kreis gelaufen ist«, stimmte Thamm zu. »Luftlinie sind es nämlich nur knapp zwei Kilometer vom Haus bis zu dem Tümpel.« Er wandte sich an einen seiner Kollegen. »Besorg ein Foto von diesem Bender. Vielleicht kann Frau Suworow ihn identifizieren.«

»Die schläft noch bis an die zehn Stunden. Und der Typ hat heute Morgen sicher schon in aller Frühe gemerkt, dass sein unfreiwilliger Gast ausgeflogen ist. Was ist, wenn er sich absetzt? Mir reicht das Satellitenbild vom Grundstück«, sagte Christian.

»Ich habe keine offizielle Aussage als Handhabe«, gab Thamm zu bedenken.

Christian sah Anna an.

»Ich, Frau Doktor Anna Maybach, wohnhaft in Hamburg, behandelnde Psychologin von Frau Anna Suworow, gebe hiermit offiziell zu Protokoll, dass Anna Suworow laut ihrer Aussage mir gegenüber von einem Heiko zwischen fünfzig und sechzig in einem Haus mit Südgrundstück, Teich und Pavillon seit Monaten gefangen gehalten und vergewaltigt worden ist.«

»Und schon haben wir Flucht- und Verdunkelungsgefahr«, sagte Christian.

Thamm grinste: »Na, wenn das mal nicht reicht, um vom Hof zu reiten! In etwa einer Stunde habe ich einen Durchsuchungsbeschluss. In welcher Eigenschaft willst du mitkommen, Christian?«

»Wenn es recht ist, bin ich nur ein kollegialer Besuch, der zufällig in der Gegend ist.«

»Dann los. Und unterwegs erzählst du mir die Vorgeschichte.«

»Was ist mit diesem russischen Tankwart? Du wolltest doch in Moldawien anrufen.« Anna ließ nicht locker. Der Gedanke, dass Alinas Eltern vor Sorge um ihre Töchter vergingen, ließ ihr keine Ruhe. Wenigstens eine war gerettet, das sollten sie so schnell wie möglich erfahren.

»Kümmere du dich bitte darum.« Christian gab ihr die Nummer. »Und grüß ganz herzlich von mir.«

Thamms Kollege Lemke machte sich auf den Weg zur Tankstelle, um den Dolmetscher für Annas Telefonat zu rekrutieren.

Thamm fuhr in Christians Begleitung zum hiesigen Staatsanwalt, um den Durchsuchungsbeschluss zu bekommen. Anna wartete auf dem Revier, bis ihre knappe Aussage aufgenommen war, damit sie sie unterschreiben konnte. Der schriftführende Polizist würde das Protokoll sofort an den Staatsanwalt durchfaxen, damit der eine ausreichende Rechtsgrundlage für seinen Beschluss hatte.

Kurz nachdem das Fax rausgegangen war, kam Lemke mit Leonid zum Revier. Leonid steckte in einem ölverschmierten Blaumann, an dem er seine Hand abwischte, ehe er sie Anna reichte. Er freute sich, helfen zu können. Lemke wählte die Nummer der Suworows in Moldawien und stellte auf Lautsprecher. Anna hatte ihn darum gebeten. Auch wenn sie die Worte nicht verstehen würde, die Freude würde sie fühlen. Sie bat Leonid, den Eltern zu erklären, dass er im Auftrag der Freundin des Polizisten Christian Beyer anrief, der mit Maxym in Chişinău gewesen war.

Radu war sofort am Apparat. Als Leonid ihm sagte, dass Alina in Deutschland in der Nähe Hamburgs gefunden worden war und im Krankenhaus wäre, stockte Radu der Atem, dann rief er nach Ileana. Ein Stimmengewirr brach los.

»Was sagen sie?«, fragte Lemke aufgeregt. Da auch er einen kleinen Anteil zur Übermittlung der frohen Botschaft geleistet hatte, war er emotional involviert.

»Keine Ahnung, ich bin Russe, kein Moldauer und kein

Rumäne.« Fast klang Leonid etwas beleidigt. Dann hörte er Radu zu, der wieder ins Telefon sprach. »Sie wollen wissen, wie es ihrer Tochter geht und warum sie im Krankenhaus ist.«

»Nichts Schlimmes. Erschöpfung und eine leichte Rippenfellentzündung.« Anna hatte beschlossen, die Eltern zu schonen. Den Rest sollten sie von Alina erfahren, falls die darüber sprechen wollte. Das war Alinas Entscheidung.

Leonid übersetzte. Dann wandte er sich wieder an Anna: »Sie sagen, sie brauchen ein, zwei Tage, um das Geld für die Flugtickets und die Visa zu besorgen. Dann kommen sie.«

Anna wehrte ab: »Vermutlich ist das gar nicht nötig. Sagen Sie bitte, dass Alina eine Spritze bekommen hat und nun lange schläft. Sobald sie wach ist, wird sie selbst anrufen. Möglicherweise kann sie in ein paar Tagen schon wieder nach Hause.«

Anna hörte, wie Ileana im Hintergrund vor Freude weinte. Radus Stimme war brüchig. Er wollte die Nummer des Krankenhauses, damit er mit dem behandelnden Arzt sprechen konnte. Er würde eine von Alinas Freundinnen holen, die ihm mit ihren Englischkenntnissen behilflich sein würde. Ansonsten wollte er auf Annas Rat hören und warten, bis Alina sich meldete. Dann konnten Ileana und er immer noch über die Reise entscheiden. Zum Abschluss des Gesprächs ließ er Christian grüßen und bedankte sich unbekannterweise bei Leonid fürs Übersetzen und bei Anna für den Anruf.

Im Rendsburger Revier zeigten sowohl die Beamten als auch Tankwart und Dolmetscher Leonid mehr oder weniger ihre Bewegtheit. Lemke drückte aus, was er und seine Kollegen empfanden: »Als Polizisten sind wir viel zu selten in der Situation, gute Nachrichten zu überbringen.«

Anna wusste das von Christians Alltag nur zu gut. Sie musste an Sofia denken.

ICE – irgendwo zwischen Frankfurt und Hamburg

Vadim saß mit Danylo vor einer dünnen, kalten Lauchcremesuppe im Speisewagen. Der Zug war überfüllt, die Menschen hockten sogar in den Fluren auf dem Boden. Vadim war froh, noch einen Platz im Speisewagen ergattert zu haben. Er war geradezu in Hochstimmung. Vor knapp zweieinhalb Stunden war er von Radu telefonisch über Alinas Auftauchen in Norddeutschland informiert worden. Zwar fand er Radus Nachricht von der Freundin des Bullen, der in Moldawien gewesen war, reichlich wirr, aber das war egal. Alles war egal, Hauptsache, Alina lebte. Er war sofort losgestiefelt, um Danylo zu suchen. Wie immer hatte der sein Handy abgeschaltet. Vadim hatte ihn in der Nähe ihres Hotels am Main-Ufer gefunden, wo Danylo stumm und düster auf das schmutzig-braune Wasser starrte. In seinen Händen hielt er die Waffe aus Paris. Danylos Miene hatte sich kaum erhellt, als Vadim ihm die Neuigkeit über Alina brachte. Seit sie erfahren hatten, dass Sofia vermutlich tot war, brachte Danylo kaum ein Wort heraus. Vadim hatte ihm die Waffe aus den Händen genommen und in Danylos Jackeninnentasche gesteckt. Sie hatten ihre Habseligkeiten zusammengepackt, das Hotel bezahlt, waren zum Bahnhof gefahren und hatten den ersten ICE nach Hamburg bestiegen.

Vadim schob die Suppe von sich und blickte zum Fenster hinaus. Es regnete schon wieder. Er fand den deutschen Sommer beschissen. In Moldawien schien die Sonne, und es war heiß. An einem solchen Augusttag würde er zu Hause in Moldawien zum Schwimmen gehen. Vielleicht mit Alina und ihren Freundinnen.

»Ich wollte diese Puffmutter erschießen«, sagte Danylo plötzlich. Er hatte seit über einer Stunde kein Wort gesprochen. »Letzte Nacht habe ich bis morgens um halb sechs vor dem ›Justine‹ gewartet, bis sie rauskam. Dann habe ich die Pistole gezogen und auf sie angelegt, so wie du es mir gezeigt hast.«

Vadim hoffte, dass keiner der Leute an den Nebentischen

Russisch verstand. Danylo schien auch das egal zu sein. »Aber ich konnte nicht abdrücken. Ich kann es einfach nicht.«

»Und ich kann kein Klavier spielen.« Vadim zuckte mit den Schultern. Was sollte er dazu sagen? Er würde diese Evelyn noch abknallen, das war so sicher wie das Amen in der Kirche. Aber zuerst musste Alina in Sicherheit gebracht werden. Dann konnte man weitersehen. Aber bis dahin wollte er nicht ständig eine Mordkommission in seinem Nacken spüren.

»Ich habe in Frankfurt bei der Polizei angerufen«, fuhr Danylo fort.

»Wieso das denn? Was sollen die denn noch machen?« Vadim war sauer. Allein aus Gewohnheit wollte er Kontakte zur Polizei möglichst vermeiden.

»Keine Panik, ich habe ihnen nichts erzählt. Ein anonymer Anruf. Hab nur gesagt, dass im Main die Leiche einer jungen Frau treibt. Sie sollen sie finden. Damit Radu und Ileana was zum Begraben haben.«

Vadim nickte. Endlich hatte Danylo mal eine gute Idee gehabt. Er schob Danylo sein Handy zu. »Wenn du dich so gut mit den Bullen verstehst, dann kannst du jetzt endlich auch diesen Hamburger anrufen.«

»Beyer? Keinen Bock. Der wird mir sofort wieder tausend Fragen wegen Henning stellen.«

»Sei nicht so scheiß-egoistisch! Ich will verdammt noch mal zu Alina! Aber dazu musst du vorher abklären, ob der Bulle mir Schwierigkeiten machen wird, weil ich ihm in Berlin die Knarre an den Kopf gehalten habe. Da reicht es mir nicht, wenn Radu glaubt, dass der Typ okay wäre und uns helfen will.«

Danylo nahm das Handy und rief die Nummer an, die Radu ihm durchgegeben hatte. Er sprach ein paar Minuten auf Deutsch und legte wieder auf.

»Und?«, fragte Vadim ungeduldig. Seine sprachliche Hilflosigkeit in diesem Land trieb ihn in den Wahnsinn.

»Radu hat da was falsch verstanden. Alina ist nicht in Flensburg, sondern in Rendsburg. Der Bulle will im Krankenhaus Bescheid geben, dass wir zu ihr dürfen.«

»Ich auch?«

»Sag ich doch. Aber er lässt dir ausrichten, wenn er dich auf deutschem Boden noch einmal mit einer Waffe erwischt, dann steckt er dich in den Knast.«

Vadim lächelte. Er war unendlich erleichtert. Er wusste nicht, was er gemacht hätte, wenn man ihm den Besuch bei Alina verweigert hätte. »Wie weit ist es von Hamburg bis zu diesem Rendsburg?«

»Nicht weit. Ich bin dafür, dass wir über Nacht in Hamburg bleiben. Alina hat eine Spritze bekommen und wird lange schlafen. Morgen früh können wir dann zu ihr. Ist von Hamburg aus ein Klacks.«

»Prima.« Vadim bestellte zwei Bier und betrachtete Danylo. Dessen düstere Miene ärgerte ihn plötzlich maßlos. »Sag mal, freust du dich gar nicht, dass Alina wieder da ist?«

»Doch. Aber du vergisst in deiner Euphorie anscheinend Sofia! Wirst *du* Alina erzählen, dass ihre heiß geliebte Schwester tot ist?«

»Sag du es ihr. Schließlich bist du an allem schuld.«

Vadim bereute sofort, was er gesagt hatte. Aber es würde nichts nützen, sich dafür zu entschuldigen. Vadim sah wieder aus dem Fenster. Es regnete immer noch.

Haßmoor.

Staatsanwalt Kühl zögerte, den Durchsuchungsbeschluss zu erteilen. »Die Aussage von Frau Dr. Maybach gründet leider nur auf Hörensagen. Mir wäre es lieber, wir würden warten, bis Alina Suworow aussagt.«

»Bis morgen kann der Kerl jegliche Spur verwischen. Oder über alle Berge sein«, gab Thamm zu bedenken.

»Bender? Der haut nicht ab«, sagte Kühl.

»Sie kennen ihn?«, fragte Thamm überrascht. Christian hielt sich im Hintergrund.

»An dem kommt man gar nicht vorbei«, seufzte Kühl. »Der

taucht auf jeder Veranstaltung auf, auf der er die oberen Zweihundert unserer Gegend vermutet. Finanziell gesehen, gehört er dazu. Bender ist Ingenieur und hat eine Firma, die auf Hafenausbau und Containerterminals spezialisiert ist. Fette Aufträge in Kiel, Rostock und sonst wo. Er ist ein Schleimer, seine Gesellschaft immer unangenehm. Da kann er sich noch so große Mühe geben, sich einen kultivierten Anstrich zu verleihen.«

»Dem könnten wir jetzt ganz schnell ein Ende bereiten«, sagte Thamm. »Unterschreiben Sie den Beschluss.«

Kühl zögerte nicht länger. »Okay, aber wenn ich morgen früh nicht die absolut übereinstimmende Aussage von dieser Suworow auf dem Tisch habe, zerlege ich Sie in Einzelteile.«

Es war schon fast vier Uhr am Nachmittag, als Thamm sich mit zwei Dienstwagen, auf die Christian und fünf seiner Leute verteilt waren, auf den Weg nach Haßmoor machen konnte. Anna ging in ein Restaurant zum Essen. Auch Thamm und Christian hatten seit dem Frühstück nichts zu sich genommen. Aber es gab Wichtigeres zu tun.

Auf dem Weg nach Haßmoor bekam Christian einen überraschenden Anruf von Danylo. Nach dem Telefonat sagte er zu Thamm: »Alinas Cousin und ein Freund der Familie sind im Auftrag der Eltern unterwegs hierher. Sie waren in Frankfurt und treffen in ein paar Stunden ein. Über Nacht bleiben sie in Hamburg und kommen dann morgen früh hierher.«

»So weit, so gut«, fand Thamm. »Aber wer von beiden hat dir in Berlin eine Knarre an den Kopf gehalten?« Thamm hatte aufmerksam zugehört. »Und warum? Was sind das für Typen?«

»Der eine ist kriminell und der andere Künstler.«

»Oweia. Will ich die in meiner Stadt?«

»Ich wüsste zu gerne, was die beiden die ganze Zeit treiben. Und wieso Frankfurt?« Christian reagierte nicht auf Thamms Frage. Er sprach zu sich selbst. Thamm unterließ es nachzuhaken. Auch seine Neugier auf die Hintergründe dieses Falls war von Christian kaum gestillt worden. Christian war vielen Fragen einfach ausgewichen.

Nach etwa zwanzig Minuten Fahrt erreichten sie das Haus von Heiko Bender. Bevor sie losgefahren waren, hatte Thamm als angeblicher Geschäftskunde in Benders Firma in Kiel angerufen und erfahren, dass Bender krank zu Hause lag.

Bender öffnete nach dem zweiten Klingeln und sah tatsächlich etwas bleich aus. Das schien aber mehr an seiner Angst zu liegen als an irgendeiner Krankheit. Ganz offensichtlich hatte er sie erwartet.

»Kommen Sie wegen meiner polnischen Putzfrau? Sie ist heute Nacht verschwunden, einfach so. Ich kann mir das gar nicht erklären ...«

Thamm ließ sich auf Benders Gerede gar nicht erst ein. Er zeigte ihm den Durchsuchungsbeschluss. »Sie sind vorläufig festgenommen, wegen des Verdachts auf Freiheitsberaubung und Vergewaltigung.«

»Ich sage kein Wort mehr. Ich will meinen Anwalt anrufen.«

»Das dürfen Sie. Später.« Thamm gab seinem Kollegen Lemke ein Zeichen, während der Hausdurchsuchung auf Bender zu achten. Dann machte er sich mit Christian auf den Weg ins Souterrain. Es sah alles so aus wie von Alina beschrieben: ein Pool, eine Tür nach draußen zum Garten, Fenster, durch die man den Teich und den Pavillon sehen konnte. In dem kleinen Raum, in dem die Pool- und die Heizungsanlage untergebracht war, fanden sie jedoch keinerlei Anzeichen für den längeren Aufenthalt eines Menschen. Alles war penibel geputzt, nicht ein Fitzelchen Staub lag in den Ecken herum.

»Jetzt wissen wir ja, was Bender den ganzen Tag gemacht hat«, sagte Christian. »Schrubben.«

Thamm nickte: »Der ist gründlicher als seine angebliche polnische Putzfrau. Mal sehen, ob die Spusi da noch irgendein Haar oder Hautschüppchen findet.«

»Und wenn. Das wird nichts nützen. Hat seine polnische Putzfrau beim Putzen verloren.«

»Dann wollen wir ihn mal danach fragen.«

Die beiden gingen wieder nach oben. Thamms Kollegen nahmen jedes Zimmer gründlich unter die Lupe. Sie zeigten Christian und Thamm ein Gästezimmer, in dem ein Bett stand und weibliche Utensilien herumlagen wie etwa eine Hautcreme.

»Ich nehme an, das ist das Zimmer Ihrer polnischen Putzfrau?«, wandte sich Thamm an Bender.

»Keine Aussage ohne meinen Anwalt.«

Lemke griff auf den Nachttisch und reichte Thamm einen Personalausweis mit Alinas Bild darin. Laut Ausweis war sie eine einundzwanzigjährige Polin aus Krakau namens Joanna Pieckowna.

Thamm gab Christian die Papiere. Die beiden wechselten einen Blick. Der Ausweis war eine verdammt gute Fälschung. Profi-Arbeit. Bender dranzukriegen würde vermutlich nicht ganz so einfach werden wie erhofft.

Sie waren gerade auf dem Rückweg zum Revier, als Christian einen Anruf vom Hamburger Oberstaatsanwalt Wieckenberg bekam. »Wo sind Sie, Beyer?«

»Eine kleine Landpartie, Herr Wieckenberg. Was kann ich für Sie tun?«

Wieckenberg klang sauer: »Ich will Sie sprechen, sofort!«

»Das wird kaum möglich sein. Ich melde mich morgen früh bei Ihnen. Schönen Feierabend!« Christian legte einfach auf. Er wusste, wie dumm es war, Wieckenberg immer wieder auf die Palme zu bringen, aber es bereitete ihm Spaß. Er durfte den Bogen nur nicht überspannen. Wieckenberg war seit einem halben Jahr in Hamburg und eckte mit seiner Münchner Schicki-Micki-Attitüde überall an. Besonders bei Christian.

»Ich wäre gerne bei der Vernehmung dabei, aber wenn ich meine Freundin nicht langsam aus dem Restaurant abhole, brennt sie mir mit dem Kellner durch.«

Thamm lachte: »Unwahrscheinlich. Der ist fast siebzig und wiegt über hundert Kilo!«

»Im Ernst. Ich muss zurück nach Hamburg.«

»Verstehe. Für einen kollegialen Besuch von wegen ›zufällig in der Nähe‹ warst du eh schon recht aktiv hier.«

»Eben. Danke für alles.«

»Kein Ding. Ich halte dich auf dem Laufenden.«

30. Juli 2010
Hamburg.

Am nächsten Morgen weckte Christian Anna gegen sieben Uhr auf, indem er ihr Frühstück ans Bett brachte. Auf dem Tablett standen frischer Cappuccino, Birnensaft und Annas Lieblingsmüsli, dazu eine kleine Vase mit einer Blume, die er aus dem Vorgarten gepflückt hatte.

»Womit habe ich mir das verdient?«, fragte Anna gleichermaßen überrascht wie noch verschlafen. Sie rieb sich die Augen und setzte sich auf, während Christian die Vorhänge öffnete. Er war schon geduscht, rasiert und komplett angezogen.

»Weil du mich nach Rendsburg gefahren, mit Alina gesprochen und auch noch knappe vierundzwanzig Stunden ausgeharrt hast.«

»Und dafür ein Hauptseminar an der Uni geschwänzt habe, vergiss das nicht. Meine Studenten sind garantiert sauer über die kurzfristige Absage.«

»Ach was, die sind froh, wenn du sie mal nicht quälst.« Christian setzte sich auf den Bettrand und gab ihr einen Kuss. »Heute hast du aber frei, oder?«

Anna grinste: »Lass mich raten. Du willst wieder nach Rendsburg, weil Danylo inzwischen da sein müsste. Und den würdest du dir zu gerne mal wieder vorknöpfen.«

»Ich bin viel zu leicht zu durchschauen.«

»Du hast Glück, ich würde Danylo Savchenko zu gerne kennenlernen. Nur deswegen kutschiere ich dich wieder durch die Gegend. Unter normalen Umständen würde ich sagen: Fahr endlich mal selber, Mann, wozu hast du den Lappen? Aber da ich weiß, wie idiotisch du dich im Straßenverkehr anstellst ...«

»Werd bloß nicht frech, ich habe tausendfach polizeiliches Fahrtraining absolviert!«

»Vollkommen vergeblich!«

Christian küsste Anna den Milchschaum von der Oberlippe. »Mach dich nur lustig. Hauptsache, du fährst mich. Ich habe dich einfach gerne um mich. Und inoffiziell ist die Fahrt ja sowieso. Zuerst will ich aber noch zur Morgenkonferenz in die Zentrale. Du hast also genug Zeit für eine Gurkenmaske.«

Als Christian kurz nach acht mit seinem Hollandrad in der Zentrale der Soko ankam, waren nur Pete und Daniel da. Daniel saß wie immer in seinem Kabuff und hackte wie wild in seine Computertastatur. Pete war im Konferenzraum in irgendwelche Unterlagen vertieft und trank Kaffee.

»Wo sind denn die anderen?«, fragte Christian.

»Selber guten Morgen. Volker ist zu einer Schulung abgezogen worden, Herd an die Mordbereitschaft ausgeliehen, und ich soll heute noch nach Berlin zu einem deutschlandweiten Profiler-Workshop.«

»Wie bitte? Wer hat denn den Schwachsinn veranlasst?«

»Wieckenberg. Vielleicht weiß er von deinem unautorisierten Ausflug in die polizeilichen Belange Schleswig-Holsteins. Obwohl er uns doch sehr deutlich gemacht hat, dass die Akte Petersen geschlossen ist. Und ein mittelmäßig intelligenter Oberstaatsanwalt wie Wieckenberg kann zwischen Petersens Tod und dem Verschwinden der Suworow-Damen keinen Zusammenhang sehen. Und da wir genau deswegen auch offiziell keinen Fall haben, darf er uns, wie du sehr wohl weißt, zur Unterstützung auf andere Abteilungen verteilen.«

Christian nahm sich Kaffee aus der Kanne. »Das kann nur Kühl gewesen sein, der Staatsanwalt aus Rendsburg. Schade. Ich fand ihn sympathisch.«

»Jedenfalls sollst du gleich mit Vollgas zu Wieckenberg ins Büro traben.«

Christian wollte gerade aufbrechen, als Daniel mit einem Stapel Ausdrucke aus seinem Zimmerchen trat: »Hier, Chefe. Hab dir alles über Heiko Bender zusammengestellt, wie du wolltest.«

»Danke, Daniel, ich lese es später. Muss zu Wieckenberg.«

»Autsch.« Daniel legte die Ausdrucke auf den Konferenztisch und trottete zurück in sein Büro.

Zu Christians Überraschung hatten weder Kühl noch seine Landpartie nach Rendsburg mit Wieckenbergs schlechter Laune zu tun. Er wusste nichts davon. Dennoch sah er ausreichend Grund, um Christian zusammenzufalten: »Wie kommen Sie dazu, gegen meine ausdrückliche Anweisung im Fall Henning Petersen weiter zu ermitteln?«

»Tue ich das?« Christian setzte seine unschuldigste Miene auf.

»Werden Sie nicht frech. Was gehen Sie die Suworow-Schwestern an? Wieso macht die Soko Bund eine Vermisstenmeldung bei der SIS? Und die Kosten für Ihren Flug nach Moldawien! Durch nichts gerechtfertigt, durch rein gar nichts! In Bad Bramstedt haben Sie sogar Karl Jensen mit unangemessenen Fragen belästigt!«

»Daher weht der Wind!« Langsam wurde Christian sauer. »Ist Jensen ein Golf-Kumpel von Ihnen, oder wieso steht er unter Welpenschutz?«

Wieckenbergs Miene wurde rot vor Zorn. Christan hatte, ohne es zu wissen, ins Schwarze getroffen. Doch bevor die beiden sich weiter beharken konnten, ging die Tür zu Wieckenbergs Büro auf. Wieckenberg wollte schon herumfahren und den unangemeldeten Eindringling anpfeifen, doch dann sah er, wen er vor sich hatte, und schaltete auf freundlich: »Herr Senator, Sie sind schon da ... Wie erfreulich!«

Thorsten Helmann, der Hamburger Senator für Justiz, begrüßte Christian genauso freundlich wie Wieckenberg: »Herr Beyer, schön, Sie mal wieder zu sehen! Ich hoffe, Sie sind nicht dienstlich hier!«

»In der Tat aus völlig inoffiziellen Gründen«, erwiderte Christian und grinste Wieckenberg an. »Außerdem schon wieder im Gehen.«

Wieckenbergs Telefon klingelte. Er ging ran.

Christian hätte die günstige Situation gerne genutzt und sich ohne Abschied vom Oberstaatsanwalt verdrückt, doch diese Unhöflichkeit Wieckenberg gegenüber wäre ein Affront zu viel gewesen. Also wartete er.

Wieckenberg erhielt ganz offensichtlich unerfreuliche Nachrichten. Er hörte mit erstaunter, dann besorgter Miene zu, schließlich ließ er den Hörer sinken und wandte sich an Helmann: »Benedikt ist ermordet worden.«

»Werner Benedikt? Unser Staatsrat?« Helmann war fassungslos. Er nahm Wieckenberg den Hörer aus der Hand. »Hier Helmann, mit wem spreche ich?« Helmann hörte konzentriert zu. »Okay, ich schicke Ihnen Christian Beyer vorbei. Der wird das übernehmen ... Ja, jetzt sofort.«

Helmann legte auf und sah Christian an: »Das ist doch kein Problem für Sie, oder?«

Christian wand sich. Er wollte nach Rendsburg fahren und weiter in den ominösen Abgründen des von ihm inzwischen so genannten Petersen-Savchenko-Suworow-Falles bohren. Damit jedoch konnte er im Moment weder Wieckenberg noch Helmann kommen. Also sagte er zu, forderte aber ein, dass er all seine von Wieckenberg abgezogenen Leute sofort zurückbekam. Wieckenberg blieb keine Wahl, er musste klein beigeben.

Haus und Vorgarten waren komplett abgesperrt. Schutzpolizisten versuchten geduldig, die neugierigen Nachbarn nach Hause zu schicken und die Presse zurückzudrängen. Christian zeigte seinen Ausweis und betrat die Villa durch die offen stehende Tür. Im Flur empfing ihn ein Kollege von der Spurensicherung. Er war damit beschäftigt, alles einzupinseln und Fingerabdrücke zu nehmen. Wortlos reichte er ihm Überschuhe und Handschuhe aus seinem Koffer und wies auf eine Zimmertür rechts vom Flur. In dem Wohnraum wimmelte es nur so von Beamten. Ein Mann in Zivil löste sich aus einem Gespräch und begrüßte Christian: »Gut, dass du da bist. Sieh dir das mal an!«

»Würde ich ja gerne, Harald. Aber deine Leute verstellen mir den Blick«, erwiderte Christian.

Harald reagierte: »Raus. Alle raus jetzt!«

Die Beamten folgten der Aufforderung ihres Vorgesetzten Harald Bode. Erst jetzt konnte Christian die Leiche sehen. Ein gedrungener Mann Ende fünfzig lag hinter dem Sofa auf einem

Perserteppich. Seine Augen waren geöffnet und weit aus den Höhlen hervorgequollen. Einige Äderchen waren geplatzt und marmorierten das Weiß des Augapfels mit blutigem Geäst. Die Zunge hing dick und belegt aus dem Mund. Der Hals war von einem dünnen roten Striemen überzogen. Nur wenige Tropfen Blut waren auf dem Teppich zu sehen.

»Erdrosselt«, sagte Herd. Er war aus dem Flur dazugekommen. »Hey, Chris, weißt du schon, dass ich an die Mordbereitschaft ausgeliehen bin?«

»Kannste vergessen. Das hier ist jetzt unser Fall. Du bist wieder zu Hause.«

»Home, sweet home.« Herd begann, das Zimmer und die Leiche in allen Einzelheiten zu fotografieren.

Das weiße Oberhemd des Mannes auf dem Boden war geöffnet und hing zu beiden Seiten des Körpers herunter. Der Oberkörper war mit kleinen Schnitten übersät. Auf dem verfetteten Fleisch der Leiche schlängelten sich jede Menge Würmer und Maden, die die Wundränder anknabberten.

»Woher kommen die Maden und das andere Zeugs? Die Leiche sieht noch verdammt frisch aus!« Christian konnte sich das Vorhandensein der Parasiten nicht erklären.

»Das fragen wir uns auch. Die Leiche liegt höchstens seit gestern hier. Viel zu kurz für diesen Befall«, sagte Bode.

Herd bückte sich und besah das Gewimmel auf der Leiche genauer. »Ich bin zwar kein Fachmann, aber soweit ich das beurteilen kann, sind hier auch Viecher, die wir normalerweise nicht an Leichen finden.« Er hob mit spitzen Fingern eines der Tiere hoch. »Eindeutig ein Regenwurm.«

»Keinerlei Anzeichen für einen Kampf«, stellte Christian fest. »Entweder war der Gegner immens überlegen, oder die Schnitte wurden post mortem angebracht.«

»Oder das Opfer war betäubt«, sagte Herd.

»Auch eine Möglichkeit. Warten wir ab, was Karen sagt.« Christian wandte sich an Harald: »Wer hat die Leiche wann gefunden?«

»Die Putze. Seine Ehefrau ist mit den Kindern vor drei Tagen in Urlaub gefahren. Gestern früh war die Putze hier, da hat er noch gelebt.«

Christian staunte: »Der lässt die Putzfrau jeden Tag kommen?«

»Sie hat gestern ihren Ehering hier liegen lassen und wollte ihn heute Morgen abholen. Es hat keiner aufgemacht, also hat sie ihren Schlüssel benutzt.«

»Der Typ ist Staatsrat?«

Bode nickte: »Dr. Werner Benedikt. Staatsrat für Kultur und Medien. Schätze, deswegen hat sich der Senator der Justizbehörde reingehängt und dich angefordert.«

»Das war einfach nur Pech. Ich war gerade bei Wieckenberg, als du angerufen hast. Sozusagen zur falschen Zeit am falschen Ort.«

»Bist du das nicht seit deiner Geburt?«, warf Herd dazwischen, ohne den Blick vom Display seiner Kamera abzuwenden.

»Einbruchspuren haben wir bislang keine gefunden«, fuhr Bode fort. »Vielleicht hat er den Täter gekannt.«

»Ein voreiliger Schluss, der immer wieder gezogen wird«, widersprach Christian. »Wen lässt man denn alles unkontrolliert zur Tür rein? Den Postboten, Schornsteinfeger, Elektriker ...«

»Jaja, schon gut. Meine Leute sind in der Nachbarschaft unterwegs und führen die ersten Befragungen durch.«

»Ihr seid ganz schön fix«, sagte Herd, während er sich zur Leiche beugte und Makroaufnahmen von den Parasiten machte.

»Logn. Hier liegt 'n Staatsrat«, grinste Bode. »Außerdem sind wir die ›Mordbereitschaft‹. Allzeit bereit.«

»Fehlt was?«, fragte Christian.

Bode zuckte mit den Schultern. »Wir haben die Ehefrau benachrichtigt. Sie kommt morgen zurück. Dann kann sie nachsehen.«

»Wo ist denn die Putzfrau?«

»Die habe ich nach Hause bringen lassen. Sie war völlig durch mit den Nerven.«

»Schade. Eine gute Putzfrau weiß genau, wo was steht. Die merkt nicht nur, wenn was fehlt, sondern auch, wenn ein Gegenstand einen Zentimeter zu weit nach links oder rechts gerückt ist.«

»Hast recht. Ich lasse sie noch mal herholen.«

»Rufst du bitte Karen an?«, wandte sich Christian an Herd. «Die soll sich das vor Ort ansehen, bevor die Viecher eingesammelt werden.«

Bodes Handy klingelte, während Herd mit Karen telefonierte und Christian die bizarre Szenerie einer frischen, aber mit Insekten bevölkerten Leiche in einem penibel sauberen Luxushaushalt auf sich wirken ließ. Es wirkte surreal.

Bode führte ein nur kurzes Gespräch, dann steckte er sein Handy weg. »Heute wird uns ja richtig was geboten! Wir haben eine zweite Leiche. Sieht genauso aus. Erdrosselt und mit Krabbeltierchen.«

»Etwa noch ein Senator?«, fragte Christian.

Bode grinste: »Viel besser. Lass dich überraschen!«

»Ungern.«

Bode fuhr vor, Christian und Herd folgten ihm in Herds Dienstwagen. Vom schicken Stadtteil Alsterdorf ging es quer durch Hamburg in die Innenstadt zum ›Side Hotel‹. Das ›Side‹ war mindestens genauso vornehm wie die Villen in Alsterdorf – ein Fünf-Sterne-Design-Hotel mit futuristisch angehauchter Ausstattung und einem hervorragenden Restaurant. Christian hatte bislang weder das Hotel noch das Restaurant von innen gesehen. Das ›Side‹ war nicht sein Stil und auch nicht seine Preisklasse.

Der Hotelchef empfing sie und bat um Diskretion in dieser »unkomfortablen Sache«, wie er sich ausdrückte. Christian ignorierte ihn. Mit dem Fahrstuhl fuhren sie hoch zu einer der Executive-Suiten.

»Ich wollte, ich hätte 'ne Sonnenbrille dabei. Bei den Farben kriege ich Augentripper«, flüsterte Herd Christian zu. Auch Christian fand die Ausstattung zu grell, interessierte sich jedoch mehr für die versprochene Überraschung.

Auf dem riesigen Bett lag ein bulliger, nackter Mann. Die Szenerie ähnelte der in der Alsterdorfer Villa fast bis ins Detail: ein blutiger Striemen am Hals, Augen hervorgetreten, Zunge heraushängend. Der ganze Körper war mit kleinen Schnitten versehen. Überall krochen und krabbelten und wimmelten Maden, Würmer und kleine Käfer auf und in der Haut. Sie sammelten sich vor allem im Mund, an den Lidrändern, in den Nasenlöchern und an den Genitalien.

An der Wand befanden sich jede Menge dunkelroter Spritzer.

»Sieht nicht wie Blut aus«, sagte Herd.

»Ist es auch nicht.« Christian wies auf das zersplitterte Rotweinglas, das in einer kleinen Pfütze am Boden vor der Wand lag. Er beugte sich über die Leiche.

Obwohl sich auf dem Gesicht jede Menge Viehzeugs tummelte, erkannte Christian den Toten sofort. »Fuck! Das ist Puri! Andres Puri, der Baltenboss.«

»Genau«, sagte Bode. »Ein Arschloch weniger unter der Sonne.«

Rendsburg.

Danylo, der seit Tagen keinerlei Regung mehr gezeigt hatte, fing vor Freude fast an zu weinen, als sie in Alinas Krankenzimmer durften. Vadim gab sich zuerst männlich cool, doch als Alina ihn anstrahlte, als würde sie seit Langem zum ersten Mal die Sonne sehen, war es auch um seine Beherrschung geschehen. Er stürzte zu ihr und nahm sie in seine Arme. »Du bist so dünn geworden, Cousinchen, so schrecklich dünn!« Er sagte es in einem möglichst scherzhaften Ton, damit sie nicht merkte, wie entsetzt er über ihr elendes Aussehen war.

Sie klammerte sich an ihn, weinte und lachte gleichzeitig und wiederholte schier endlos seinen Namen. Es dauerte Minuten, bis sie endlich auch Danylo begrüßte, der sie innig rechts und links auf die Wangen küsste. »Du kannst dir nicht vorstellen, wie schön es ist, dich zu sehen«, sagte er heiser.

»Wo kommt ihr her? Papa hat mir gar nichts davon gesagt!«
»Wir wollten dich überraschen.« Nach dem ersten Aufruhr der Gefühle setzte sich Vadim auf den Bettrand. Er hielt Alinas Hand, als wolle er sie nie wieder loslassen. Sie schauten sich eine Zeit lang einfach nur an.
»Wie geht es dir?«, unterbrach Danylo schließlich die Stille.
»Schon viel besser. Der Arzt hat gesagt, wenn ich so weitermache, darf ich in ein paar Tagen nach Hause. Und das Methadon soll ich ...« Alina brach ab. Ihr war bewusst geworden, dass weder Vadim noch Danylo wissen konnten, was alles mit ihr passiert und in welchem Zustand sie war. Ihre Eltern hatte sie belogen. Sie wollte nicht, dass sie die Wahrheit wussten.
»Du hast Radu und Ileana gesagt, dass du die ganze Zeit als Dienstmädchen gefangen gehalten wurdest. In einem reichen deutschen Haushalt. Und dass man dich im Grunde gut behandelt hat«, sagte Vadim leise. »Mir kannst du das nicht erzählen. Ich will die Wahrheit wissen.«
Alina zögerte, doch dann erzählte sie alles, was sie als Frau einem Mann erzählen konnte. Vadim hörte mit starrer Miene zu. Danylo hatte den Kopf in die Hände gestützt und sah zu Boden.
Alina endete ihren Bericht mit einer gewissen Genugtuung: »Der Arzt hat mir heute Morgen verraten, dass die Polizei gestern einen Mann verhaftet hat. Er heißt Heiko Bender und sitzt jetzt in Untersuchungshaft.« Dann fragte sie ängstlich: »Wisst ihr etwas von Sofia?«
Vadim schüttelte den Kopf, Danylo hob ihn nicht einmal. Die beiden waren auf der Fahrt übereingekommen, weder Alina noch den Eltern etwas über Sofias mutmaßliches Ende zu sagen. Bis sie Gewissheit hatten.
»Ihr müsst sie finden«, flüsterte Alina. Ihre anfangs vor Freude geröteten Wangen waren wieder ganz bleich geworden. Die Erinnerung an ihre Torturen hatte sie physisch und psychisch sehr angestrengt.
»Das werden wir!« Endlich sah Danylo Alina an. Seine Augen waren rot gerändert.

Es klopfte an der Zimmertür. Kai Thamm kam mit Staatsanwalt Reile herein. Alina stellte Danylo und Vadim vor.

»Christian Beyer hat mir von Ihnen erzählt«, sagte Thamm zur Begrüßung. »Ich nehme an, Sie sind derjenige, der gerne mal eine illegale Waffe mit sich herumschleppt?« Er sah Vadim auffordernd an.

Vadim öffnete seine Jacke und drehte sich einmal im Kreis, so dass Thamm auch seinen hinteren Hosenbund sehen konnte.

Thamm nickte zufrieden und wandte sich an Danylo: »Wir wollen Frau Suworows Aussage aufnehmen. Geplant war das in Englisch. Aber vielleicht wären Sie so nett und würden in Zweifelsfällen dolmetschen?«

Danylo stimmte zu.

Während des polizeilichen Gesprächs, das auf Band aufgenommen wurde, wartete Vadim im Aufenthaltsraum und trank Kaffee. Zwei alte Männer, die gelangweilt in ihren Bademänteln am Nebentisch saßen, wollten ihn in ein Gespräch verwickeln, doch Vadim nahm nichts mehr um sich herum wahr, weder die alten Männer noch den dünnen Kaffee, den er trank, noch das Geklapper des Geschirrs, das die Krankenschwestern über den Flur karrten. Er hatte nur noch einen Gedanken im Kopf: Bender. Heiko Bender.

31. Juli 2010
Hamburg.

Christian war immer noch müde, stand aber gleichzeitig unter Strom, als er sich anzog, um zur kurzfristig anberaumten Morgenkonferenz zu gehen. Der gestrige Tag hatte sich bis in die Nacht gezogen. Erste Informationserhebung, Befragungen, Protokolle, Spurensicherung und Dokumentation, Recherchen ... Die akribische Kleinarbeit musste koordiniert und die Journalisten so weit wie möglich abgewimmelt werden. Zusätzlich hatten Wieckenberg und Helmann auch noch einen persönlichen ersten Abriss der Ereignisse von Christian gefordert, um für die Pressekonferenz am heutigen Morgen gerüstet zu sein. Dieses Gespräch endete bei einem gemeinsamen Abendessen in einem Restaurant in der Nähe des Rathausmarktes. Christian war erst nach Mitternacht nach Hause gekommen und hatte sich dann von Anna berechtigte Vorwürfe fallen lassen müssen. Dass sie ihn nach Rendsburg hatte fahren wollen, war ihm völlig entfallen gewesen. Er hatte aus Zeitgründen nicht mal auf ihre Anrufe geantwortet.

Jetzt schlief sie noch. Zu gerne hätte er sie gebeten, heute ohne ihn nach Rendsburg zu fahren. Er konnte sich gut vorstellen, dass sie mehr aus Danylo herausbekam als er. Doch er wagte nicht, sie zu wecken. Es war Samstag. Anna wollte ausschlafen. Er würde sie vielleicht später bitten können. Wenn sie ausgeruht war und wieder gute Laune hatte.

Als Christian in der Zentrale ankam, war sein Team vollzählig versammelt. Sogar Yvonne war da und hatte für frischen Kaffee und belegte Brötchen gesorgt. Nur Karen fehlte noch. Aber sie würde mit ihren beiden Obduktionsberichten sicher bald eintreffen.

»Was haben wir?« Christian eröffnete die Sitzung nach dem ersten Begrüßungsgeplänkel mit den gleichen Worten wie immer.

Herd, der Tatortspezialist, war als Erster an der Reihe: »Ich fange mit Benedikt an. Wie ihr vermutlich alle wisst, Hamburger Staatsrat für Kultur und Medien. Aufgefunden von der Reinemachefrau Marianne Sund in seiner Villa in Alsterdorf, Fundort gleich Tatort. Personalien von Sund im Bericht.« Er befestigte Vergrößerungen von den Fotos, die er in der Villa gemacht hatte, an der Pinnwand.

»Dass Marianne Sund eine hervorragende Haushaltshilfe ist, die am Tag vor dem Mord das Haus von oben bis unten gesäubert hat, machte erst einmal Hoffnung. Es sollte nicht allzu viele mehrdeutige Spuren geben wie etwa bei unordentlichen Studenten, die monatelang nicht staubsaugen. Leider war dem nicht so. Wir fanden auf dem Perserteppich zwei kleine Krümelchen Erde, die von Straßenschuhen stammen. Vermutlich hat das Opfer selbst sie hereingebracht. Fingerabdrücke sehr wenige, weil Frau Sund wie erwähnt am Tag zuvor gewischt, gewachst und was weiß ich noch alles gemacht hat. Die Fingerabdrücke, die wir im Büro, wo die Leiche lag, gefunden haben, waren ausschließlich vom Opfer und von der Putzfrau. Im Haus gab es noch weitere Abdrücke, die meisten von Kindern, vermutlich denen des Opfers und seiner Frau. Das können wir erst abklären, wenn sie da ist. Sie trifft heute Abend ein. Der Mord hat ihr den Urlaub auf den Malediven versaut. Einbruchspuren gibt es übrigens nicht, das vergaß ich eingangs zu erwähnen, sorry. Der Täter hat entweder einen Schlüssel benutzt oder ist hereingelassen worden.«

Herd trank ein halbes Glas Wasser. Ihm war heiß und sein Mund trocken. Seit gestern regnete es nicht mehr. Der Sommer war zurückgekehrt, die Sonne schien mit für diese frühe Uhrzeit erstaunlicher Wucht durch die Fenster, aber keiner wollte die Jalousien herunterlassen.

»Frau Sund kam nach ihrer ersten Aussage auf unsere Bitte hin noch einmal zum Tatort zurück, um zu überprüfen, ob etwas fehlte. In der Tat. Zwei Kaffeetassen. Die Unterteller zu den Tassen standen auf dem Schreibtisch, wie ihr hier seht ...«, Herd wies auf eines der Fotos, »... aber die Tassen sind weg. Das Kaffee-Service ist jetzt nicht mehr vollständig. Frau Sund war zu Recht empört über diesen unglaublichen Akt von Vandalismus.«

»Wette, das Opfer ist mit etwas in der Tasse betäubt oder vergiftet worden«, mutmaßte Pete. »Dann heißt es entweder gründlich spülen und Fingerabdrücke abwischen oder einfach die Tassen mitnehmen. Geht schneller.«

»Schlaues Kerlchen«, sagte Karen. Sie war in den Konferenzraum gekommen, ohne dass einer sie bemerkt hatte. »Aber noch bin ich nicht an der Reihe.« Sie lächelte in die Runde, setzte sich hin, nahm einen Kaffee und ein Brötchen. Christian nickte Herd zu fortzufahren.

»Tut mir leid, ich habe noch nicht mehr. Das kriminaltechnische Labor hat den Perserteppich in der Mache, um Hautschüppchen oder so was zu suchen, aber damit sind sie noch nicht fertig. Ich würde an Volker weitergeben und dann später zu Puri kommen.«

»Viel habe ich auch nicht. Der direkte Nachbar zur Linken hat in der Nacht vom 29. auf den 30. auf seinem Balkon gestanden, der zu Benedikts Büro hin geht. Dabei hat er gehört, wie kurz vor zwei Uhr nachts das Telefon bei Benedikt klingelte. Es klingelte sehr lange, keiner hat abgenommen. Wir haben den Anruf überprüft, da hat sich schlicht jemand verwählt. Wenige Sekunden später ist das Licht im Büro gelöscht worden. Die Vorhänge waren geschlossen, er konnte nichts sehen. Nur einen kleinen Lichtschein. Wir können davon ausgehen, dass der Mörder das Licht gelöscht hat. Dann hat er die Haustür gehört, die leider außerhalb seines Blickfelds liegt.«

»Was hat der Nachbar um die Uhrzeit auf seinem Balkon gemacht? In der Nacht hat es geregnet!«, warf Christian ein.

»Eine Zigarette nach dem Sex mit seiner Frau. Im Haus herrscht Rauchverbot. Ansonsten bislang keinerlei interessante Aussagen aus der Nachbarschaft. Typische Villengegend. Keiner auf der Straße, keiner sieht und hört was, alle sitzen vor der Glotze und gucken Spätnachrichten, damit sie wissen, was in der Welt los ist. Und dabei passiert nebenan ein Mord.«

Volkers sozialkritische Einwürfe wurden ignoriert. Christian nickte Karen zu.

»Ich würde die beiden Fälle gerne zusammenfassen, sonst wiederhole ich mich. Also macht bitte erst mal weiter«, sagte sie.

»Okay. Gehen wir zu Puri ins ›Side Hotel‹«, übernahm Herd wieder. »Auch dort natürlich alles schön geputzt, wie es sich für ein Luxushotel gehört, insofern recht übersichtliche Spurenlage. Fingerabdrücke von Puri und den beiden Putzfrauen, die das Zimmer am Morgen hergerichtet haben. Auf dem Boden gegenüber dem Bett haben wir ein zersprungenes Rotweinglas gefunden. Nach den Spritzern und einer kleinen Kerbe in der Wand zu urteilen, wurde es mit Wucht gegen die Wand geworfen. Wir haben die Glassplitter sichergestellt ebenso wie die geöffnete Rotweinflasche, die auf dem Nachttisch stand. Auf Glas und Flasche nur Puris Abdrücke. Laut Aussage des Managers fehlt ein Weinglas im Bestand der Minibar. Puris Klamotten lagen wild auf dem Boden verstreut, wie ihr auf den Fotos sehen könnt. Das Labor hat bislang keine Fremdspuren daran gefunden. Puri hatte kein Gepäck dabei, nicht mal eine Zahnbürste. Er hatte wohl nicht vor, länger zu bleiben.« Herd sah Volker auffordernd an.

Volker schaute auf einen Notizzettel: »Andres Puri hat am frühen Abend des 29. Juli im ›Side‹ eingecheckt, um Viertel vor acht, um genau zu sein. Er hat die Executive-Suite für eine Nacht gebucht. Der Manager des ›Side‹ gab etwas unangenehm berührt zu, dass Puri Stammgast in seinem Hause war. Er traf sich dort ein Mal pro Woche mit seiner Lieblingsnutte. Damit seine Frau Ludmilla zu Hause keinen Aufstand macht und er etwas mehr Luxus genießen kann als in seinen eigenen Puffs, in denen er sich übrigens niemals zeigte. Sagt zumindest der Hotelmanager. Dabei schwang meiner Meinung nach etwas Respekt vor Puris Stil und Feinfühligkeit mit.«

»Würdest du dich bitte auf die Fakten beschränken, Volker?«, forderte Christian.

Volker nickte: »Puris derzeitige Lieblingsgespielin heißt Franca Dallessandro. Gebürtige Römerin. Ich habe mit ihr gesprochen. Eine verdammt gut aussehende Frau, und das ist Fakt! Sie war mit Puri um neun Uhr abends im Hotel verabredet. Um halb neun jedoch rief er an und sagte ab.«

»Hat er einen Grund angegeben?«, fragte Pete.

Volker verneinte. »Er war sehr kurz angebunden, sagte Dallessandro. Sie hat sich nicht gewundert, kurzfristige Absagen kamen öfter vor. Das war's auch schon fast von mir. Weder das Hotelpersonal noch Gäste auf dem Flur haben jemanden in das Zimmer hinein- oder herausgehen sehen. Niemand hat laute Geräusche gehört, etwa, dass ein Glas an die Wand geworfen wurde. Die Suite rechts von Puri war nicht belegt, der Gast aus der linken Suite saß unten im Restaurant beim Essen und war dann noch bis nach Mitternacht in der Hotelbar. Und die

Rezeption achtet nicht sonderlich darauf, wer alles durch das Foyer spaziert. Sind ja nicht nur Hotelgäste, Restaurant und Bar haben vor allem gegen Wochenende viel Laufkundschaft, was die Rezeption nicht interessiert.«

»Bislang alles sehr mager«, fand Christian. Er wandte sich an Karen: »Hast du was für uns?«

»Wie wär's mit *Conium maculatum*? Gemeinhin auch gefleckter Schierling genannt.«

Christians Handy klingelte. Er verließ den Konferenzraum und nahm ab. Es war Kai Thamm aus Rendsburg. Er teilte Christian verärgert mit, dass Bender heute aus der Untersuchungshaft in der JVA Kiel entlassen wurde. Seine Behauptung, eine polnische Putzfrau angestellt zu haben, wurde durch den falschen Ausweis gestützt. Er hatte die angebliche Joanna Pieckowna sogar ordnungsgemäß sozialversichert. Da der Haftbefehl lediglich wegen Fluchtgefahr ausgestellt worden war, Bender aber einen festen Wohnsitz besaß und ansonsten ein unbescholtener Bürger war, hatte der Richter dem Antrag von Benders Anwalt auf Haftverschonung stattgegeben.

»Kann man nicht ändern«, sagte Christian, obwohl er sich wie so oft über die deutsche Rechtslage ärgerte. »Würdest du vielleicht darauf achten, dass Vadim Zaharia und Danylo Savchenko das nicht gleich mitbekommen?«

»Geht klar.« Thamm lachte. »Die beiden sind fromm wie Lämmer. Sitzen bei der Suworow am Bett und freuen sich ein Loch in den Bauch.«

»Ich fürchte, wenn Vadim hört, dass Bender auf freiem Fuß ist, hat *der* bald ein Loch im Bauch.«

»Immerhin war dieser moldawische Cowboy so schlau und ist im Krankenhaus nicht mit seiner Waffe aufgelaufen. Ich habe ihn gecheckt. Außerdem sind wir ihn bald los. Alina Suworow verlässt das Krankenhaus morgen früh auf eigene Verantwortung und fliegt nach Moldawien. Der Arzt meint, das wäre unvernünftig, aber letztlich nicht gefährlich. Sie will unbedingt nach Hause, zu ihren Eltern. Kann man ja verstehen. Dieser Vadim wird sie begleiten, damit sie auch heil ankommt.«

»Was sagt der Staatsanwalt dazu? Will der Alina nicht hierbehalten?«

»Das wäre ihm schon lieber. Aber er ist ja kein Unmensch. Bis ein Verfahren gegen Bender eröffnet wird ... das kann dauern. So lange kann man die Kleine nicht davon abhalten, nach Hause zu fahren. Nach allem, was sie durchgemacht hat ... Alina Suworow hat uns zugesichert, dass wir sie einfliegen lassen können, sobald wir sie als Zeugin der Anklage brauchen. Ich glaube ihr. Die kommt. Sie ist ganz wild drauf, den Kerl hinter Gittern zu sehen.«

»Und Savchenko bleibt hier?«

»Scheint so.«

»Dann richte ihm bitte aus, dass ich immer noch äußerst an einem freundschaftlichen Gespräch mit ihm interessiert bin. Damit wir Sofia finden.«

»Wird gemacht. Du hast ziemlichen Stress in Hamburg, was? Zwei Leichen auf dem Tisch, hab ich gehört.«

»Ja. Sieht kompliziert aus. Das wird keine schnelle Nummer. Aber sag mal, eins noch: Wer ist Benders Anwalt?«

»Dieser Medien-Staranwalt Reile. Wieso?«

»Weiß ich auch nicht. Danke dir. Und mach's gut.« Christian wusste in der Tat nicht, wieso er das gefragt hatte. Irgendwo ganz weit entfernt hatte etwas geklingelt, aber so leise, dass er es nicht bewusst gehört hatte. Jetzt allerdings hörte er es laut und deutlich. Reile. Der hatte auch Puri vorzeitig aus dem Gefängnis geholt.

Christian ging zurück in den Konferenzraum und unterrichtete sein Team kurz über Benders Entlassung aus der U-Haft. Nur Volker schüttelte den Kopf, die anderen zuckten über diese gewohnten, kleinen Ärgernisse im Polizeialltag nicht mal mit der Wimper.

»Karen, entschuldige, dass ich dich mit meinem Telefonat unterbrochen habe. Wo waren wir? Schierling sagtest du?«

»Genau. Sowohl Puri als auch Benedikt waren damit betäubt. Bei Benedikt war es sogar die Todesursache. Aber der Reihe nach. Der Todeszeitpunkt von Puri liegt zwischen neun und zehn Uhr am Abend des 29. Juli. Benedikt starb später, vermutlich zwischen Mitternacht und ein Uhr. Beide hatten eine hohe Dosis Coniin im Blut. Die Pflanze zu dem Wirkstoff ist der gefleckte Schierling, auf Latein *Conium maculatum*.«

»Dieses Gift, mit dem Sokrates sich umgebracht hat? Der berühmte Schierlingsbecher?«, fragte Christian.

Karen nickte. »Die Wirkung des Schierlings wird durch den Inhaltsstoff Coniin bestimmt. Das Coniin kann durch die Haut oder die Schleimhäute aufgenommen werden und besitzt eine ähnliche Wirkung wie Curare. Die Nerven laufen kurz auf Hochtouren, dann werden sie gelähmt.«

»Wurde es bei den Opfern als Betäubungsmittel oder als tödliches Gift eingesetzt?«, fragte Herd.

»Beides, vermute ich. Die tödliche Dosis Coniin beträgt bei einem Erwachsenen vierzig bis sechzig Milligramm pro Kilo Körpergewicht. Beide hatten jede Menge intus, Benedikt sogar noch mehr als Puri. Es sieht nicht so aus, als hätte der Täter sonderlich sauber und gezielt dosiert. Hauptsache, Wirkung.«

»Du sagst, das Gift wird durch die Haut absorbiert. Ich hätte gedacht, es befand sich in den Gläsern. Und in den verschwundenen Tassen.« Pete war überrascht.

»Stimmt. Früher hat man den Schierling als Droge genutzt, Stichwort ›Hexensalbe‹. Nachtschattengewächse, Eisenhut und auch Schierling ... Zum Vergiften unliebsamer Personen gibt es Gifte, die besser geeignet sind als der Schierling. Man schmeckt das Coniin sofort. Im Hals- und Rachenbereich kommt es direkt nach der Einnahme zu einem Brennen der Mundschleimhaut und dann zu vermehrtem Speichelfluss. Relativ zügig folgen Schwindel, heftige Atemnot, Bronchialspasmen, Verlust des Schluck- und Sprechvermögens, Bewusstseinstrübung, Sehstörungen und Lähmungserscheinungen. Wenn man jemanden vergiften will, bevorzugt man im Allgemeinen ein Gift, das nicht sofort bemerkt wird. Dann kann man in Ruhe dosieren. Oder langsam vergiften. Das geht beim Schierling nicht.«

»Dann war die Absicht des Mörders nicht in erster Linie, das Opfer zu vergiften?«

Karen zuckte mit den Schultern: »Ich glaube, dass die rasant eintretenden Lähmungserscheinungen der Grund für die Wahl Schierling waren. Da das Opfer garantiert nur einen Schluck von dem ekelhaften Gebräu zu sich nehmen würde, hat der Täter sehr hoch dosiert, damit er auch sein Ziel erreicht. Und dabei die tödliche Dosis billigend in Kauf genommen. Oder der Mörder hatte keine Ahnung, was er tat. Kann auch sein. Jedenfalls ist Benedikt an dem Gift gestorben. Die Schnitte im Brustkorb wurden post mortem ausgeführt. Bei Puri war es anders. Die Schnitte sind gemacht worden, als er noch lebte. Er hat es womöglich mit vollem Bewusstsein mitbekommen, konnte sich aber nicht rühren. Meiner Meinung nach war genau das die Absicht. Bei Puri hat es geklappt, bei Benedikt nicht. Puri ist nach der Prozedur mit den Schnitten und den Tierchen erdrosselt worden. Tatwerkzeug ein Stahlseil, Durchmesser knapp anderthalb Millimeter. Die Käfer, Larven, Maden und Würmer sind übrigens alle appliziert worden, kein einziges der Insekten wäre bei dem Todeszeitpunkt auf natürlichem Wege auf der Leiche gelandet. Die meisten gehören da überhaupt nicht hin. Wir haben Käferlarven, Mehlwürmer, Heimchen, Regenwürmer, Spinnen, Schaben, Asseln und sogar zwei Wanderheuschrecken gefunden!«

»Da scheint jemand im Zoofachhandel das ganze Sortiment an Lebendfutter eingekauft zu haben.« Herd ging gelegentlich mit seinem halbwüchsigen Sohn angeln und kannte sich aus mit Ködern.

»Wenn Benedikt an dem Gift gestorben ist, wozu dann noch die Schlinge um seinen Hals?«, fragte Yvonne.

»Ich glaube, der Mörder wollte ganz sichergehen, dass er die Lähmung nicht mit Tod verwechselt. Aber für die Psychologie des Täters ist unser Profiler zuständig.« Sie sah Pete an.

»Ich werde aus dem Ganzen nicht richtig schlau. Habe ich recht, dass der Schierling so ziemlich überall wächst?«

»Für jeden zugänglich. Er gehört zu den giftigsten einheimischen Pflanzen«, bestätigte Karen.

»Apotheker, Botaniker, Ärzte wissen das. Zusätzlich jeder,

der sich dafür interessiert. Es ist keine besondere Kunst, einen Sud oder einen Extrakt herzustellen, das bringt uns also nicht weiter«, ergänzte Volker.

»Was sagt dir der Modus Operandi?«, wandte sich Christian an Pete.

»Hass. Kontrollbedürfnis. Wir haben es mit einem stark emotionalen Motiv zu tun. Ich frage mich, ob das Stahlseil eine Garotte war, also hinten mit Holzstücken versehen, damit man sich selbst beim Erdrosseln des Opfers nicht die Hände verletzt. Früher haben Kriminelle in Frankreich gerne eine Garotte benutzt, ebenso wie die alteingesessenen Mafia-Organisationen. Das würde für eine Art Hinrichtung sprechen. Aber der Rest passt nicht dazu. Weder der Schierling noch das Ungeziefer. Die geben mir das größte Rätsel auf. Puri war sicher Ungeziefer. Ein Parasit, der an der Gesellschaft schmarotzt hat. Aber Benedikt? Gib mir noch etwas Zeit, um ein abschließendes Profil zu erstellen.«

Christian wandte sich an Daniel: »Das bringt mich zur nächsten Frage: Gibt es eine wie auch immer geartete Verbindung zwischen Benedikt und Puri? Und wenn ja, welche?«

Daniel schüttelte den Kopf: »Nichts bislang. Aber ich bin noch auf den obersten Schichten. Heute Abend weiß ich mehr.«

»Okay, such weiter. Herd, du klapperst die Hamburger Zoofachgeschäfte ab. Ein Angler oder jemand, der ein Terrarium hat, der kauft entweder Würmer *oder* Heimchen *oder* Maden, also Spezialfutter für sein Tier. Aber nicht alles durcheinander. So ein unsortiertes Komplettsortiment könnte einem Verkäufer aufgefallen sein.«

»Grundsätzlich ein richtiger Gedanke. Nur gibt's Lebendfutter auch im Internet. Alles, was das Herz begehrt. Ich probier's aber trotzdem.«

Christian nickte, auch wenn er selbst wenig Hoffung hatte. »Jeder weiß also, was er zu tun hat. Ich muss zu der blöden Pressekonferenz.«

Kiel.

Rechtsanwalt Jürgen Reile stand mit seinem Jaguar XK vor der Justizvollzugsanstalt und sah auf seine Uhr. Er ärgerte sich über sich selbst. Weil er zugesagt hatte, Bender abzuholen. Als wäre er irgendein Chauffeur oder Laufbursche! Seine Zeit war knapp bemessen und verdammt teuer. Wenn sein Klient nicht so außergewöhnlich gute Prämien zum übertariflichen Stundenlohn zahlen würde, wäre er bestimmt nicht hier. Dieses ganze Gesocks schadete seiner Reputation. Am liebsten würde er das Mandat niederlegen, das konnte jedoch seinem Ruf als knallharter Erfolgsanwalt schaden.

Das Tor öffnete sich, Bender kam heraus, in der Hand sein Köfferchen. Der teure Anzug sah etwas ramponiert aus. Bender ebenfalls. Er blickte sich kurz suchend um. Reile machte keinerlei Anstalten, aus dem klimatisierten Wagen zu steigen. Draußen war es ihm zu heiß. Um Bender auf sich aufmerksam zu machen, drückte er auf die Hupe. Bender kam über die Straße und stieg ein.

»Danke, dass Sie mich nach Hause bringen. Wir gehen gleich mittagessen und besprechen die weitere Vorgehensweise.«

Reile fühlte sich ein weiteres Mal von Bender wie ein Untergebener behandelt. Seine Antwort fiel schroffer aus, als er beabsichtigt hatte: »Ich bin schon zum Essen verabredet. Wenn ich Sie chauffiert habe, muss ich gleich wieder zurück nach Hamburg. Wir können uns auf der Fahrt unterhalten, damit ist mein Spezialservice für Sie ausgeschöpft.«

Benders Lippen wurden schmal. »Verstehe. Dann lassen Sie uns gleich zur Sache kommen. Wie stehen meine Chancen, diesen Mist ohne Blessuren zu überstehen?«

»Ganz gut. Sie sind das Opfer einer betrügerischen Nutte. Ich habe vertrauliche Informationen, dass sich die fragliche Person vor ihrem Aufenthalt bei Ihnen in Polen prostituiert hat. Von dort hat sie sicher auch den falschen Pass, mit dem sie Ihr Vertrauen erschlichen hat.«

»Der Richter wird fragen, warum.«

»Das müssen wir nicht erklären. Spekulativ. Wer weiß, vielleicht hatte sie Probleme mit ihrem Zuhälter, ist abgehauen und hat sich bei Ihnen versteckt. Vielleicht wollte sie Sie einwickeln und verführen, um einen reichen, deutschen Ehemann abzugreifen. Und weil Sie nicht auf ihre Avancen eingestiegen sind, rächt sie sich nun. Mal sehen, die endgültige Strategie will ich festlegen, wenn ich weiß, welchen Richter wir bekommen. Wichtig ist vor allen Dingen, wo Sie die Putzfrau her haben.«

»Ein Freund hat gewusst, dass ich eine suche und hat sie empfohlen.«

»Welcher Freund?«

»Weiß ich nicht mehr. Ich habe so viele Freunde, und ein Gespräch über Putzfrauen merke ich mir nicht. Irgendwann war sie da und hat sich vorgestellt. Als Joanna aus Krakau.«

»Ist alles noch ein bisschen dünn. Aber wir werden das abfedern, da mache ich mir keine Sorgen.«

Bender sah Reile von der Seite an: »So richtig positiv gestimmt sehen Sie aber nicht aus. Was genau bereitet Ihnen denn Bauchschmerzen?«

»Das hat nichts mit Ihnen zu tun. Hoffe ich zumindest. Staatsrat Benedikt ist ermordet worden. Und Andres Puri auch. Offensichtlich vom gleichen Täter.«

»Wie bitte?« Aus Benders Gesicht war jegliche Farbe gewichen. »Wann?«

»Vorgestern. Oder gestern. Ich weiß nicht genau, ich kann ja nicht zur Pressekonferenz, weil ich Sie durch die Gegend kutschiere.«

»Drehen Sie um, ich will zurück.«

»Wie jetzt? Wieder in Untersuchungshaft? Sind Sie verrückt?« Reile fuhr ungerührt weiter.

»Natürlich nicht! Aber ich brauche Polizeischutz!«

Reile lachte spöttisch auf: »Wie wollen Sie das begründen? Aus Angst vor einer angeblich polnischen Putzfrau? Sehr witzig, Herr Bender, wirklich sehr witzig.«

Hamburg.

Christian fand die Pressekonferenz wie immer äußerst unerfreulich. Die Journalisten stellten viele dumme und einige wenige kluge Fragen. Die dummen wollte er nicht, die klugen konnte er nicht beantworten. Glücklicherweise redeten Wieckenberg und Helmann. Er diente nur als Staffage im Hintergrund – der Ermittler, dem die Verantwortung aufgeladen und der bei Misserfolg abgewatscht wurde. Wieckenberg hielt seine Visage vor die Kameras, mimte den erschütterten Entschlossenen und gab die typischen Null-Antworten eines geschulten Pressesprechers. Vermutlich plante er insgeheim schon, den Senatorenposten für Justiz von Helmann zu übernehmen. Christian war dieses Affentheater zuwider, es vergeudete nur seine Zeit. Natürlich bot sich hier wieder einmal ein Fall, auf den sich die Presse mit Heißhunger stürzte. Schon nahmen die Journalisten abstruse Konstruktionen in den Mund wie »der Mörder mit den Maden« oder »Kammerjäger des Todes«, wobei Letzteres originell klang, aber die Tatsache ignorierte, dass Kammerjäger eher Ungeziefer vertilgten als irgendwo hübsch drapierten. Dennoch war Christian sicher, derlei Schlagzeilen morgen in allen Boulevardblättern zu lesen. Wenn bei den Ermittlungen zudem eine Verbindung zwischen Staatsrat Benedikt und dem verurteilten Verbrecher Puri zutage käme, könnte das auch politische Erschütterungen nach sich ziehen. Es war also nicht verwunderlich, dass sich die Presseleute an einem Samstagnachmittag kurz vor Bundesliga-Anpfiff so zahlreich wie lange nicht mehr im Raum tummelten. Christian nutzte das Tohuwabohu, um sich direkt nach Ende der Konferenz abzusetzen – bevor Wieckenberg und Helmann ihn noch einmal eindringlich auf die Brisanz des Falles hinweisen konnten. Sie hatten es schon zur Genüge getan.

Christian ging die kurze Strecke von der Staatsanwaltschaft im Gorch-Fock-Wall bis zur Zentrale der Soko wie immer zu Fuß, als er auf die Idee kam, einen Abstecher zum Schulterblatt zu machen, von einigen Taxifahrern abwertend »Galao-Strich« genannt. Die Sonne schien, die Tische der Straßencafés waren fast alle besetzt, auf den Bürgersteigen tummelten sich die Leute. Die Szene im Schanzenviertel huldigte dem Hochsommer. Christian suchte sich einen der wenigen freien Plätze, bestellte einen Espresso und einen griechischen Salat und rief Anna an, doch sie ging nicht ans Telefon. Nachdem er das Essen, einen zweiten Espresso und vor allem das Eintauchen in die Normalität ausreichend genossen hatte, machte Christian sich an die letzten Meter zum Büro.

Als er in die Zentrale kam, war sie verwaist. Nicht mal Daniel hackte wie gewohnt in seinen Computer. Auf seinem Schreibtisch lag ein Zettel: »Bin bei Ali, Döner fassen.«

Christian setzte sich in sein Büro und begann mit einer ersten Versionsbildung zu den beiden Morden. Sein Hauptaugenmerk richtete er auf Hypothesen zur Planung und Vorbereitung der Taten und zu möglichen Täter-Opfer-Beziehungen. Er war noch nicht weit gekommen, als er die Tür hörte und kurz darauf Volker in Christians Büro stand.

»Ich hab Neuigkeiten«, sagte er fröhlich, setzte sich hin und legte seine Füße, die in ausgelatschten Converse steckten, auf Christians Tisch. Christian schubste die Füße wieder herunter und sah ihn abwartend an.

»Hab mit der Gattin von Benedikt gesprochen, die ist heute Morgen von den Malediven zurückgekommen. Unsympathisches Stück. Sie macht einen auf trauernde Witwe in Chanel, aber wenn du mich fragst, bedauert sie es nicht allzu sehr, dass sie ihren Alten los ist.«

»Wie kommst du darauf?« Christian arbeitete lieber mit Fakten als mit Intuition, zumindest glaubte er das von sich selbst. Aber auf Volkers Menschenkenntnis verließ er sich blind.

»Als ich hereinkam, probierte sie gerade äußerst konzentriert verschiedene Hüte für die Beerdigung auf. Während unseres Gesprächs kam die Haushaltshilfe rein und bestätigte den Frisörtermin für Frau Benedikt. Sie will die Leiche ihres Mannes nicht sehen. Und sie lügt. Als ich sie nach möglichen Verbindungen ihres Mannes zu Puri fragte, behauptete sie, den Namen noch nie gehört zu haben. Besonders zickig wurde sie, als ich sie nach einer eventuellen Geliebten gefragt habe. Da gab sie sich so künstlich empört, dass ich mir sicher bin, sie weiß etwas.«

»Aber erfahren hast du nichts?«

Volker grinste. »Nicht bei ihr. Aber Benedikt hat fremd gevögelt, da lege ich meine Hand für ins Feuer. Ich habe dann diese Marianne Sund befragt, die Haushälterin. Das Personal weiß meistens ganz genau, was in einem Haus hinter den Kulissen vor sich geht. Außerdem wäscht sie schließlich die Bettwäsche. Die war auch empört, als ich von einer Geliebten anfing. Aber wirklich empört. Sie hält Benedikt für einen feinen, vornehmen und integren Mann, der über derlei Unmoralitäten erhaben ist. Ich glaube, sie war selbst in ihn verknallt.«

Daniel kam dazu. Er hatte einen Pappteller mit einer riesigen Portion Pommes rot-weiß dabei. Christian stand sofort auf: »Gehen wir rüber.« Die einzelnen Büros der Soko-Mitglieder waren so klein, dass drei Mann und der Geruch von geschätzten zweihundert Pommes-Stäbchen sie definitiv überfüllten. Erst recht an einem heißen Sommertag.

Im Konferenzraum erzählte Volker weiter, während alle drei gemeinsam die Pommes mit den Fingern aßen. »Ich dachte mir: Puri. Zuhälter. Mehrfacher Puff-Besitzer. Benedikt. Fremdvögler. Vielleicht lässt sich da ja was finden. Also gehe ich zu Franca Dallessandro.«

»Die Geliebte von Puri, die du so scharf findest?«, fragte Daniel mit vollem Mund.

Volker nickte: »Eine Frau mit Klasse. Und, Bingo! Sie hat mir erzählt, dass Puri alle paar Monate Privatpartys für besonders exklusive Kunden veranstaltet. So exklusiv, dass die nie in ein öffentliches Bordell gehen würden. Obermacker aus Wirtschaft, Politik und Kultur. Franca war bei einigen dieser Partys dabei. Benedikt auch. Sie hat ihn zwei Mal gesehen. Er und Puri schienen recht vertraut, meinte sie.«

Christian pfiff durch die Zähne. »Na, da werden sich unser Justizsenator und unser Oberstaatsanwalt aber freuen, wenn das zur Presse durchsickert.«

»Schätze, wir bekommen einen Maulkorb verpasst.«

»Garantiert. Würde diese Dallessandro das auch vor Gericht bezeugen?«

Volker schüttelte den Kopf. »Sie hat mir weder gesagt, wo diese Partys stattfinden, außer ›mal hier, mal da‹, noch hat sie mir andere Gäste genannt, die wir befragen könnten. Benedikt und Puri sind tot, die können ihr nicht mehr schaden. Alle anderen schon. Außerdem sind das ihre lukrativsten Kunden. Sie wird den Mund halten, wie das in diesem Milieu so üblich ist. Dass sie mir diese Infos überhaupt gegeben hat, liegt nur an meiner vertrauenswürdigen Ausstrahlung.«

Daniel lachte laut los. Volker sah mit seiner überlangen Körpergröße, den breiten Schultern, der Glatze und den tief liegenden, dunklen Augen aus wie ein Hooligan. Dennoch wussten alle seine Kollegen um seine besondere Gabe, Menschen zum Reden zu bringen. Woran das lag, verstand keiner.

»Dann hat sie dir vermutlich auch keine Kolleginnen genannt, die wir befragen könnten.«

»Leider nein. Aber ich will am Montag mal bei der Sitte vorbeischauen. Vielleicht wissen die etwas über diese Partys. Oder sie haben Informantinnen aus der Edelnutten-Szene.«

»Gut.« Christian sah Daniel fragend an: »Hast du auch was?«

»Bislang nur langweiligen Scheiß. Ich arbeite gerade an den Telefonverbindungen und den Kontodaten. Dauert.«

»Okay, dann schlage ich jetzt den Rückzug ins Privatleben vor.« Christian erhob sich und nahm einen Stapel Akten und Protokolle vom Tisch.

Volker grinste: »Privatleben, klar. Anna freut sich bestimmt, dass du den ganzen Samstag unterwegs warst und dann Akten für den Sonntag mit nach Hause bringst.«

»Wenn ich am Wochenende nur eine Stunde mit meiner Süßen verbringe, habe ich immer noch mehr Privatleben als du, mein Lieber«, grinste Christian zurück.

1. August 2010
Hamburg.

Gegen zehn Uhr am Morgen kamen Vadim und Danylo mit Alina am Hamburger Flughafen an. Danylo hatte dafür plädiert, dass Alina im deutschen Krankenhaus blieb, bis sie kräftiger war. Aber sie hatte sich nicht überreden lassen. Sie wollte nach Hause. Denn auch wenn Radu und Ileana sich aus Sorge um Alinas Gesundheit in Geduld geübt hatten, konnten sie es kaum erwarten, ihre Jüngste wieder in die Arme zu schließen.

Danylo ging mit zum Schalter und dolmetschte beim Einchecken. Danach tranken sie noch gemeinsam einen Kaffee. Es wurde nicht viel gesprochen. So groß Alinas Freude war, endlich wieder nach Hause zu können, so groß war auch die Sorge, Sofia nicht an ihrer Seite zu wissen. Vadim und Danylo waren mit ähnlichen Gedanken beschäftigt.

An der Sicherheitsschleuse verabschiedete sich Danylo von Alina und Vadim. Auf Alinas eindringliche Bitte, weiter nach Sofia zu suchen, nickte er nur kurz, warf Vadim einen düsteren Blick zu, drehte sich um und durchquerte die Flughafenhalle Richtung Ausgang.

Alina sah ihm lange hinterher. Vadim reichte ihr den Arm und ging mit ihr langsam zum Gate. Alina war immer noch sehr schwach. Das Methadon half ihr zwar über die schlimmsten Entzugserscheinungen hinweg, aber Vadim wusste, dass sie trotzdem Qualen litt. Der Gedanke, nach Hause zu kommen, schien jedoch ihre Schmerzen und ihre Entkräftung zu besiegen. Nur deshalb hatte sich Vadim zu seinem Entschluss durchringen können.

Sie mussten noch eine Dreiviertelstunde überbrücken. Alina schloss die Augen und lehnte ihren Kopf an Vadims Schulter. Ihr bedingungsloses Vertrauen zu ihm, dem kriminellen Cousin, dem schwarzen Schaf der Familie, rührte ihn zutiefst. Er würde sich dieses Vertrauens würdig erweisen müssen.

Er wartete, bis das Bodenpersonal zum Boarden aufforderte. Sanft rückte er von ihr ab. »Alina, ich muss mit dir reden.«

Sie hob den Kopf und lächelte ihn an. Vadim fragte sich, wie sie nach allem, was sie erlebt hatte, noch so lächeln konnte. War es die Jugend, die sie unverwundbar machte? Oder die Freude über die Heimreise?

Als er sprechen wollte, legte sie ihm ihren Zeigefinger auf die Lippen. »Du musst nichts sagen. Mach dir keine Sorgen. In Frankfurt steige ich um, und in Chişinău holen mich Mama und Papa ab. Mir geht es gut, ich kann alleine fliegen.«

»Woher weißt du … ?«

»Ich kenne dich. Du wirst diesen Bender töten und Danylo helfen, Sofia zu finden.«

Vadim schwieg.

Alina stand auf, nahm ihre Tasche, gab ihm einen Kuss auf den Mund und ging durch das Drehkreuz. Kurz bevor sie im Gang zum Flugzeug verschwand, drehte sie sich noch einmal um und rief: »Weißt du eigentlich, dass ich dich liebe, Vadim?« Dann verschwand sie.

Vadim stand da wie vom Donner gerührt. Damit hatte er nicht gerechnet. Er hatte es nicht einmal zu hoffen gewagt.

Christian nahm mit Anna ein üppiges Frühstück zu sich und genoss die Stille. Nur das Klappern von Tassen und Besteck war zu hören und das Knistern von Papier. Anna las Zeitung, Christian blätterte durch sein Aktenpaket. Am gestrigen Abend war er nicht mehr dazugekommen. Anna hatte ihn mit einer DVD über Nova Scotia und Neufundland überrascht, die sie mit ihm ansehen wollte. Sie hoffte, ihn damit überzeugen zu können, den nächsten Urlaub dort zu verbringen. Christian graute schon jetzt vor dem endlos langen Flug. Aber er wusste nicht, wie er Annas Bitte abschlagen konnte. Zumal ihn der Film über die raue Landschaft im Nordosten Kanadas sehr beeindruckt hatte. Danach hatten sie zusammen gebadet und sich geliebt.

Zu Christians Überraschung befanden sich in seinem Aktenpaket nicht nur Unterlagen zu den beiden aktuellen Morden, sondern auch die Informationen, die Daniel über Heiko Bender zusammengestellt hatte. Christian wollte das Material zuerst beiseitelegen, da er wahrlich aktuellere Probleme hatte, doch aus einer Laune heraus blickte er hinein. Auf den ersten Blick wirkten die Fakten gewöhnlich. Nichts wies auf einen Hang zu sexueller Gewalt hin oder gar auf Kontakte zu kriminellen Kreisen. Dennoch musste es eine Verbindung geben. Alina hatte gesagt, dass sie vom Baltenboss gekauft und an Bender verschenkt worden war. Puri lag inzwischen in der Rechtsmedizin, in einer Stahlschublade direkt neben dem Staatsrat Benedikt, der auf Puris Einladung an exklusiven Sexpartys teilgenommen hatte. Christian kam auf die Idee, nach einer Verbindung zwischen Bender und Benedikt zu suchen. Ein Staatsrat aus Hamburg und ein Ingenieur aus Schleswig-Holstein schienen zwar auf den ersten Blick nicht viel gemein zu haben. Aber beide hatten mutmaßlich Kontakt zu Andres Puri gehabt und waren Nutznießer seiner Zuhälterei gewesen. Dass bei beiden bislang kein Kontakt zu Puri eindeutig nachgewiesen werden konnte, überraschte Christian kaum. Beziehungen zur Unterwelt werden von Armani-Anzugträgern mit Platin-Kreditkarten grundsätzlich verschwiegen und vernebelt.

Plötzlich beschlich Christian das vage Gefühl, Alinas gewaltsamer Aufenthalt bei Bender und die beiden neuen Mordfälle könnten miteinander zu tun haben. Dieser Gedanke, so unwahrscheinlich er auch war, ließ ihn nicht mehr los. Es dauerte lange, bis er tatsächlich etwas fand. Anna hatte schon längst den Tisch abgeräumt und sich mit einem Buch ins Wohnzimmer zurückgezogen.

»Anna, weißt du, was ›NMA‹ ist?«, rief er ins angrenzende Wohnzimmer. Anna kam zu ihm. »Das ist das Kürzel für die ›Norddeutschen Musikabende‹. Wieso?«

»Ach.« Christian verschlug es kurz die Sprache. Er hatte nach einer Verbindung zwischen Bender und Benedikt gesucht. Und dabei gleich noch eine zu Danylo Savchenko und Sofia Suworow entdeckt.

»Du guckst vollkommen dämlich aus der Wäsche«, sagte Anna. »Was ist denn los?«

»Hier, schau mal«, Christian schob ihr zwei Akten zu. »Benedikt war Mitglied der Sponsorengesellschaft der NMA. Und Heiko Bender ist im Stiftungsrat der NMA.«

Anna besah sich die Unterlagen. »So ungewöhnlich finde ich das nicht. Das belegt doch nur, dass die beiden sich vermutlich gekannt haben. Die NMA ist ein Riesenapparat. Da arbeiten, ich weiß nicht, wie viele Leute mit, um den ganzen Aufwand zu stemmen. Hunderte von Konzerten pro Jahr, Saalmieten, internationale Künstler von Weltrang, Hotelbuchungen, zigtausend Besucher an zig Spielstätten ...«

Anna holte ihren Laptop aus dem Wohnzimmer und gab »Norddeutsche Musikabende« als Suchbegriff ein. Sie zeigte Christian die Homepage. Er besah sich den Webauftritt, klickte sich geduldig durch Programme, Spielstätten, Akademien, Pressemitteilungen, Direktoren, Referenten und alle weiteren Zahlen und Fakten.

»Die machen pro Jahr Umsätze im zweistelligen Millionenbereich!« Christian war völlig perplex.

»Was hast du denn gedacht? Die NMA sind ein kulturelles Ereignis von herausragendem internationalem Ruf.«

»Und ein Wirtschaftsunternehmen von beträchtlichem Umfang«, fügte Christian hinzu. »Ich muss nach Rendsburg, mit Danylo Savchenko reden. Und wenn ich die Infos diesmal aus ihm rausprügele!«

»Das dürfte dir schwerfallen. Alina hat mich gestern Abend angerufen und sich verabschiedet. Da waren die drei schon wieder in Hamburg.« Anna sah auf ihre Küchenuhr. »Alina sitzt mit Vadim in der Maschine nach Chişinău via Frankfurt. Und Danylo ... Wer weiß, wo der ist.«

»Mist! Du hast recht. Vielleicht ist er ja in seiner Wohnung in Winterhude. Ich schicke Volker vorbei, der wohnt ums Eck. Der soll ihn an den Haaren in die Zentrale schleifen.«

»Ich finde es immer wieder schön, wie sensibel du mit großen Künstlern umzugehen verstehst.«

Christian rief Volker an und informierte ihn über seine neuen Thesen. Volker fand einen Zusammenhang zwischen den Ereignissen und der NMA zwar äußerst zweifelhaft, sah aber ein, dass Christian unbedingt mit Savchenko reden wollte. Auch wenn er sicher war, dass Savchenko wie immer gar nichts preisgeben würde, wollte er gleich bei seiner Adresse vorbeifahren.

Christian hatte kaum aufgelegt, als sein Handy klingelte. Er sah auf das Display. »Das glaube ich nicht! Wieckenberg! Was will der denn am Sonntag von mir?«

Anna lächelte. »Wenn du nicht rangehst, wirst du es nie erfahren.«

»Genau das ist der Plan.« Christian legte das Handy beiseite und starrte gebannt auf die Homepage. Kaum hatte das Handy aufgehört zu klingeln, ging es wieder los. Christian sah erneut auf das Display, seufzte und ging ran: »Herr Wieckenberg. Was gibt's denn?«

Christian hörte verwundert zu. »Okay, ich bin in einer Stunde bei Ihnen.« Er legte auf.

Anna sah ihn fragend an. »Eine neue Leiche?«

»Das nicht. Aber irgendetwas ist seltsam. Er hatte gar nicht seinen üblichen arroganten Befehlston drauf. Er hat mich ›gebeten‹! Zu einem inoffiziellen, aber dringlichen Gespräch.«

»Bitte. Dann gehen wir halt nächstes Wochenende schwimmen«, zickte Anna giftig.

Christian musste lachen. Seit er mit dem Petersen-Fall beschäftigt war, kommentierte Anna jede Störung ihres Privatlebens mit einer gespielt beleidigten Bemerkung übers Schwimmengehen und karikierte ihm so das typische Verhalten einer stets zu kurz kommenden Polizisten-Gattin, wie er sie selbst einmal gehabt hatte.

Sie lachte mit, küsste ihn auf seinen von kurzen Bartstoppeln umsäumten Mund und sagte: »Amüsier dich gut mit dem blöden Wieckenberg, ich lege mich raus in den Garten und bräune meinen Amazonenkörper. Nackt, damit dem Spanner von gegenüber die Augen aus dem Kopf fallen.«

»Hauptsache, du lässt ihn nicht rein, wenn er klingelt.«

Christian wollte nach oben gehen, um die Jogginghose gegen Jeans zu tauschen, als ihm plötzlich der Gedanke kam, es zu lassen, nur um Wieckenberg zu ärgern. Das erschien ihm dann aber doch zu pubertär, also zog er sich um, bevor er sich mit dem Fahrrad auf den Weg zum benachbarten Stadtteil Harvestehude machte.

Zur gleichen Zeit trafen sich Vadim und Danylo ganz in der Nähe auf dem Steg des ›Cliff‹-Cafés an der Außenalster. Um sie herum wimmelte es von Einheimischen und Touristen, die die Sonne und den Ausblick genossen. Es ging wie so häufig in Hamburg ein kräftiger Wind, weiß betuchte Segelboote kreuzten über das glitzernde Wasser und wichen geschickt den Alsterdampfern, den mit Trommlern trainierenden Ruderern und vereinzelten Kajakfahrern aus.

»Wie hat sie es weggesteckt?«, fragte Danylo.

»Gut«, antwortete Vadim. »Sie will, dass wir Sofia zurückbringen.«

Beide ließen ihre Blicke über die Alster schweifen. Sie konnten sich nicht in die Augen sehen. Die fröhliche Schönheit des Sommertages und das unbeschwerte Treiben der Menschen um sie herum kam Vadim vor wie ein hyperrealer Traum in zu grellen Farben.

Er wandte sich von dem pittoresken Bild ab. »Zuerst Bender. Der gehört mir allein.«

Danylo nickte. »Dann der Rest.«

Wieckenberg wohnte in einem modern ausgebauten Penthouse in einer Villa in der Parkallee. Feinste Hamburger Adresslage nennt man das, dachte Christian, als er sein altes Hollandrad im Vorgarten an einen Baum anschloss. Der Fahrstuhl führte direkt in die Wohnung. Wieckenberg empfing ihn freundlich. Zu Christians Überraschung trug er eine alte Jogginghose und ein verwaschenes, zu großes T-Shirt. Wieckenberg ging voraus, barfuß über ein dunkles, geöltes Parkett. Christian folgte ihm durchs Wohnzimmer auf die Terrasse. Wie nicht anders erwartet, strahlte jeder einzelne Gegenstand in der Wohnung Prestige und Geschmack aus. Von der Terrasse bot sich ein wunderbarer Blick in die von Bäumen gesäumte Allee. Christian wollte Platz nehmen, doch Wieckenberg bedeutete ihm, ins Wohnzimmer zurückzugehen.

»Ich wollte nur den Eistee holen.« Er nahm die Karaffe und sein Glas, schloss die Tür zur Terrasse und bot Christian Platz auf dem Ledersofa an. »Was darf ich Ihnen zu trinken anbieten?«

»Eistee ist super.« Er bekam ein Glas.

Wieckenberg setzte sich ihm gegenüber in einen Sessel und schlug die Beine übereinander.

»Sie wundern sich vielleicht, dass wir bei diesem herrlichen Wetter drinnen sitzen. Aber unser Gespräch ist etwas heikel, um nicht zu sagen delikat. Es wäre mir äußerst unangenehm, wenn meine Nachbarn mithören würden. Oder sonst irgendjemand davon erführe.« Wieckenberg sah Christian eindringlich an und machte eine Kunstpause.

»Ich verstehe. Wir reden inoffiziell.«

»Und vertraulich. Bitte betrachten Sie mich im Moment nicht als Ihren Vorgesetzten, sondern als eine Art ... Informanten, dessen Identität Sie für sich behalten.«

»Soweit das in meiner Macht steht.« Christian grinste insgeheim über Wieckenbergs Behauptung, sein Chef zu sein. Das war er gewiss nicht, auch wenn Wieckenberg das gerne so sehen würde. Es musste dem Oberstaatsanwalt unglaublich schwerfallen, Christian als Bittsteller gegenüberzutreten. Christian wartete einfach ab. Er war gespannt.

»Ich kannte Werner Benedikt.«

»Das überrascht mich nicht.«

»Warten Sie ab. Ich kenne auch diesen Heiko Bender.«

Christian stutzte. Wusste Wieckenberg also doch von seinem Ausflug nach Schleswig-Holstein?

»Halten Sie mich nicht für blöd.« Wieckenberg schien seinen Gedanken erraten zu haben. »Glauben Sie, ich befehle Ihnen, den Fall Petersen abzuschließen und kriege dann nicht mit, wenn eine in diesem Zusammenhang von Ihnen bei der SIS als vermisst gemeldete Person hier in der Nähe unter mysteriösen Umständen auftaucht?«

»Warum haben Sie mich überhaupt gedrängt, den Fall zu den Akten zu legen?«

»Weil er abgeschlossen war.«

Wieckenberg schien immer noch nicht bereit, bei diesem Thema einen Zentimeter Boden preiszugeben. Oder er konnte keine Fehler eingestehen.

»Zu Bender und Benedikt«, fuhr er fort. »Wir sind uns vor etwa einem Jahr zum ersten Mal begegnet. Ich war damals ein paar Wochen in der Stadt, um meine Hamburger Kontakte zu pflegen und alles für meine künftige Anstellung an der hiesigen Staatsanwaltschaft zu erledigen. Verträge, Wohnungssuche und so weiter. Meinem Wunsch nach Kontaktpflege wurde mehr entsprochen, als mir lieb war. Benedikt nahm mich auf eine Party mit. Eine sehr spezielle und sehr exklusive Privatparty, wenn Sie verstehen.«

»Mir wäre lieb, wenn Sie sich in aller Deutlichkeit ausdrücken, Herr Wieckenberg. Nur um eventuelle Missverständnisse zu vermeiden.«

»Es war eine Art Barockfest. Man sagte mir, dass das Fest regelmäßig einmal pro Jahr organisiert wird. Es fand in einem leer stehenden Herrenhaus im Alten Land statt. Mit allen üppigen Sinnesgenüssen, die zum barocken Lustwandeln gehören.«

»Sie meinen eine Sexparty.«

»Porno trifft es eher. Ich bin hingegangen, weil man mir gesagt hat, dass sich die Crème de la Crème der Umgebung dort trifft. Ich wollte sehen, wie sich meine Kaste hier so vergnügt. Und wer dabei ist.«

»Wer war denn alles dabei aus Ihrer ... Kaste?«

»Das spielt keine Rolle. Für Sie zählen Bender und natürlich Benedikt. Die anwesenden Damen allerdings gehörten nicht zu der oberen Gesellschaftsschicht.«

»Kann ich mir denken. Warum erzählen Sie mir das?« Christian wusste noch nicht genau, worauf Wieckenberg hinauswollte. Aber er hatte eine Ahnung.

»Weil ich nicht in irgendwelche Machenschaften hineingezogen werden will. Und langsam kommt mir der Verdacht, dass Puri der Veranstalter dieser frivolen Festivitäten ist. War.«

»Und? Die Sache ist ein Jahr her, da waren Sie hier noch nicht in Amt und Würden. Sicher ist Begünstigung von Prostitution keine saubere Sache für einen Staatsanwalt, aber seien wir mal ehrlich ...«

»Diese Partys finden, wie schon erwähnt, in der ein oder anderen Form regelmäßig statt. Im Übrigen gibt es keine Pflicht, aktiv teilzunehmen. Man kann auch einfach nur zuschauen.«

»Sie müssen sich mir gegenüber nicht rechtfertigen. Mir ist egal, was Sie in Ihrem Privatleben treiben. Und mit wem.«

»Darum geht es nicht. Ich war zwar nur einmal dabei, aber ich stehe immer noch auf der Gästeliste.«

Endlich ließ er die Katze aus dem Sack. »Und Sie fürchten, wenn ich bei meinen Ermittlungen in den Fällen Benedikt und Puri darauf stoße, bläst Ihnen ein eiskalter Wind ins Gesicht.«

»Ich würde es anders formulieren. Aber in der Tat will ich mich von diesen Leuten distanzieren. Anfangs dachte ich, es handelt sich um die typischen dekadenten Späße der Oberschicht. Kein großes Ding. Aber nun gibt es Leichen. Hören Sie, Beyer, ich bin kein Spießer, mir ist egal, wer wen fickt. Aber ich bin mit Leib und Seele Staatsanwalt. Und wenn diese Kerle Dreck am Stecken haben, dann will ich sie auf jeden Fall hinter Gittern sehen!«

Christian traute Wieckenbergs moralischer Kampfansage keine Sekunde. Alles Pose. Der wollte nur seine eigene Haut retten. Christian vermutete, dass Wieckenberg sich vor seinem Besuch extra in die Jogginghose geworfen hatte, um einen auf proletarische Solidarität zu machen. Lächerlich. »Benedikt und Puri sind tot. Bender wird in Schleswig-Holstein angeklagt. Wen genau meinen Sie jetzt mit ›diese Kerle‹?«

»Ich weiß es nicht. Mir schwant nur langsam, dass mehr hinter der ganzen Sache stecken könnte als ein harmloses Sex-Vergnügen. Ich will, dass Sie mich auf Ihrer Seite wissen. Und mir über alle Erkenntnisse unverzüglich Bericht erstatten. Statt solcher Alleingänge wie in Rendsburg.«

Christian verstand. Wieckenberg wollte schnellstmöglich erfahren, wann es für ihn brenzlig werden konnte.

»Haben Sie etwas mit den NMA zu tun?«, fragte Christian unvermittelt.

»Den ›Norddeutschen Musikabenden‹? Nein, ich bin ein eingefleischter Jazzfan. Wie kommen Sie darauf?«

Wieckenberg wirkte so überrascht von der Frage, dass Christian ihm glaubte. Er wiegelte ab. »Nicht so wichtig.«

»Trotzdem passend, Ihre Frage. Heute Abend ist nämlich wieder eine solche Party. Angeblich ein Hauskonzert. Ich werde ausnahmsweise hingehen und Augen und Ohren offen halten. Garantiert wird über Benedikt und Puri geredet.«

»Sie vermuten, dass Puri der Veranstalter der Partys war. Aber heute Abend dürfte ihm das schwerfallen.«

»Die Partys sind lange im Voraus geplant. Außerdem wird Puris Nachfolger, und wir beide wissen genau, dass das sein Sohn Dimitri ist, diesen lukrativen Geschäftszweig sicher aufrechterhalten.«

»Ich komme mit.«

Wieckenberg lachte. »Sie sind nicht eingeladen, Herr Beyer.«

»Schicken Sie mir eine Einladung zu. Das läuft doch sicher anonym übers Internet.«

»Anonym, ja. Aber das Internet ist viel zu unsicher. Und stillos. Jeder bekommt eine schriftliche Einladung von einem Kurier gebracht. Der Umschlag wird nur persönlich abgegeben. Ist nicht übertragbar.«

»Sie sind bei Ihrem ersten Besuch auch mitgenommen worden. Von Benedikt. Stellen Sie mich vor, wie auch immer, von mir aus als Ölscheich aus dem Orient.«

Wieckenberg betrachtete mitleidig Christians verbeultes Cordsakko, das er Sommer wie Winter trug. »Versuchen wir's lieber mit Lobbyist aus der Agrarbranche.«

Haßmoor.

Der Abend dämmerte über den Feldern. Heiko Bender machte zum wiederholten Mal einen Rundgang durchs Haus und prüfte, ob alle Fenster und Türen geschlossen waren. Die Sommerhitze stand in den Räumen, die Luft war zum Schneiden. Heiko Bender schwitzte. Er schwitzte vor Angst. Seit gestern hatte er mehrfach bei einem privaten Sicherheitsdienst in Kiel angerufen und einen Leibwächter angefordert. Aber immer hatte er die gleiche Antwort bekommen: »Im Moment ist keiner frei, vermutlich können wir Ihnen morgen früh einen Mann schicken.« Bender hatte geflucht und gebeten, wenigstens heute Nacht noch jemanden zu bekommen, doch es hatte nichts genützt. Er wünschte sich nichts sehnlicher, als in der schützenden Hülle der Kieler Gefängnismauern zu sitzen. Aber wenn er die Polizei zu Hilfe rief, konnte er gleich ein umfassendes Geständnis ablegen.

Er setzte sich an den Wohnzimmertisch, wo alle regionalen Tageszeitungen verstreut waren, die er hatte bekommen können. Wie unter Zwang las er zum wiederholten Mal alle Artikel über Benedikts und Puris Ermordung. Die Sache mit den Insekten gruselte ihn. Einerseits machte es ihm Hoffnung. Die ganze Geschichte war so abstrus, das musste überhaupt nichts mit ihm zu tun haben. Andererseits hatte ihm dieser Kommissar Thamm genüsslich gesteckt, dass Alina von einem kriminellen Cousin abgeholt worden war. In diesen Ostblockländern gab es doch so etwas wie Blutrache. Aber betraf das auch Vergewaltigung? Alina war ja nicht tot.

Benders Gedanken kreisten, stolperten, überschlugen, überkreuzten und verknoteten sich. Er versuchte sich zu beruhigen. Zu gerne hätte er ein paar Gläser Whisky getrunken, doch er musste nüchtern bleiben. Eins konnte er sich genehmigen, aber nur eins. Er schenkte sich zwei Fingerbreit ein und schaltete den Fernseher an, um sich abzulenken. Unaufmerksam zappte er durch die Programme. Immer wieder erschrak er, weil er ein ungewöhnliches Geräusch zu hören glaubte. Dann schaltete er den Ton weg und lauschte. Sein Hemd war komplett durchgeschwitzt, seine Nerven lagen bloß, obwohl er todmüde war. Die Nächte in Untersuchungshaft hatte er schon kaum ein Auge zugetan, von der letzten Nacht ganz zu schweigen. Er sah auf die Uhr. Es war kurz vor Mitternacht. Einen Whisky konnte er noch trinken. Damit er wach blieb.

Bender schlief auf dem Sofa ein. Leise begann er zu schnarchen. Er hörte nicht, wie im Souterrain an einem der Fenster ein Glasschneider angesetzt, dann das Fenster geöffnet wurde und Schritte die Treppe hochkamen.

Eine halbe Stunde später klingelte Hannes Strodt, Angestellter bei der Kieler Firma Safety and Security an Benders Haustür. Zuerst war er genervt gewesen von der späten Anfrage, aber als er hörte, was Bender zu zahlen bereit war, hatte er sich sofort ins Auto gesetzt und war nach Haßmoor gefahren. Jetzt noch mitten in der Nacht bei dem hochnervösen Kunden aufzuschlagen und ihn zu beruhigen, würde einen guten Eindruck machen, für das nötige Vertrauen und eventuell für einen finanziellen Bonus sorgen. Doch niemand öffnete auf sein Klingeln. Er versuchte es wieder. Nichts. Strodt überlegte, ob der Kunde aus irgendwelchen Gründen so verängstigt war, dass er sich tot stellte. Es verunsicherte jeden, wenn mitten in der Nacht geklingelt wurde.

»Herr Bender, ich bin Hannes Strodt von Safety and Security aus Kiel. Sie haben bei uns angerufen!« Diskretion war einer der wichtigsten Grundsätze seiner Firma, doch dieses Haus stand so weit ab von allen Nachbarn, dass er ohne Sorge durch die Nacht brüllen konnte. Trotzdem kam kein Herr Bender zur Tür, um dankbar zu öffnen und ihm ein Bier anzubieten. Strodt lauschte auf Schritte im Inneren des Hauses. Da hörte er ein verdächtiges Geräusch auf der anderen Seite der Villa. Leises Quietschen einer Tür oder eines Fensters. Huschende Schritte von genagelten Schuhen auf Gehwegplatten, dann dumpfe, schnelle Schritte, vermutlich auf Rasen. Strodt zog seine Beretta und schlich sich ums Haus herum. In der Ferne eines Stoppelfeldes sah er einen dunklen Schatten wegrennen. Kurz darauf wurde ein Motorrad angeworfen.

Strodt war zu spät. Er sah sich die Hinterseite des Hauses an. Eines der Souterrainfenster stand sperrangelweit offen. Er steckte die Waffe weg und nahm den gleichen Weg ins Haus wie der Eindringling. Beim Einsteigen sah er, dass jemand das Fenster mit einem Glasschneider bearbeitet hatte. Er fand kein Licht, doch die mondhelle Nacht schien durch die Fenster und wurde von den weißen Kacheln rings um den Innenpool widergespiegelt. Strodt umrundete geduckt die Kopfseite des Pools und zog seine Beretta wieder hervor. Es konnte immer noch jemand da sein. Aber auch wenn seine professionelle Vorsicht jederzeit angebracht war, die Stille sprach ihre eigene Sprache. Totenstille. Strodt war Profi genug, um Totenstille von Geräuschlosigkeit zu unterscheiden. Totenstille war die Abwesenheit von Geräuschen plus die dröhnende Anwesenheit des Todes. In Strodts Ohren klopfte sein eigener Blutkreislauf einen warnenden Rhythmus. Dann sah er es. Auf den weißen Kacheln um den Pool gab es eine breite Schleifspur aus Blut. Sie führte von der Treppe, die nach oben ging, zu einer Tür auf Souterrain-Ebene, rechts vom Pool.

Strodt folgte mit der Waffe im Anschlag der Blutspur. Er öffnete die Tür, die ihm den Blick auf den weiteren Verlauf der roten Schlieren versperrte. Die Tür führte in einen kleinen Raum, in dem die Heiz- und Poolanlage untergebracht war. Auf dem gekachelten Boden lag ein Mann mit einem dicken Knebel im Mund und heruntergelassener Hose. Sein Genital war abgeschnitten, Blut schoss in Strömen aus der klaffenden Wunde. Bender lebte noch, er atmete flach und stoßweise, seine Augen flatterten voller Entsetzen hin und her.

Strodt nahm sein Telefon heraus, wählte die Notrufnummer, gab Adresse und Zustand des Opfers durch. Heiko Benders Blut wurde unterdessen regelrecht aus dem Körper gepumpt und flutete die Kacheln des Heizungsraumes. Strodt stand inmitten der Lache, kniete sich hinein, riss Bender den Knebel aus dem Mund. Bender hatte keine Kraft mehr, tief Luft zu holen, er röchelte nur leise. Strodt versuchte, die beiden großen Beckenschlagadern abzudrücken. Es war sinnlos. Bender hörte auf zu atmen, sein Blick richtete sich ins Nirgendwo und brach.

Irgendwo zwischen Nienstedten und Blankenese in der Nähe des Mühlenberger Segelclubs stand eine prachtvolle Villa inmitten eines uneinsehbaren Grundstücks, dessen Garten parkähnlich angelegt war. Der riesige Rotklinkerkasten war an Ecken und Erkern mit elfenbeinfarbenem Putz versehen, passend zu den ausladenden Treppenstufen, die zur Beletage hinaufführten. Als Wieckenberg mit Christian vorfuhr, waren schon acht Luxuslimousinen mit Hamburger und Schleswig-Holsteiner Kennzeichen auf der Kiesauffahrt geparkt.

»Wer wohnt hier? Der Veranstalter des heutigen Abends?«, fragte Christian.

»Keiner weiß je, wer der Veranstalter ist. Alle bewegen sich wie Gäste. Hier wohnt niemand. Das Haus steht voll möbliert zum Verkauf. Ein bekannter Hamburger Immobilienmakler arrangiert derartige Räumlichkeiten für die Treffen. Manchmal werden die Häuser auch angemietet.«

»Dafür, dass Sie nur einmal dabei waren, sind Sie sehr gut informiert.«

Wieckenberg lächelte: »Wissen ist Macht.«

An der doppelflügeligen Haustür stand ein Bodyguard im schwarzen Anzug. Er trug ein Headset mit Kopfhörerknopf und Mikro. Wieckenberg reichte ihm seine Einladung und sagte das Kennwort, das ihm noch am Nachmittag per SMS zugeschickt worden war: »Cello.«

»Die Einladung gilt nur für eine Person.« Der Sicherheitsmann sprach mit einem leichten Akzent, den Christian nicht einordnen konnte. Per Headset nahm er Kontakt ins Innere des Hauses auf. Kurz darauf kam ein Mann Anfang fünfzig heraus. Er begrüßte Wieckenberg erfreut. Die beiden flüsterten kurz, dann nickte der Mann dem Sicherheitsbeamten zu, und Christian wurde eingelassen.

Das Foyer beeindruckte mit prachtvollem Stuck und rosafarben geädertem Marmor, der nicht nur den Boden bedeckte, sondern auch bis auf Hüfthöhe an den Wänden verlegt worden war. Vom Foyer aus gingen mehrere Türen ab, die alle geöffnet waren, zudem eine geschwungene Treppe, die nach oben führte. Der Mann, der ihnen Einlass gewährt hatte, führte sie zu einem Salon, in dem sich neun Männer aufhielten und bei Champagner und Kanapees plauderten. Die Gourmet-Häppchen wurden von attraktiven Frauen in äußerst knapp sitzenden Dienstmädchen-Uniformen verteilt. Eine andere Frau stöckelte oben ohne mit einem Bauchladen herum und verteilte Zigaretten, Zigarillos und Zigarren. Die Männer waren alle gut über vierzig, trugen ausnahmslos teure Anzüge, teure Schuhe und teure Uhren. Christian spürte sofort seine reflexhafte Antipathie gegen alles selbsternannt Elitäre. Wieckenberg stellte ihn als einen guten Bekannten aus Berlin vor, der als Lobbyist tätig sei. Namen wurden nicht genannt. Man kannte sich, und wenn nicht, umso besser.

Christian hielt sich zurück. Zu den Gesprächen über die Entwicklung des Goldpreises und die variierte Neuauflage des legendären Riva-Bootes hatte er nichts beizutragen. Er sah sich um. Alles hier atmete Reichtum und Exklusivität. Das Mobiliar bestand aus modernen Klassikern, die in friedlicher Koexistenz mit der Hamburger Retroarchitektur des Hauses existierten, wenn nicht gar harmonierten. Christian war kein Spezialist, teilte aber mit Anna die Vorliebe für Bauhaus-Möbel. Letzte Weihnachten hatte sie ihm einen gebrauchten Eames-Lounge-Chair geschenkt. Der war zwar schon reichlich abgewetzt, aber er liebte dieses Teil. Mehr als die Ausstattung der Villa interessierten ihn jedoch die Gäste. Nur einer kam ihm bekannt vor. Vermutlich hatte er das Gesicht in einer Zeitung gesehen, aber es wollte ihm beim besten Willen nicht einfallen, in welchem Zusammenhang. Er nahm Wieckenberg beiseite und fragte ihn leise nach den Anwesenden.

»Die zwei dahinten kenne ich nicht«, begann Wieckenberg flüsternd. »Die beiden an der Barkonsole sind Konrad Lang, Sie wissen, welche Bank, und der neben ihm, der uns hereingelassen hat, ist Manfred Kreutzer, Vorstandsvorsitzender der ›Stahl Nord AG‹.«

»Wer ist der kleine Typ, der dort so unbeteiligt im Sessel sitzt?«

»Dominik Röhl. Er wird nicht gerne gesehen. Erstens, weil er ein Emporkömmling finsterster Sorte und zweitens, weil er stockschwul ist.«

Christian sah Wieckenberg fragend an.

»Man hat mich schon zu Anfang informiert, dass es auch Partys gibt, in denen neben willigen Damen auch junge Männer zur Verfügung stehen. Röhl kommt jedoch auch zu den rein heterosexuellen Veranstaltungen. Er schleimt sich ran, macht Kontakte ...«

»Warum wird er eingeladen, wenn ihn alle nicht ausstehen können?«

»Reich. Sehr reich. Ich schätze, vierzig Prozent der Autohäuser in Norddeutschland gehören ihm. Und seinen Freunden gegenüber zeigt er sich sehr großzügig, wenn es um das Besorgen von Luxuslimousinen zu sagenhaft günstigen Preisen geht.«

»Ihr schicker Jaguar?« Christian grinste.

Wieckenberg grinste zurück. »So dämlich bin ich nicht. Nein, mein Lieber, meine Weste ist sauber.«

»Und die Typen links von uns?«

Wieckenberg wollte gerade antworten, als Kreutzer um Aufmerksamkeit bat: »Meine Herren, wie immer haben wir uns etwas Spezielles einfallen lassen, um stilvoll in einen hoffentlich unterhaltsamen Abend für uns alle hineinzugleiten. Wenn Sie sich bitte nach nebenan begeben wollen, dort findet ein Hauskonzert statt mit einer herausragenden Künstlerin, die ein besonderes Vergnügen nicht nur für die Ohren bietet.«

Im Raum nebenan waren ausreichend Polsterstühle in einem Halbkreis um einen einzelnen Stuhl aufgestellt worden. Auf dem Stuhl in der Mitte saß die Künstlerin mit ihrem Cello. Christian erkannte sie sofort. Es war Norma Lucia, deren Konzert er in Bad Bramstedt mit Anna besucht hatte. Hier trug Norma Lucia kein schwarzes, schulterfreies Abendkleid. Sie war nackt. Nur das Cello zwischen ihren Beinen verdeckte den Blick auf die Scham.

Die Männer setzten sich, klatschten genüsslich Beifall. Norma Lucia reagierte nicht. Sie schloss die Augen und begann zu spielen. Wenn Christian sich nicht irrte, spielte sie wieder Schostakowitsch. Aber auch diesmal hörte er nicht zu. Seine Gedanken überschlugen sich. Das Konzert in Bad Bramstedt hatte im Rahmen der NMA stattgefunden. Bender und Benedikt waren mit der NMA verquickt. Und beide mit Puri. Puri und seine Leute veranstalteten diese Partys. Und nun tauchte eine Musikerin hier auf, die mit der NMA zu tun hatte. Diese Verbindungen konnten kein Zufall mehr sein, dafür waren sie zu zahlreich und zu brisant.

Norma Lucia spielte nur ein Stück. Sie wusste sehr wohl, dass ihre Zuschauer nicht wegen des musikalischen Genusses hier saßen und applaudierten. Entsprechend ignorant reagierte sie wiederum auf den Beifall. Sie stand auf, und entgegen Christians Vermutung hielt sie das Cello nicht verschämt vor ihren nackten Körper, sondern nahm es zur Seite, zeigte sich und blickte dabei verächtlich auf ihr Publikum herab. Christian war beeindruckt von dieser Geste des Stolzes. Als Norma Lucia in den Nebenraum abging, kamen die Gesellschafterinnen mit Tabletts voller Champagnergläser herein. Sie hatten ihre Dienstmädchenkluft abgelegt und waren nun allesamt nackt bis auf ihre hochhackigen schwarzen Pumps. Ein paar der Gäste zogen sich Frauen auf den Schoß und begannen zu fummeln. Zwei schnappten sich die Damen ihrer Wahl und begaben sich ins obere Stockwerk.

Christian dachte an Anna. Sie war sauer gewesen, dass sie nun auch den Sonntagabend auf Christian verzichten musste. Wie so oft hatte sie gedroht, den Kader vom HSV einzuladen, um sich mit den Spielern während Christians Abwesenheit zu vergnügen. Dabei wusste sie genau, dass er Sankt-Pauli-Fan war! Er hatte wie immer gelacht. Hunde, die bellen, beißen nicht. Wenn Anna aber wüsste, wo und mit wem er sich gerade befand ... Er hatte ihr gesagt, dass er mit Wieckenberg zu einem

Herrenabend in einer Art englischen Zigarrenclub müsse. Beim Lügen sollte man immer möglichst dicht an der Wahrheit bleiben. Er belog Anna so gut wie nie, und wenn, dann extrem ungern. Aber er wollte ihre Toleranz auf keinen Fall überstrapazieren.

Christian erhob sich von seinem Sitz und folgte Norma Lucia in das nebenan liegende Zimmer. Sie hatte sich einen dünnen Kimono übergeworfen und verstaute ihr Cello im Koffer.

Christian trat nah zu ihr. »Warum tun Sie das?«

»Was?« Ihr Ton war aggressiv.

»Sie sind eine wunderbare Künstlerin. Ich habe Ihr Konzert in Bad Bramstedt besucht.«

»Und da haben Sie gedacht, das ist nur die halbe Miete! Wollen doch mal sehen, wie die Kleine sich nackt so macht!«

»Nein! Sie verstehen mich falsch ...« Christian wollte ihr klarmachen, dass er nicht im Begriff war, sie anzubaggern.

Doch Norma Lucia hörte gar nicht erst zu: »Bemühen Sie sich nicht. Ich bin exklusiv für einen japanischen Gast gebucht. Bitte gehen Sie jetzt.« Damit wandte sie sich abrupt ab.

Christian hatte das Gefühl, dass sie sich abwandte, weil ihre stolze Haltung zu bröckeln begann. In ihren Augenwinkeln hatte er Tränen glitzern sehen. »Ich gehe. Aber nur, wenn Sie mitkommen. Ich will nichts von Ihnen, glauben Sie mir. Aber Sie gehören nicht hierher. Sie sind keine Prostituierte!«

Norma Lucia lachte verzweifelt auf: »Fragen Sie mich in zwei Stunden noch mal.«

Christian wollte insistieren, doch Wieckenberg kam herein und zog ihn am Oberarm zur Seite. »Schluss mit lustig. Wir müssen gehen. Einem von den Kerlen da drin, Dominik Röhl, um genau zu sein, ist endlich eingefallen, woher er sie kennt. Ein Foto in der Morgenpost von heute. Die Pressekonferenz. Zu blöd, dass wir daran nicht gedacht haben. Und jetzt weg hier.«

»Nicht ohne sie.« Christian zeigt auf Norma Lucia.

Die fauchte ihn an: »Hauen sie endlich ab!«

Wieckenberg stimmte ihr zu: »Die Dame ist erwachsen. Sie wird wissen, was sie tut. Gehen wir.«

Christian folgte ihm nur widerwillig. Im Foyer wurden sie von Konrad Lang, dem Banker, aufgehalten. Er sprach Christian an: »Herr Beyer, wir wissen es durchaus zu schätzen, dass Sie die Ermittlungen im Falle Benedikt in aller Breite vorantreiben. Schließlich waren viele von uns mit Benedikt bekannt oder befreundet. Wir sind erschüttert über seinen Tod und wollen, dass Sie den oder die Täter schnellstmöglich finden, damit unser Herr Wieckenberg ...«, er lächelte Wieckenberg jovial zu, »... sie ihrer gerechten Strafe zuführen kann. Allerdings, und das glauben Sie mir bitte, ist hier für Sie nichts zu finden. Falls wir Ihnen dennoch Unterstützung in jedweder Art zukommen lassen können, lassen Sie es uns wissen. In der Zwischenzeit vertrauen wir alle auf Ihre Diskretion.«

Er bot Christian die Hand wie zu einem mündlichen Vertrag. Christian wusste, wie sehr Wieckenberg hoffte, dass er einschlug. Er wusste auch, wie klug es wäre, einzuschlagen. Aber er konnte nicht.

»Ich ermittele nicht nur im Falle Benedikt, sondern auch wegen des Mordes an Andres Puri«, sagte er stattdessen.

Lang zog die Hand zurück. »Der Herr ist mir nicht bekannt. Ich wünsche eine gute Heimfahrt.« Lang drehte sich um und ging wieder in den Salon.

»Das war unklug«, meinte Wieckenberg.

»Fühlt sich aber gut an.«

Die beiden bestiegen Wieckenbergs Jaguar und fuhren zurück. Unterwegs ließ sich Christian von Wieckenberg alle ihm bekannten Namen der heutigen Gäste geben und derjenigen früherer Partys. Wieckenberg bestand inzwischen nicht mehr darauf, nur ein einziges Mal an einem dieser Events teilgenommen zu haben. Vermutlich kam ihm diese Lüge inzwischen selbst unglaubwürdig vor. Dass er Christian bereitwillig alle Namen gab, war ein deutliches Zeichen dafür, sich auf die Seite der Legalität zu schlagen und zumindest von Christians Seite eventuell drohenden Ärger wegen seiner Verstrickung in diese halbseidenen Aktivitäten vermeiden oder zumindest abmildern zu wollen.

Als Christian nach Hause kam, war es schon nach ein Uhr. Auf dem Küchentisch lag ein Zettel von Anna: »Bin mit einem meiner Studenten was trinken. Er ist 26 und steht auf mich!« Christian lächelte über Annas kleine Albernheit und bekam einen Anflug von schlechtem Gewissen, weil er sie angeschwindelt hatte. Er würde das geradebiegen müssen. Er machte sich ein Wurstbrot, nahm ein Bier aus dem Kühlschrank, seinen Laptop vom Wohnzimmertisch und setzte sich in den Lounge-Chair. Dann fischte er die Namensliste aus seiner Hosentasche und schickte Daniel eine Mail mit der Bitte, gleich morgen alle Namen auf eine Verbindung zu den NMA zu überprüfen.

Zu seiner Überraschung bekam er sofort eine Mail zurück. »Wird gemacht, Chefe. Fange sofort an. Bis in ein paar Stunden in unserer Butze.«

Christian fragte sich, ob Daniel jemals schlief. Er hatte ihn immer nur in seine Tastatur hacken oder essen gesehen. Meistens tat er beides gleichzeitig. Plötzlich merkte er, wie müde er selbst war. Es dauerte keine fünf Minuten, bis er auf dem Sessel eingeschlafen war.

Als Anna ihn eine halbe Stunde später mit einem nach Rotwein schmeckenden Kuss aufweckte, fragte er sie benommen nach ihrem Abenteuer mit dem Sechsundzwanzigjährigen, hörte bei Annas lachender Antwort nur mit halbem Ohr zu und schlief drei Minuten später im Bett weiter.

**2. August 2010
Hamburg.**

Beim Frühstück erzählte Christian Anna in allen Einzelheiten von dem gestrigen Abend. Sie war sauer, weil er sie zuerst angeschwindelt hatte, und warf ihm mangelndes Vertrauen in ihr Vertrauen vor. Das war eine weibliche Windung zu viel für Christians immer noch müdes Hirn, doch glücklicherweise musste er es nicht diskutieren, denn der Umstand von Norma Lucias obskurer Anwesenheit auf dem Fest interessierte Anna weitaus mehr als irgendwelche Misstrauensvoten. Sie war wie Christian der Meinung, dass sich der Zusammenhang zu den »Norddeutschen Musikabenden« nicht mehr durch zufällige Verknüpfungen erklären ließ. Christian hoffte, durch Daniels Recherche einen Schritt weiterzukommen.

Wie im Sommer üblich fuhr er mit seinem Hollandrad zur Zentrale der Soko. Die Morgenluft schmeckte mild, es roch nach frisch gemähtem Gras entlang des Kaifu-Ufers. Mit den idyllischen Eindrücken war es jedoch vorbei, als er den Konferenzraum betrat. Durch sein ausführliches Gespräch mit Anna war Christian etwas später als sonst dran, seine Kollegen saßen schon alle versammelt beim Kaffee. Christian spürte sofort, dass etwas passiert sein musste.

»Thamm aus Rendsburg hat angerufen, dein Handy ist aus. Bender ist tot. Kastriert und verblutet«, sagte Pete.

Christians Miene verfinsterte sich sofort. »Wann? Wie?«

»Gestern, fünf Minuten nach Mitternacht. Ein Security-Mann, den er zu seinem Schutz angefordert hatte, hat ihn gefunden«, ergänzte Pete. »Da lebte er noch. Noch etwa eine halbe Minute. Der Bodyguard hat den Täter über die Felder verschwinden sehen. Ist anscheinend mit einem Motorrad geflüchtet. Thamms Leute haben das Motorrad in der Nähe des Rendsburger Bahnhofs in einem Straßengraben gefunden. Es war gestern Nachmittag von seinem Besitzer als gestohlen gemeldet worden. Ist jetzt im kriminaltechnischen Labor und wird auf Spuren untersucht.«

Christian hatte sich hingesetzt. Er sah aus, als würde er jeden Moment explodieren. Alle schwiegen, keiner wagte ein Wort zu sagen. Christian versuchte, ruhig zu bleiben, doch es gelang ihm nicht. Es dauerte zwei Sekunden, dann schrie er los: »Dieser Wichser, dieser blöde, hirnverbrannte Wichser! Als hätte ich es nicht geahnt, ich Idiot! Und ich sage Thamm noch, er soll ein Auge auf die beiden haben! Daniel, du checkst mir sofort, ob Alina Suworow und Vadim Zaharia gestern Morgen die Maschine nach Moldawien via Frankfurt bestiegen haben, und ich meine bestiegen, nicht gebucht!«

Daniel nahm seinen Laptop, der wie immer vor ihm stand, und ging in sein Büro. Er würde nicht telefonieren, das dauerte ihm zu lange, er bevorzugte seine Spezialmethoden.

»Und ihr besorgt mir jemanden, der russisch spricht, aber zack!«, schrie Christian den Rest seiner Mannschaft an.

Herd erhob sich sofort: »Ich rufe im Präsidium an. Der eine Typ bei der Sitte, der ist doch halber Russe, wie heißt der noch gleich?«

»Der ist Ossi und hat Russisch studiert. Er heißt Kevin.« Volker grinste süßlich, als er den Namen aussprach.

»Wird nicht nötig sein«, warf Pete ein. »Ich kann auch etwas Russisch.«

Alle blickten ihn perplex an.

»Wieso kannst du Russisch? Und wieso weiß ich das nicht?«, fragte Christian.

»Zwei Jahre Unterricht beim FBI. Und du hast nie gefragt. Mit wem soll ich reden?«

Christian zog sein Handy hervor. Als er es einschaltete, was er in der Tat heute Morgen vergessen hatte, sah er die verpassten Anrufe von Thamm. Er hörte sie jedoch nicht ab, sondern versuchte, Danylo Savchenko zu erreichen. Wie erwartet, war dessen Handy abgeschaltet. Christian suchte Pete eine Nummer heraus und gab sie ihm.

»Zuerst mit denen hier. Das ist die Nummer von Radu und Ileana Suworow. Sie sollen dir Vadims Handynummer geben. Wenn nicht, das kannst du ihnen ausrichten, sorge ich dafür, dass Vadim in einem deutschen Gefängnis verschimmelt. Schönen Gruß!«

»Geht klar.« Diesmal erhob sich Pete und ging in sein Büro. In der Soko gab es die Absprache, dass Einzelaufgaben niemals im Konferenzraum erledigt wurden, um die Kollegen nicht zu stören. Kaum war Pete hinaus, kam Daniel zurück. »Gute Nase, Chefe. Vadim Zaharia hat eingecheckt, aber nicht geboarded. Die Maschine ist zwar mit Alina Suworow, aber ohne Zaharia abgeflogen.«

»Super. Ganz super.« Christian setzte sich endlich wieder. Es ärgerte ihn, dass er mit seiner Vermutung recht behalten hatte. Und es ärgerte ihn, dass er keine Maßnahmen getroffen hatte, um genau dieses Ereignis zu vermeiden. Dabei ging es ihm nicht um Bender, für ihn hatte er nur kalte Verachtung übrig. Er wollte einfach nicht, dass Vadim sich in die Scheiße ritt und damit noch mehr Unglück über die Familie Suworow brachte. Aber genau das war passiert, dafür legte er seine Hand ins Feuer.

Kurz darauf kam Pete zurück. »Russisch war gar nicht nötig. Ich habe mit dieser Alina gesprochen, die redet feinstes Oxford-Englisch. Sie lässt grüßen und hofft, Vadim bald in ihre Arme schließen zu können. Kam mir wie eine Bitte vor, Vadim Zaharia in Ruhe zu lassen.«

»Die Nummer?«

Pete schob Christian den Zettel zu. Christian schob ihn zurück. »Sag ihm, er und Danylo haben maximal drei Stunden Zeit, ihre Ärsche hierherzubewegen und sich zu stellen. Dann läuft eine europaweite Fahndung an, und sie werden gehetzt, bis sie Blut spucken!«

»Harte Worte dafür, dass du ihnen drei Stunden Vorsprung gewährst«, fand Pete. »Ist aber egal, weil Thamm die Fahndung längst rausgegeben hat. Zumindest nach Savchenko. Thamm denkt, dass Zaharia außer Landes ist. Aber auch er glaubt, dass Benders Ermordung ein klarer Racheakt ist. Habe ich schon erwähnt, dass Bender nach seiner Kastration blutend in den Heizungsraum geschleppt wurde, in dem er Alina Suworow gefangen gehalten hat?«

»Tu, was ich dir gesagt habe.«

Pete ging telefonieren. Christian erhob sich wieder und sah aus dem Fenster. Eine Amsel saß in dem Baum davor und zwitscherte fröhlich. Christian fühlte sich fast von ihr verhöhnt. Daniel trat zu ihm und hielt ihm eine Akte hin: »Ich habe heute Nacht noch deine Namensliste gecheckt. Wegen dieser NMA. Hier ist eine einfache Zusammenstellung der Fakten, da ich nicht weiß, wonach genau du suchst.«

»Weiß ich selbst nicht. Aber danke. Ich sehe es mir gleich an.« Er legte die Akte auf den Tisch.

Ein paar Minuten herrschte Schweigen. Jeder hing seinen Gedanken nach, nur Yvonne klapperte in der Küche mit dem Geschirr und brühte frischen Kaffee auf.

Dann kam Pete zurück. »Mein Russisch ist ganz schön eingerostet. Aber es hat gereicht fürs Wesentliche. Ich soll schön grüßen von Vadim. Er sieht sich leider außerstande, innerhalb von drei Stunden hier zu sein und wüsste auch nicht, wieso er das tun sollte. Er hat andere Pläne, lässt aber ausrichten, dass Danylo Savchenko die komplette letzte Nacht in einer Hamburger Bar namens ›Crazy Horst‹ zugebracht hat. Dafür gäbe es jede Menge Zeugen.«

»Das war's?«

Pete nickte.

Volker bot sich an, Savchenkos Alibi zu überprüfen. Das war einfacher, als wenn einer von Thamms Leuten aus Schleswig-Holstein dazu herkommen musste. Er würde sich mit Thamm kurzschließen. Pete wollte endlich weiter an seinem Täterprofil in den Mordfällen Benedikt und Puri arbeiten, und auch Herds Schreibtisch war bis obenhin angefüllt mit Arbeit zu den aktuellen Ermittlungen. Sie verstanden zwar alle Christians emotionales Engagement in der Suworow-Sache, aber ihre Aufgaben lagen ganz woanders.

Christian verschwieg seinen Kollegen bislang den vagen Verdacht, es könnte eine wie auch immer geartete Verbindung zwischen all den Ereignissen der letzten Monate geben. Er hatte den Mord an Henning Petersen von Anfang April noch nicht vergessen. Puri war der mutmaßliche Auftraggeber des Killers gewesen. Jetzt war er selbst tot. Und mit ihm seit heute zwei Männer, die in einem recht prominenten Zusammenhang mit den »Norddeutschen Musikabenden« standen.

Christian zog sich in sein Büro zurück und begann Daniels Rechercheergebnisse zu lesen.

Zur gleichen Zeit saßen Vadim und Danylo am Elbstrand. Vor ihren Augen kreuzten Schlepper und Dickschiffe, von den Containerterminals klang metallisches Scheppern herüber. Die

Sonne glitzerte auf dem braunen Elbwasser, ab und zu ertönte eine Schiffshupe. Vadim und Danylo achteten weder auf das Hafenpanorama noch auf die morgendlichen Spaziergänger und Jogger, die sich durch den Sand mühten. Vadims Telefonat mit dem Soko-Polizisten hatte sie aufgewühlt. Danylo forderte eindringlich von Vadim, sofort aus Deutschland zu verschwinden. Er wusste, dass dieser Beyer nicht locker lassen würde. Vadim hingegen wollte Danylo bei den bevorstehenden Aufgaben nicht im Stich lassen. Erst als Danylo ihn an seine Verantwortung den Suworows und speziell Alina gegenüber erinnerte, weichte Vadims Position auf.

»Außerdem wissen wir beide, welchen Anteil ich an der ganzen Geschichte habe«, argumentierte Danylo weiter. »Wenn du deswegen auch noch in den Knast wanderst, Mann, das wäre noch 'ne Nummer oben drauf, verstehst du? Und seien wir mal ehrlich …«, Danylo grinste Vadim an, »…du willst doch nur hier bleiben, weil du mir nicht zutraust, das Ganze zu Ende zu bringen. Weil ich ein Weichei bin. Hat mein Vater schon immer gesagt.«

»Stimmt ja auch.« Vadim grinste zurück.

»Du hast schon genug getan. Mehr als genug. Fahr nach Hause, Mann. Und lass dich nicht schnappen unterwegs.«

Vadim nickte. »Den einen noch. Das ist sauber geplant, dafür brauche ich nur eine knappe Stunde. Dann bin ich weg. Den letzten überlasse ich dir.«

Danylo nickte. »Wird gemacht. Wenn alles gut läuft, bin ich in ein paar Tagen bei euch. Dann helfe ich dir bei deinem Ex-Boss in Chișinău.«

»Bis du kommst, habe ich den erledigt, das schwöre ich dir«, sagte Vadim.

»Dann sind wir uns einig?«

Vadim nickte. Die beiden standen auf, klopften den Sand von ihren Hosen und umarmten sich wie Brüder, die für unbestimmte Zeit Abschied nehmen.

Es war schon Nachmittag, als Christian von einem Anruf in

seiner spannenden Lektüre und den Schlüssen, die er daraus zu ziehen suchte, gestört wurde. Sein Kollege Harald Bode von der Mordbereitschaft rief an: »Ich hab eine männliche Leiche vor meinen Füßen liegen. Erschossen. Hat auf den ersten Blick nichts mit Benedikt und Bender zu tun. Trotzdem will unser allseits geschätzter Herr Oberstaatsanwalt Wieckenberg, dass du das übernimmst. Mir soll's recht sein. Ich hab noch 'n Totschlag und einen Raubüberfall auf einen Taxifahrer auf dem Tisch. Der Taxifahrer lebt zwar noch, aber so wie es aussieht, leider nicht mehr lange.«

»Wer ist denn die Leiche? Wisst ihr das schon?«

»Den kennt jeder. Dominik Röhl, der Autohaus-Fuzzi.«

»Bin gleich da. Gib mir die Adresse.«

Innerhalb weniger Minuten war Christian mit Herd und Pete am Tatort. Dominik Röhl saß tot im Büro seines kleinen, aber feinen Luxus-Autohauses in einer Seitenstraße in Pöseldorf. Sein Mörder hatte ihm aus nächster Nähe mitten ins Gesicht geschossen. Das Projektil war über dem rechten Auge ins Gehirn eingetreten, hatte den Kopf durchschlagen und steckte hinter Röhl in der Wand. Die Spurensicherung würde es bergen. Röhls Augen waren weit aufgerissen. Er sah verblüfft aus. Der Tod war schneller eingetreten, als er denken konnte.

In dem Autohaus, in dessen Showroom sich nur fünf extrem hochpreisige Oldtimer befanden, war zur Tatzeit neben Röhl nur ein einziger Angestellter gewesen. Er sagte aus, seinen Arbeitsplatz auf Röhls Geheiß für etwa eine Viertelstunde verlassen zu haben, um in einem nahe gelegenen Restaurant den Mittagstisch für seinen Chef abzuholen. Als er zurückkam, hatte er Röhl tot aufgefunden.

Christian wandte sich an Herd. »Die Kugel bitte so schnell wie möglich ins kriminaltechnische Labor. Ich tippe auf Kaliber 9 mal 19 Millimeter. Aus einer Heckler & Koch VP70.« Am Berliner Krematorium hatte Vadim ihm eine dieser inzwischen seltenen Pistolen an den Kopf gehalten. Christian hatte sie deutlich gesehen, als Vadim und Danylo geflüchtet waren.

Nach eingehender Besichtigung des Tatorts und einem

Gespräch mit dem Angestellten fuhr Christian zurück zur Zentrale. Herd und Pete blieben vor Ort, kümmerten sich mit den Kollegen vom Präsidium um die Spuren- und Beweismittelsicherung und die ersten Befragungen von Anwohnern. Christian hatte die Nase voll für heute. Der Tag war gelaufen, und er war denkbar schlecht gelaufen. Christian wollte nur noch Daniels Akten in der Zentrale zusammenraffen und dann nach Hause, um sich und seine Gedanken zu sortieren. Doch im Büro wartete eine neue Überraschung auf ihn.

Es dämmerte langsam, Danylo befand sich im Norden von Hamburg, zwischen Bönningstedt und Norderstedt. Er war froh, dass reiche Leute ihren Lebensraum in der Abgeschiedenheit wählten und sich diese Exklusivität fernab vom großstädtischen Treiben auch leisten konnten. Danylo stand an einem Feldrand zwischen mehreren Birken und Buchen und beobachtete das Landhaus. Um ihn herum sirrten Stechmücken in der untergehenden Sonne. Bald würde es ganz dunkel sein. Die Waffe in seiner Brusttasche wog schwer. Sie sog seine Körperwärme auf und brannte fast ein Loch in sein Hemd. Zumindest empfand er das so. In dem Landhaus tat sich nichts. Die Zielperson war vor zwei Stunden nach Hause gekommen. Allein. Vadim hatte Danylo eindringlich erklärt, dass er bei jedem einzelnen Schritt auf Nummer sicher gehen musste, dass Geduld die oberste Tugend des Jägers war. Ein Blattschuss war keine einfache Sache. Man musste den perfekten Moment abpassen. Danylo stand vor dem schwersten Auftritt seines Lebens. Er hatte Lampenfieber wie noch nie.

Im Konferenzraum der Soko saß Daniel mit einem Fremden bei einer Kanne Kaffee. Als Christian eintraf, erhob sich Daniel.
»Ich mach dann mal Feierabend. Nur noch kurz vorstellen: Hier, Walter Ramsauer aus Österreich. Vor zehn Minuten eingetroffen. Will mit dir reden. Ich bin weg.«
Christian wunderte sich weniger über Daniels soziale Grobschlächtigkeit als über Ramsauers Anwesenheit. Er begrüßte

den ehemaligen Redakteur der Hamburger Morgenpost, setzte sich zu ihm und nahm einen Kaffee.

»Schön, dass wir uns endlich kennenlernen. Ich bin sehr gespannt auf den Anlass ihres Besuches.«

»Er könnte erfreulicher sein.«

Christian fiel auf, dass mit Ramsauers rechter Hand etwas nicht stimmte. Mehrere Finger wiesen im obersten Glied verhärtete Schwellungen und Knorpelwucherungen auf. Er sah Ramsauer abwartend an.

»Ich habe Ende April meinen Job bei der Mopo gekündigt.«

»Ich hörte davon. Ihr Chefredakteur war, gelinde gesagt, überrascht.«

»Ich hatte gute Gründe. Deswegen bin ich hier.«

Christian beugte sich vor und schenkte Ramsauer Kaffee nach. Er verbarg seine Ungeduld nur mit Mühe. Es war ein langer Tag gewesen. Er wollte nach Hause, duschen und essen.

»An dem Tag, als Sie die Leiche von Henning Petersen fanden, fuhr ich in meinen Erziehungsurlaub nach Österreich.«

»Wir haben wegen Petersens Tod telefoniert.«

Ramsauer nickte. »Da wusste ich aber noch nicht, dass meine Frau am Tag unserer Abreise ein Päckchen in Empfang genommen hatte, das sie in der Hektik mir gegenüber unerwähnt ließ.«

»Was für ein Päckchen?« Christians Müdigkeit war wie weggeblasen.

»Material, das Henning für eine heiße Story gesammelt hatte und zu dem er meine Meinung wissen wollte.«

Christian lehnte sich zurück und atmete tief durch. Endlich. Endlich würde er das Motiv für den Mord an Henning Petersen geliefert bekommen. Er war gespannt, inwieweit seine eigenen Theorien dazu passten.

»Haben Sie das Material dabei?« Christian wollte lieber das Original sehen, als sich alles erzählen zu lassen.

»Bedauere. Das ist inzwischen im Besitz einer Kosmetikerin namens Nina.« Ramsauer erzählte Christian, wie und wann er von dem Päckchen erfuhr, was er unternommen und wie es geendet hatte. Instinktiv verbarg er dabei seine verstümmelte rechte Hand unter dem Tisch. Er schämte sich. »Ich weiß nicht, ob Sie Kinder haben, Herr Beyer. Aber in dem Moment dachte ich nur an meinen Sohn. Haben Stolz, Ehre und Berufsethos irgendeinen tieferen Sinn dem Gedanken gegenüber, das eigene Kind nicht aufwachsen zu sehen?«

Christians eigener Sohn war weitgehend ohne ihn groß geworden, weil seine Ex-Frau mit dem unsteten und gefährlichen Alltag seines Berufs nicht klarkam. Christian bedauerte das immer noch zutiefst. Dennoch wollte er Ramsauer nicht so billig davonkommen lassen: »Verschonen Sie mich mit Ihrem Gesülze von Verantwortung und Vaterschaft. Sie hatten Angst, nichts als Angst um das nackte Leben!«

Ramsauer war getroffen. »Ja. Zu Recht! Es ist ein Wunder, dass diese Furie mich nicht getötet hat!«

»Die hat sie richtig eingeschätzt. Als Feigling, der das Maul hält und sich auf die Alm verzieht.«

»Sie sitzen ganz schön auf dem hohen Ross. Aber mir ging es in der Tat ums Überleben. Das habe ich. Und ich hoffe, dass mein Sohn mir das zugute hält.«

»Aber vielleicht wird er Sie irgendwann fragen, welchen Preis Sie dafür gezahlt haben. Wer alles außer Ihnen dafür zahlen musste. Und das nicht nur mit ein paar verstümmelten Fingern!«

Ramsauer wich Christians aggressivem Blick aus. »Sie hat gedroht, meinen Sohn zu töten, wenn ich den Mund aufmache. Er ist noch ein Baby. Sie hätte es getan, das weiß ich.«

Christian gab keine Antwort darauf. Jetzt konnte er Ramsauers Verhalten etwas besser verstehen. Puri hatte ganz offensichtlich eine Vorliebe dafür gehabt, Menschen unter Druck zu setzen, indem er ihre Familienmitglieder in die Sache mit hineinzog.

Ramsauer warf einen Ausdruck aus dem Internet auf den Tisch. Es war ein Zeitungsausschnitt, der in aller Ausführlichkeit vom Tode Puris und Benedikts berichtete.

»Ich bin sicher, dass hinter meinem Intermezzo mit der Kosmetikerin ein Auftrag von Puri steckt. Jetzt ist er tot. Benedikt auch. Irgendjemand bringt Bewegung in die Sache. Und ich bin hier, um zu reden. Kann ich das jetzt ohne weitere Beleidigungen?«

»Da will ich mich nicht festlegen. Was war der Inhalt des Materials, das Petersen Ihnen geschickt hat? Gibt es irgendeinen Zusammenhang mit den ›Norddeutschen Musikabenden‹?«

Ramsauer nickte. »Die sind die Ursache allen Übels. Henning Petersen besaß gesicherte Informationen über sexuelle Nötigungen und Vergewaltigungen im Zusammenhang mit der Konzertvergabe.«

»Musiker müssen sich für sexuelle Dienste zur Verfügung stellen, sonst sind sie aus dem Kader raus.« Christian vermutete das, seit er Norma Lucia auf der Party getroffen hatte.

Ramsauer bejahte. »Wenn man davon absieht, dass Kader eher ein Ausdruck aus dem Fußball ist, haben Sie recht. Die ›Norddeutschen Musikabende‹ sind ein sehr renommiertes Festival. Wer da spielt, hat den ersten Fuß in der Tür zur internationalen Musikwelt. Logisch, dass junge, aufstrebende Künstler eine Menge tun, um dort ein Konzert zu bekommen. Der Konkurrenzdruck ist immens, und sie haben von klein auf gelernt, dass sie alles geben müssen, um zu reüssieren. Sie sind geradezu zur Karriere verpflichtet und damit leichte Opfer.«

»Und in der Organisation der NMA tummeln sich jede Menge Perverse, die diese Situation zu nutzen wissen.«

»Nicht mehr Perverse als anderswo auch«, fand Ramsauer. »Nur, dass sie zu radikalen Mitteln greifen, um ihre Identität zu schützen, wenn mal jemand den Mund aufmachen will.«

»Da kommt Puri ins Spiel, vermute ich.« Christian versuchte, Ordnung in seine Gedanken zu bringen. Alles, was Ramsauer gesagt hatte, passte zu Daniels Recherchen und seinen eigenen Theorien. Andres Puri, der Baltenboss, hatte erfolgreich Kontakte zu den Seidenkrawattenträgern in Norddeutschland geknüpft, um sein kriminelles Image in der besseren Gesellschaft aufzupolieren. Laut Daniels Recherche war er über undurchsichtige und weit verzweigte Firmenbesitzverhältnisse einer der Hauptsponsoren der ›Norddeutschen Musikabende‹. Inwieweit diese Verknüpfungen mit Geldwäsche oder auch nur mit Bestechung und Vorteilnahme zu tun hatten, würden Christians Kollegen von der Abteilung Wirtschaftskriminalität klären. »Ich vermute, Henning Petersen hat sich an die NMA gewandt?«

»Schätze, das ist ihm zum Verhängnis geworden. Er wollte sein Material stützen und Kommentare von den Beschuldigten einholen, hat sich aber, unerfahren wie er war, nicht ausreichend abgesichert.«

»So wie Sie, Sie Schlaumeier? Petersen war es nicht, der das Belastungsmaterial ausgehändigt hat!«

Danylo beobachtete Jensens Landhaus seit über einer Stunde. Das sollte reichen, um Vadims Mahnung an die Geduld des Jägers ausreichend berücksichtigt zu haben. Er zog seine Waffe aus der Jackentasche und wollte sich gerade dem Haus nähern, als ein Taxi die abgelegene Straße heraufkam und vor Jensens Anwesen hielt. Eine zierliche Frauengestalt stakste die etwa fünfzig Meter durch Jensens Vorgarten. Sie trug eine große Umhängetasche und wirkte irgendwie geschwächt. Sie hatte noch nicht an der Haustür geklingelt, da öffnete Jensen schon. Bevor sie im Inneren des Hauses verschwanden, sah sich die Frau kurz in alle Richtungen um. Ihr Blick streifte auch die Bäume, hinter denen sich Danylo verbarg.

Danylo war wie erstarrt. Das konnte nicht sein. Auch wenn er sich nichts sehnlicher wünschte, als dass Sofia noch am Leben war, wollte er seinen Augen nicht trauen. Die Frau, die aus dem Taxi gestiegen und in das Haus eingelassen worden war, hatte sich bewegt wie Sofia. Sie besaß auch ihre Haarfarbe und Größe und ihre Zierlichkeit. Aber ihr Gesicht … In der Dämmerung und aus der Distanz heraus hatte er es nicht deutlich sehen können, aber eine gewisse Ähnlichkeit war da. Danylos Puls überschlug sich. Fast vergaß er, weswegen er hergekommen war. Er musste sofort herausfinden, wer diese Frau war, die Jensen anscheinend erwartet hatte.

Sofia wurde von Jensen betont freundlich begrüßt: »Wie schön, Sie endlich wiederzusehen, Frau Suworow. Gerade, weil unsere letzte Begegnung etwas misslich endete.« Er beugte sich zu einem angedeuteten Handkuss, schreckte jedoch zurück, als er Sofias aufgekratzte und verschorfte Haut sah.

Sofia folgte ihm ins Wohnzimmer. Dort saßen eine junge, sehr hübsche Frau mit langen dunklen Haaren, die sie zu Zöpfen geflochten hatte, und ein breitschultriger Kerl, dessen stiernackiger Anblick Sofia sofort zurückschrecken ließ.

»Wir haben am Telefon abgemacht, dass wir vertraulich reden«, sagte sie.

»Da machen Sie sich mal keine Sorgen. Die beiden sind absolut verschwiegen. Nehmen Sie Platz, Frau Suworow. Darf ich Ihnen etwas zu trinken anbieten?«

»Ein Glas Rotwein, danke. Damit wir auf unser Geschäft anstoßen können.«

Jensen nahm zwei Gläser und eine Flasche Rotwein aus seiner Hausbar. Er entkorkte die Flasche. »Wenn ich gewusst hätte, dass Sie Rotwein mögen, hätte ich rechtzeitig dekantiert.«

Sofia war heiß. Die Situation verwirrte sie. Es lief nicht so wie geplant. Die beiden Menschen, die scheinbar unbeteiligt im Hintergrund saßen, mussten weg.

Jensen reichte ihr den Wein und stieß mit ihr an. »Auf unser Wiedersehen. Aber kommen wir doch gleich zur Sache: Was haben Sie mir anzubieten?«

»Mir wäre es wirklich lieber, wenn wir unter vier Augen ...« Sofia warf einen Blick zu den anderen Gästen.

Jensen kam ihrem Wunsch noch immer betont zuvorkommend nach und schickte die Frau und den Mann ins Nebenzimmer. »Ich rufe euch, wenn wir hier fertig sind.« Ohne ein Wort standen die beiden auf und gingen hinaus.

Sofia war kaum erleichtert. Unter diesen Umständen konnte sie ihren Plan nicht durchziehen. Sie wusste nicht, was sie tun sollte. Ihr Kopf tat weh. Ihre Haut brannte.

Ramsauer war bei Christians Vorwurf in sich zusammengesunken. »Glauben Sie mir bitte, dass ich mir der Schwere meiner Schuld absolut bewusst bin. Ich sitze seit Wochen zu Hause in Österreich und ringe mit mir. Ich wollte mit allem abschließen, alles vergessen und für meinen Sohn und meine Frau ein neues Leben anfangen. Deswegen habe ich bei der Morgenpost gekündigt und eine Stelle bei dem Lokalblatt meiner Heimatstadt angenommen. Mit der Folge, dass ich nur noch über Angelwettbewerbe und Hühnerdiebe schreibe.«

»Und das halten Sie für eine angemessene Form der Buße?« Ramsauers selbstmitleidiger Ton kotzte Christian an.

Nun fuhr auch Ramsauer aus der Haut. »Bestimmt nicht! Deswegen sitze ich hier und erzähle Ihnen alles. Wohl wissend, welche Konsequenzen das für mich haben könnte! Dabei kann ich nichts, aber auch rein gar nichts von all dem, was ich Ihnen auftische, beweisen.«

»Das überlassen Sie mal getrost uns. Wenn wir den Stall der NMA endlich auskehren, werden wir am Ende einen sehr großen Misthaufen haben, der zum Himmel stinkt.«

Ramsauer beruhigte sich wieder. »Soweit ich weiß, sind nicht alle darin verwickelt. Nur ein relativ kleiner Kreis von Funktionären und Sponsoren. Henning Petersen hatte einen Informanten, der von drei NMA-Leuten in einem Hamburger Luxushotel vergewaltigt worden ist. Es gab in Hennings Material eine Tonaufnahme, in der der Informant die Namen und die näheren Umstände nennt. Der Informant sagte weiterhin aus, dass während seiner Vergewaltigung Kontakte zu einem so genanten ›Baltenboss‹ erwähnt worden sind, der ihnen Frauen und junge Männer für Sexpartys zur Verfügung stellt. Als Journalist weiß ich natürlich, wer der ›Baltenboss‹ ist. Andres Puri.«

Christian nickte. »Darüber wissen wir Bescheid. Die Fuzzis aus der Oberschicht poppen mit Puris Edelnutten rum und betreiben nebenbei wirtschaftspolitische Lobbyarbeit.«

Langsam fügten sich die Puzzleteilchen zu einem Bild zusammen. Christian nahm an, dass Petersen die Beschuldigten mit seinem Wissen konfrontierte, und die Herren Kulturschaffenden sich dann an ihren Freund Puri wandten, der das Problem für sie aus dem Weg schaffen sollte. Was er auch tat. Puri beauftragte Mnatsakanov, Petersen zu beseitigen und das Belastungsmaterial zu besorgen. Das wiederum konnte der Killer nicht finden, weil Petersen das Original an Ramsauer geschickt hatte. Da Puris NMA-Freunden aber im Gegensatz zu Ramsauer klar gewesen sein musste, wer Petersens Informant war, hatten sie Mnatsakanov auf Danylo Savchenko gehetzt. Der jedoch war durch Petersens Tod gewarnt gewesen und verschwand rechtzeitig. Also ließ Puri ihn bei seiner Freundin und Vertrauten suchen: Sofia Suworow. Vermutlich hatten sie gehofft, Danylo bei ihr zu finden. Oder gar das Material.

Christian hatte keine Ahnung, was Sofia zu dem Zeitpunkt über die ganze Sache gewusst hatte. Als er damals bei ihr gewesen war, hatte sie jedenfalls behauptet, Savchenkos Aufenthaltsort nicht zu kennen. Vermutlich hatte sie auch bei Mnatsakanovs Besuch dichtgehalten. Ihr verprügeltes Gesicht jedenfalls sprach für diese These. Also hatte Puri ihr über seine internationalen Kontakte eine klare Botschaft zukommen lassen, indem er Alinas Entführung in Auftrag gab. So musste alles zusammenhängen.

Fragte sich nur, wer Benedikt und Puri umgebracht hatte. Vadim und Danylo? Beide hatten Motiv und Gelegenheit. Sie waren am 29. Juli nach Hamburg zurückgekommen, um Alina zu besuchen. Am darauffolgenden Abend waren Benedikt und Puri getötet worden. Das Erdrosseln mit dem Stahlseil könnte zu Vadim passen. Die Garotte war ein traditionelles Mordinstrument in kriminellen Kreisen. Die Sache mit den Insekten jedoch sprach gegen ihn. Nach Christians Einschätzung war Vadim ein pragmatischer Mensch. Wenn er jemanden erledigen wollte, dann genügte ihm ein Stahlseil. Oder noch reduzierter: ein sauberer Schuss. So wie bei Röhl. Danylo jedoch war anders gelagert. Feinnervig, sensibel, mit einem Hang zur Übertreibung. Vielleicht hatten Vadim und Danylo die Morde gemeinsam begangen und jeder seine persönliche Handschrift hinterlassen.

Aber was auch immer er noch herausfinden würde. Das alles wäre vermeidbar gewesen, wenn Ramsauer sich gleich gemeldet hätte. Christian spürte, wie seine Wut immer größer wurde.

Danylo näherte sich Jensens Villa vorsichtig. Die Dunkelheit gab ihm Schutz. Er stieg über eine kleine Natursteinmauer, dann befand er sich auf dem Grundstück. Das Licht aus dem Wohnzimmer schien über große Terrassentüren in den Garten hinaus und beleuchtete die Rasenfläche. Auch in dem Zimmer daneben brannte Licht. Danylo mied die erhellten Rasenabschnitte und schlug einen seitlichen Bogen. Er verbarg sich hinter mehreren großen Rhododendronbüschen. Von dort aus konnte er in das erleuchtete Zimmer sehen, das neben dem Wohnzimmer mit den Terrassentüren lag. Eine Frau und ein Mann saßen darin und blickten gelangweilt vor sich hin. Die Frau tippte mit gepflegten, langen Fingernägeln auf die Tischplatte. Danylo hatte sie noch nie gesehen. Er rätselte, wer die beiden wohl sein konnten. Sie sahen weder aus wie Personal, noch benahmen sie sich so. Sie mussten schon in der Villa gewesen sein, bevor er seinen Posten bezogen hatte und Jensen nach Hause gekommen war.

Er schlich ein paar Meter weiter, um Sicht ins Wohnzimmer zu bekommen. Obwohl eine kühle Abendbrise zu wehen begann, schwitzte er vor Aufregung. Sein Herz pochte bis zum Hals, das Blut rauschte in seinen Ohren. Im Wohnzimmer saß Sofia. Eindeutig seine Sofia. Sie war immens abgemagert, und ihre Gesichtszüge schienen verhärtet. Aber sie war es. Danylo traten Tränen der Freude in die Augen. Doch er musste sich konzentrieren. Wieso saß Sofia mit Jensen in dessen Wohnzimmer und trank Rotwein, als wären sie die besten Freunde?

Plötzlich lief es ihm eiskalt den verschwitzten Rücken herunter. Vadim und er hatten seit Tagen gerätselt, wer ihnen bei Benedikt und Puri zuvorgekommen war. An einen Zufall hatten beide nicht geglaubt. Aber wem könnte Henning davon erzählt haben? Und was sollte das mit den Insekten? Sie hatten alles über die Morde in der Zeitung gelesen und spekuliert, ob der geheimnisvolle Dritte ihr Risiko erhöhte.

Danylo blickte auf die große Umhängetasche, die Sofia direkt neben ihren Füßen abgestellt hatte. Dann dachte er an die beiden im Nebenzimmer. Er bekam Angst. Angst um Sofia.

Ramsauer goss sich inzwischen selbst Kaffee nach. »Die Geschichte geht noch weiter. Der Informant hat Henning auf das Thema gestoßen. Dann hat Henning nachrecherchiert, wie ich es ihm beigebracht habe, und noch mehr gefunden. Seinem Material war eine eidesstattliche Erklärung aus Russland beigefügt, in der die Eltern eines gewissen Igor Pronin erklären, dass der Abschiedsbrief ihres Sohnes nicht aus seiner Feder stammt. Henning hatte herausgefunden, dass der angebliche Selbstmord des fünfzehnjährigen musikalischen Wunderkindes äußerst schnell zu den Akten gelegt wurde. Und zwar, ohne handschriftliche Gutachten vom Abschiedsbrief einzuholen, wie von den Eltern gefordert.«

Christian war mit seiner Beherrschung endgültig am Ende. »Herr Ramsauer, mit diesen Informationen kommen Sie erst jetzt? Wir reißen uns seit Monaten den Arsch auf, um die ganze Sache aufzuklären, und Sie sitzen gemütlich in Ihrer Almhütte auf allen Antworten, nach denen wir suchen! Ihren Sohn hätten wir verdammt noch mal beschützen können!«

»Vielleicht. Vielleicht auch nicht.«

»Bloß kein Risiko eingehen, was? Aber in der Zwischenzeit verschwinden junge Frauen, die rein gar nichts damit zu tun haben und nur zufällig in den ganzen Scheiß verwickelt worden sind! In der Zwischenzeit geschehen Morde! Glauben Sie bloß nicht, dass Sie so einfach aus der Nummer rauskommen! Ich werde Sie wegen Unterschlagung von Beweismaterial und Behinderung der Polizeiarbeit vor Gericht zerren. Mit viel Pech sind Sie dran wegen Beihilfe zum Mord!«

»Ich hatte das Material verloren. Was sollte ich machen? Zudem habe ich mich sowieso auf dünnem Eis bewegt. Es war alles ohne Beweiskraft. Nichts wert. Ich musste selbst erst die fehlenden Fakten zusammentragen. Dann wäre ich auch zur Polizei gegangen. Aber ohne abgesicherte Aussagen? Henning hat nirgends erwähnt, wer sein Informant war.«

»Das ist nicht nötig, das weiß ich längst«, sagte Christian. Seit Monaten fragte er sich, ob Henning Petersen tatsächlich der Stein des Anstoßes gewesen war oder lediglich ein Glied in einer Kette, deren Anfang er bis dato nicht sah. Jetzt wusste er es. Trotzdem fühlte er keine Befriedigung, nur eine Art emotionale Erschöpfung. »Sie hätten einigen Menschen unendlich viel Leid und Kummer ersparen können, wenn Sie gleich zu mir gekommen wären, statt Ihre beschissen eitlen Pläne von der ganz großen Story zu verfolgen.«

Ramsauer nickte demütig. »Damit werde ich leben müssen.«

Christian hätte Ramsauer mit seiner devoten Art, die ihm wie intellektuelle Arroganz vorkam, am liebsten in die Fresse gehauen. Aber wem war damit gedient? »Bringen wir dieses unerfreuliche Gespräch zu einem Ende. Ich will Namen hören. Wer waren die drei Vergewaltiger des Informanten?«

»Dr. Werner Benedikt. Mit ihm habe ich mich im ›Alsterpavillon‹ getroffen. Dann noch Dominik Röhl. Und Karl Jensen, der künstlerische Leiter der NMA. Jensen ist der Einzige, der noch lebt. Ich vermute, er ist der Nächste auf der Todesliste.«

Sofia versuchte zu retten, was noch zu retten war. Sie würde Jensen nicht töten können. Nicht jetzt, wo diese Menschen im Nebenzimmer warteten. Aber sie musste Alina finden.

Sofia ging vor, wie bei Benedikt und Puri auch. »Danylo hat mir das Beweismaterial gegen Sie und Ihre Freunde übergeben, bevor er verschwand. Ich würde es tauschen. Gegen Alina.«

Jensen begann laut zu lachen, was Sofia noch mehr verunsicherte. Benedikt hatte den Namen Alina noch nie gehört, das hatte er glaubhaft versichert, bevor das Gift sein Sprechzentrum lähmte. Puri hatte sie angespuckt und gesagt, dass sie Alina niemals finden würde. Und Jensen lachte. Wieso lachte er? Sofia spürte, wie die Käfer in ihrem linken Arm herumkrabbelten. Sie begann sich zu kratzen.

»Das Material war nie in Ihren Händen, Frau Suworow. Außerdem haben wir es längst zurück, und ich bin sicher, dass keine Kopien existieren. Ihre Schwester befindet sich zu Hause in Moldawien. Lassen Sie mich noch erwähnen, dass ich keinerlei Anteil an der Entführung Ihrer Schwester noch an Ihrem eigenen Verschwinden habe. Mein alter Freund Puri ist reichlich eigensinnig und für mein Dafürhalten auch viel zu kreativ vorgegangen. Aber dafür haben Sie ihn ja schon zur Rechenschaft gezogen, nicht wahr? Was Ihre Schwester betrifft ... Sie sollten mal mit Mama und Papa telefonieren, dann wären Sie auf dem Laufenden.«

In Sofias Kopf drehte sich alles, sie fühlte sich, als hätte sie hohes Fieber. Jensen log sie an, es konnte nicht anders sein. Es stimmte, dass sie seit ihrem Verschwinden keinen Kontakt zu ihren Eltern hatte. Sie konnte einfach nicht mit ihnen sprechen, schließlich war sie schuld an Alinas Verschwinden. Sie musste Alina erst finden, bevor sie sich zu Hause melden konnte. Aber unter die Augen treten würde sie ihren Eltern auch dann nicht. Schmutzig, wie sie war, und voller Parasiten. Sie war nicht mehr die Tochter, die Ileana und Radu geliebt hatten. Früher. Bevor die Parasiten sie befallen hatten. Sofia starrte Jensen mit offenem Mund an. Sie konnte nicht mehr denken. Alles in ihr kribbelte und juckte und brannte, ihr ganzer Körper schien in Flammen zu stehen.

Jensen stand auf und holte die beiden Fremden aus dem Nebenzimmer. Dann griff er neugierig nach Sofias Tasche. »Jetzt wollen wir doch mal sehen, was sich hier drin befindet, Frau Suworow. Ich würde mich nicht wundern, wenn es ein wenig Gift und viele kleine Insekten wären. Oder irre ich mich? Als Sie bei mir angerufen und um ein Treffen gebeten haben, war mir klar, wer Benedikt und Puri umgelegt hat. Danylo Savchenko oder Sie. Danylo ist ein übersensibles Weichei, aber Sie hatten immer verdammt viel Biss und Courage. Nur scheinen Sie mir inzwischen etwas verrückt geworden zu sein. Wieso, verdammt noch mal, kratzen Sie sich die ganze Zeit? Das ist ja widerlich!«

Danylo hatte sich der Terrassentür von der Seite her nähern können. Er hockte hinter zwei großen Blumenkübeln auf der Lauer. Da die Terrassentür gekippt war, konnte er jedes Wort, das im Wohnzimmer gesprochen wurde, verstehen. Wieso hielten ihn eigentlich alle für ein Weichei? Er linste um die Blumenkübel herum und sah, wie Jensen den Inhalt von Sofias Handtasche auf den Wohnzimmertisch kippte: Papiertaschentücher, ein Schlüssel, ein paar lose Geldscheine und einige Münzen, ein kleines Fläschchen, eine Rolle Verbandsmull, mehrere Tablettenpackungen, ein zusammengerolltes Stahlseil und eine viereckige Plastikdose mit blauem Deckel.

Jensen nahm das Stahlseil in die Hand: »Eine Chanterelle.« Er wandte sich an die fremde Frau: »Die E-Saite auf einer Violine. Die einzige, die aus Stahl gefertigt wird. Ist das nicht poetisch gedacht von unserer Geigerin?«

Die Frau zuckte gleichgültig mit den Schultern.

Jensen legte die Saite weg und öffnete die mittelgroße Frischhaltebox. Sofort drehte er angewidert den Kopf zur Seite. »Hier haben wir also den Kleintierzoo. Kannst du mir mal sagen, was das soll, du blöde Schlampe?«

Danylo sah zu Sofia. Sie gab keine Antwort. Ihr Gesicht war von hektischen roten Flecken überzogen, ihre Augen blickten glasig. Langsam wurde die Situation brenzlig. Er musste Sofia da rausholen. Aber wie? Der breitschultrige Mann saß neben Jensen auf dem Sofa, Sofia gegenüber. In seinen Händen hielt er eine Waffe, die auf Sofia gerichtet war.

Danylo lief der Schweiß kalt den Rücken herunter. Seine Gedanken rasten. Kurz kam ihm die Idee, sich etwas zu entfernen und diesen Bullen aus Hamburg anzurufen. Er könnte mit seinen Leuten bestimmt in einer halben Stunde hier sein. Aber dann würden sie Sofia verhaften und einsperren. Er musste allein eine Lösung finden.

Als Christian nach Hause kam, bereitete Anna gerade einen gemischten Salat zu. »Schön, dann können wir zusammen essen«, freute sie sich.

»Das wird nichts, mein Schatz. Ich muss noch mal weg. Kannst du mir dein Auto leihen? Herd hat den einen Dienstwagen und Volker den anderen.« In groben Zügen erzählte Christian von Ramsauers Besuch und den ganzen Erkenntnissen, die er daraus gewonnen hatte.

Anna vergaß ihren Salat. »Und jetzt willst du zu Jensen?«

Christian nickte: »Leider gibt es keinerlei stichhaltige Beweise für all die Anschuldigungen. Wir müssen Danylo Savchenko auftreiben und zu einer Aussage bewegen. Ich könnte kotzen, wenn ich daran denke, dass Savchenko die ganze Zeit gewusst hat, warum das alles geschieht. Warum seine beste Freundin mit ihrer ganzen Familie ins Unglück gestürzt wird. Wieso hält der sein Maul? Genau wie dieser Scheiß-Journalist!«

»Ramsauer hatte berechtigte Angst um seinen Sohn, das kann ich verstehen. Und Danylo … Mein Gott, dem kannst du keinen Vorwurf machen! Das Ganze ist doch alles nur passiert, *weil* er den Mund aufgemacht hat! Gegenüber Henning Petersen! Zumindest wird er das so sehen. Garantiert fühlt er sich schuldig an allem.«

»Und deswegen rennt er jetzt mit diesem Vadim da draußen rum und spielt den Rächer? Das geht so nicht, verdammt noch mal, denen reiße ich dermaßen den Arsch auf!«

Anna war es gewohnt, dass Christian Dampf ablassen musste, wenn ihm eine Geschichte an die Nieren ging. »Wenn du noch keine Beweise hast, was willst du dann bei Jensen? Du kannst ihn nicht festnehmen.«

»Leider, noch nicht. Aber ich muss den Wichser warnen und ihm Polizeischutz anbieten. Nach Lage der Dinge ist er das nächste Opfer. Es kotzt mich an, dass ich diesen Kerl beschützen muss. Aber es kotzt mich auch an, wenn sich gewisse Leute einbilden, in Deutschland wäre Raum für Selbstjustiz. Wir sind hier nicht im Wilden Osten! Diese Idioten sollen das gefälligst uns überlassen!«

Anna ging zur Kommode und holte den Autoschlüssel für Christian. »Beruhige dich bitte, bevor du losfährst. Sonst kann ich morgen ein neues Getriebe einbauen lassen.«

Sofia gab auf. Sie konnte nichts mehr tun, es war vorbei. Falls Jensen die Wahrheit sagte und Alina tatsächlich bei Radu und Ileana war, dann war alles gut. »Darf ich Ihr Telefon benutzen und zu Hause anrufen?«

»Damit du mir auf Russisch oder Rumänisch irgendjemanden auf den Hals hetzt? Ich bin doch nicht blöd, Schätzchen.«

»Aber wie soll ich sonst wissen, ob es stimmt?«, drängte Sofia verzweifelt.

»Du kannst mir ruhig glauben. Ein Bekannter von mir ist verhaftet worden, woraufhin Savchenko und irgendein Zaharia deine Schwester aus dem Krankenhaus abgeholt und nach Hause verfrachtet haben. Dabei sind sie uns leider durch die Lappen gegangen. Aber die kriegen wir auch noch. Inzwischen ist nämlich dieser Bekannte von mir tot, was garantiert auf das Konto der beiden geht. Die Sache wird jetzt ein für allemal erledigt, und mit dir fangen wir an.«

Über Sofias Gesicht huschte ein Lächeln: Danylo. Vadim. Sie waren am Leben. »Wieso war Alina im Krankenhaus?«

»Keine Ahnung. Vielleicht kaputtgevögelt?«

Sofia warf Jensen einen hasserfüllten Blick zu. Doch der lachte nur und nahm das kleine Fläschchen vom Wohnzimmertisch. »Was ist denn hier drin? Das Gift, mit dem du Benedikt und Puri betäubt hast? Verrätst du es uns? Stand nicht in der Zeitung.«

»Schierlingsextrakt.« Sofia glaubte nun, dass Alina tatsächlich in Sicherheit war – woher hätte Jensen sonst Vadims Namen gekannt? Der Rest war ihr egal, sollte er sie doch töten. Eine friedliche Ruhe überkam Sofia und hüllte sie ein wie ein schützender Kokon. Sogar ihre Haut hörte auf zu brennen, ganz so, als breite der kommende Tod schon sein kühles Laken über ihr aus.

»Bist du nebenberuflich Kräuterhexe oder so was?«

»Im Bordell in Frankfurt habe ich eine Tscherkessin kennengelernt, die kannte sich aus mit Pflanzen. Sie hat den Extrakt hergestellt und ihn selbst benutzt, um sich bei der Arbeit schmerzunempfindlich zu machen. Schierling in winzigen

Dosen wirkte bei ihr besser als Heroin. Ich habe ihr das Fläschchen geklaut, als ich abgehauen bin.«

»Gerissen bist du, das muss man dir lassen. Puri wurde aus Frankfurt über deinen Tod unterrichtet.«

»Wahrscheinlich wollte Evelyn, die Puffmutter dort, ihren Fehler vertuschen.« Es war das erste Mal, dass die junge Frau mit den Zöpfen den Mund aufmachte. Offensichtlich war sie gut über das Business informiert.

»Ich bin aus dem Klofenster raus. Auf dem Bahnhof habe ich eine alte Frau bestohlen. Das tut mir sehr leid. Das Klofenster war nicht vergittert, weil es im dritten Stock lag. Ich bin dann nach Bremen gefahren und zu meiner Bank und habe mein ganzes Geld abgehoben. In der Nacht stand ein offener und voller Müllcontainer unter dem Klofenster. Der hat sonst viel weiter links gestanden. Ich bin hineingesprungen.« Sofias Erinnerungen sprudelten jetzt wirr aus ihr heraus.

Jensen holte einen Geigenkoffer aus dem Schrank und stellte ihn auffordernd vor Sofia hin.

»Ich kann nicht mehr spielen«, sagte sie leise.

»Oh doch. Du wirst.«

Sofia blickte den Geigenkoffer an. Sie öffnete ihn zögernd. Als sie die Geige darin liegen sah, wurde sie von Wehmut überflutet. Zärtlich strich sie über das Instrument. Korpus und Steg waren aus feinjährigem Ahorn, der Bogen aus elastischem Pernambuk, der »Frosch« des Bogens aus mit Perlmutt verziertem Ebenholz. An der Schnecke und den langen f-Löchern erkannte sie den Geigenbauer. »Das ist eine Guarneri«, flüsterte sie andächtig. Wie lange hatte sie schon nicht mehr gespielt? Sie konnte sich nicht erinnern. Es war in einem anderen Leben gewesen. Sie nahm die Geige aus dem Koffer. Sie würde spielen. Nicht für Jensen, bestimmt nicht. Sie wollte für sich spielen, ganz allein für sich selbst.

Sofia stellte sich hin, schloss die Augen und stimmte die Geige mit geübten Griffen. Beim ersten Strich lief ihr ein Schauer über den Rücken. Der Klang war warm und satt und volltönend. Sie spielte die *Chaconne* von Bach.

Draußen kauerte Danylo zwischen den Blumenkübeln. Die Tränen liefen ihm in Strömen über die Wangen. Noch nie hatte Sofia so gespielt. Das schwierige Werk erklang voll gewaltiger Empfindungen, wie nicht von dieser Welt. Danylo wusste, dass dieser einzelne Satz eine gute Viertelstunde dauerte. So lange hatte er Zeit, sich etwas einfallen zu lassen. Danach würden sie Sofia töten.

Christian zwängte sich unfroh in Annas Cabriolet und machte sich auf in den Norden der Stadt. Viel lieber wäre er zu Hause geblieben, hätte mit Anna zu Abend gegessen und den neuen Film der Coen-Brüder angesehen, den Anna auf DVD besorgt hatte. Die Kieler Straße war wie immer verstopft. Christian zappte durch die Radioprogramme, bis er genervt von den lärmenden Werbespots auf CD umschaltete. Im Takt zu Led Zeppelins *Stairway to Heaven* trommelte er auf das Lenkrad und sang mit.

Danylo zog seine Waffe aus der Innentasche seiner Sommerjacke. Sofia näherte sich der Schlusskadenz. Er sah ihr durch das Terrassenfenster zu, wie sie nach dem letzten Ton die Geige absetzte. Sie war schweißgebadet, kalkweiß im Gesicht. Mit geschlossenen Augen verbeugte sie sich, so tief sie konnte. Danylo wusste, dass sie nicht vor ihrem Drei-Personen-Publikum buckelte, sondern Johann Sebastian Bach ihre demütige Verehrung erwies. Vor Jahren hatte er sie einmal spöttelnd nach ihren besonders intensiven Verbeugungen gefragt. Er wusste noch genau, wie beeindruckt er damals von ihrer inneren Haltung war, und hatte seitdem jedes Mal lächeln müssen, wenn sie ein Konzert zusammen spielten und Sofia tief gebeugt die Ovationen entgegennahm.

Jetzt, drinnen im Wohnzimmer, schien sie sich gar nicht mehr erheben zu wollen. Sie stand da mit gebücktem Rücken, die Geige quer vor die Brust gepresst wie ein Schild, die Haare fielen über ihr Gesicht, sie bewegte sich keinen Millimeter, als wäre sie in Trance. Der Typ von der Statur eines Kleiderschranks erhob sich, nahm ihr die Geige aus der Hand und richtete sie auf. Sofia ließ alles mit sich geschehen. Dann drückte er Sofia zurück in den Sessel.

Jensen nickte der Frau zu. Mit einem Ruck riss sie Sofias T-Shirt entzwei. Vor Schreck entfuhr ihr ein Stöhnen. Sofias bis auf den BH entblößter Oberkörper war voller frischer Schnitte, alter Krusten und blutiger Schrunden.

»Was zur Hölle...?« Auch Jensen starrte entsetzt auf die zerstörte Haut. Dann fasste er sich, öffnete die Frischhaltebox, die vor ihm auf dem Tisch stand und schüttete den Inhalt über Sofias Kopf aus. Maden, Würmer, Käfer und Heuschrecken verfingen sich in Sofias Haaren, rutschten an ihrer nackten Haut herunter, zum Teil in den BH-Ausschnitt.

Sofia stieß einen markerschütternden Schrei aus und wollte panisch aufspringen. Doch der Mann, der hinter ihr stand, hielt sie fest.

Die Frau nahm eine Nagelschere aus einem Köfferchen und ging damit auf Sofia zu. Jensen hielt sie auf: »Lass es. Was sollen wir der noch die Haut aufschlitzen? Schau doch, wie sie aussieht, Nina.«

»Sie hat es bei Andres auch getan!«

»Dein Ex-Lover ist mir scheißegal! Gib mir das Gift!«

Nina reichte Jensen das Fläschchen. Er öffnete es. »Mach den Mund auf, Sofia. Mach schön brav den Mund auf.«

Endlich kam Bewegung in Danylo. Der Anblick von Sofias zerschlitztem Oberkörper war so grauenvoll, dass Danylo für kurze Zeit starr vor Schock gewesen war. Er hatte immer noch keinen Plan, also handelte er spontan. Er sprang hinter den Blumenkübeln hervor und schoss durch die Terrassentür. Instinktiv richtete er seine Waffe hoch aus. Sofia war im Moment die Einzige, die saß. Er wollte alle und alles, nur nicht sie treffen.

Zu seiner eigenen Überraschung fiel der Mann hinter Sofia um wie ein nasser Sack. Die Frau mit den Zöpfen wurde gegen die Schrankwand geschleudert. Aus ihrer rechten Schulter sickerte Blut. Nur Jensen und Sofia waren unverletzt. Beide blickten ungläubig zur Terrasse. Noch bevor sie begriffen hatten, was vor sich ging, brachte Danylo mit einem entschlossenen Tritt die durch die Projektile schon gesplitterte Scheibe der Terrassentür zum Bersten und trat durch den klirrenden Glasregen mit vorgehaltener Pistole ins Wohnzimmer.

»Dany«, hauchte Sofia fast unhörbar. »Dany.«

Danylo war eine Sekunde durch sie abgelenkt. Eine Sekunde zu viel. Blitzschnell näherte sich Nina von der Seite und entwaffnete Danylo mit einem gezielten Tritt unter seine Schusshand. Gleichzeitig griff Jensen nach der Pistole des Schlägertypen, die immer noch auf dem Wohnzimmertisch lag. Er richtete sie auf Danylo. »Willkommen, Herr Savchenko. Wie nett, dass Sie uns die Mühe ersparen, nach Ihnen zu suchen.«

Christian war gerade auf den Feldweg eingebogen, der laut Annas Navigationsgerät nach einhundert Metern zu Jensens Adresse führte. Da er offen fuhr, hörte er die Schüsse. Er trat das Gaspedal durch. Staub wirbelte hinter ihm auf.

»Da kommt ein Auto«, sagte Nina.

»Hab ich gehört. Geh nach vorne an die Tür und wimmele den Besuch ab, wer auch immer es sein mag. Ich erwarte niemanden.«

Nina nickte und verließ das Wohnzimmer. Sie ging zur Vordertür und öffnete sie. Fünf Meter vor dem Haus war ein Cabrio geparkt. Die Fahrertür stand weit offen, doch von dem Fahrer keine Spur.

Christian hatte nicht darauf gewartet, an der Tür empfangen zu werden. Er war aus dem Wagen gesprungen, hatte seine Dienstwaffe gezogen und pirschte um das Haus. Der Rasen dämpfte seine Schritte. Leise näherte er sich dem Lichtschein, der bei der Terrasse aufs Gras fiel. Auf einen Blick erfasste er die Situation: Jensen richtete eine Pistole auf Sofia und Danylo, seine Aufmerksamkeit galt jedoch der offenen Tür, die zum

Flur führte. Er wartete auf etwas. Mit zwei schnellen Schritten war Christian durch die kaputte Terrassentür im Wohnzimmer. Das Knirschen der Glassplitter, auf die er dabei trat, ließ Jensen herumwirbeln, doch es war zu spät. Christian schlug ihm die Waffe aus der Hand und hielt ihm die seine an den Kopf. »Ganz ruhig, Herr Jensen, ganz ruhig. Am besten gar nicht bewegen.«

Er bemerkte die Leiche auf dem Boden und wandte sich an Danylo: »Sonst noch jemand im Haus?«

»Eine Frau. Sie ist gefährlich.« Danylo wies auf die Zimmertür, die nach vorne führte.

Kaum blickte Christian in diese Richtung, bekam er von hinten ein Messer in den Rücken. Im Fallen dachte er noch, wie blöd er sei. Die Frau hatte den gleichen Weg genommen wie er und war hinter ihm aufgetaucht. Seine Waffe fiel gleichzeitig mit ihm auf den Boden, er spürte, wie das Messer aus seinem Rücken wieder herausgezogen wurde. Glühender Schmerz ließ ihn aufschreien.

Nina holte aus, um das Messer erneut in Christian hineinzurammen. Danylo erkannte ihre Absicht, warf sich auf den Boden, hob Christians Waffe auf und ballerte mehrere Schüsse in Ninas Richtung. Sie fiel hintenüber.

Danylo beugte sich über Christian. »Herr Beyer, sind Sie okay?«

Christian bejahte stöhnend. Er versuchte sich mit Danylos Hilfe aufzurichten. Es tat entsetzlich weh. Er griff nach hinten in seine Nierengegend. Als er seine Hand wieder nach vorne nahm, war sie voller Blut.

Ninas letzte Aktion hatte nur Sekunden gedauert. Sekunden, in denen keiner auf Jensen achtete. Danylo kümmerte sich um Christian, Sofia saß immer noch wie erstarrt auf ihrem Sessel. Sie schien nicht recht zu begreifen, was vor sich ging.

Voller Wut und mit dem Wissen, dass sein Spiel aus und vorbei war, klaubte Jensen von allen unbeobachtet die Waffe des toten Schlägers vom Boden auf, richtete sie auf Sofia und schoss.

Danylo, der im Augenwinkel Jensens Bewegung wahrgenommen hatte, schrie entsetzt auf und warf sich mit einem verzweifelten Sprung dazwischen. Er fing die Kugel auf und ging zu Boden.

Christian schoss Jensen in die Schulter, setzte ihn damit außer Gefecht und entwaffnete ihn endgültig. Erst dann drehte er sich unter Schmerzen um und sah nach Sofia und Danylo.

Sofia kniete auf dem Boden und hielt Danylo in ihren Armen. Aus Danylos Brust schoss das Blut. Er lächelte Sofia an und sagte. »Du hast wunderbar gespielt. Wie eine Göttin. Verzeih mir.« Dann starb er.

Sofia wiegte ihn weinend wie ein Baby in ihren Armen. »Dany«, wimmerte sie leise. »Dany, mein kleiner Dany. Du bist jetzt im Himmel. Ja, im Himmel. Du bist im Himmel.« Sie wiederholte den Satz immer und immer wieder.

Christian wollte sie sanft von Danylo wegziehen, doch sie wehrte sich und schlug nach ihm. Also ließ er sie. Jensen im Auge behaltend, rief er Notarztwagen und Verstärkung.

FINALE

Ich weiß, dass mich alle für verrückt halten. Aber die Giftsalbe, die mir auf die Haut gepinselt wird, seit ich hier bin, die hilft! Das zeigt doch, dass da wirklich Parasiten in meinem Körper sind. Es sind immer noch welche da. Sie schwimmen durch meine Blutbahnen. Einige haben sich inzwischen tief in meine Organe eingefressen, vor allem im Unterleib richten sie Schaden an. Täglich erkläre ich meinen Pflegerinnen, dass die Salbe nur auf der Haut hilft, aber doch nicht tief in den Organen! Sie erzählen mir, dass die Salbe durch die Haut diffundiert und der Wirkstoff auch ins Innere gelangt, aber das stimmt nicht. Ich muss es doch am besten wissen! Natürlich ist es ein Fortschritt, dass keine neuen Parasiten mehr dazukommen können. Aber die, die noch da sind, die fressen mich innerlich auf. Gestern habe ich der Ärztin gesagt, dass sie mich operieren muss. Sie muss alle rausschneiden, sonst ist es zu spät. Bestimmt werde ich niemals Kinder bekommen können. Ein paar Käfer sind an meinen Eierstöcken und nagen sich hinein. In der Gebärmutter sind Maden, ich spüre, wie sie sich drehen und wenden.

Die Polizei war hier. Sie haben mich nach den Männern gefragt. Ich habe ihnen gesagt, dass ich sie nicht kenne. Ich kenne überhaupt keine Männer. Dann haben sie mir eine Frau geschickt. Anna. Die war nett. Sie hat mir geglaubt und mir Mut gemacht. Sie hat gesagt, sie redet mit der Ärztin, damit ich bald operiert werden kann. Sie hat gesagt, dass sie sich nicht vorstellen kann, was ich alles durchgemacht habe und immer noch durchmache. Das stimmt. Ich hätte mir das auch nie vorstellen können. Sie hat auch mit Alina gesprochen. Alina geht es gut. Das macht mir Hoffnung. Vielleicht geht es mir auch bald wieder besser. Sobald sie die Parasiten rausgeschnitten haben.

Die Ärztin hat gesagt, dass morgen meine Eltern und Alina zu Besuch kommen. Es tut mir schrecklich weh, aber ich will Mama und Papa nicht sehen. Ich will nicht, dass sie mich sehen. Nicht so. So schmutzig und voller Ungeziefer.

Ich sehe entsetzlich aus. Mama wird weinen. Und sie werden sich Sorgen machen. Nein, nur Alina darf zu mir. Sie wird verstehen, wie das ist, wenn die Parasiten unter der Haut sind. Mama hat mir am Telefon erzählt, dass Alina nichts Schlimmes passiert ist. Dass sie bei einem reichen Mann Putzfrau war. Der war verliebt in sie und wollte nicht, dass sie geht. Deswegen hat er sie eingesperrt. Aber sonst ist ihr nichts Schlimmes passiert. Hat Mama gesagt. Mama hat keine Ahnung. Ich habe Alina am Telefon gefragt. Sie hat keine Antwort gegeben. Deswegen weiß ich, was ihr passiert ist. Alina ist jetzt mit Vadim zusammen. Mit Vadim habe ich auch telefoniert. Ich hoffe, dass es Alina gut hat mit Vadim.

Ich hatte es auch einmal gut. Früher war ich Geigerin gewesen. Ich habe einen wunderbaren Pianisten geliebt, Konzerte gespielt und schöne Kleider getragen. Man hat mich bewundert. Ich war schön und habe viel Applaus bekommen. Ich habe vor einem UN-Botschafter die Chaconne *von Bach gespielt, dass ihm die Tränen gekommen sind. Jetzt kann ich nicht mehr spielen. Es ist ewig her, dass ich Geigerin gewesen bin.*

27. November 2010
Hamburg.

»So was Grausiges habe ich schon ewig nicht mehr gehört.« Christian schloss Sofias Gesprächsakte aus der Psychiatrie. »Sie glaubt wirklich, dass unter ihrer Haut all diese Insekten rumkrabbeln? Was muss das für ein Horror sein!« Er saß mit Anna zu Hause im Wohnzimmer und trank ein Bier. Nach dieser Lektüre schmeckte das Bier schal.

»Der Fachausdruck für diese Psychose ist ›Dermatozoenwahn‹. Eine entsetzliche Krankheit. Und gar nicht so selten, wie man vermuten würde.«

»Und deshalb hat sie Puri und Benedikt die Haut aufgeschlitzt und sie auch mit Insekten bevölkert?«

Anna nickte: »Sie wollte, dass die beiden das Gleiche fühlen wie sie. Eine lähmende Hilflosigkeit gegenüber dem ekelhaften Befall des Ungeziefers.«

Christian verstand. »Sie denkt, sie hat sich das Ungeziefer in den schmutzigen Bordellen geholt. Und da ist sie über Puri gelandet. Auf indirektes Geheiß der NMA-Leute.«

»Genau. Im Grunde hat sie damit sogar recht. Dieser Wahn ist meiner Meinung nach eine direkte Folge ihrer Erlebnisse.«

»Das traumatisiert, schon klar. Aber wie kriegt man so was Schräges?«

Anna legte ihre Füße in Christians Schoß. »Kokain, Amphetamine oder Alkohol bis zum Delirium sind ein häufiger Auslöser. Sofia wurden in den Bordellen jede Menge Drogen verabreicht. Außerdem passt ihre psychische Befindlichkeit nach den ganzen Vergewaltigungen extrem auf diesen Wahn. Die Finger und Schwänze der Männer, das Sperma, alles Fremdkörper, die in sie eingedrungen sind und sie kaputt gemacht haben. Deswegen beginnt sie sofort sich zu kratzen, wenn ein Mann in ihre Nähe kommt. Die permanente Demütigung und die Scham haben sie sozusagen innerlich aufgefressen. Ich finde es immer wieder erstaunlich, welche Wege die Psyche geht, um mit unerträglichem Schrecken fertigzuwerden oder ihm auszuweichen. In diesem Fall hat sich Sofia leider von einem Trauma ins andere begeben.«

»Wieso hast du ihr gesagt, dass du mit der Ärztin wegen einer OP redest? Das ist doch Blödsinn!«

Christian begann, Annas Füße auf seinem Schoß zu massieren. Er fürchtete, wenn er seine Hände nicht sinnvoll beschäftigte, würde er sich überall kratzen müssen.

»Damit sie Hoffnung schöpfen kann. Ihr wird ein Schlafmittel verabreicht und hinterher erzählt, dass alle Insekten herausoperiert worden sind. Dann kann man weitersehen. Sie fühlt sich erst mal ernst genommen, und das ist außerordentlich wichtig. Diese Psychose ist vielschichtig und schwer therapierbar. Du kannst einem Wahnkranken in der Regel nicht mit Vernunft beikommen. Seine Überzeugungen sind unantastbar für ihn und damit nicht von außen korrigierbar. Sie sind in ihrem Wahn gefangen, gequält von Juckreiz, Kribbeln, Kriechen, Stechen, Beißen und dem Ekel vor dem, was mit ihnen passiert.«

»Kann man ihr überhaupt helfen?«

Anna nahm einen Schluck aus Christians Bierflasche. »Ein langwieriger Prozess. Im Grunde muss sie sich selbst helfen. Sich ihren Erlebnissen stellen und sie unter Verzicht auf ihren ablenkenden Wahn verarbeiten. Jede psychische Krankheit hat einen Sinn, birgt einen Vorteil für den Kranken. Sofia kann mit der Fixierung auf ihre Parasiten das verdrängen, was ihr wirklich passiert ist. Menschliche Parasiten, die sie befallen haben.«

Christian nahm Annas Füße von seinem Schoß, ging zur Terrassentür und sah hinaus. »Drüben spielen die Kinder von Herrn und Frau Mergenthaler. Müssen die kleinen Racker nicht bald mal ins Bett?«

Anna lächelte. Auch Christians Psyche suchte gerade einen Ausweg aus dem Konflikt, mit dem er haderte. Er hatte Sofia nicht einsperren wollen. Weder im Gefängnis noch in der Psychiatrie. Anna wusste, dass er sie am liebsten persönlich nach Moldawien begleitet und in die Obhut ihrer Familie übergeben hätte. Aber das war unmöglich gewesen. Sie stand auf, ging zu ihm und legte den Arm um ihn. »Du bist ein guter Polizist, Chris. Allerdings hast du dir einen Beruf ausgesucht, in dem du tagtäglich mit Not und Elend konfrontiert wirst. Du wirst damit klarkommen müssen.«

Christian umarmte sie: »Dein Beruf ist auch nicht viel fröhlicher. Nur Irre um dich herum. Aber dich interessieren sie halt. Zu meinem großen Glück!«

Anna lächelte: »Warum haben wir beide diese Wahl getroffen? Wahrscheinlich sind wir selbst total gestört.«

»Nicht mehr als alle anderen. Eher weniger. Hoffe ich. Aber manchmal frage ich mich, ob es überhaupt einen Sinn gibt.«

Anna sah nun auch aus dem Fenster hinaus. »Du hast ein Riesen-Arschloch aus dem Verkehr gezogen. Jensen wird niemandem mehr wehtun.«

»Arschlöcher wachsen nach. In rasantem Tempo. Und sie werden wieder wehtun und andere zerstören. Nützt das alles irgendetwas? Was können wir überhaupt tun?«

Anna sah ihn ernst an: »Vermutlich nur jeden Tag aufs Neue einatmen und ausatmen, an unseren Überzeugungen festhalten und einen Fuß vor den anderen setzen. Mehr nicht.«

Kiew, Ukraine.

Katya war müde, sie war so unendlich müde. Ihr Aufpasser Jurij hatte sie aus dem Bett geholt, dabei hatte sie die ganze Nacht durchgearbeitet. Jetzt war es noch nicht mal sechs Uhr abends, und sie sollte schon wieder ran. Welcher idiotische Kunde kam so früh ins Bordell? Und verlangte ausgerechnet nach ihr? Sie wusch sich und putzte sich die Zähne. Jurij fuhr sie an, sie solle gefälligst Tempo machen. Katya wusste, dass er zu seinem Pokertisch zurückwollte, an dem er regelmäßig Geschäftsleute ausnahm. Sie beeilte sich, um ihn nicht zu verärgern. Wenn Jurij verärgert war, schlug er zu. Jurij brachte sie durch das noch leere Bordell zu dem Zimmer, in dem der Kunde wartete. Dann ging er zurück zum Pokern.

Katya kannte den Kunden nicht, war aber froh, dass er jung und sauber aussah und gesund schien. Sie wollte sich schon ausziehen, als er sie stoppte.

»Wir werden jetzt hier verschwinden, du und ich. Ich bringe dich nach Rumänien zu deinen Eltern zurück. Sie warten sehnsüchtig auf dich.«

Katya starrte ihn fassungslos an. Was redete dieser Typ da?

Der Typ grinste. »Deinen Jurij habe ich bestochen. Der guckt nicht vom Pokern hoch, wenn wir durch den Hinterausgang verschwinden. Falls doch, werde ich ihn überzeugen, wieder wegzusehen.« Er öffnete seine Jacke. Dort lugte ein Schulterhalfter mit einer Pistole hervor.

Langsam dämmerte Katya, dass der Typ es ernst meinte. »Bist du ein Bulle?«

Der Typ lachte laut. »Ich? Wohl kaum. Ich bin ein Bote und soll dir schöne Grüße vom dem Scheiß-Supergirl aus Moldawien ausrichten. Sie hat dir irgendwann versprochen, dass sie dich rettet. Nun. Ich bin in ihrem Auftrag hier. Ich heiße übrigens Vadim. Können wir los?«

»Sofia«, flüsterte Katya.

Hamburg.

Sofia saß in ihrem dünnen Bademantel im Garten der geschlossenen Psychiatrie auf einer Bank. Der Pfleger war kurz abgelenkt gewesen, als sie sich nach dem Tee hinausgeschlichen hatte. Sie mochte den Pfleger nicht, er war dumm und roch immer nach Schweiß. Sofia widerte es an, wenn er sie anfasste. Sie wollte überhaupt nicht mehr von einem Mann angefasst werden. Sofia ließ ihren Blick durch den Garten schweifen. Um sie herum Mauern und die tristen Silhouetten entlaubter Bäume im bleigrauen Gegenlicht. Der Himmel drückte schwer auf die Stadt, es begann zu schneien. Sofia fror entsetzlich, aber sie würde nicht hineingehen. Gestern war sie operiert worden. Die Ärztin hatte gesagt, dass man alle Insekten hatte entfernen können. Aber Sofia spürte, dass ein paar übrig geblieben waren. Sie spürte es genau. Da waren noch Maden in ihrem Unterleib. Sie würde sie nicht fangen können, das wusste sie. Außerdem hatte sie eingesehen, dass das Schlitzen nicht gut für sie war. Sie öffnete damit ja nur neue Einfallstore. Deswegen war sie auf eine neue Idee gekommen. Sie würde den verbliebenen Rest ganz einfach erfrieren lassen. Insekten konnten einen harten Winter nicht überleben.

Sofia öffnete ihren Bademantel noch ein wenig mehr. Ihre Zähne klapperten, und ihre Finger waren schon bläulich. Aber das Frieren machte ihr nichts aus. Sie sah nach oben und schaute den Schneeflocken beim Tanzen zu. Es waren schöne, dicke Schneeflocken, die wild im Wind herumwirbelten. Sofia liebte den Schnee. Sie dachte an ihre Zeit in Moskau. Als sie noch mit Danylo zusammen war. Sofia schaute den Schneeflocken zu und versank in ihre Erinnerung an einen Winter vor vielen Jahren.

EPILOG

19. Dezember 1992
Moskau.

Es schneit. Es schneit dicke Flocken, die weich und lautlos hernniederschweben und das Grau des Moskauer Mittags immer mehr in ein weiches Weiß wandeln. Die gezuckerte Stadt gefriert allmählich zu einem impressionistischen Gemälde. Ganz in der Nähe ertönt das Geläut der Basilius-Kathedrale. Der vorweihnachtliche Winterzauber besänftigt die Gemüter der Menschen. Alles wirkt friedlich und rein. Die Schneeflocken sind Sendboten des Himmels, jede einzelne ist göttlichen Ursprungs. Mit philosophischer Stille und milder Macht bedecken sie die Welt und gleichen alles an, sodass es für eine kurze Zeit nichts Hässliches und keine Ungerechtigkeit mehr zu geben scheint.

Es ist kalt. Bitterkalt. Die Kälte kneift in die Nase und kriecht in die Knochen. Da verwundern doch die beiden kleinen Kinder, die so gar nicht nach drinnen wollen, wo das Feuer im Bullerofen, das wegen der kaputten Heizung angezündet wurde, ihre durchnässten Wollhandschuhe trocknen würde, die dann ein bisschen riechen wie verschimmeltes Brot.

Da stehen sie auf dem kopfsteingepflasterten Hof vor dem Schulgebäude und spielen. Das Gebäude sieht aus wie nach einem Schrapnell-Angriff. Schlimmer als ärmlich. Der ehemals rosafarbene Putz blättert in dicken Scheiben von der Fassade. Die Kinder spielen selbstvergessen. Als gäbe es keine Kälte und keine Pausenglocke, die sie zurück zum Unterricht ruft. Andererseits: Was erwartet sie schon, wenn sie hineingehen? Es ist ein bisschen wärmer. Aber sie müssen Leistung abliefern. Bloß nicht versagen. Besser werden, immer besser. Besser als der andere. Besser als alle anderen. Nicht, dass sie das nicht können. Aber keiner hat sie gefragt, ob sie das auch wollen. Bestenfalls hat man ihnen gesagt, *dass* sie wollen.

Also bleiben sie lieber draußen, auch bei der Eiseskälte. Ein bisschen aus Eigensinn. Ein bisschen aus Freude an den Schneeflocken. Sie wissen, dass die Pause vorbei ist. Sie wissen auch, wie streng das Reglement der Schule ist. Deswegen bleiben sie draußen. Auch wenn sie sich halb zu Tode frieren. Sie wollen sich ein wenig auflehnen, indem sie selbstständige Entscheidungen treffen.

Die Kinder spielen »Himmel und Hölle«, der Kälte und der Pausenklingel zum Trotz. Es ist ein seltsames Fingerspiel, das weder Raffinesse besitzt noch Abwechslung bietet. Ein blau und rot bemaltes Papier wird zu einem symmetrischen Körper gefaltet, den man über zwei Achsen öffnen und schließen kann. Der eine Spieler hält das Spiel geschlossen und dreht es mehrfach. Der andere gibt an, in welche Richtung es geöffnet werden soll. Sieht er die Farbe Rot, kommt er in die Hölle. Bei Blau in den Himmel.

Die Kinder wollen wissen, wie ihre Zukunft aussieht. Rot oder blau. Wahrscheinlichkeitsrechnung spielt hierbei keine Rolle. Das Schicksal unterwirft sich keinen Gesetzen, es folgt seinen eigenen.

Der Junge strahlt. Denn wie oft auch das Mädchen ihr »Himmel und Hölle«-Faltspiel für ihn öffnet – er landet im Himmel. Und wie oft auch immer sie beide, in verzweifelter Abwechslung, das Faltspiel für das Mädchen öffnen – sie landet in der Hölle.

Hölle.

Hölle.

Hölle.

Hölle.

Hölle.

Wütend nimmt das Mädchen das dumme Faltspiel, zerknüllt es, wirft es auf einen der Schneehaufen, die seit Tagen den Hof säumen und die Stadt und das Land, und fordert den Jungen auf, endlich mit ins halbwegs Warme zu kommen. Schließlich ist die Pause längst vorbei, das Reglement streng, und die Schneeflocken sind nun auch nicht mehr so weiß und sanft wie eben noch.

Marina Heib
Der Bestatter
Kriminalroman. 288 Seiten.
Piper Taschenbuch

Sie nennen ihn nur den »Bestatter«, weil er bei jeder Leiche einen Bibelvers hinterläßt. Der tote Junge auf der Waldlichtung ist sein viertes Opfer – und Kommissar Christian Beyer und seine Sonderermittler müssen den Täter finden, bevor er noch einmal zuschlagen kann ... »Weißes Licht«, ein packender psychologischer Kriminalroman, der unter die Haut geht!

»Ein fesselndes Krimidebüt, das feinfühlig die Hilflosigkeit der Opfer und die psychischen Abgründe der Täter auslotet.«
Bücher

Marina Heib
Eisblut
Thriller. 304 Seiten.
Piper Taschenbuch

Schnittverletzungen am ganzen Körper und Salz in den Wunden: Uta Berger ist das erste von drei Opfern, die vor ihrem Tod offensichtlich grausam gefoltert wurden. Die Zeit drängt, denn der Täter geht mit größter Akribie und Intelligenz vor. Und seine Motive zu verstehen, scheint der einzige Schlüssel zur Lösung des Falls. Daher ziehen die Hamburger Sonderermittler um Christian Beyer auch in diesem Fall die Psychologin Anna Maybach hinzu.

»Höchst unterhaltsam. Mit den vielen verschiedenen Handlungssträngen und Verdachtsmomenten gehört der Krimi zu den besten seiner Art.«
Heidelberg aktuell

Marina Heib

Tödliches Ritual
Thriller. 304 Seiten.
Piper Taschenbuch

Der Mörder schlägt an keltischen Festtagen zu, akribisch zelebriert er seine Rituale, und immer sind es grausam zugerichtete Frauenleichen, die man findet. Bei dieser mysteriösen Mordserie tappen selbst die Sonderermittler um Christian Beyer im Dunkeln. Erst die Intuition der Psychologin Anna Maybach führt sie auf eine heiße Spur ...

»Das Blut kann einem schon in den Adern gefrieren ... Für hartgesottene Krimifans.«
Hamburger Morgenpost

Marina Heib

Puppenspiele
Thriller. 336 Seiten.
Piper Taschenbuch

Eine rote Narbe über dem Herzen und ein Spiegel in der Hand. Ein Serienkiller veranstaltet eine besonders grausame Inszenierung mit seinen jungen Opfern. Welche Botschaft steckt dahinter? Christian Beyer und sein Team decken ein skrupelloses Spiel um Geld und Fortschritt auf, das jetzt seinen tödlichen Tribut fordert.

»Das Blut kann einem schon in den Adern gefrieren.«
Hamburger Morgenpost

Ferdinand von Schirach

Verbrechen

Stories. 208 Seiten.
Piper Taschenbuch

»Ein erfolgreicher Berliner Strafverteidiger erweist sich als bestürzend scharfsichtiger Erzähler, der in schlaglichtartigen Geschichten zeigt, wie sich die Parallelwelt des Verbrechens in der bürgerlichen Welt einnistet.«
Literarische Welt

»Schirach schreibt so souverän, klar und einfach, als hätte er nie etwas anderes gemacht. Er ist ein großartiger Erzähler, weil er sich auf die Menschen verlässt, auf deren Schicksale ... Geschriebenes Kino im Kurzformat«
Der Spiegel

»Im atemberaubenden Erzähldebüt ›Verbrechen‹ des Rechtsanwalts Ferdinand von Schirach geht es um die Wahrheit – nichts als die Wahrheit.«
Frankfurter Allgemeine Zeitung

Tanja Pleva

Gottesopfer

Thriller. 336 Seiten.
Piper Taschenbuch

Auf dem Campo dei Fiori in Rom wird eine junge Frau verbrannt wie eine Hexe. Die Tat eines Besessenen? Er schlägt wieder zu, und auch dieser Mord trägt dieselbe Handschrift. Der Täter scheint im Bann eines religiösen Wahns zu stehen. Doch seine Identität bleibt lange im Dunkeln – so lange, bis es für sein nächstes Opfer fast zu spät ist ...